# 納蘭詞箋注

〔清〕納蘭性德 著
張草紉 箋注

圖書在版編目(CIP)數據

納蘭詞箋注／(清)納蘭性德著；張草紉箋注.—
上海：上海古籍出版社，2017.6
(中國古典文學叢書〔典藏版〕)
ISBN 978-7-5325-8445-1

Ⅰ.①納… Ⅱ.①納… ②張… Ⅲ.①詞(文學)—作品集—中國—清代②《納蘭詞》—注釋 Ⅳ.①I222.849

中國版本圖書館 CIP 數據核字(2017)第 099287 號

中國古典文學叢書〔典藏版〕
納蘭詞箋注
[清]納蘭性德 著
張草紉 箋注
上海世紀出版股份有限公司
上 海 古 籍 出 版 社 出版
(上海瑞金二路 272 號 郵政編碼 200020)
(1)網址：www.guji.com.cn
(2)E-mail：guji1@guji.com.cn
(3)易文網網址：www.ewen.co
上海世紀出版股份有限公司發行中心發行經銷
浙江新華數碼印務有限公司印刷
開本 890×1240 1/32 印張 15 插頁 9 字數 288,000
2017 年 6 月第 1 版 2017 年 6 月第 1 次印刷
印數 1—5,100
ISBN 978-7-5325-8445-1
I·3157 定價：88.00 元
如有質量問題,請與承印公司聯繫

**2016** 《叢書》出版達 136 種，并推出典藏版

**2013** 《叢書》入選首届向全國推薦優秀古籍整理圖書目録

**2009** 《叢書》出版達 100 種

**1978** 一月一日，上海古籍出版社宣告成立

《叢書》首批出版《聊齋誌異會校會注會評本》《阮籍集》《李賀詩歌集注》《樊川文集》4 種

**1977** 十二月二十六日，國家出版事業管理局宣佈中華書局上海編輯所獨立爲上海古籍出版社

**1958** 六月一日，古典文學出版社改組爲中華書局上海編輯所

**1957** 《韓昌黎詩繫年集釋》《人境廬詩草箋注》《稼軒詞編年箋注》（後被列入《中國古典文學叢書》）出版

**1956** 十一月一日，古典文學出版社成立

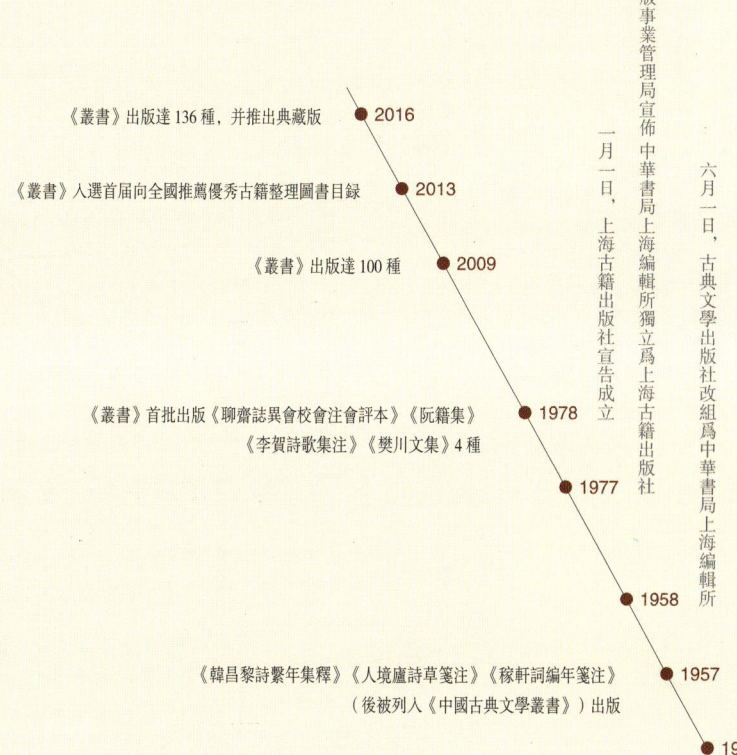

張草紉，一九二八年生於上海，本名張超人。
曾任教於上海外國語大學。

納蘭性德像

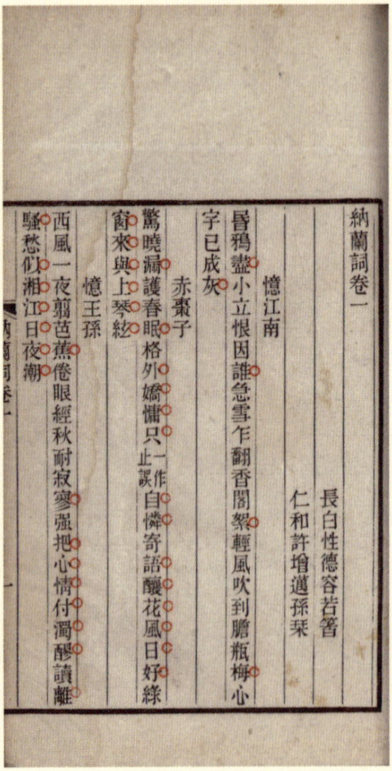
納蘭詞卷一

長白性德容若著

仁和許增邁孫栞

憶江南

昏鴉盡小立恨因誰急雪乍翻香閣絮輕風吹到膽瓶梅心字已成灰

赤棗子

驚曉漏護春眠格外嬌慵只（一作止誤）自憐寄語釀花風日好綠窗來與上琴絃

憶王孫

西風一夜翦芭蕉倦眼經秋耐寂寥強把心情付濁醪讀離騷愁似湘江日夜潮

納蘭詞卷一　一

清嘉慶刻本《納蘭詞》書影

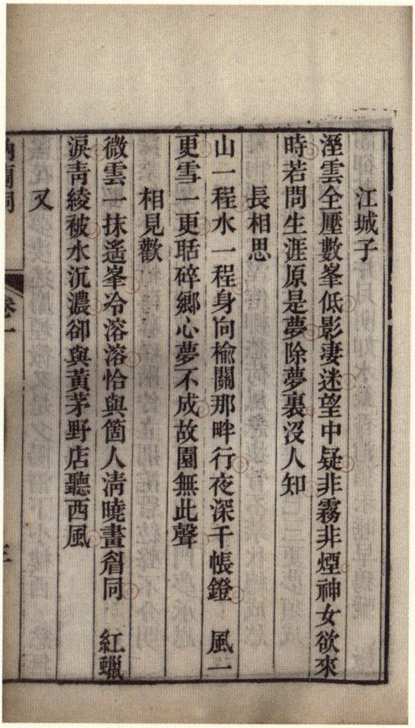

江城子

溼雲全壓數峯低影淒迷望中疑非霧非煙神女欲來時若問生涯原是夢除夢裏沒人知

長相思

山一程水一程身向榆關那畔行夜深千帳鐙　風一更雪一更聒碎鄉心夢不成故園無此聲

相見歡

微雲一抹遙峯冷溶溶恰與箇人清曉畫眉同　紅蠟淚青綾被水沉濃卻與黃茅野店聽西風

又

清道光結鐵網齋藏版《納蘭詞》書影

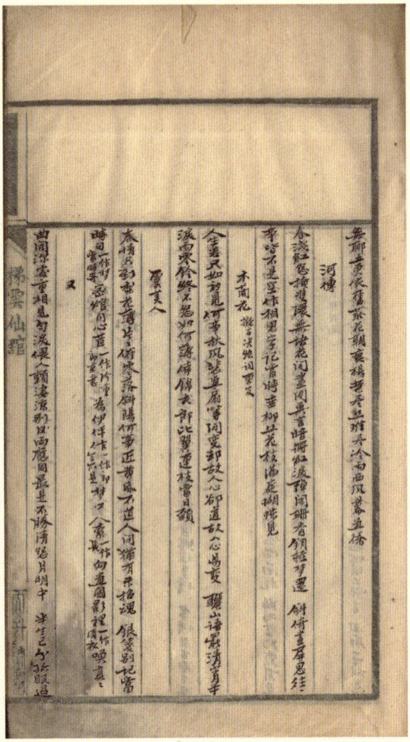

梯雲仙館

無聊夢依舊落花朝衰楊葉盡絲難盡冷雨西風灞水橋

河傳

春淺紅怨掩雙環微雨花間晝閒無言暗將紅淚彈闌珊香銷輕夢還 斜倚畫屏思往事皆不是空作相思字記當時垂柳絲花枝滿庭蝴蝶兒

木蘭花 擬古決絕詞柬友

人生若只如初見何事秋風悲畫扇等閒變卻故人心卻道故人心易變 驪山語罷清宵半淚雨零鈴終不怨何如薄倖錦衣郎比翼連枝當日願

虞美人

春情只到梨花薄片片催零落夕陽何事近黃昏不道人間猶有未招魂 銀箋別記當時句一作[illegible]密綰同心苣一作[illegible] 為伊判作一作[illegible]夢中人長向一作[illegible]畫圖影裏一作[illegible]喚真真

又

曲闌深處重相見勻淚偎人顫淒涼別後兩應同最是不勝清怨月明中 半生已分孤眠過

清康熙梯雲仙館鈔本《納蘭詞》書影

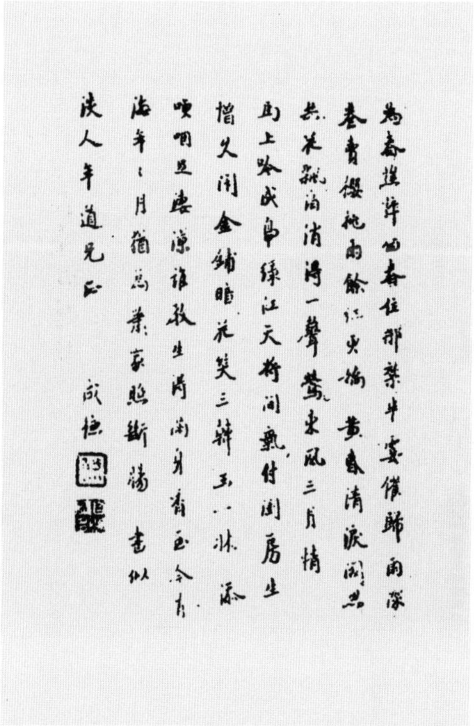

納蘭性德手書《菩薩蠻》詞

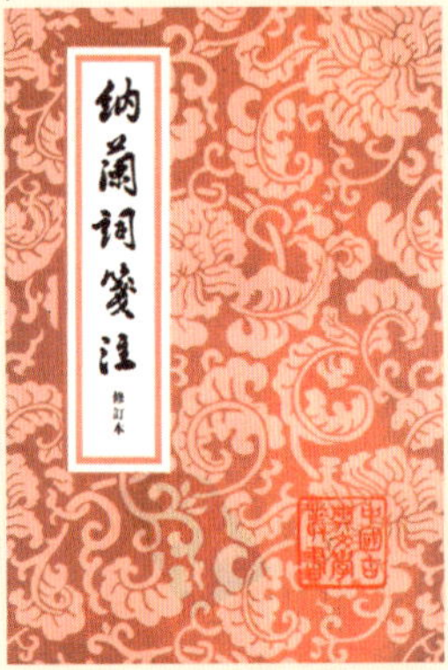


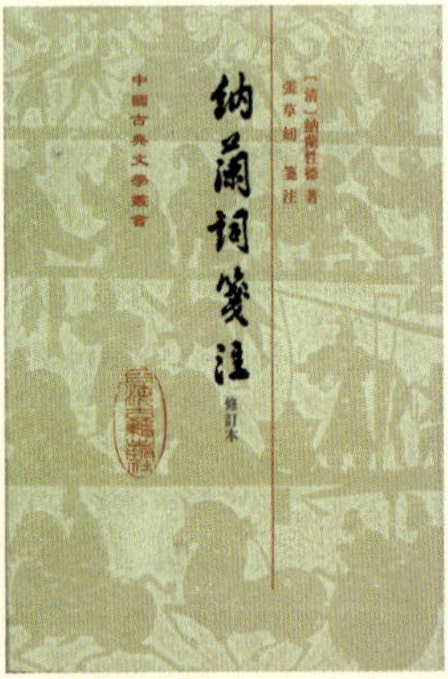


《中國古典文學叢書》版書影

# 修訂本序言

納蘭詞箋注於一九九五年十月初版發行後，承蒙讀者厚愛，已經陸續印了五版。讀者對這本書的反映還不錯，但我自己知道其中疏漏和錯誤之處尚不少。近八年來，我又不斷地收集到一些資料，可以彌補初版的缺漏。現徵得上海古籍出版社的贊同，把初版本重新加以整理，改正了存在的某些錯誤和問題，並補充了一些新的資料，作爲修訂本重新出版。

古籍書與一般作品不同。一般作品偶有錯誤或錯別字，讀者能够比較容易地看出，而古籍中則難以識别。如初版水龍吟題文姬圖的注文中，把賀新郎七夕詞「巧拙豈關今夕事，奈癡兒騃女流傳謬」的作者宋自遜誤爲秦觀。後來在編寫納蘭性德詞選時我自己也没有覺察，就照樣引録了。這實在是很不應該的。又如初版秋千索（壚邊换酒雙鬟亞）一詞中，注文引王安國清平樂詞「留春不住，費盡鶯兒語」，排版時把作者姓名誤植爲王安石。二〇〇一年出版的飲水詞箋校也就以此詞的作者爲王安石，遂致以訛傳訛。但書已銷售了，無法更改。只能在這裏提一下，一方面是向讀者表示歉意，另一方面也是鞭策自己，今後要把工作做得更完善些。

化用前人用過的詞語，是寫作舊詩詞的一種常用手法。在初版中，由於覺得有些詞語雖然源出於前人的作品，但意思明白易懂，所以就省去不注了。如東風第一枝桃花詞「是誰移向亭皋」，作者所以用「亭皋」，是由於王安石移桃花示俞秀老詩中有「枝柯蔫綿花爛熳，美錦千兩敷亭皋」的句子。現在看來，還是注得清楚一點好，有時可以避免產生歧義。又如月上海棠瓶梅詞「雙魚凍合，似曾伴箇人無寐」，初版只注了「雙魚」：「即雙魚洗，古代的盥洗器皿，作雙魚形於上，表示吉祥的意思。」原以爲這樣已經很清楚了，沒有進一步説明這裏詠「瓶梅」所以要提到「雙魚洗」，不僅是爲了表明寒冷，而且還引用了張元幹夜游宫詞「半吐寒梅未坼，雙魚洗、冰澌初結」的句意。而飲水詞箋校以「雙魚」爲硯名，並引葉越端溪硯譜：「硯之形製，曰風字，曰鳳池，曰合歡，曰玉臺，曰雙魚。」以「凍合」爲「硯底、硯蓋凍結在一起」。這樣解釋雖然也講得通，因爲無非是表示寒冷而已，但實際上與性德的原意不符，所以修訂本把張詞補上去不是沒有作用的。

初版中的地名注釋有不少混亂之處。因爲有些地方多地同名，或一地異名，有些地點太小，詞典、方誌上也沒有收録。如烏龍江，有的納蘭詞注本認爲即松花江，有的認爲即黑龍江。我根據吴振臣寧古塔紀略「愛葷（按即璦琿）木城四周皆山，城臨烏龍江」之語，且「烏」與「黑」同義，姑定爲即黑龍江。有些地名參考了近年出版的中華人民共和國地名詞典、北京名勝古迹辭典和有關省的省誌作了些修正和補充。至於性德的經歷事迹，由於直接的資料不多，大部分是根據康熙帝歷年在各地巡視的記録來推定的。但性德畢竟還有他自己的行動，獨自出行或遊歷，或與友人一起游賞等，因此完全根據康熙帝或某些友人的事迹來推斷，也未必允當。如十三陵、昌平、西山寶珠洞等地，他完全可能獨自去遊覽或與友人同往，不能僅根據康熙帝的行蹤來確定詞的寫作年份。而且一首詞的寫作年份往往與詞的内容有關。如臨江仙謝餉櫻桃詞，如認爲餉櫻桃者是徐乾學，可以把這首詞的創作繫於康熙十二年；如認爲餉櫻桃者爲宫女，則性德擔任侍衛職務的任何一年都有可能（櫻桃熟時他不在北京的年份除外）。又如浣溪沙（十八年來墮世間）詞，如認爲所寫的是作者的妻子盧氏，則應繫於康熙十三年；如認爲所寫的是沈宛，則應當作於康熙二十三年。所以現有的關於納蘭詞作的編年，存在很大的差異。

本書初版問世後，這幾年内又出版了多種納蘭詞（或飲水詞），其中有兩種是箋注本：一九九六年張秉戍箋注的納蘭詞箋注和趙秀亭、馮統一箋校的飲水詞箋校。張秉戍本的注釋比較簡單，不過它附録的對納蘭詞的集評以及論文索引等資料，很有參考價值。趙秀亭、馮統一箋校本對史實有較詳細的叙述，對性德與友人之間的交往以及生平編年等都花了很大的功夫，是一部很有價值的著作。稍感不足的，是對某些作品本身的理解、分析，似有點牽强附會。詞是藝術，每一首詞都是一件完整的藝術品。如果抓住其中的某一句加以引伸擴大，比附史實，而不管與其餘的詞句有没有矛盾，則必然會導致對詞意産生誤解。如臨江仙謝餉櫻桃詞，飲水詞箋校一書對我初版中的「此詞爲酬一宫女遺贈櫻桃而作」提出異議，以爲「未得詞旨」，並逐句比附康熙十二年性德會試中式後因患寒疾未參加廷試的事實，認爲餉櫻桃者應是其座師徐乾學。但對詞中「强拈紅豆酬卿」句却一筆帶過，略而不談。竊以爲對座師稱「卿」，未免失禮。而且以情侣之間表示相思之情的紅豆回贈，亦太覺不倫了。又如浣溪沙西郊馮氏園看海棠，因憶香嚴詞有感詞，飲水詞箋校認爲是爲懷念龔鼎孳而作的。但詞中有「斷腸人去自今年」、「倩魂銷盡夕陽前」的句子，把「斷腸人」、「倩魂」這樣的詞語用在一個五十九歲的老頭身上，是令人難以想像的。況且詞的標題是「因憶香嚴詞有感」，分明是有感於香嚴詞中提到的某件事或某個人，而不是龔本人。

鑒於本書初版與後來出版的著作在注釋和對詞意的理解方面存在某些不同的意見，因此借這次修訂的機會，略作解釋，以説明我對納蘭詞的箋注工作的認識。詩無達詁，各人理解不同，見仁見智，原是很平常的。大家可以保持自己的見解，申述各自的理由。讀者可以同意某種解説，或同意另一種解説，也可以别有會心，提出另外的見解。這個修訂本名曰修訂，其實也只是在初版的基礎上作了某些改正和補充。此外，針對性德早年戀愛事迹還很少有人研究的情況，我撰寫了納蘭性德早年戀情探索一文附於書後，以期對理解性德早年的愛情詞作些探索。

有關納蘭詞的問題還有許多，有待於進一步證實和解決。希望今後能有更多的著作或論文發表，把研究納蘭性德的工作提高到一個新的水平。

張草紉　二〇〇三年三月

# 前言

清兵入關之初，遭到漢族人民的强烈反抗。清皇朝採取殘酷的鎮壓政策，把各地的義軍一一擊敗。及至清朝的第四代皇帝康熙時代，抗清的浪潮逐漸平息，清政權漸趨穩固，就改變以鎮壓爲主的民族政策，而採用安撫的手段。其中較爲重要的一點是尊經崇儒，開設博學鴻詞科，以網羅漢族知識分子。因此，在這一段時期，各種文化學術都有所發展。作爲一種特殊的詩體的詞也並不例外。

詞起源於中晚唐，歷五代，至宋代而達到極盛時期。但在入元以後，已漸衰微，明末清初又重新興盛起來。清初詞人，如吴偉業、曹溶、宋琬、龔鼎孳、吴綺、毛奇齡、陳維崧、朱彝尊、彭孫遹、王士禛、曹貞吉、顧貞觀、厲鶚等，都是很著名的。而其中最特出的，則爲納蘭性德。胡薇元歲寒居詞話稱他可與「竹垞（朱彝尊）、其年（陳維崧）鼎足詞壇」；況周頤蕙風詞話尊他爲「國初第一詞人」；譚獻在篋中詞中謂他與項廷紀、蔣春霖「二百年中分鼎三足」；王國維在人間詞話中對他更爲贊賞，甚至説：「北宋以來，一人而已。」可見後人對他的推崇。

納蘭性德（一六五五—一六八五），原名成德，字容若，號楞伽山人。出身滿族貴族，隸屬正黄旗。在明代初葉，滿族分爲三大部族：建州女真、海西女真、野人女真。其中建州女真力量最强。性德的家族屬於海西女真。各部族之間經常發生争戰和兼併。至明代末葉，海西女真爲建州女真所吞併，納蘭性德的曾祖父金台什戰死。建州女真的首領努爾哈赤爲了安撫海西女真的餘衆，納金台什的妹妹爲妃，生下的兒子就是清太宗皇太極。因此，納蘭性德的祖父與康熙皇帝的祖父是表兄弟。

納蘭性德的父親明珠，歷任内務府總管、刑部尚書、都察院左都御史、兵部尚書、吏部尚書、武英殿大學士、太子太傅、太子太師等職，權傾朝野。明珠是一個善於弄權的官僚，他結黨營私，賣官鬻爵，貪婪無比。

納蘭性德十七歲進太學，十八歲中舉，十九歲會試中式，因患寒疾，没有參加殿試。二十二歲第二次參加考試纔考中進士，被授予三等侍衛的官職。後又晉升爲二等侍衛、一等侍衛，直到三十一歲去世。侍衛是皇帝的貼身隨從，納蘭性德被康熙帝留在身邊，顯然由於他是滿族人，又與康熙沾上一點親戚關係，纔得到皇帝的寵信。他多次跟隨康熙出巡，到過京畿、塞外、關東、山西，最遠的一次還去過江南。作爲八旗子弟，他能文能武，韓菼稱他「君日侍上所，所巡幸無近遠必從，從久不懈，益謹。上馬馳獵，拓弓作霹靂聲，無不中。或據鞍占詩，應詔立就」。〔一〕性德是一個很有才能的青年，希望能有機會一展懷抱，作一番於國於民有利的事業，「竟須將、銀河親挽，普天一洗。麟閣才教留粉本，大笑拂衣歸矣」。而在現實生活中，他却在幹鞍前馬後枯燥乏味的打雜工作，又没有能力改變這種生活。因此在他的詩詞和給友人的信札中常流露出消沉的心情。在九年的侍衛生涯中，他只做了一件實際工作，那就是北赴梭龍進行偵察。

梭龍即索倫部，是分佈在西起石勒克河以及外興安嶺東至黑龍江北岸支流精奇里江一帶的達斡爾、鄂温克和鄂倫春等族的總稱，向來處於清皇朝的統治之下。在三藩叛亂期間，清室忙於在南方用兵，無暇北顧，沙皇俄國便乘機東進，不斷挑起邊境糾紛，還侵佔了大片土地。清廷平定三藩之後，回過頭來着手處理北疆的事務，於康熙二十一年（一六八二）八月命郎談、彭春率領一支隊伍赴梭龍進行偵察。納蘭性德亦是其中一員，並且出色地完成了任務。徐乾學在碑文中說：「及卒，上在行宫聞之震悼。後梭龍諸羌降，命宫使就几筵哭告之，以君前年奉使功故。」〔二〕

性德在康熙十三年二十歲時娶兩廣總督、兵部尚書、都察院右副都御史盧興祖之女爲妻。夫妻十分恩愛。可惜時間不常。盧氏在康熙十六年五月三十日産後病故。性德非常哀痛。納蘭詞中有不少描寫愛情、思念和悼亡的作品，都是爲她而寫的。三年後續娶官氏爲繼室，感情也不錯。性德還有一侍妾顔氏。據顔氏所生子富格生於康熙十四年推算，性德納顔氏可能在

十二、十三年之間。十二年春性德因患寒疾未參加殿試，失去了科舉制中最好的一次晉升機會，心中很抑鬱。況且已年届婚齡，明珠夫婦欲爲他娶妻，可能一時找不到門當户對的合適人選，於是先爲他納一侍妾，以慰其孤寂，並且照料他的生活。性德在扈駕至遼東、五臺山、江南一帶巡視及赴梭龍偵察的行役途中所寫的一些思家的作品，顯然是爲官氏和顔氏而作的。

長期的侍衛職務使性德精神上感到十分苦悶，加上他早年的詞友顧貞觀、嚴繩孫輩相繼離開了北京。官氏、顔氏多半只是賢妻良母型的婦女，不通文墨。所以他希望能得到一個有才藝的、能溝通思想的女子爲伴侣。後來經顧貞觀介紹，他於康熙二十三年冬南巡歸京後納江南藝妓女詞人沈宛爲侍妾。性德爲她另搆一曲房，屬嚴繩孫書其額曰「鴛鴦社」。兩人十分投契，情深意重。可惜這段美好的因緣爲時甚短。可能是由於性德是帝座的貼身侍衛，娶一社會關係複雜的漢族民間女子爲侍妾與機要的禁衛工作有礙，也可能是明珠認爲性德與這樣的女子結合會影響性德的仕途，使性德受到很大的壓力。他與沈宛僅相處了三四個月，不得不分手。沈宛於康熙二十四年春返回江南。納蘭詞中有幾首思念沈宛並表示悔恨的詞，爲數不多。因爲就在當年的五月三十日，性德便離開了人世。

性德酷愛讀書，徐乾學稱他「自幼聰敏，讀書一再過即不忘。善爲詩，在童子已句出驚人」〔三〕。特别是在因病未參加廷試以後的三年裏，「益肆力經濟之學，熟讀通鑑及古人文辭，三年而學大成」〔四〕。他還喜歡結交有才學的人。韓菼説他與「達官貴人相接如平常，而結分義，輸情愫，率單寒羈孤侘傺困鬱守志不肯悦俗之士」〔五〕。當代的名士，如朱彝尊、陳維崧、嚴繩孫、梁佩蘭、姜宸英、顧貞觀、秦松齡、葉方藹等，都和他有很深的情誼。這些人的年紀，要比性德大二十五到三十歲。他們相識時，性德還是個年方弱冠的青年公子，而這些人已接近五十歲，要比他長一個輩分。他們所以能不顧年齡差别，結成忘年之交，是出於對文學的共同愛好，是相互傾慕對方的才學。這些中老年文士雖然有了相當的名望，或擔任過一定的官職，但世路蹭蹬，並不得意，因此把性德看作平生的知己。如朱彝尊在挽詩中説：「斯人不可作，知己更誰憐。」陳維崧在賀新郎贈成容若詞中説：「昨夜知音才握手，笛裏飄零曾訴。長太息、鍾期難遇。」

性德對這些文人朋友寄予很大的同情和關心，盡己所能給予他們政治上的庇護和經濟上的周濟。性德與顧貞觀交情最深，當顧貞觀遭到他人攻擊之時，性德曾幫他排解。顧在祭文中説：「洎讒口之見攻，雖毛裏之戚，未免致疑於投杼，而吾哥必陰爲調護。」康熙十九年，姜宸英以母喪南歸，得到過性德的資助。姜在信中説：「軫念貧交，施及存歿，使藐然之孤，雖不能盡養於生前，猶得慰所生於地下。」〔六〕最爲人稱道的是營救吴兆騫。吴兆騫，字漢槎，是清初江南有名的詩人。他於順治十四年參加江南鄉試，中了舉人，不料有人告發主考官舞弊，因而捲入了科場案。清廷下令清查，把考生全部押送到北京，在殿前覆試，戒備森嚴。吴漢槎雖然是有真才實學的，在這種場合也嚇得戰慄不能成文，交了白卷。結果被流放到寧古塔。顧貞觀是吴漢槎的好友，寫了兩首金縷曲寄給吴漢槎。性德讀了這兩首金縷曲，大爲感動，顧貞觀乘機請求性德營救吴漢槎。性德又去懇求他的父親明珠，終於在康熙二十年把吴漢槎贖回。

納蘭性德的這些忘年之交，大半是明朝的遺少或世家子弟。如嚴繩孫是明朝刑部侍郎嚴一鵬的孫子，明亡時嚴繩孫已二十多歲；陳維崧是有名的東林黨人、明末四公子之一陳貞慧的兒子，曾考中過崇禎十五年的鄉試，明亡時亦已二十上下；葉方藹的父親葉重華在明朝官至太常寺少卿。他們對於異族的入侵没有勇氣和力量抗争，只能接受現實，並且經過一段時期的隱遁，又順應時勢出來爲新朝效力。然而他們在思想感情上畢竟與舊朝有千絲萬縷的聯繫，又不敢明確地表達出來，只能把故國之思化作興亡之感。這一點在嚴繩孫的秋水集中表現得最特出。如「興亡滿眼今何夕，去住無心我未僧」（靈巖呈繼大師），「總是興亡千古地，莫教潮汐送閑愁」（秋日雜感）。陳維崧虞美人詞曰「年來生怕説興亡，笑指楚天新雁兩三行」，表明的也是這種思想。

納蘭性德經常同這些人接觸，思想上未免受到影響。因此在他的作品中，也常常流露出興亡之感：

漢陵風雨，寒烟衰草，江山滿目興亡。（望海潮）

須知今古事，棋枰勝負，翻覆如斯。歎紛紛蠻觸，回首盡成非。（滿庭芳）

不道興亡命也豈人爲。（南歌子）

他把國家朝代的盛衰興亡，歸之於天命，而且認爲天意莫測，世事翻覆不定，個人是無能爲力的，只能逆來順受。不僅如此，他經過十三陵，看到前代帝王的陵墓一片荒涼，還深表同情：

行人莫話前朝事，風雨諸陵。寂寞魚燈，天壽山頭冷月橫。（采桑子）

休尋折戟話當年，只灑悲秋淚。斜日十三陵下，過新豐獵騎。（好事近）

前朝帝王的陵園，成了新朝王室的遊獵之所，確實是可悲的。不過這畢竟是遺民的感情，作爲一個滿族的貴族公子而有這樣的感情，就不尋常了。

納蘭性德認爲個人的窮達，也是由命運決定的：

自古青蠅白壁，天已早安排就。（霜天曉角）

而且有才學的人，命運偏偏不好，癡頑無知的人，命運倒好。天道就是這樣不公正：

慧業從來偏命薄。（湘靈鼓瑟）

高才自古難通顯。（金縷曲）

怪人間厚福，天公盡付癡兒騃女。（水龍吟）

因此可以說，納蘭性德的思想，既有消極的宿命論的一面，也有不滿現實、蔑視庸俗、同情落魄不遇之士的積極的一面。

性德對自己出身於官僚貴族家庭並不滿意。韓菼説他「君雖履盛處豐，抑然不自多，於世無所芬華，若戚戚於富貴而以貧賤爲可安者。身在高門廣厦，常有山澤魚鳥之思」〔七〕。他自己也説：「僕亦本狂士，富貴鴻毛輕。」（野鶴吟贈友）對侍衛工作也並不喜歡：

金殿寒鴉，玉階春草，就中冷暖誰知道。（踏莎行）

須不羨承明班列。（金縷曲）

他處身於富貴場中，却把功名利禄看得十分淡薄，一心想到山林中去過隱居生活：

且乘閒、五湖料理，扁舟一葉。（金縷曲）

安得此山間，與君高卧閑。（菩薩蠻）

納蘭性德的作品，在他去世後由他的老師徐乾學編成通志堂集二十卷，包括賦一卷，詩、詞、文、渌水亭雜識各四卷，雜文一卷，附録二卷。其中以詞最具特色。

納蘭性德受生活的限制，與廣大勞動人民接觸不多，也没有經歷巨大的社會變動，因此他的詞題材比較狹窄，思想境界也不高，主要只反映他個人的感情和經歷，不過寫得真切感人，而且没有矜才使氣、堆砌辭藻等習氣，因此深受當時與後世讀者的喜愛。

性德的戀愛事跡，現在已很難查考。據清人筆記，他曾與表妹相愛，後表妹被選爲宮女。從遺留下來的詞的内容看，他有過不止一次的戀愛。他的愛情詞，不同於有些詞人所寫的對歌妓舞女的逢場作戲，而是表達了十分真摯的感情。有的描寫初遇時的心情：

正是轆轤金井，滿砌落花紅冷。驀地一相逢，心事眼波難定。誰省，誰省。從此簟紋燈影。（如夢令）

五字詩中目乍成，儘教殘福折書生，手挼裙帶那時情。（浣溪沙）

有的描寫重逢時的情景：

相逢不語，一朵芙蓉著秋雨。小暈紅潮，斜溜鬟心隻鳳翹。待將低喚，直爲凝情恐人見。欲訴幽懷，轉過回闌叩玉釵。（減字木蘭花）

曲闌深處重相見，勻淚偎人顫。淒涼別後兩應同，最是不勝清怨月明中。（虞美人）

而更多的是對逝去的愛情的思念和追憶，這種感情刻骨銘心，即使過了許多年，仍然忘不了：

彤雲久絶飛瓊字，人在誰邊？人在誰邊？今夜玉清眠不眠？香銷被冷殘燈滅，靜數秋天，靜數秋天，又誤心期到下弦。（采桑子）

近來怕説當時事，結徧蘭襟。月淺燈深，夢裏雲歸何處尋？（采桑子）

回廊一寸相思地，落月成孤倚。背燈和月就花陰，已是十年踪跡十年心。（虞美人）

此情已是成追憶，零落鴛鴦。雨歇微涼，十一年前夢一場。（采桑子）

時人和後人評論納蘭詞，或謂其「哀感頑豔」，或謂其「纏緜婉約」，或曰「悽惋處令人不忍卒讀」，或曰「柔情一縷，能令九轉迴腸」〔八〕，主要是指這一類詞。

納蘭性德與妻子盧氏十分恩愛。納蘭詞中描寫閨房生活的如：

露下庭柯蟬響歇。紗碧如烟，烟裏玲瓏月。並着香肩無可說，櫻桃暗吐丁香結。

笑捲輕衫魚子纈。試撲流螢，驚起雙棲蝶。瘦斷玉腰沾粉葉，人生那不相思絶。（蝶戀花）

把年輕夫婦的歡樂情景，寫得十分動人。但寫得更多的，是行役途中對妻子的思念：

晶簾一片傷心白，雲鬟香霧成遥隔。（菩薩蠻）

一紙寄書和淚摺，紅閨此夜團圞月。（蝶戀花）

最感人的，是他的悼亡詞：

欲語心情夢已闌，鏡中依約見春山。方悔從前真草草，等閑看。　環佩祗應歸月下，鈿釵何意寄人間。多少滴殘紅蠟淚，幾時乾？（攤破浣溪沙）

自那番摧折，無衫不淚，幾年恩愛，有夢何妨。最苦啼鵑，頻催別鵠，贏得更闌哭一場。

遺容在，只靈飈一轉，未許端詳。（沁園春）

青衫濕徧，憑伊慰我，忍便相忘。半月前頭扶病，翦刀聲猶共銀釭。……料得重圓密誓，難禁寸裂柔腸。（青衫濕）

手寫香臺金字經，惟願結來生。蓮花漏轉，楊枝露滴，想鑒微誠。（眼兒媚）

不僅睹物神傷，魂牽夢縈，而且把希望寄託於來生，願來世重尋舊好，再結良緣。這種真摯的感情，出自肺腑，感人至深，即使不加文辭藻飾，也是上好文章。

納蘭詞的另一特色，就是描寫塞外風光。兩宋詞人，由于受當時歷史環境的限制，没有機會看到塞北風光，因此宋詞中描寫邊塞的很少，除范仲淹漁家傲詞「塞下秋來風景異」外，别無佳構。納蘭性德在擔任侍衛職務期間，曾扈從康熙帝到山海關、遼寧、吉林一帶巡視，還到過黑龍江，因此留下許多描寫塞外景色的詞：

一抹晚烟荒戍壘，半竿斜日舊關城。（浣溪沙）

氈幕繞牛羊，敲冰飲酪漿。（菩薩蠻）

落日萬山寒，蕭蕭獵馬還。（菩薩蠻）

萬帳穹廬人醉，星影摇摇欲墜。（如夢令）

這些詞寫得精勁深雄，可以説是填補了詞作品上的一個空白點。

清初的詞，雖號稱復興，其實還未能擺脱前人的窠臼。「蓋文體通行既久，染指遂多，自成習套。豪傑之士亦難於其中自出新意。……一切文體，所以始盛終衰者，皆由于此」〔九〕。納蘭性德所以能卓爾不羣，高出清初諸名家之上，就在於他受這種習套的影響還不深。王國維評論説：「納蘭容若以自然之眼觀物，以自然之舌言情，皆由初入中原，未染漢人風氣，故能真切如此。」〔一〇〕

納蘭性德生前，曾把他的部分詞作刊印爲側帽詞，後顧貞觀把他的詞與自己的詞合刊爲彈指詞側帽詞合刊本。康熙十七年顧貞觀與吳綺又爲他校定飲水詞，刊於吳中。據楊蓉裳序，飲水詞僅百餘闋。性德去世以後，他的老師徐乾學於康熙三十年輯其遺著爲通志堂集，其中詞四卷，計三百首。他的好友張純修亦於同年爲他刊印飲水詩詞集，由顧貞觀閱定。其中詞共三百零三首，次序及字句與通志堂集大致相同，唯少金縷曲（疏影臨書卷）一首，多瑞鶴仙（馬齒加長矣）、菩薩蠻（車塵馬跡紛如織）、於中好（馬上吟成促渡江）、滿江紅（籍甚平陽）四首。張純修原刊本流傳甚少，但以後經過多次翻印，有道光二十五年的重梓本（有張祥河序）、萬松山房飲水詩詞集、粵雅堂叢書飲水詩詞集等。嘉慶二年，袁蘭村亦刊印過飲水詞鈔，不過僅收詞二百餘闋。道光十二年，汪珊漁根據顧貞觀原輯本、楊蓉裳抄本、袁蘭村刊本、昭代詞選、名家詞鈔、詞匯、詞綜、詞雅、草堂嗣響、亦園詞選等書，共輯得詞三百餘首，分成五卷，定名爲納蘭詞。光緒六年，許增在汪珊漁本的基礎上又增加補遺二十一首，共計三百四十二首，成爲比較完整的納蘭詞。民國二十六年開明書店出版清名家詞，其中的通志堂詞又增補了五首，共三百四十七首。顧貞觀彈指詞在虞美人佛手柑一闋下面有一段按語説：「後數詞皆與容若同賦，其餘唱和甚多，存者寥寥，言之墮淚。」所謂後數詞，是指雨中花梅、一斛珠鷹、青玉案雁字。然而這四首詞在今本納蘭詞中都沒有。此外，朱彝尊曝書亭詞中有一首臨江仙和成容若見寄秋夜詞，高士奇清吟堂詞中有一首花發沁園春和容若種桃，在今本納蘭詞中也沒有原作。可見散失的作品還有不少。

本書以光緒六年的許增刊本爲底本，末附清名家詞中增補的五首，又從上海圖書館詞人納蘭容若手跡朱彝尊跋文中輯得聯句詞浣溪沙一首，作爲補遺二。書中保留許增刊本中的校記（簡稱原校），又根據通志堂集（簡稱通本）、張純修刊本飲水詩詞集道光二十五年的重梓本（簡稱張本）、萬松山房刊印本、袁蘭村小倉山房刊本飲水詞鈔（簡稱袁本）、道光十二年汪元治結鐵網齋藏版納蘭詞（簡稱汪本），以及康熙十六年刊印的顧貞觀、納蘭性德同選的今詞初集（簡稱今詞），康熙十八年刊印的卓回的古今詞匯（簡稱詞匯），康熙二十五年刊印的蔣景祁的瑶華集，康熙五十四年沈時棟選尤侗、朱彝尊定的古今詞選（簡稱古今），乾隆三十二年刊印的蔣重光的昭代詞選（簡稱昭代），嘉慶三年刊印的姚階的國朝詞雅（簡稱詞雅），嘉慶七年刊印的王昶的國朝詞綜（簡稱詞綜），光緒八年刊印的譚獻的篋中詞重新校訂。凡底本缺漏訛誤據校本改正增補者或校本有可供參考之異文者，均予出校；凡校本明顯訛誤或一般習用之通假字、避諱字、異體字，均不出校。瑶華集中，對作者無題之詞，皆擅加詞題，亦概不出校。

納蘭詞中注明寫作年代的，僅有浣溪沙庚申除夜、青玉案辛酉人日等四首。幸而他的經歷比較簡單，從二十二歲考中進士到三十一歲去世，十年間一直擔任侍衛之職，跟隨康熙左右。所以一部分作品可以根據其內容（提到的地名和描寫的節候），對照康熙出巡的行蹤而推算出創作的年月。另外一小部分送別友人的作品，可以根據友人離京的年份確定創作時間。但有相當數量抒寫豔情的小詞，就無法查考了。

注釋方面，着重注明本事、典故、名物、俗語，及納蘭性德襲用、化用前人的語詞意境，必要時略作串講，以期對讀者閱讀、欣賞納蘭詞有所幫助。注釋中引用前人作品，凡首見時標明作者朝代，重見時則從略。

納蘭詞的箋注本，解放前正中書局曾出版過李勖的飲水詞箋，注得很簡單，有不少錯誤和疏漏。不過畢竟爲後人打下了一個基礎，篳路藍縷，功不可没。近年出版的黄天驥的納蘭性德和他的詞一書，對納蘭性德的生平和交游作了比較詳細的整理工作，但對作品本身，研究得不多。我在作箋注時，參考了上述兩書，也作了一些訂正。

理解别人的作品，特别是古詩詞，不是一件容易的事。整理古人的作品，是一個長久性的工程，不可能一蹴而就。我的箋注，只是爲這一工程添加了一些磚瓦，希望後來者再在我的基礎上繼續提高。限于水平，箋注中必然有不少錯誤和牽强附會的地方，衷心地希望專家和讀者們指正。

張草紉　一九九一年六月，二〇〇三年三月修改

【附注】

〔一〕見韓菼通議大夫一等侍衛進士納蘭君神道碑銘。
〔二〕見徐乾學通議大夫一等侍衛進士納蘭君神道碑文。
〔三〕見徐乾學通議大夫一等侍衛進士納蘭君墓志銘。
〔四〕見徐乾學通議大夫一等侍衛進士納蘭君墓志銘。
〔五〕見韓菼通議大夫一等侍衛進士納蘭君神道碑銘。
〔六〕見湛園藏稿與成容若。
〔七〕見韓菼通議大夫一等侍衛進士納蘭君神道碑銘。
〔八〕參閲本書附録總評。
〔九〕見王國維人間詞話。
〔一〇〕見王國維人間詞話。

# 納蘭詞箋注目録

## 納蘭詞箋注卷二

## 納蘭詞箋注卷三

## 納蘭詞箋注卷四

## 納蘭詞箋注卷五

## 納蘭詞箋注補遺一

## 納蘭詞箋注補遺二



## 附録一

# 納蘭詞箋注卷一

## 憶江南

昏鴉盡，小立恨因誰〔一〕？急雪乍翻香閣絮〔二〕，輕風吹到膽瓶梅〔三〕。心字已成灰〔四〕。

【校】

〔調〕通本、張本作「夢江南」。

【箋注】

〔一〕恨因誰：因何事而心懷悵恨。

〔二〕世説新語言語：「謝太傅（安）寒雪日内集，與兒女講論文義。俄而雪驟，公欣然曰：『白雪紛紛何所似？』兄子胡兒（謝朗）曰：『撒鹽空中差可擬。』兄女（謝道藴）曰：『未若柳絮因風起。』公大笑樂。」香閣，即香閨。

〔三〕膽瓶：長頸大腹之花瓶，以形如懸膽而得名。

〔四〕心字：即心字香，用香末繞成心字形的香。宋蔣捷一翦梅舟過吴江詞：「何日歸家洗客袍，銀字笙調，心字香燒。」

## 赤棗子

驚曉漏，護春眠。格外嬌慵只自憐。寄語釀花風日好〔一〕，緑窗來與上琴絃〔二〕。

【校】

〔驚曉漏〕瑶華集作「聽夜雨」。

〔春眠〕瑶華集作「朝眠」。

〔只〕原校：一作「止」，誤。袁本作「止」，通本、張本作「衹」。

〔格外句〕瑶華集作「端的嬌慵也自憐」。

〔來與〕瑶華集作「來看」。

【箋注】

〔一〕釀花：促使花草生長、開花。宋吴潛江城子詞：「正春妍。釀花天。楊柳多情，拂拂帶輕烟。」

〔二〕唐趙光遠詠手二首之二：「撚玉搓瓊軟復圓，緑窗誰見上琴絃。」

## 憶王孫

西風一夜翦芭蕉。倦眼經秋耐寂寥〔一〕？强把心情付濁醪〔二〕。讀離騷。愁似湘江日夜潮〔三〕。

【校】

〔倦眼句〕通本、張本作「滿眼芳菲總寂寥」。

〔愁似湘江〕通本、張本作「洗盡秋江」。

【箋注】

〔一〕經秋：整個秋天。耐：通奈。

〔二〕濁醪：濁酒。南朝梁江淹恨賦：「濁醪夕引，素琴晨張。」

〔三〕湘江：在湖南省境内。屈原作品中常提到湘江，離騷中亦有「濟沅湘以南征兮，就重華而陳辭」的句子，因此取湘江作比喻。

# 玉連環影

按此調譜律不載，疑爲自度曲。

何處？幾葉蕭蕭雨〔一〕。濕盡檐花〔二〕，花底人無語。掩屏山〔三〕，玉鑪寒〔四〕。誰見兩眉愁聚倚闌干〔五〕。

【校】

〔按語〕通本、張本無，汪本「疑爲」作「或亦」。

【箋注】

〔一〕蕭蕭：形容雨聲。金元好問僧寺阻雨詩：「僧窗連夜蕭蕭雨，又較歸程幾日遲。」

〔二〕檐花：屋檐前的花。唐杜甫醉時歌：「清夜沉沉動春酌，燈前細雨檐花落。」

〔三〕屏山：屏風屈曲如山，故曰屏山。或謂屏風上所畫之山。唐温庭筠菩薩蠻詞：「無言匀睡臉，枕上屏山掩。」

〔四〕五代孫光憲生查子詞：「玉鑪寒，香燼滅，還似君恩歇。」

〔五〕宋趙長卿青玉案殘春詞：「梅黄又見纖纖雨，客裏情懷兩眉聚。」五代李珣望遠行詞：「露滴幽庭落葉時，愁聚蕭娘柳眉。」

## 遐方怨〔一〕

欹角枕〔二〕，掩紅窗。夢到江南伊家，博山沈水香〔三〕。湔裙歸晚坐思量〔四〕。輕烟籠翠黛〔五〕，月茫茫。

【校】

〔湔裙〕通本、張本、袁本作「浣裙」。

〔翠黛〕通本、張本、袁本作「淺黛」。

【箋注】

〔一〕此詞可能作於康熙二十四年春沈宛南歸後。詞中「江南伊家」，指作者侍妾沈宛家。參見本書前言。

〔二〕角枕：角製的或用角裝飾的枕頭。

〔三〕博山：即博山鑪。西京雜記一：「長安巧工丁緩者……又作九層博山香鑪，鏤爲奇禽怪獸，窮諸靈異，皆自然運動。」沈水香：即沈香，一種香料。梁書林邑國傳：「沈楮，土人斫斷之，積以歲年，朽爛而心節獨在，置水中則沈，故名曰沈香。」樂府詩集四九楊叛兒：「歡作沈水香，儂作博山鑪。」

〔四〕湔裙：古俗元日至月底，士女酹酒洗衣於水濱，祓除不祥。又稱湔裳，湔衫。玉燭寶典：「元日至於月晦，民並爲酺食渡水，士女悉湔裳，酹酒於水湄，以爲度厄。」唐李商隱擬意詩：「濯錦桃花水，湔裙杜若洲。」近人張相詩詞曲語辭匯釋卷四：「坐，猶自也。」坐思量，猶自思量也。

〔五〕翠黛：指婦女的眉毛。杜甫陪諸貴公子丈八溝攜妓納涼晚際遇雨二首之二：「越女紅裙濕，燕姬翠黛愁。」亦可指碧緑的遠山。

## 訴衷情

冷落繡衾誰與伴？倚香篝〔一〕。春睡起，斜日照梳頭。欲寫兩眉愁〔二〕，休休〔三〕。遠山殘翠收。莫登樓。

【箋注】

〔一〕香篝：即熏籠。

〔二〕寫：猶畫。趙長卿臨江仙詞：「露痕雙臉濕，山樣兩眉愁。」

〔三〕休休：重疊字，「罷、罷」之意。宋李清照鳳凰臺上憶吹簫詞：「休休！這回去也，千萬遍陽關，也則難留。」

# 如夢令

正是轆轤金井〔一〕，滿砌落花紅冷。驀地一相逢，心事眼波難定〔二〕。誰省？誰省？從此簟紋燈影〔三〕。

【箋注】

〔一〕轆轤：井上汲水的起重裝置。金井：有雕欄的井。五代李煜采桑子詞：「轆轤金井梧桐晚，幾樹驚秋。」

〔二〕明王次回戲和子荊春閨六韻詩：「懶得閑行懶得眠，眼波心事暗相牽。」

〔三〕宋蘇軾南堂五首之五：「掃地焚香閉閤眠，簟紋如水帳如烟。」杜甫大雲寺贊公房四首之三：「燈影照無睡，心清聞妙香。」

# 又

纖月黄昏庭院，語密翻教醉淺〔一〕。知否那人心？舊恨新歡相半。誰見？誰見？珊枕淚痕紅泫〔二〕。

【箋注】

〔一〕此句謂由于那人情話綿綿不絶，我的醉意也消退了。以上回憶舊情。

〔二〕珊枕：珊瑚枕。

## 又

木葉紛紛歸路。殘月曉風何處〔一〕。消息半浮沈〔二〕，今夜相思幾許。秋雨，秋雨。一半西風吹去〔三〕。

【校】

〔木葉紛紛〕原校：一作「黄葉青苔」。通本、張本作「黄葉青苔」。

〔殘月曉風〕原校：一作「屧粉衣香」。通本、張本作「屧粉衣香」。

〔半〕原校：一作「竟」。通本、張本作「竟」。

〔浮〕原校：一作「沈」。通本、張本作「沈」。

〔西〕原校：一作「因」。通本、張本作「因」。

【箋注】

〔一〕宋柳永雨霖鈴詞：「今宵酒醒何處？楊柳岸曉風殘月。」

〔二〕世説新語任誕：「殷洪喬（羨）作豫章郡，臨去，都下人因附百許函書。既至石頭，悉擲水中，因祝曰：『沈者自沈，浮者自浮，殷洪喬不能作致書郵。』」

〔三〕清朱彝尊轉應曲安丘客舍對雨詞：「秋雨，秋雨。一半回風吹去。」宋辛棄疾滿江紅詞：「被西風吹去，了無塵跡。」

## 天仙子

夢裏蘼蕪青一翦〔一〕，玉郎經歲音書斷〔二〕。暗鐘明月不歸來〔三〕，梁上燕，輕羅扇，好風又落桃花片。

【校】

〔斷〕原校：一作「遠」。通本、張本、袁本、今詞、詞匯、詞綜、詞雅作「遠」。

【箋注】

〔一〕蘼蕪：一種香草。玉臺新詠古詩八首之一：「上山采蘼蕪，下山逢故夫。」翦，量詞。用於花枝。朱彝尊山坡羊雙林庵曲：「船，橋那邊；蓮，紅一翦。」

〔二〕玉郎：女子稱丈夫或情人。五代顧敻遐方怨詞：「玉郎經歲負娉婷，教人争不恨無情。」

〔三〕暗鐘：猶晚鐘，暮鐘。

【輯評】

陳廷焯詞則大雅集：不減五代人手筆。

## 又

好在軟綃紅淚積〔一〕，漏痕斜罥菱絲碧〔二〕。古釵封寄玉關秋〔三〕，天咫尺，人南北，不信鴛鴦頭不白〔四〕。

【校】

〔天〕原校：一作「水」。張本、袁本作「水」。

【箋注】

〔一〕張相詩詞曲語辭匯釋卷六：「好在，存問辭。翫其口氣，彷佛『好麽』，用之既熟，則轉而義如『無恙』，又轉而不爲存問口氣，義如『依舊』矣。……宋陳亮好事近詞詠梅：『好在屋檐斜入，傍玉奴横笛。』此言梅之疏影横斜依舊也。」紅淚：泛指悲傷的眼淚。麗情集：「灼灼，錦城官妓也，善舞柘枝，能歌水調，御史裴質與之善。後裴召還，灼灼以軟綃聚紅淚爲寄。」宋毛滂調笑詞：「憔悴，何郎地。密寄軟綃三尺淚。」

〔二〕漏痕：即屋漏痕，謂寫字行筆頓挫，如屋漏之蜿蜒下注。唐陸羽懷素别傳：「鄔兵曹弟子問之曰：『夫草書於師授之外，須自得之……未知鄔兵曹有之乎？』懷素對曰：『似古釵脚，爲草書竪牽之極。』顔公曰：『師竪牽古釵脚，何如屋漏痕？』」此處以指淚痕。罥：猶挂。菱絲碧：指像菱絲一般淺碧色的綢緞。

〔三〕古釵：指寫字的筆劃挺直像古釵。唐韋續書品優劣：「李陽冰書若古釵倚物，力有萬夫，李斯之後，一人而已。」此處以指淚痕。玉關：即玉門關，在今甘肅敦煌縣西北。北周庾信竹杖賦：「親友離絶，妻孥流轉，玉關寄書，章臺留釧。」

〔四〕宋歐陽修荷花賦：「已見雙魚能比目，應笑鴛鴦會白頭。」

## 又

水浴涼蟾風入袂〔一〕，魚鱗觸損金波碎〔二〕。好天良夜酒盈樽〔三〕，心自醉，愁難睡，西南月落城烏起〔四〕。

【校】

〔題〕通本、張本題作「渌水亭秋夜」。

〔觸〕通本作「蹙」。

【箋注】

〔一〕蟾：蟾蜍，指月亮。水浴涼蟾，指月亮照映在水中。宋周邦彦過秦樓夜景詞：「水浴清蟾，葉喧涼吹，巷陌馬聲初斷。」

〔二〕金波：謂月光。漢書郊祀歌：「月穆穆以金波，日華燿以宣明。」此句指月光照在水面上，水波浮動，映射出像魚鱗似的細碎金光。

〔三〕辛棄疾臨江仙詞：「好天良夜月團團。」顧敻更漏子詞：「歌滿耳，酒盈樽，前非不要論。」

〔四〕唐張繼楓橋夜泊詩：「月落烏啼霜滿天。」温庭筠更漏子詞：「驚塞雁，起城烏，畫屏金鷓鴣。」

## 江城子

濕雲全壓數峯低，影淒迷，望中疑。非霧非烟，神女欲來時〔一〕。若問生涯原是夢〔二〕，除夢裏，没人知。

【校】

〔題〕通本題作「詠史」。

【箋注】

〔一〕非霧非烟：祥瑞的雲。史記天官書：「若烟非烟，若雲非雲，郁郁紛紛，蕭索輪囷，是謂卿雲。」唐唐彦謙賀李昌時禁苑新命詩：「萬户千門迷步武，非烟非霧隔儀形。」這裏指朝雲。宋玉高唐賦：「昔者楚襄王與宋玉遊於雲夢之臺，望高唐之觀，其上獨有雲氣，崪兮直上，忽兮改容，須臾之間，變化無窮。王問玉：『此何氣也？』玉對曰：『所謂朝雲者也。』王曰：『何謂朝雲？』玉曰：『昔者先王嘗遊高唐，怠而晝寢，夢見一婦人，曰：妾巫山之女也，爲高唐之客。聞君遊高唐，願薦枕席。王因幸之。去而辭曰：妾在巫山之陽，高丘之阻。旦爲朝雲，暮爲行雨。朝朝暮暮，陽臺之下。』」又神女賦：「楚襄王與宋玉遊於雲夢之浦，使玉賦高唐之事。其夜，王寢，果夢與神女遇。」此句形容神女來時，雲霧繚繞。

〔二〕李商隱無題二首之二：「神女生涯原是夢，小姑居處本無郎。」

## 長相思〔一〕

山一程，水一程，身向榆關那畔行〔二〕，夜深千帳燈〔三〕。　風一更，雪一更，聒碎鄉心夢不成〔四〕，故園無此聲。

【箋注】

〔一〕據徐乾學所作作者墓志銘：「上之幸……盛京、烏喇……未嘗不從」及「容若嘗奉使覘梭龍諸羌」，作者曾兩次東出山海關去東北地區。第一次是在康熙二十一年三月扈從康熙帝去的（清實録：「癸巳，上以雲南底定，海宇蕩平，躬詣永陵、福陵、昭陵告祭」）；第二次是在同年八月至十二月隨郎談去梭龍（清實録：「庚寅，上遣副都統郎談、公彭春等，率兵往打虎兒、索倫，聲言捕鹿，以覘其情形。」按索倫即梭龍）。詞中有「夜深千帳燈」之語，聲勢甚盛，當是三月扈駕時所作。

〔二〕榆關：即山海關，在今河北秦皇島市。清一統志永平府二山海關：「按明統志云，榆關在撫寧縣東二十里。徐達移於東界，改名山海。」

〔三〕元張翥上京秋日詩：「甌脱數家門早閉，轒輼千帳火宵明。」

〔四〕柳永爪茉莉秋夜詞：「金風動、冷清清地。殘蟬噪晚，甚聒得人心欲碎。」

【輯評】

王國維人間詞話：「明月照積雪」，「大江流日夜」，「中天懸明月」，「長河落日圓」，此種境界，可謂千古壯觀。求之於詞，唯納蘭容若塞上之作，如長相思之「夜深千帳燈」，如夢令之「萬帳穹廬人醉，星影摇摇欲墜」，差近之。

## 相見歡〔一〕

微雲一抹遥峯〔二〕，冷溶溶，恰與箇人清曉畫眉同〔三〕。　紅蠟淚〔四〕，青綾被〔五〕，水沈濃〔六〕，却與黄茅野店聽西風〔七〕。

**【校】**

〔調〕張本作「烏夜啼」。

〔却與〕通本、袁本作「却向」。

**【箋注】**

〔一〕此亦爲出塞之作，但詞中有「黄茅野店聽西風」之句，不像是扈駕隨行時所作。疑作於康熙二十一年八月去梭龍時，時令亦合。

〔二〕宋秦觀滿庭芳詞：「山抹微雲，天連衰草，畫角聲斷譙門。」又泗州東城晚望詩：「林梢一抹青如畫，應是淮流轉處山。」

〔三〕箇人：猶言那人。見詩詞曲語辭匯釋卷三。周邦彦瑞龍吟詞：「暗凝佇，因記箇人癡小，乍窺門户。」畫眉同：西京雜記：「文君姣好，眉色如望遠山。」

〔四〕温庭筠更漏子詞：「玉爐香，紅蠟淚，偏照畫堂秋思。」

〔五〕青綾被：青色薄布縫的被子。漢官典職：「漢尚書郎入值供青綾被、白綾被或錦被。」元趙孟頫點絳唇詞：「富貴浮雲，休戀青綾被。」

〔六〕水沈：即沈香。唐杜牧爲人題贈詩：「桂席塵瑶珮，瓊爐燼水沈。」

〔七〕王次回丁卯首春余辭家薄遊詩：「明朝獨醉黄茅店，更有何人把燭尋。」此句意謂自己身居侍衛之職，例應值宿宫中，現在却在此黄茅野店聽西風悲鳴。

## 又

落花如夢凄迷〔一〕，麝烟微〔二〕，又是夕陽潛下小樓西〔三〕。　愁無限，消瘦盡，有誰知？閒教玉籠鸚鵡念郎詩〔四〕。

【箋注】

〔一〕秦觀浣溪沙詞：「自在飛花輕似夢，無邊絲雨細如愁。」

〔二〕麝烟：焚麝香散發的香烟。温庭筠菩薩蠻詞：「深處麝烟長，卧時留薄妝。」

〔三〕杜牧題揚州禪智寺詩：「暮靄生深樹，斜陽下小樓。」

〔四〕唐鄭處誨明皇雜録：「開元中，嶺南獻白鸚鵡，養之宫中。歲久，馴擾聰慧，洞曉言詞。上及貴妃皆呼雪衣女。授以詞臣詩篇，數徧便可諷誦。」柳永甘草子詞：「奈此箇單棲情緒。却傍金籠共鸚鵡，念粉郎言語。」

## 昭君怨

深禁好春誰惜〔一〕？薄暮瑶階佇立〔二〕。别院管絃聲，不分明。又是梨花欲謝〔三〕，繡被春寒今夜〔四〕。寂寂鎖朱門〔五〕，夢承恩〔六〕。

**【箋注】**

〔一〕深禁：即深宫。宫殿門户皆設禁衛，故稱禁。

〔二〕唐李白菩薩蠻詞：「玉階空佇立，宿鳥歸飛急。」

〔三〕周邦彦浣溪沙詞：「遠岫出雲催薄暮，細風吹雨弄輕陰。梨花欲謝恐難禁。」

〔四〕宋晏幾道生查子詞：「牽繫玉樓人，繡被春寒夜。」

〔五〕唐劉方平春怨詩：「寂寞空庭春欲晚，梨花滿地不開門。」孫光憲生查子詞：「寂寞掩朱門，正是天將暮。」

〔六〕承恩：得到君王寵幸。唐杜荀鶴春宫怨詩：「承恩不在貌，教妾若爲容？」

## 又

暮雨絲絲吹濕，倦柳愁荷風急〔一〕。瘦骨不禁秋〔二〕，總成愁。　別有心情怎說？未是訴愁時節。譙鼓已三更，夢須成〔三〕。

【箋注】

〔一〕宋史達祖秋霽詞：「江水蒼蒼，望倦柳愁荷，共感秋色。」

〔二〕李商隱偶成轉韻七十二句贈四同舍詩：「玉骨瘦來無一把。」宋梅堯臣迴自青龍呈謝師直詩：「共君相別三四年，巖巖瘦骨還依然。」宋吳文英惜秋華木芙蓉詞：「凡花瘦不禁秋，幻膩玉、腴紅鮮麗。」

〔三〕詩詞曲語辭匯釋卷一：「須，猶應也。」

## 酒泉子

謝卻荼蘼〔一〕，一片月明如水。篆香消〔二〕，猶未睡，早鴉啼。　嫩寒無賴羅衣薄〔三〕，休傍闌干角〔四〕。最愁人，燈欲落，雁還飛。

【箋注】

〔一〕荼蘼：宋張邦基墨莊漫録九：「酴醾花或作荼蘼，一名木香，有二品。一種花大而棘，長條而紫心者爲酴醾。一品花小而繁，小枝而檀心者爲木香。」

〔二〕篆香：盤香。宋洪芻香譜：「近世尚奇者作香，篆其文，進十二辰，分一百刻，凡燃一晝夜而已。」秦觀減字木蘭花詞：「欲見回腸，斷盡金爐小篆香。」

〔三〕嫩寒：微寒。辛棄疾臨江仙詞：「金谷無烟宮樹緑，嫩寒生怕春風。」無賴：無奈。

〔四〕張先醉落魄詞：「朱唇淺破桃花萼，倚樓人在闌干角。夜寒手冷羅衣薄。」宋張元幹樓上曲詞：「明朝不忍見雲山，從今休傍曲闌干。」

【輯評】

陳廷焯詞則閑情集：情詞淒婉，似韋端己手筆。

## 生查子

東風不解愁，偷展湘裙衩〔一〕。獨夜背紗籠〔二〕，影著纖腰畫〔三〕。爇盡水沈烟〔四〕，露滴鴛鴦瓦〔五〕。花骨冷宜香，小立櫻桃下〔六〕。

【箋注】

〔一〕湘裙：湘地絲織品製成的裙。晏幾道鷓鴣天詞：「歌漸咽，酒初醺。儘將紅淚濕湘裙。」衩：衣裙下邊的開口。李商隱無題詩：「十歲去踏青，芙蓉作裙衩。」

〔二〕紗籠：紗製燈籠。

〔三〕以上二句謂夜間女子獨自背立在紗籠旁邊，火光映出她腰肢纖細的身影。

〔四〕水沈：沈香。宋施岳步月茉莉詞：「玩芳味、春焙旋熏，貯濃韻、水沈頻爇。」

〔五〕鴛鴦瓦：指成對的瓦。唐白居易長恨歌「鴛鴦瓦冷霜華重，翡翠衾寒誰與共？」

〔六〕花本無骨，此擬言。蘇軾雨中看牡丹詩：「清寒入花骨，肅肅初自持。」以上二句以花骨喻女子弱骨珊珊，站立于櫻桃花下，與花香十分相稱。

## 又〔一〕

鞭影落春隄，緑錦障泥捲〔二〕。脈脈逗菱絲〔三〕，嫩水吴姬眼〔四〕。

齧膝帶香歸〔五〕，誰整櫻桃宴〔六〕？蠟淚惱東風，舊壘眠新燕〔七〕。

【箋注】

〔一〕據徐乾學通議大夫一等侍衛進士納蘭君墓誌銘：「明年（指康熙十二年二月），會試中式，將廷對患寒疾。太傅曰：『吾子年少，其少俟之。』」此詞有「誰整櫻桃宴」之語，謂雖已中式而未能參加櫻桃宴也，可證當作於十二年三月稍後。

〔二〕障泥：垂於馬腹兩側，用以遮擋塵土的馬具。世説新語術解：「王武子善解馬性。嘗乘一馬，著連錢障泥，前有水，終日不肯渡。王云：『此必是惜障泥。』使人解去，便徑渡。」李商隱隋宮詩：「春風舉國裁宮錦，半作障泥半作帆。」

〔三〕脈脈：形容含情的目光。南朝梁簡文帝對燭賦：「迴照金屏裏，脈脈兩相看。」菱絲：菱莖折斷後有絲連着，如藕絲。形容含情的眼波，像菱絲那樣牽惹人。

〔四〕嫩水：微微的水波。亦用以比喻眼波。宋方千里浣溪沙詞：「嫩水帶山嬌不語，溼雲堆嶺膩無聲。香肩婀娜許誰憑？」吳姬：指吳地的女子。以上二句意謂春日騎馬出遊，得吳姬眷注。

〔五〕齧膝：謂良馬。良馬低下頭，可以達到膝部，故曰齧膝。漢王褒聖主得賢臣頌：「及至駕齧膝，驂乘旦。」百川學海：「徽宗時試畫『踏花歸去馬蹄香』，有一名畫但掃數蝴蝶飛逐馬蹄而已，便表得馬蹄香出也。」

〔六〕櫻桃宴：科舉時代慶賀新進士及第的宴會。五代王定保摭言：「新進士尤重櫻桃宴。乾符四年，永寧劉公第二子覃及第……於是獨置是宴，大會公卿。」誰整：詩詞曲語辭匯釋卷一：「誰，猶何也；那也；甚也。……岑參獻封大夫破播仙凱歌：『漢將承恩西破戎，捷書先奏未央宫。天子預開麟閣待，衹今誰數貳師功。』誰數，猶云那數也，言漢將之功那足數也。」此句意謂得吴姬一顧，已心滿意足，設不設櫻桃宴，又何足道哉。

〔七〕舊壘：舊巢。宋無名氏魚游春水詞：「秦樓東風裏，燕子還來尋舊壘。」此句謂見舊巢中新燕雙棲，而感到自身的孤單。（性德與盧氏結婚在康熙十三年）蓋雖得吴姬注目，畢竟僅通一顧而已。

## 又

玉局類

散帙坐凝塵〔一〕，吹氣幽蘭並〔二〕。茶名龍鳳團〔三〕，香字鴛鴦餅〔四〕。彈棋〔五〕，顛倒雙棲影〔六〕。花月不曾閒，莫放相思醒。

【箋注】

〔一〕散帙：打开的書卷。坐：無故，自然而然。晉張華雜詩三首之一：「朱火青無光，蘭膏坐自凝。」凝塵：塵土聚積。散帙凝塵，謂無心看書。

〔二〕東漢郭憲洞冥記：「（漢武）帝所幸宫人名麗娟，年十四，玉膚柔軟，吹氣勝蘭。」

〔三〕龍鳳團：最上等的茶。歐陽修歸田録卷下：「茶之品莫貴於龍鳳，謂之團茶，凡八餅重一斤。慶曆中蔡君謨爲福建路轉運使，始造小片龍茶以進，其品絶精，謂之小團，凡二十餅重一斤……宮人往往鏤金花於其上。」

〔四〕鴛鴦餅：香譜載有造香餅子法。此當爲印有鴛鴦花紋的香餅。

〔五〕玉局：玉製的棋盤。彈棋：漢魏時期的博戲。後漢書梁統傳附梁冀：「能挽滿、彈棋、格五、六博、蹴鞠、意錢之戲。」注引藝經：「彈棋，兩人對局，白黑棋各六枚，先列棋相當，更先彈也。其局以石爲之。」李商隱柳枝五首之二：「玉作彈棋局，中心亦不平。」

〔六〕謂月光照到棋盤上，映出棲息在枝頭的一對鳥兒的倒影。龍鳳、鴛鴦、雙棲的鳥兒皆成雙作對，益顯出女主人公的孤單。

## 又〔一〕

短焰剔殘花〔二〕，夜久邊聲寂〔三〕。倦舞卻聞雞〔四〕，暗覺青綾濕〔五〕。天水接冥濛〔六〕，一角西南白。欲渡浣花溪〔七〕，遠夢輕無力〔八〕。

【校】

〔邊聲寂〕瑶華集作「邊聲急」。

〔倦舞句〕瑶華集作「未卧已聞雞」。

〔暗覺〕瑶華集作「惆悵」。

〔欲渡句〕瑶華集作「忽憶浣花人」。

〔遠夢輕無力〕瑶華集作「輕夢渾無力」。

【箋注】

〔一〕此詞當作於某次扈從康熙帝至塞外巡視時。詞中未提及具體地點，故寫作年份無從確定。

〔二〕殘花：指燭花，燭心燃燒後結成的穗狀物。蠟燭燃久，燭花漸高，火焰漸短，故需把殘存的燭花剔去，亦即剪燭。

〔三〕邊聲：指邊地特有的聲音。漢李陵答蘇武書：「涼秋九月，塞外草衰。夜不能寐，側耳遠聽。胡笳互動，牧馬悲鳴，吟嘯成羣，邊聲四起。」

〔四〕晉書祖逖傳：「與司空劉琨俱爲司州主簿，情好綢繆，共被同寢。中夜聞荒雞鳴，蹴琨覺曰：『此非惡聲也。』因起舞。」此處反用其意。

〔五〕青綾：青綾被，見前一六頁相見歡（微雲一抹遥峯）注〔五〕。

〔六〕冥濛：幽暗不明。唐王泠然夜光篇：「遊人夜到汝陽間，夜色冥濛不解顔。」

〔七〕浣花溪：在四川成都市西郊，溪畔有杜甫故居浣花草堂。此借指作者自己的家。

〔八〕李白憶襄陽舊遊贈馬少府巨：「歸心結遠夢，落日懸春愁。」

## 又〔一〕

惆悵彩雲飛〔二〕，碧落知何許〔三〕？不見合歡花〔四〕，空倚相思樹〔五〕。總是別時情〔六〕，那得分明語。判得最長宵〔七〕，數盡厭厭雨〔八〕。

【校】

〔不見〕瑶華集作「當日」。

〔空倚〕瑶華集作「今日」。

〔別時情〕瑶華集作「別離情」。

〔那得〕瑶華集作「那待」。

〔判得二句〕瑶華集作「只合斷腸人，聽盡厭厭雨」。

【箋注】

〔一〕此詞有「惆悵彩雲飛：碧落知何許」之語，當作於康熙十六年妻子盧氏去世後。

〔二〕李白宮中行樂詞八首之一：「只愁歌舞散，化作彩雲飛。」

〔三〕碧落：指天空。唐詩注解引度人經：「東方第一天，有碧霞徧滿，是云碧落。」白居易長恨歌：「上窮碧落下黄泉，兩處茫茫皆不見。」何許：何處。

合好。

〔四〕合歡：植物名，夏季開花，花淡紅色，又名馬纓花。古代常以合歡贈人，謂可以消怨

〔五〕相思樹：見後九三頁減字木蘭花（花叢冷眼）注〔三〕。

〔六〕詩詞曲語辭匯釋卷一：「總，猶縱也。」

〔七〕詩詞曲語辭匯釋卷五：「判，割捨之辭，亦甘願之辭。……杜甫曲江值雨詩：『縱飲久判人共棄，嬾朝真與世相違。』」

〔八〕厭厭：綿綿不絕的樣子。宋無名氏檐前鐵詞：「悄無人，宿雨厭厭，空庭乍歇。」

## 點絳唇　詠風蘭〔一〕

別樣幽芬〔二〕，更無濃豔催開處。凌波欲去〔三〕，且爲東風住。　忒煞蕭疏〔四〕，怎耐秋如許？還留取，冷香半縷，第一湘江雨〔五〕。

【校】

〔題〕張本作「題見陽畫蘭」。

【箋注】

〔一〕據張本標題，此詞係爲張見陽所畫蘭花的題詞。張見陽於康熙十八年曾任湖南江華縣

縣令，故詞中特別提到湘江。參見後一五六頁菊花新注〔一〕。風蘭，蘭科植物，花白色，微香。

〔二〕宋曾慥浣溪沙詞：「別樣清芬撲鼻來。」

〔三〕三國魏曹植洛神賦：「凌波微步，羅襪生塵。」

〔四〕忒煞：過於。

〔五〕以上三句謂在畫幅上留下半縷清香，在湘江烟雨中，尤爲特出。

## 又　對月

一種蛾眉〔一〕，下弦不似初弦好〔二〕。庾郎未老，何事傷心早〔三〕？　素壁斜輝，竹影橫窗掃〔四〕。空房悄，烏啼欲曉，又下西樓了〔五〕。

**【箋注】**

〔一〕詩詞曲語辭匯釋卷三：「一種，猶云一樣或同是也。」蛾眉：蠶蛾的觸鬚彎曲而細長，以喻女子長而美的眉毛。此借指月彎。南朝宋鮑照翫月城西門廨中詩：「末映東北墀，娟娟似蛾眉。」

〔二〕下弦：指農曆每月二十三日前後的月亮。初弦：即上弦，指農曆每月初八前後的月亮。

〔三〕庾郎：庾信，北周文學家。作者自比。宋姜夔齊天樂詞：「庾郎先自吟愁賦。」按庾信著有傷心賦，其序曰：「二女成人，一長孫孩稚，奄然玄壤，何痛如之。既傷即事，追悼前亡，惟覺傷心，遂以傷心爲賦。」此詞可能作於妻子盧氏死後不久，故有「未老」、「傷心」、「空房」之語。據葉舒崇皇清納臘室盧氏墓誌銘，盧氏於康熙十六年五月三十日産後病故。

〔四〕庾信至仁山銘：「壁繞藤苗，窗銜竹影。」

〔五〕宋朱敦儒春曉曲：「西樓落月雞聲急。」

## 又　黄花城早望〔一〕

五夜光寒〔二〕，照來積雪平于棧〔三〕。西風何限〔四〕？自起披衣看。　對此茫茫，不覺成長歎〔五〕。何時旦〔六〕？曉星欲散，飛起平沙雁〔七〕。

**【箋注】**

〔一〕黄花城有二。其一，據大清一統志大同府：「黄花城，在山陰縣北。」其二，據中華人民共和國地名詞典：北京市懷柔縣黄花城在城關鎮西北二十六公里。古爲重要隘口。黄花城北一公里有黄花城關，爲明長城東關口。本書初版把詞中之黄花城定在大同，並將此詞繫於康熙二十二年九月扈駕至五臺山時。或謂此注地望不切，時令亦不合，九月時冀中氣候當不至嚴寒若此。

並認爲此黄花城應在北京懷柔。性德初當侍衛時，曾司牧馬之職，此詞係在近郊放牧時所作。但詞中有「西風何限」之語，按照我國慣例，東風、南風、西風、北風分屬於春夏秋冬四季。西風即秋風。秋季包括農曆七、八、九三個月。由於詞中提到積雪，故定爲九月，氣候變化無常，偶遭寒流侵襲，九月下雪亦有可能。「自起披衣看」，正因其異於尋常。行役在外，離家千里，對此茫茫白雪，又見北雁南飛，因此引起思鄉之情，是此篇主旨。若在懷柔之黄花城牧馬，離家甚近，則「長歎」、「平沙雁」云云不過是敷衍成文，「爲賦新詞强説愁」了。或謂康熙帝赴五臺山並不經過大同之黄花城。則或途中另有任務，派性德前往一行，或性德在另一次行役中路過該地，均有可能。聊備此一説。

〔二〕五夜：古時將一夜分甲、乙、丙、丁、戊五段，即五更。文選南朝梁陸佐公（倕）新刻漏銘：「六日無辨，五夜不分。」李善注引衛宏漢舊儀：「晝夜漏起，省中用火，中黄門持五夜。五夜者，甲夜、乙夜、丙夜、丁夜、戊夜也。」

〔三〕棧：栅欄。

〔四〕何限：多少。

〔五〕世説新語言語：「衛洗馬（玠）初欲渡江，形神慘顇，語左右云：『見此茫茫，不覺百端交集！』」

〔六〕春秋甯戚飯牛歌：「從昏飯牛薄夜半，長夜漫漫何時旦？」

〔七〕宋陸游埭西詩：「曬翎斜日鷗來熟，印跡平沙雁到新。」

## 又〔一〕

小院新涼，晚來頓覺羅衫薄。不成孤酌〔二〕，形影空酬酢〔三〕。蕭寺憐君〔四〕，別緒應蕭索。西風惡，夕陽吹角〔五〕，一陣槐花落。

【箋注】

〔一〕據通志堂集附録的姜宸英（西溟）的祭文：「於午未間（康熙十七、十八年），我蹶而窮，百憂萃止。是時歸兄，館我蕭寺。」此詞有「小院新涼」、「蕭寺憐君」之語，可能作於康熙十七年秋。十八年秋，姜以母喪南歸，納蘭性德又贈以金縷曲西溟言別賦此贈之及瀟湘雨送西溟歸慈溪。

〔二〕詩詞曲語辭匯釋卷四：「不成，猶云難道也。」方岳立春前一日雪詩：『不成過臘全無雪，只隔明朝便是春。』」

〔三〕李白月下獨酌詩：「花間一壺酒，獨酌無相親，舉杯邀明月，對影成三人。」

〔四〕蕭寺：泛指廟宇。唐李肇國史補：「梁武帝造寺，命蕭子雲飛白大書一蕭字。」後遂稱佛寺爲蕭寺。此處指龍華寺。姜氏湛園未定稿跋同集書後：「往年容若招予住龍華僧舍。」據朱彝尊日下舊聞，龍華寺在德勝門東，寺前即爲什刹海。與性德家甚近。

〔五〕陸游浣溪沙詞：「夕陽吹角最關情。」

【附】

## 點絳唇 和成容若韻

陳維崧

並坐燕姬，琵琶膝上圓冰薄。輕攏淺抹，巧把羈愁豁。　竟去摇鞭，點草霜鬉渴。西風惡，數聲城角，冷雁濛濛落。

# 浣溪沙

淚浥紅箋第幾行〔一〕，唤人嬌鳥怕開窗，那更閒過好時光〔二〕。　屏障厭看金碧畫〔三〕，羅衣不耐水沈香。偏翻眉譜只尋常〔四〕。

【校】

〔更〕原校：一作「能」。通本、張本、袁本作「能」。

〔畫〕原校：一作「盡」，誤。

【箋注】

〔一〕晏幾道兩同心詞：「相思處，一紙紅箋，無限啼痕。」

〔二〕詩詞曲語辭匯釋卷二：「那更，猶云況更也；兼之也。此那字無意義，與作怎字、豈字、奈字解者異。柳永祭天神詞：『柔腸斷，還是黄昏，那更滿庭風雨。』」唐明皇好時光詞：「彼此當年少，莫負好時光。」

〔三〕金碧畫：唐李思訓、昭道父子所作畫金碧輝映，自成家法。後世稱這一類畫爲金碧山水。

〔四〕眉譜：古代女子畫眉圖樣。明楊慎丹鉛續録十眉圖：「唐明皇令畫工畫十眉圖：一曰鴛鴦眉，又名八字眉；二曰小山眉，又名遠山眉；三曰五嶽眉；四曰三峯眉；五曰垂珠眉；六曰月稜眉，又名卻月眉；七曰分梢眉；八曰逐烟眉；九曰拂雲眉，又名横烟眉；十曰倒暈眉。」

## 又

伏雨朝寒愁不勝〔一〕，那能還傍杏花行？去年高摘鬭輕盈〔二〕。　漫惹爐烟雙袖紫，空將酒暈一衫青〔三〕。人間何處問多情？

【箋注】

〔一〕伏雨：杜甫秋雨歎詩：「闌風伏雨秋紛紛。」趙子櫟注：「闌珊之風，沉伏之雨，言其風雨之不已也。」

〔二〕白孔六帖卷六十一舞：「趙飛燕體輕，能爲掌上舞。」清吴偉業浣溪沙詞：「摘花高處賭身輕。」此句回憶去年曾見一少女在杏樹上摘花，與女伴比試身體的輕巧。與今日之「伏雨朝寒」作對比。

〔三〕漫惹二句：雙袖紫，杜甫紫宸殿退朝口號：「户外昭容紫袖垂。」酒暈，飲酒後臉上的紅暈。宋陸游宴西樓詩：「燭光低映珠幘麗，酒暈徐添玉頰紅。」雙袖紫可能指宮女，即去年所見摘花之人，一衫青指自己。

## 又

誰念西風獨自涼，蕭蕭黄葉閉疏窗，沈思往事立殘陽〔一〕。　被酒莫驚春睡重〔二〕，賭書消得潑茶香〔三〕。當時祗道是尋常。

**【校】**

〔祗〕原校：一作「止」。袁本作「止」。

**【箋注】**

〔一〕李珣浣溪沙詞：「鏤玉梳斜雲鬢膩，縷金衣透雪肌香，暗思何事立殘陽。」

〔二〕被酒：猶中酒，酒酣。史記高祖本紀：「高祖被酒，夜徑澤中，令一人行前。」宋程垓愁倚闌詞：「昨夜酒多春睡重，莫驚他。」

〔三〕李清照金石録後序：「每飯罷，坐歸來堂。烹茶，指堆積書史，言某事在某書某卷，第幾頁，第幾行，以中否勝負爲飲茶先後。中則舉，否則笑，或至茶覆懷中，不得飲而起。」

【輯評】

況周頤蕙風詞話卷二：黄東甫……眼兒媚云：「當時不道春無價，幽夢費重尋。」此等語非深於詞不能道，所謂詞心也。……納蘭容若浣溪沙云：「被酒莫驚春睡重，賭書消得潑茶香。當時只道是尋常。」即東甫眼兒媚句意。酒中茶半，前事伶俜，皆夢痕耳。

## 又

蓮漏三聲燭半條〔一〕，杏花微雨濕輕綃〔二〕，那將紅豆寄無聊〔三〕？　春色已看濃似酒〔四〕，歸期安得信如潮〔五〕。離魂入夜倩誰招？

【校】

〔輕綃〕通本、張本、袁本、昭代作「紅綃」。

〔那將〕昭代作「却將」。「寄」通本作「記」。

【箋注】

〔一〕蓮漏：蓮花漏的省稱，古代計時器。李肇唐國史補卷中：「初，慧遠以山中不知更漏，乃取銅葉製器，狀如蓮花，置盆水之上，底孔漏水，半之則沈，每晝夜十二沈。」毛滂武陵春詞：「留取笙歌直到明，蓮漏已催春。」

〔二〕清明時多雨而杏花盛開，謂杏花雨。宋志南絶句：「沾衣欲濕杏花雨，吹面不寒楊柳風。」

〔三〕紅豆：相思木所結子，色鮮紅或半紅半黑，古代常用以比喻愛情或相思。唐王維相思詩：「紅豆生南國，春來發幾枝？勸君多採擷，此物最相思。」

〔四〕元好問西園詩：「皇州春色濃於酒，醉煞西園歌舞人。」

〔五〕潮水漲落有定時，故稱潮信。唐李益江南曲：「早知潮有信，嫁與弄潮兒。」

## 又

消息誰傳到拒霜〔一〕？兩行斜雁碧天長，晚秋風景倍淒涼。　銀蒜押簾人寂寂〔二〕，玉釵敲燭信茫茫〔三〕。黄花開也近重陽。

【校】

〔敲燭〕通本、張本、袁本作「敲竹」。

【箋注】

〔一〕拒霜：即木芙蓉。本草：「木芙蓉八月始開，故名拒霜。」

〔二〕銀蒜：鑄成蒜形的銀塊，用於懸在簾下壓重，以免簾子被風吹起。蘇軾哨遍詞：「睡起畫堂，銀蒜押簾，珠幕雲垂地。」

〔三〕宋鄭會題邸間壁詩：「敲斷玉釵紅燭冷，計程應説到常山。」

## 又

雨歇梧桐淚乍收〔一〕，遣懷翻自憶從頭，摘花銷恨舊風流〔二〕。　簾影碧桃人已去，屧痕蒼蘚逕空留〔三〕。兩眉何處月如鉤〔四〕？

【箋注】

〔一〕温庭筠更漏子詞：「梧桐樹，三更雨。不道離情正苦。」

〔二〕五代王仁裕開元天寶遺事卷二銷恨花：「明皇於禁苑中，初，有千葉桃盛開，帝與貴妃日逐宴於樹下。帝曰：『不獨萱草忘憂，此花亦能銷恨。』」

〔三〕屧痕：鞋印。逕：小路。

〔四〕南朝宋鮑照翫月城西門廨中詩：「始見西南樓，纖纖如玉鈎。」李煜烏夜啼詞：「無言獨上西樓，月如鈎。」

## 又 西郊馮氏園看海棠，因憶香嚴詞有感〔一〕

誰道飄零不可憐，舊遊時節好花天，斷腸人去自今年。　一片暈紅疑著雨〔二〕，晚風吹掠鬢雲偏。倩魂銷盡夕陽前。

### 【校】

〔題〕通本、張本無。

〔今〕原校：「一作經。」正中書局飲水詞箋作「經」。

〔疑〕原校：一作「才」。通本、張本、袁本作「纔」，通。

〔晚風句〕原校：一作「幾絲柔柳乍和烟」。通本、張本、袁本作「幾絲柔緑乍和烟」。

### 【箋注】

〔一〕香嚴詞：明末清初詞人龔鼎孳的詞集香嚴齋存稿的簡稱，後刊定爲定山堂詩餘。龔鼎孳，字孝升，號芝麓。安徽合肥人。著有定山堂集。馮氏園原址在今北京廣安門外小屯。每逢海棠開放，龔鼎孳常與家人親友前往賞花，性德或亦曾參與其列。香嚴詞中有多首詞提到看海棠之事。如：「卧倚璧人肩，人花並可憐」（菩薩蠻），「火齊纔勻，恰是盈盈十五身」（羅敷媚）。康熙十二年九月龔氏去世。十三年春性德重往馮氏園看海棠，念及舊游，作此詞。細看詞題曰「因憶香嚴詞有感」，而不曰「憶香嚴老人」或「憶座師龔孝升」，詞句中又有「斷腸人」、「暈紅」、「鬢雲」、「倩魂」等詞語，可見作者所憶者，不是龔鼎孳本人，而是香嚴詞中提及之璧人。因不便明言，故泛言曰「憶香嚴詞」。

〔二〕宋王雱倦尋芳詞：「倚危欄，登高榭，海棠著雨胭脂透。」

【輯評】

徐釚詞苑叢談：側帽詞有西郊馮氏園看海棠浣溪沙云（略），蓋憶香嚴詞有感作也。王儼齋以爲柔情一縷，能令九轉迴腸，雖山抹微雲君不能道也。

【附】

**菩薩蠻**　同韶九西郊馮氏園看海棠　　龔鼎孳

年年歲歲花間坐，今來却向花間卧。卧倚璧人肩，人花並可憐。　輕陰風日好，蕊吐紅珠小。醉插帽簷斜，更憐人勝花。

## 羅敷媚　朱右君司馬招集西郊馮氏園看海棠

今年又向花間醉，薄病深春。火齊纔勻，恰是盈盈十五身。　青苔過雨風簾定，天判芳辰。鶯燕休嗔，白首看花更幾人。

## 又

按此闋與前「伏雨朝寒」字句略同，顧刻本「西郊」二闋接録，故因之。

酒醒香銷愁不勝〔一〕，如何更向落花行？去年高摘鬬輕盈。　夜雨幾番銷瘦了〔二〕，繁華如夢總無憑。人間何處問多情？

【校】

通本、張本無此闋。

〔按語〕「字句略同，顧刻本」，汪本作「一闋大同小異，查顧本」；句末多「詞當並見」四字。

【箋注】

〔一〕宋劉過賀新郎贈張彦功詞：「誰念天涯牢落況，輕負暖烟濃雨。記酒醒香銷時語。」

〔二〕唐孟浩然春曉詩：「夜來風雨聲，花落知多少。」

# 又

欲問江梅瘦幾分〔一〕，只看愁損翠羅裙，麝篝衾冷惜餘熏〔二〕。　可奈暮寒長倚竹〔三〕，便教春好不開門。枇杷花下校書人〔四〕。

【校】

〔江梅〕張本作「紅梅」。

〔花下〕通本、張本作「花底」。

【箋注】

〔一〕宋葉夢得臨江仙詞：「學士園林人不到，傳聲欲問江梅。」宋程垓攤破江城子詞：「一夜無眠連曉角，人瘦也，比梅花，瘦幾分？」此處以江梅喻離去的侍妾沈宛。沈宛事參見前言。

〔二〕麝篝：即香篝，薰籠。唐韋莊天仙子詞：「繡衾香冷懶重薰。」張元幹浣溪沙詞：「别來長是惜餘熏。」

〔三〕杜甫佳人詩：「天寒翠袖薄，日暮倚修竹。」

〔四〕唐王建寄蜀中薛濤校書詩：「萬里橋邊女校書，枇杷花裏閉門居。」薛濤爲唐代名妓，能詩，後世遂稱能詩文的妓女爲女校書。

# 又

一半殘陽下小樓，朱簾斜控軟金鈎，倚闌無緒不能愁〔一〕。　有箇盈盈騎馬過〔二〕，薄妝淺黛亦風流。見人羞澀卻回頭。

【箋注】

〔一〕無緒：無意緒，無情思。雲笈七籤：「未變爲神時無端無緒，無心無意，都無諸欲，澹泊不動不搖。」

〔二〕盈盈：本指女子風姿姣好。古詩十九首之二：「盈盈樓上女，皎皎當窗牖。」此處借指女子。清嚴繩孫虞美人詞：「有箇盈盈相並説遊人。」

# 又

睡起惺忪强自支，緑傾蟬鬢下簾時〔一〕，夜來愁損小腰肢。　遠信不歸空竚望，幽期細數卻參差〔二〕。更兼何事耐尋思〔三〕？

【箋注】

〔一〕蟬鬢：古代婦女髮式。晉崔豹古今注雜注：「魏文帝宮人絶所愛者，有莫瓊樹、薛夜來、田尚衣、段巧笑四人，日夕在側。瓊樹乃製蟬鬢，縹眇如蟬，故曰蟬鬢。」
〔二〕幽期：男女間的私約。宋曾覿傳言玉女詞：「幽期密約，暗想淺顰輕笑。」
〔三〕詩詞曲語辭匯釋卷二：「耐，愿辭，猶寧也；判也；亦猶云值得也。」

## 又〔一〕

五月江南麥已稀，黄梅時節雨霏微〔二〕，閒看燕子教雛飛〔三〕。　一水濃陰如罨畫〔四〕，數峯無恙又晴暉。湔裙誰獨上魚磯〔五〕。

【箋注】

〔一〕此詞亦爲思念沈宛而作。見前言。
〔二〕宋趙師秀約客詩：「黄梅時節家家雨。」
〔三〕辛棄疾山花子詞：「日日閒看燕子飛，舊巢新壘畫簾低。」
〔四〕楊慎丹鉛總録：「畫家有罨畫，雜彩色畫也。」
〔五〕李商隱柳枝序：「後三日鄰當去湔裙水上，以博山香待，與郎俱過。」顧貞觀畫堂春詞：「湔裙獨上小漁磯，襪羅微濺春泥。」

## 又

殘雪凝輝冷畫屏，落梅橫笛已三更〔一〕，更無人處月朧明〔二〕。 我是人間惆悵客，知君何事淚縱橫。斷腸聲裏憶平生〔三〕。

【箋注】

〔一〕落梅：即落梅花，爲羌族樂曲。李白與史郎中欽聽黄鶴樓上吹笛詩：「黄鶴樓中吹玉笛，江城五月落梅花。」

〔二〕朧明：微明。唐元稹嘉陵驛二首之一：「仍對墻南滿山樹，野花撩亂月朧明。」

〔三〕杜甫吹笛詩：「吹笛秋山風月清，誰家巧作斷腸聲？」

## 又

詠五更和湘真韻〔一〕

微暈嬌花濕欲流，簟紋燈影一生愁，夢回疑在遠山樓〔二〕。 殘月暗窺金屈戌〔三〕，軟風徐蕩玉簾鈎。待聽鄰女喚梳頭〔四〕。

【箋注】

〔一〕湘真：指明代詞人陳子龍，其詞集名湘真閣詞。

〔二〕王次回夢遊十二首之十二：「繡被鄂君仍眺賞，篷窗新署遠山樓。」

〔三〕屈戌：門窗上的環紐，一般用銅製成，故稱金屈戌。李商隱驕兒詩：「拔脱金屈戌。」

〔四〕吴偉業戲贈詩：「管是夜深嬌不起，隔簾小婢唤梳頭。」

【輯評】

陳廷焯詞則閑情集：調和意遠，似此真不愧大雅矣，古今豔詞亦不多見也。惜全篇平平。

【附】

## 浣溪沙

陳子龍

半枕輕寒淚暗流，愁時如夢夢時愁，角聲初到小紅樓。　風動殘燈摇繡幕，花籠微月淡簾鈎。陡然舊恨上心頭。

## 又

五字詩中目乍成〔一〕，儘教殘福折書生〔二〕，手挼裙帶那時情〔三〕。　别後心期和夢杳〔四〕，年來憔悴與愁并。夕陽依舊小窗明〔五〕。

【箋注】

〔一〕五字詩：五言詩。此句本自王次回有贈詩：「矜嚴時已逗風情，五字詩中目乍成。」目成，男女之間以目光通情意。屈原九歌少司命：「滿堂兮美人，忽獨與余兮目成。」

〔二〕王次回夢游十二首之四：「相對只消香共茗，半宵殘福折書生。」

〔三〕挼：揉搓。五代薛昭蘊小重山詞：「手挼裙帶遶宮行，思君切，羅幌暗塵生。」

〔四〕心期：心相期許。白居易和夢得洛中早春見贈詩：「何日同宴遊，心期二月二。」

〔五〕唐方棫失題詩：「夕陽如有意，長傍小窗明。」

## 又

記綰長條欲別難〔一〕，盈盈自此隔銀灣〔二〕，便無風雪也摧殘。　青雀幾時裁錦字〔三〕，玉蟲連夜翦春旛〔四〕。不禁辛苦況相關〔五〕。

【校】

〔記綰〕瑤華集作「折得」。

〔自此〕瑤華集作「從此」。

〔便無句〕瑤華集作「天將離恨老朱顏」。

〔裁錦字〕瑶華集作「傳錦字」。

〔玉蟲二句〕瑶華集作「緑窗前夜翦春旛，愁他辛苦夢相關」。

**【箋注】**

〔一〕綰：纏繞打結。長條：指柳條。我國古代有折柳贈别的風俗。唐張喬寄維揚故人詩：「離别河邊綰柳條，千山萬水玉人遥。」

〔二〕盈盈：清澈貌。古詩十九首之十：「盈盈一水間，脈脈不得語。」銀灣：即銀河。唐李賀溪晚涼詩：「銀灣曉轉流天東。」

〔三〕青雀：即青鳥。漢班固漢武故事：「七月七日，上於承華殿齋。日正中，忽見有青鳥從西來。上問東方朔。朔對曰：『西王母暮必降尊像。』……有頃，王母至，乘紫車，玉女夾馭，載七勝，青氣如雲，有二青鳥如鸞，夾侍王母旁。」後多以青雀、青鳥借指傳遞書信的使者。李商隱漢宫詞：「青雀西飛竟未迴，君王長在集靈臺。」錦字：據晉書竇滔妻蘇氏傳，前秦秦州刺史竇滔被徙流沙，其妻蘇氏織錦爲迴文旋圖詩以贈滔。後稱婦女寄給丈夫或情人的書信爲錦字。顧夐浣溪沙詞：「青鳥不來傳錦字，瑶姬何處鎖蘭房？忍教魂夢兩茫茫！」

〔四〕玉蟲：指燈花。宋楊萬里和范至能參政寄二絶句詩：「錦字展來看未足，玉蟲挑盡不成眠。」春旛：立春日做的小旗。歲時風土記：「立春之日，士大夫之家，剪裁爲小旛，或懸於家人之頭，或綴於花枝之下。」此句爲想像彼女此時情景。

〔五〕詩詞曲語辭匯釋卷一：「況，猶正也；適也。與況且之本義異。」

## 又　古北口〔一〕

楊柳千條送馬蹄〔二〕，北來征雁舊南飛〔三〕，客中誰與換春衣〔四〕？終古閒情歸落照〔五〕，一春幽夢逐游絲〔六〕。信回剛道別多時〔七〕。

**【校】**

〔舊南飛〕袁本作「向南飛」。

**【箋注】**

〔一〕大清一統志順天府四：「古北口關，在密雲縣東北一百二十一里，亦曰虎北口。」爲長城隘口之一。據徐乾學所作作者墓志銘，性德曾侍從康熙帝巡幸口外。又據清實録，康熙二十二年六月，「癸未，上奉太皇太后出古北口避暑」；又康熙二十三年五月，「丁亥，上出古北口駐蹕」。詞中有「客中誰與換春衣」之句，當作於二十三年五月，北地春遲，故五月而寒威始消。

〔二〕唐沈佺期奉和春日幸望春宫應制詩：「楊柳千條花欲綻，葡萄百丈蔓初縈。」

〔三〕雁每年秋分後飛往南方，次年春分後北返。唐李嶠雁詩：「春暉滿朔方，歸雁發衡陽。」納蘭記征人語十三首之十一亦云：「衡陽十月南來雁，不待征人盡北歸。」

〔四〕陸游聞雁詩：「過盡梅花把酒稀，熏籠香冷换春衣。秦關漢苑無消息，又在江南送雁歸。」

〔五〕終古：自古。歸：向往。

〔六〕幽夢：隱隱約約的夢境。杜牧即事詩：「春愁兀兀成幽夢，又被流鶯唤醒來。」游絲：飄動着的蛛絲。

〔七〕剛道：只説。宋陳允平雪詩：「可笑世人剛道冷，不知片片是陽春。」

## 又〔一〕

身向雲山那畔行，北風吹斷馬嘶聲，深秋遠塞若爲情〔二〕！　一抹晚烟荒戍壘，半竿斜日舊關城〔三〕。古今幽恨幾時平！

【箋注】

〔一〕詞中有「深秋遠塞」之語，可能作于康熙二十一年八月至十二月赴梭龍偵察時。參見前一四頁長相思注〔一〕。

〔二〕若爲情：詩詞曲語辭匯釋卷一：「詩詞中最習見者，則爲若爲字。有讀時宜將若字一頓而弗與爲字連讀者。……毛滂小重山詞：『江山雄勝爲公傾。公惜醉，風月若爲情？』爲情爲一讀，若爲情，猶云何以爲情或難以爲情也。」

〔三〕宋張孝祥眼兒媚詞：「半竿殘日，兩行珠淚，一葉扁舟。」

## 又〔一〕

魂夢不離

萬里陰山萬里沙〔二〕，誰將緑鬢鬭霜華〔三〕？年來强半在天涯〔四〕。

金屈戌，畫圖親展玉鴉叉〔五〕。生憐瘦減一分花〔六〕。

【校】

〔鬢〕原校：一作「髮」。詞綜作「髮」。

〔親展〕瑶華集作「重展」。

【箋注】

〔一〕作者多次出塞，唯五臺山與陰山地區最爲接近。作者於康熙二十二年二月及同年九月曾兩次扈駕去五臺山，此詞中有「緑鬢鬭霜華」之語，故繫於二十二年九月。

〔二〕陰山：今河套以北、大漠以南諸山的統稱。史記秦始皇本紀：「自榆中並河以東，屬之陰山。」

〔三〕緑鬢：烏黑的鬢髮。李白怨歌行：「沈憂能傷人，緑鬢成霜蓬。」

〔四〕强半：過半。作者于康熙二十一年八月至十二月赴梭龍偵察，二十二年二月至三月曾來過五臺山，六月至七月到古北口，現在又一次到五臺山，一年之中，大半在天涯行役。

〔五〕金屈戌：見前四四頁浣溪沙（「微暈嬌花濕欲流」）注〔三〕。玉鵶叉：玉製的叉子。李商隱病中聞河東公樂營置酒口占寄上詩：「鎖門金了鳥，展障玉鵶叉。」二句表示思家之情。

〔六〕生憐：猶甚憐，劇憐。明湯顯祖牡丹亭寫真：「曉寒瘦減一分花。」此句謂最可憐者，閨中妻子因思夫而玉容瘦減。

## 又 庚申除夜〔一〕

竹葉樽空收取閒心冷處濃〔二〕，舞裙猶憶柘枝紅〔三〕，誰家刻燭待春風〔四〕？翻縩燕〔五〕，九枝燈灺顫金蟲〔六〕。風流端合倚天公〔七〕。

【校】

〔收取〕原校：一作「净掃」。

【箋注】

〔一〕庚申爲康熙十九年（一六八〇），作者二十六歲。

〔二〕王次回寒詞：「箇人真與梅花似，一片幽香冷處濃。」此句謂擺脱一切閒想，心静下來了，而思念之情却更加强烈。

〔三〕柘枝：唐代西北少數民族舞蹈。最初爲女子獨舞，舞姿矯健，節奏多變，大多以鼓伴奏。後來有雙人舞，名「雙柘枝」。宋陳與義臨江仙詞：「榴花不似舞裙紅。」

〔四〕詩詞曲語辭匯釋卷三：「家，自稱或他稱及普通人稱之語尾助辭。……杜甫吹笛詩：『吹笛秋山風月清，誰家巧作斷腸聲。』……誰家，即誰也。」刻燭：據南史王僧孺傳，南朝齊竟陵王蕭子良曾夜集學士作詩，刻燭計時。南朝梁庾肩吾奉和春夜應令詩：「燒香知夜漏，刻燭驗更籌。」

〔五〕竹葉：酒名。晉張協七命：「乃有荆南烏程，豫北竹葉。」綵燕：古代立春日的裝飾品。南朝梁宗懍荆楚歲時記：「立春之日，悉剪綵爲燕戴之，貼宜春二字。」

〔六〕九枝燈：一幹九枝的花燈。漢武帝内傳：「帝……於是登延靈之臺……乃修除宫掖，張雲錦之幃，然九光之燈。」李商隱楚宫：「如何一柱觀，不礙九枝燈。」炧：燈燭灰，也指燈燭熄滅。吴偉業蕭史青門曲：「更殘燈炧淚沾衣。」金蟲：婦女頭飾。顧敻酒泉子詞：「掩却菱花，收拾翠鈿休上面。金蟲玉燕，鎖香奩，恨厭厭。」此二句懸想該舞伎此時情景。

〔七〕端：真；合：應該。此句謂如此風流快樂，全仗天公庇護。

## 又　紅橋懷古和王阮亭韻〔一〕

無恙年年汴水流〔二〕，一聲水調短亭秋〔三〕，舊時明月照揚州〔四〕。　惆悵絳河何處去〔五〕？緑楊清瘦綰離愁〔六〕。至今鼓吹竹西樓〔七〕。

【校】

〔惆悵句〕原校：一作「曾是長隄牽錦纜」。通本、張本、袁本作「曾是長隄牽錦纜」。

〔綰離〕原校：一作「至今」。通本、張本、袁本作「至今」。

〔至今句〕原校：一作「玉鈎斜路近迷樓」。通本、張本、袁本作「玉鈎斜路近迷樓」。

【箋注】

〔一〕紅橋：橋名，在江蘇揚州市。清吴綺揚州鼓吹詞序紅橋：「在城西北二里，崇禎間形家設以鎖水口者。朱欄數丈，遠通兩岸，雖彩虹卧波，丹蛟截水，不足以喻。而荷香柳色，雕楹曲檻，鱗次環繞，綿亘十餘里……誠一郡之麗觀也。」王阮亭，清詩人王士禛之號。清史列傳卷九王士禛傳：王士禛，山東新城人。順治十五年進士。康熙三年授侍講，十九年十二月，遷國子監祭酒。五十年五月卒於家，年七十有八。所著有帶經堂集、皇華紀聞、池北偶談、香祖筆記、漁洋詩話。阮亭於順治十七年三月至康熙三年十月之間任揚州府推官，康熙元年春與籜菴（袁于令）諸名士脩禊紅橋，作紅橋倡和詩及浣溪沙詞三首。三詞流傳頗廣，和者甚多。性德所和，是其中第一首詞。

〔二〕汴水：隋煬帝開通濟渠，自黄河至淮河的一段稱汴水。白居易長相思詞：「汴水流，泗水流，流到瓜洲古渡頭，吴山點點愁。」

〔三〕水調：古曲調名。杜牧揚州三首之一：「誰家唱水調，明月滿揚州。」馮集梧注：「樂苑：『水調，商調曲。舊説隋煬帝幸江都所製。』」短亭：供行人休息的亭子。白孔六帖：「十里一長亭，五里一短亭。」

〔四〕毛滂踏莎行詞：「碧雲無信失秦樓，舊時明月猶相照。」唐徐凝憶揚州詩：「天下三分明月夜，二分無賴是揚州。」

〔五〕絳河：即銀河。漢武帝内傳：「上元夫人又遣侍女答問，云：阿環再拜，上問起居，遠隔絳河，擾以官事，遂替顔色，近五千年。」此句意謂當年用錦纜爲隋煬帝挽龍舟的殿脚女，今在絳河何處？

〔六〕緑楊：隋煬帝開通濟渠，渠廣四十步，旁築御道，并植楊柳。唐劉禹錫楊柳枝詞九首之八：「長安陌上無窮樹，唯有垂楊綰别離。」

〔七〕竹西樓：即竹西亭，在揚州府城東北禪智寺前。杜牧題揚州禪智寺詩：「誰知竹西路，歌吹是揚州。」

【附】

## 浣溪沙　紅橋同籜菴、茶村、伯璣、其年、秋崖賦（三首録一）

王士禛

北郭青溪一帶流，紅橋風物眼中秋，緑楊城廓是揚州。　西望雷塘何處是？香魂零落使人愁。澹烟芳草舊迷樓。

## 又

鳳髻抛殘秋草生〔一〕，高梧濕月冷無聲，當時七夕有深盟〔二〕。　信得羽衣傳鈿合〔三〕，悔教羅襪送傾城〔四〕。人間空唱雨淋鈴〔五〕！

【校】

〔高〕原校：一作「官」。

〔有〕原校：一作「記」。通本、張本、袁本作「記」。

〔送〕原校：一作「葬」。通本、張本、袁本作「葬」。

【箋注】

〔一〕鳳髻：古代婦女髮髻的名稱。炙轂子：「周文王時名鳳髻。始皇時名望仙。漢靈名迎春髻，同心髻，芙蓉髻。隋名九真髻。唐名平香髻，長樂髻，又名偏髻子。」杜牧爲人題贈二首之一：「和簪抛鳳髻，將淚入鴛衾。」秋草生：白居易長恨歌：「西宮南内多秋草，葉落滿階紅不掃。」

〔二〕唐陳鴻長恨歌傳：「玉妃茫然退立，若有所思，徐而言之曰：『昔天寶十載，侍輦避暑驪山宫。秋七月牵牛织女相见之夕，秦人风俗，是夜张锦繡，陈饮食，树瓜华，焚香於庭，號爲乞巧，宫掖間尤尚之。夜殆半，休侍衛於東西厢，獨侍上。上憑肩而立，因仰天感牛女事，密相誓心，願世世爲夫婦。言畢，執手各嗚咽，此獨君王知之耳。』」

〔三〕羽衣：指道士。長恨歌傳：適有道士自蜀來，知上皇心念楊妃如是，自言有李少君之術，至海上蓬萊仙山玉妃太真院，訪得玉妃。玉妃指碧衣取金釵鈿合，各析其半，授使者。曰：「爲謝太上皇，謹獻是物，尋舊好也。」

〔四〕羅襪：樂史楊太真外傳卷下：「妃子死日，馬嵬媼得錦袎襪一隻，相傳過客一玩百錢，前後獲錢無數。」傾城：漢書外戚傳李延年歌：「北方有佳人，絶世而獨立；一顧傾人城，再顧傾人國。寧不知傾城與傾國，佳人難再得。」後以傾城指絶色女子。

〔五〕雨淋鈴：唐鄭處誨明皇雜録補遺：「明皇既幸蜀，西南行，初入斜谷，屬霖雨涉旬，於棧道雨中聞鈴音，與山相應。上既悼念貴妃，採其聲爲雨霖鈴曲以寄恨焉。時梨園子弟善觱篥者，張野狐爲第一。此人從至蜀，上因以其曲授野狐。」

# 又

逗雨疏花濃澹

腸斷斑騅去未還〔一〕，繡屏深鎖鳳簫寒〔二〕，一春幽夢有無間。

改，關心芳草淺深難〔三〕。不成風月轉摧殘〔四〕？

【校】

〔草〕原校：一作「字」。通本、張本、昭代作「字」。

【箋注】

〔一〕斑騅：身上有雜色斑點的馬。古詩詞中常用以稱情人所騎的馬。李商隱對雪二首之二：「關河凍合東西路，腸斷斑騅送陸郎。」

〔二〕鳳簫：風俗通：「尚書，舜作簫韶九成，鳳凰來儀。其形參差，像鳳之翼。」後世因稱簫爲鳳簫，即排簫。辛棄疾江神子詞：「繡閣香濃，深鎖鳳簫聲。」又滿江紅詞：「人去後，吹簫聲斷，倚樓人獨。」此二句謂丈夫（或情人）離去後，閨中人不再吹簫。

〔三〕王次回賓于席上徐霞話舊詩：「時世妝梳濃淡改，兒郎情境淺深知。」二句謂疏花由濃而淡，芳草由淺而深，春色易逝，益增思念之情。

〔四〕不成：難道。風月：指男女間的情愛。轉：漸漸。

## 又

旋拂輕容寫洛神〔一〕，須知淺笑是深顰，十分天與可憐春〔二〕。　掩抑薄寒施軟障〔三〕，抱持纖影藉芳茵〔四〕。未能無意下香塵〔五〕。

【箋注】

〔一〕旋：猶漫，隨意。輕容：薄紗。李賀惱公詩：「蜀烟飛重錦，峽雨濺輕容。」洛神：洛水女神，即宓妃。史記索引：「如淳曰：宓妃，伏羲女，溺死洛水，遂爲洛水之神。」

〔二〕天與：意謂天生。可憐：可愛。

〔三〕掩抑：抵擋。軟障：綢緞或布的屏帷。

〔四〕抱持纖影：猶言抱影，對影。柳永戚氏詞：「對閒窗畔，停燈向曉，抱影無眠。」芳茵：華美的地毯。此二句描述畫中景象。

〔五〕香塵：多指女子步履帶起的塵土。李白感興詩：「香塵動羅襪，渌水不沾衣。」此處作紅塵，人間解。謂神女未能無意下降紅塵也。

## 又

十二紅簾窣地深〔一〕，才移刬韈又沈吟〔二〕，晚晴天氣惜輕陰。珠衱佩囊三合字〔三〕，寶釵攏髻兩分心〔四〕。定緣何事濕蘭襟〔五〕？

【箋注】

〔一〕宋吴文英喜遷鶯詞：「萬頃素雲遮斷，十二紅簾鈎處。」窣地，猶言拂地。

〔二〕剗韈：指只穿着襪子行走。李煜菩薩蠻詞：「剗襪步香階，手提金縷鞋。」韈，同襪。

〔三〕珠衱：珠飾腰帶。杜甫麗人行：「背後何所見，珠壓腰衱穩稱身。」三合字：宋高觀國思佳客詞：「同心羅帕輕藏素，合字香囊半影金。」宋蔡伸感皇恩詞：「撚金雙合字，無心繡。」合字香囊是在兩個香囊上各繡半字，合成一字；雙合字、三合字是在兩個香囊上各繡二或三個半字，合成二或三個字。男女雙方各佩其一，以表示愛情。

〔四〕分心：白維國編金瓶梅詞典：「分心，首飾。戴在正面，用來使頭髮從中縫分開。」

〔五〕定：疑問辭，猶云究竟。

## 又

容易濃香近畫屏，繁枝影著半窗横，風波狹路倍憐卿〔一〕。未接語言猶悵望〔二〕，才通商略已曹騰〔三〕。只嫌今夜月偏明。

【校】

〔嫌〕原校：一作「言」。

【箋注】

〔一〕風波：喻人世的患難。元稹酬周從事望海亭見寄詩：「不辭狂復醉，人世有風波。」王次回代所思別後詩：「風波狹路驚團扇，風月空庭泣浣衣。」

〔二〕王次回和端己韻詩：「未接語言當面笑，暫同行坐夙生緣。」

〔三〕商略：商量。王次回賦得別夢依依到謝家詩：「今日眼波微動處，半通商略半矜持。」

瞢騰：謂神志迷糊不清。唐韓偓格卑詩：「惆悵後塵流落盡，自拋懷抱醉瞢騰。」

## 又〔一〕

紫玉釵斜

十八年來墮世間〔二〕，吹花嚼蕊弄冰絃〔三〕，多情情寄阿誰邊〔四〕？紫玉釵斜燈影背〔五〕，紅綿粉冷枕函偏〔六〕。相看好處卻無言〔七〕。

【校】

〔枕函偏〕原本作「枕函邊」，校云：一作「紅綿粉冷枕函偏」。今據通本、張本改定。

【箋注】

〔一〕葉舒崇皇清納臘室盧氏墓誌銘：「年十八，歸余同年生成德，姓納臘氏，字容若。」據詞中所云，可推知此詞作於康熙十三年作者與盧氏新婚之時。

〔二〕李商隱曼倩辭：「十八年來墮世間，瑶池歸夢碧桃閒。」仙吏傳東方朔傳：「朔未死時，謂同舍郎曰：『天下人無能知朔，知朔者惟太王公耳。』朔卒後，武帝得此語，即召太王公問之曰：『爾知東方朔乎？』公曰：『不知。』『公何所能？』曰：『頗善星曆。』帝問諸星皆具在否，曰：『諸星俱在，獨不見歲星十八年，今復見耳。』帝仰天歎曰：『東方朔生在朕旁十八年，而不知是歲星哉。』慘然不樂。」

〔三〕吹花嚼蕊：吹花，即吹葉，把葉子吹出聲調。嚼蕊，嚼花蕊，使口中帶有香氣。李商隱柳枝序：「柳枝，洛中里孃也。……生十七年，塗妝綰髻未嘗竟。已復起去，吹葉嚼蕊，調絲擫管，作天海風濤之曲，幽憶怨斷之音。」冰絃：用蠶絲做的絃。太真外傳：開元中，中官白季貞自蜀回，得琵琶以獻，絃乃拘彌國所貢緑冰蠶絲也。盧氏擅彈奏，性德悼亡詞清平樂云：「塵生燕子空樓，抛殘絃索牀頭。一樣曉風殘月，而今觸緒添愁。」

〔四〕阿誰：猶言何人。

〔五〕紫玉釵：唐蔣防霍小玉傳：「曾令侍婢浣沙將紫玉釵一隻詣侯景先家貨之。路逢内作老玉工，見浣沙所執，前來認之曰：『此釵吾所作也。昔歲霍王小女將欲上鬟，令我作此，酬我萬錢，我嘗不忘。汝從何而得？』」

〔六〕唐崔國輔白紵辭二首之一：「坐惜玉樓春欲盡，紅綿粉絮裛妝啼。」周邦彦蝶戀花詞：「唤起兩眸清炯炯，淚花落枕紅綿冷。」枕函：匣狀的枕頭。

〔七〕明湯顯祖牡丹亭驚夢：「是那處曾相見，相看儼然，早難道這好處相逢無一言。」

【輯評】況周頤蕙風詞話：飲水詞有云「吹花嚼蕊弄冰絃」，又云「烏絲闌紙嬌紅篆」，容若短調，輕清婉麗，誠如其自道所云。

## 又 寄嚴蓀友〔一〕

藕蕩橋邊理釣筩〔二〕，苧蘿西去五湖東〔三〕，筆牀茶竈太從容〔四〕。　況有短牆銀杏雨，更兼高閣玉蘭風〔五〕。畫眉閒了畫芙蓉〔六〕。

【校】

〔理釣筩〕瑤華集作「作釣翁」。

〔苧蘿二句〕瑤華集作「披襟濯足碧流中，江南好夢繞吴宮」。

〔更兼句〕瑤華集作「更兼小閣玉簫風」。

〔閒了〕瑤華集作「纔了」。

【箋注】

〔一〕清史列傳卷七十嚴繩孫傳：嚴繩孫，字蓀友，江蘇無錫人。以詩、古文辭擅名。康熙十八年以布衣舉博學鴻儒，授翰林院檢討，與修明史。二十二年遷右中允，尋告歸。兼工書畫，梁溪人争以倪雲林目之。四十一年卒，年八十。著有秋水集。作者與嚴結識期間，嚴曾二度南歸。第一次在康熙十五年初夏（高士奇城北集卷七有送嚴蓀友歸錫山詩：「私願常追隨，征車忽首路。是時麥風涼，圓月纔半吐。」城北集是編年的，其卷七下注「乙卯四月起至丙辰十二月止」。此詩列於卷七之中部，當作於丙辰年麥秋時），於十七年回京準備參加博學鴻儒考試；第二次在康熙二十四年四月（嚴所作進士納蘭君哀詞：「吾友成子容若以疾卒於京邸時，余方奉假南歸，病暑淹於途次。」「四月，余以將歸入辭。……又送我於路，亦終無所復語。然觀其意，若有所甚不釋者，頗前次之別未嘗有。」作者卒於二十四年五月，則嚴之第二次南歸，僅先於作者之死一月）。此詞當作於嚴第一次南歸之後，姑繫於十六年春夏之間。

〔二〕藕蕩橋：在無錫西北陽溪上。蓀友自號藕蕩漁人。釣篰：捕魚器具。

〔三〕大清一統志紹興府一：「苧蘿山，在諸暨縣南五里。吳越春秋：『句踐得苧蘿山鬻薪之女曰西施。』注：『在諸暨南五里，一名蘿山，下臨浣江，江中有浣紗石。』」五湖：指太湖。傳説春秋越國敗於吳國，范蠡得苧蘿美女西施，獻於吳王夫差。後越滅吳，西施歸范蠡，隱於五湖。其事散見於吳越春秋、越絶書、吳地記等書。

〔四〕筆牀：即筆架。新唐書陸龜蒙傳：「不乘馬，升舟設篷席，齎束書、茶竈、筆牀、釣具往來，時謂江湖散人。」

〔五〕嚴繩孫望江南詞：「春欲盡，昨夜畫樓東。暗緑撲簾銀杏雨，昏黄扶袖玉蘭風。人在小窗中。」

〔六〕畫眉：漢書張敞傳：「又爲婦畫眉，長安中傳張京兆眉憮。」

## 又〔一〕

欲寄愁心朔雁邊〔二〕，西風濁酒慘離筵，黄花時節碧雲天〔三〕。古戍烽烟迷斥堠〔四〕，夕陽村落解鞍韉。不知征戰幾人還〔五〕？

【校】

〔離筵〕通本、張本作「離顔」。

【箋注】

〔一〕這首詞中有「黄花時節」之語，可知作於九月。作者於九月份出塞有三次，一次是康熙十六年九月扈駕巡邊至喜峯口（清實録康熙十六年九月，「戊子，上巡視沿邊内外」）；一次是二十二年九月扈駕至五臺山、龍泉關、長城，參見前二八頁點絳唇（五夜光寒）注〔一〕；另一次是二十一年八月至十二月赴梭龍偵察，參見前一四頁長相思注〔一〕。此詞作期當屬後者，因爲「夕陽村落解鞍韉」不像是扈駕出巡的情景；而且由於任務比較危險，所以有「不知征戰幾人還」的慨歎。

〔二〕李白聞王昌齡左遷龍標遥有此寄詩：「我寄愁心與明月，隨風直到夜郎西。」

〔三〕元王實甫西廂記長亭：「碧雲天，黄花地，西風緊，北雁南飛。」

〔四〕烽烟：古代邊防報警的烟火。斥堠：用以瞭望敵情的土堡。

〔五〕唐王翰涼州詞二首之一：「醉卧沙場君莫笑，古來征戰幾人回。」

## 又

敗葉填溪水已冰，夕陽猶照短長亭〔一〕，行來廢寺失題名〔二〕。　駐馬客臨碑上字〔三〕，鬭雞人撥佛前燈〔四〕。勞勞塵世幾時醒〔五〕？

【校】

〔行來〕原校：一作「何年」。通本、張本、袁本作「何年」。

〔駐馬〕通本、張本、袁本作「倚馬」。

〔勞勞句〕原校：一作「凈消塵土禮金經」。通本、張本、袁本作「凈消塵土禮金經」。

【箋注】

〔一〕白孔六帖：「十里一長亭，五里一短亭。」唐王昌齡少年行二首之一：「西陵俠少年，送客短長亭。」

〔二〕題名：古時廟宇内有游歷者題名，以資留念。宋米芾山光寺詩：「一一過僧談舊事，遲遲遶壁認題名。」失題名，謂廟宇牆壁上的題名已經看不清了。也可指廟門上面的題額。

〔三〕周邦彦浣溪沙詞：「下馬先尋題壁字，出門閒記牓村名。」

〔四〕佛前燈：唐馬戴寄終南真空禪師詩：「松門山半寺，夜雨佛前燈。」

〔五〕勞勞：惆悵憂傷的樣子。此句謂臨字鬭雞，雖賢愚不同，而在勞勞塵世，同歸一夢。

## 霜天曉角

重來對酒，折盡風前柳。若問看花情緒，似當日，怎能够？　休爲西風瘦〔一〕，痛飲頻搔首。自古青蠅白璧〔二〕，天已早安排就。

【箋注】

〔一〕李清照醉花陰詞：「莫道不銷魂，簾捲西風，人比黄花瘦。」

〔二〕宋陸佃埤雅卷十蠅：「青蠅糞尤能敗物，雖玉猶不免，所謂蠅糞點玉是也。」唐陳子昂宴胡楚真禁所詩：「人生固有命，天道信無言。青蠅一相點，白璧遂成冤。」

## 菩薩蠻　回文〔一〕

霧窗寒對遥天暮，暮天遥對寒窗霧。花落正啼鴉〔二〕，鴉啼正落花。　袖羅垂影瘦，瘦影垂羅袖〔三〕。風翦一絲紅，紅絲一翦風。

【箋注】

〔一〕回文：見後八六頁菩薩蠻（烏絲畫作回文紙）注〔一〕。

〔二〕秦觀贈女冠暢師詩：「禮罷曉壇春日靜，落紅滿地乳鴉啼。」

〔三〕朱彝尊花犯詞：「正好伴，水亭風檻，低垂羅袖影。」

## 又

隔花才歇廉纖雨〔一〕，一聲彈指渾無語〔二〕。梁燕自雙歸，長條脈脈垂〔三〕。

小屏山色遠〔四〕，妝薄鉛華淺。獨自立瑶階，透寒金縷鞋〔五〕。

【箋注】

〔一〕廉纖雨：細雨。晏幾道生查子詞：「無端輕薄雲，暗作廉纖雨。」

〔二〕彈指：彈擊手指，以表示各種感情。這裏有表示感歎之意。

〔三〕温庭筠菩薩蠻詞：「楊柳色依依，燕歸君不歸。」

〔四〕温庭筠春日詩：「屏上吴山遠，樓中朔管悲。」

〔五〕金縷鞋：用金絲繡花的鞋子。李煜菩薩蠻詞：「剗襪步香階，手提金縷鞋。」

## 又

新寒中酒敲窗雨〔一〕，殘香細學秋情緒〔二〕。端的是懷人，青衫有淚痕〔三〕。

相思不似醉，悶擁孤衾睡。記得別伊時，桃花柳萬絲。

【校】

〔學〕原校：一作「裊」。通本、張本、袁本作「裊」。

〔端的句〕原校：一作「才道莫傷神」。通本、張本、袁本作「才道莫傷神」。

〔淚〕原校：一作「濕」。按此句通本、張本、袁本作「青衫濕一痕」。

〔相思句〕原校：一作「無聊成獨卧」。通本、張本、袁本作「無聊成獨卧」。

〔悶擁句〕原校：一作「彈指韶光過」。通本、張本、袁本作「彈指韶光過」。

【箋注】

〔一〕中酒：酒酣。漢書樊噲傳：「項羽既饗軍士，中酒。」顏師古注：「飲酒之中，不醉不醒，故謂之中。」吴文英風入松詞：「料峭春寒中酒，交加曉夢啼鶯。」

〔二〕學：訴説。此句謂香烟裊裊，向人細訴悲秋的情緒。

〔三〕白居易琵琶引：「座中泣下誰最多，江州司馬青衫濕。」

## 又〔一〕

澹花瘦玉輕妝束〔二〕，粉融輕汗紅綿撲〔三〕。妝罷只思眠，江南四月天。　緑陰簾半揭，此景清幽絶。行度竹林風〔四〕，單衫杏子紅〔五〕。

【校】

〔澹花句〕原校：一作「惜春春去驚新燠」。通本、張本、袁本作「惜春春去驚新燠」。

【箋注】

〔一〕此詞有「江南四月天」之句，可能爲思念沈宛而作，參見前言。

〔二〕澹花：指容顔白净。瘦玉：指肌膚消瘦。孫光憲女冠子詞：「澹花瘦玉，依約神仙妝束。」宋謝逸清平樂詞：「不覺肌膚瘦玉，但知帶減腰圍。」

〔三〕白居易和夢遊春詩一百韻：「朱唇素指匀，粉汗紅綿撲。」此句謂用紅綿吸去粉汗。

〔四〕唐祖詠宴吴王宅詩：「砌分池水岸，窗度竹林風。」

〔五〕古樂府西洲曲：「單衫杏子紅，雙鬢鴉雛色。」

## 又

夢回酒醒三通鼓〔一〕，斷腸啼鴂花飛處〔二〕。新恨隔紅窗，羅衫淚幾行。　相思何處説〔三〕，空有當時月〔四〕。月也異當時，團圞照鬢絲〔五〕。

【箋注】

〔一〕宋朱淑真春宵詩：「夢回酒醒春愁怯，寶鴨烟銷香未歇。」通，楊慎丹鉛總録二七瑣語：「鼓三百三十搥爲一通。」此指更鼓。宋孫洙菩薩蠻詞：「樓頭尚有三通鼓，何須抵死催人去。」

〔二〕漢書揚雄傳注：「鶗鴂一名子規，一名杜鵑，常以立夏鳴，鳴則衆芳皆歇。」歐陽修千秋歲詞：「數聲啼鴂，又報芳菲歇。」

〔三〕韋莊應天長詞：「暗相思，無處説，惆悵夜來烟月。」

〔四〕晏幾道采桑子詞：「白蓮池上當時月，今夜重圓。」

〔五〕團圞：圓貌。唐任華寄杜拾遺詩：「積翠扈游花匼匝，披香寓值月團圞。」

## 又

催花未歇花奴鼓〔一〕，酒醒已見殘紅舞。不忍覆餘觴〔二〕，臨風淚數行。　粉香看欲别〔三〕，空縢當時月。月也異當時，淒清照鬢絲。

【校】

汪本調下有按語：「按上二闋異同參半，故兩存之。」

〔欲别〕通本、張本、袁本作「又别」。

【箋注】

〔一〕催花：唐南卓羯鼓録：「嘗遇二月初，詰旦，（明皇）巾櫛方畢，時當宿雨初晴，景色明麗，小殿内庭柳杏將吐，覩而歎曰：『對此景物，豈得不爲他判斷之乎？』左右相目，將命備酒。獨高力士遣取羯鼓，上旋命之，臨軒縱擊一曲，曲名春光好。神思自得，及顧柳杏，皆已發坼，上指而笑謂嬪御曰：『此一事不唤我作天公可乎？』」花奴：唐汝南王李璡小字。璡善擊羯鼓。羯鼓録載：玄宗酷不好琴。曾聽彈琴，正弄未及畢，叱琴者出，曰：「速召花奴將羯鼓來，爲我解穢！」

〔二〕覆餘觴：喝完酒杯裏的剩酒。鮑照秋夜二首之一：「願君翦衆念，且共覆前觴。」

〔三〕粉香：脂粉的香氣。此處借指女子。

## 又　早春

曉寒瘦著西南月〔一〕，丁丁漏箭餘香咽〔二〕。春已十分宜，東風無是非。蜀魂羞顧影〔三〕，玉照斜紅冷〔四〕。誰唱後庭花〔五〕，新年憶舊家。

【箋注】

〔一〕唐吴融和韓致光侍郎無題三首十四韻之三：「子母錢徵笑，西南月借嚬。」

〔二〕漏箭：漏壺上指示時刻的箭。吴融箇人三十韻詩：「花殘春寂寂，月落漏丁丁。」餘香咽：爐中的香已將燃盡。

〔三〕蜀魂：據華陽國志及成都記，戰國時蜀王杜宇稱帝，號望帝，死後魂魄化爲杜鵑。後人因以蜀魂爲杜鵑鳥的別稱。李商隱燕臺四首之二：「蜀魂寂寞有伴未，幾夜瘴花開木棉。」顧影：自顧其影。杜甫杜鵑行：「爾豈摧殘始發憤，羞帶羽翮傷形愚。」

〔四〕玉照：宋張鎡有堂，周圍皆種梅，皎潔輝映，夜如對月，因名玉照堂。張鎡滿江紅詞：「玉照梅開，三百樹、香雲同色。」

〔五〕後庭花：陳後主與倖臣按曲造詞，誇稱宮人美色，男女唱和，輕蕩而其音甚哀，名玉樹後庭花。見後三四五頁憶江南（江南好，城闕尚嵯峨）注〔三〕。杜牧泊秦淮詩：「商女不知亡國恨，隔江猶唱後庭花。」

## 又

窗間桃蕊嬌如倦〔一〕，東風淚洗胭脂面〔二〕。人在小紅樓〔三〕，離情唱石州〔四〕。

夜來雙燕宿，燈背屏腰綠〔五〕。香盡雨闌珊〔六〕，薄衾寒不寒？

【校】

〔間〕原校：一作「前」。通本、張本、袁本作「前」。

【箋注】

〔一〕温庭筠春暮宴罷寄宋壽先輩詩：「窗間桃蕊宿妝在，雨後牡丹春睡濃。」

〔二〕白居易後宮詞：「三千宮女胭脂面，幾箇春來無淚痕。」

〔三〕宋施樞摸魚兒詞：「人在小紅樓，朱簾半捲，香注玉壺露。」

〔四〕石州：唐商調曲名，樂府詩集卷七十九載其辭曰：「自從君去遠巡邊，終日羅幃獨自眠。看花情轉切，攬鏡淚如泉。一自離君後，啼多雙臉穿。何時狂虜滅，免得更留連。」是戍婦思夫之作。李商隱代贈二首之二：「東南日出照高樓，樓上離人唱石州。」

〔五〕屏腰：屏風的中間部分。龔鼎孳望海潮詞：「閒倚玉屏腰。」

〔六〕闌珊：將盡。唐皮日休重題後池詩：「細雨闌珊眠鷺覺，鈿波悠漾並鴛嬌。」

## 又

朔風吹散三更雪，倩魂猶戀桃花月。夢好莫催醒，由他好處行。無端聽畫角〔一〕，枕畔紅冰薄〔二〕。塞馬一聲嘶，殘星拂大旗。

【箋注】

〔一〕畫角：古代樂器，形如竹筒，本細末大，用竹木或皮做成，外加彩繪，故稱畫角。古時軍中多用以警昏曉。

〔二〕紅冰：五代王仁裕開元天寶遺事紅冰：「楊貴妃初承恩召，與父母相別，泣涕登車。時天寒，淚結爲紅冰。」宋方千里醉桃源詞：「去時情淚滴紅冰，西風吹涕零。」

## 又〔一〕

問君何事輕離別，一年能幾團欒月〔二〕？楊柳乍如絲〔三〕，故園春盡時。　春歸歸不得，兩槳松花隔〔四〕。舊事逐寒潮，啼鵑恨未消〔五〕。

【校】

〔問君〕瑤華集作「人生」。

〔能幾〕瑤華集作「幾度」。

〔團欒月〕通本、張本、袁本、昭代作「團圓月」。

〔松花隔〕瑶華集作「空灘黑。」

〔舊事二句〕瑶華集作「急雨下寒潮，精靈恨未消」。

【箋注】

〔一〕此詞有「春歸歸不得，兩槳松花隔」之句，當作於康熙二十一年三月扈駕巡視東北並祭祀長白山時。

〔二〕龔鼎孳蝶戀花詞：「天欲爲人須爲徹，一生乞作團欒月。」

〔三〕温庭筠菩薩蠻詞：「楊柳又如絲，驛橋春雨時。」

〔四〕兩槳：古樂府莫愁樂：「莫愁在何處，莫愁石城西。艇子打兩槳，催送莫愁來。」松花：謂松花江，發源於長白山，流經吉林、黑龍江兩省。

〔五〕舊事二句：舊事指輕離别，謂當時離别的痛苦隨寒潮而漸漸淡忘，今聽杜鵑的啼聲「不如歸去」，又引起新恨。整闋詞的主題是思家。若以舊事指歷史上的舊帳，那末「恨未消」的對象就是當今的皇族了。形諸筆墨，恐作者没有這樣大膽。而且前六句與後二句的意思分隔了。

【輯評】

陳廷焯白雨齋詞話：又菩薩蠻云：「楊柳乍如絲，故園春盡時。」亦悽惋，亦閒麗，頗似飛卿語。惜通篇不稱。

吴梅詞學通論：又菩薩蠻云：「楊柳乍如絲，故園春盡時。」悽惋閒麗，較「驛橋春雨」更進一層。

## 又 爲陳其年題照〔一〕

烏絲曲倩紅兒譜〔二〕，蕭然半壁驚秋雨〔三〕。曲罷髻鬟偏〔四〕，風姿真可憐。鬚髯渾似戟〔五〕，時作簪花劇〔六〕。背立訝卿卿〔七〕，知卿無那情〔八〕。

【箋注】

〔一〕清史列傳卷七十一陳維崧傳：陳維崧，字其年，江蘇宜興人。明左都御史于廷孫。父貞慧，以節概稱。年過五十，會開博學鴻儒科，以大學士宋德宜薦，召試列一等。授翰林院檢討，與修明史。遂卒，年五十八，時康熙二十七年也。所著兩晉南北史集珍六卷、湖海樓詩八卷、迦陵文集十卷、詞三十卷。作者與陳其年相識于康熙十七年，同時題照的尚有嚴繩孫等。清謝章鋌賭棋山莊詞話：「迦陵填詞圖爲釋大汕作，掀髯露頂，旁坐麗人拈洞簫而吹。是圖近日有刻本，其中洪稗畦、蔣鉛山二套南北曲最佳。昨在都門於袁筱塢（保恒）侍郎處見其原卷，抽妍騁祕，詞苑大觀也。」

〔二〕烏絲：陳其年最初的詞集名烏絲詞。季振宜烏絲詞序：「使同青鳥，集曰烏絲。」蔣景祁陳檢討詞鈔序：「計原藁未刻迦陵詞合烏絲詞幾千八百篇，今選定凡若干首，顏曰陳檢討詞鈔。」紅兒：全唐詩羅虬比紅兒詩并序注：「廣明中，虬爲李孝恭從事。籍中有美歌者杜紅兒，虬令之歌，贈以綵。孝恭以紅兒爲副戎所盼，不令受。虬怒，手刃紅兒。既而追其寃，作比紅詩。」

〔三〕蕭然：冷落淒清的樣子。晉陶潛五柳先生傳：「環堵蕭然，不蔽風日。」徐乾學陳檢討維崧墓誌銘：「然其年所居在城北，市廛庳陋，纔容膝。」

〔四〕髻鬟：婦女髮髻。宋孫惟信晝錦堂詞：「柳裁雲剪腰支小，鳳蟠鴉聳髻鬟偏。」嚴繩孫金縷曲序：「題陳其年小照填詞圖，有姬人吹玉簫倚曲。」可見圖上除陳其年畫像外，還有一吹簫女子。

〔五〕南史褚彦回傳：「公主謂曰：『君鬚髯如戟，何無丈夫意？』」蔣永修陳檢討迦陵先生傳：「其年少清癯，冠而于思，鬚侵淫及顴準。天下學士大夫號爲陳髯。」

〔六〕古代遇典禮宴會佳節，男女皆戴花。宋史司馬光傳：「仁宗寶元初，中進士甲科。年甫冠，性不喜華靡，聞喜宴獨不戴花。同列語之曰：『君賜不可違。』乃簪花一枝。」徐乾學陳檢討維崧墓誌銘：「遇花間席上，尤喜填詞。興酣以往，常自吹簫而和之。人或指以爲狂。」

〔七〕卿卿：男女間暱稱。韓偓偶見詩：「小疊紅箋書恨字，與奴方便寄卿卿。」此處指畫中的吹簫女子，她是背立的。嚴繩孫金縷曲云：「便遣玉人嗔性急，背華燈，扣損裙兒砑。」亦可證明。

〔八〕無那：即無奈。無那情，謂對自己的感情無可奈何，無法控制。

## 又　宿灤河〔一〕

玉繩斜轉疑清曉〔二〕，淒淒白月漁陽道〔三〕。星影漾寒沙，微茫織浪花。　金笳鳴故壘〔四〕，唤起人難睡。無數紫鴛鴦〔五〕，共嫌今夜涼。

【校】

〔白月〕通本作「月白」。

【箋注】

〔一〕灤河、漁陽均爲從北京至山海關所經之地，詞中描寫秋冬景色，當作於康熙二十一年八月赴梭龍偵察時。灤河，在今河北省東北部。參見前一四頁長相思注〔一〕。

〔二〕玉繩：星名。按我國古代的星象學，玉衡（即大熊座 ε 星）北兩星爲玉繩。蘇軾洞仙歌詞：「金波淡、玉繩低轉。」

〔三〕漁陽：古郡名，轄境相當今北京市平谷縣、天津市薊縣等地。

〔四〕金笳：古代銅製的管樂器。

〔五〕西京雜記卷第三：「茂陵富人袁廣漢……於北邙山下築園，東西四里，南北五里，激流水注其内。構石爲山，高十餘丈，連延數里。養白鸚鵡、紫鴛鴦、牦牛、青兕。奇獸怪禽，委積其間。」唐徐延壽南州行詩：「河頭浣衣處，無數紫鴛鴦。」

## 又〔一〕

荒雞再咽天難曉〔二〕，星榆落盡秋將老〔三〕。氈幕繞牛羊，敲冰飲酪漿。　山程兼水宿〔四〕，漏點清鉦續〔五〕。正是夢回時，擁衾無限思。

【校】

〔正是二句〕瑶華集作「正是晚香時，臨風無限思」。

【箋注】

〔一〕詞中有「漏點清鉦續」之句，當是扈駕隨行，故繫於康熙十六年九月扈駕巡視沿邊内外時。參見前六三頁浣溪沙（欲寄愁心朔雁邊）注〔一〕。按作者於十七年十月亦扈駕巡視北邊，但按照傳統農曆，十月應列入冬令，而詞句曰「秋將老」，故不從。

〔二〕荒雞：古時以夜三鼓前鳴的雞爲荒雞。再咽，指第二遍雞聲也沉寂了。湯顯祖牡丹亭冥誓：「夢回遠塞荒雞咽。」

〔三〕星榆：指白榆。唐劉禹錫和兵部鄭侍郎省中四松詩十韻：「月桂花遥燭，星榆葉對開。」

〔四〕唐李嘉祐送從弟永任饒州録事參軍詩：「一官萬里向千溪，水宿山行魚浦西。」

〔五〕漏點：漏壺滴下的水點。鉦：古樂器，形似鐘而狹長，有長柄，用時口朝上，以槌敲擊。行軍時用以節止步伐。

## 又〔一〕

驚飈掠地冬將半〔二〕，解鞍正值昏鴉亂。冰合大河流，茫茫一片愁〔三〕。　燒痕空極望〔四〕，鼓角高城上。明日近長安〔五〕，客心愁未闌〔六〕。

**【校】**

〔驚飈句〕通本、張本作「白日驚飈冬已半」。

**【箋注】**

〔一〕據徐乾學所作作者墓誌銘，「上之幸海子、沙河……及登東岳，幸闕里，省江南，未嘗不從」。清實録康熙二十三年九月，「丁亥，以聖駕東巡，頒詔天下」。十一月，「庚寅，上回宮」。與此詞「冰合大河流」之句時地相符，故繫於二十三年十一月。

〔二〕驚飈：暴風。李白古風五十九首其四十五：「八荒馳驚飈，萬物盡凋落。」

〔三〕見前二九頁點絳唇（五夜光寒）注〔五〕。大河：指黃河。

〔四〕燒痕：野火燒過的痕跡。蘇軾正月二十日往岐亭郡人潘古郭三人送余於女王城東禪莊院詩：「稍聞決決流冰谷，盡放青青没燒痕。」

〔五〕長安：借指清朝的京城北京。

〔六〕作者擔任侍衛多年，對這職務已十分厭倦，而娶沈宛爲侍妾的事尚未有定局。參見前言。

## 又〔一〕

榛荆滿眼山城路，征鴻不爲愁人住〔二〕。何處是長安〔三〕，濕雲吹雨寒。　絲絲心欲碎〔四〕，應是悲秋淚。淚向客中多，歸時又奈何！

【箋注】

〔一〕詞中有「淚向客中多，歸時又奈何」之語，當作於妻子盧氏去世後不久。盧氏於康熙十六年五月三十日産後病故。

〔二〕征鴻：遠飛的大雁。宋黄公度青玉案詞：「欲倩歸鴻分付與，鴻飛不住。」

〔三〕長安：借指北京。

〔四〕絲絲：形容雨細。宋范成大鞭春微雨詩：「旛勝絲絲雨，笙歌步步塵。」

# 又〔一〕

黄雲紫塞三千里〔二〕，女牆西畔啼烏起〔三〕。落日萬山寒，蕭蕭獵馬還〔四〕。笳聲聽不得，入夜空城黑。秋夢不歸家，殘燈落碎花〔五〕。

【箋注】

〔一〕從此詞「秋夢不歸家」之句看，可能與上一首詞作於同一時期。

〔二〕黄雲：指黄雲戍，唐時所設的邊戍，其地未詳。李白紫騮馬詩：「白雪關山遠，黄雲海戍迷。」王琦注：「白雪、黄雲，皆唐時戍名。白雪戍在蜀地……黄雲戍未詳所在。」紫塞：晉崔豹古今注上都邑：「秦築長城，土色皆紫，漢塞亦然，故稱紫塞焉。」此處黄雲、紫塞均指長城。

〔三〕女牆：城牆上面呈凹凸形的小牆。釋名釋宫室：「城上垣，曰睥睨……亦曰女牆，言其卑小，比之於城，若女子之於丈夫也。」韓偓故都詩：「塞雁已侵池籞宿，宫鴉猶戀女牆啼。」

〔四〕蕭蕭：馬鳴聲。詩車攻：「蕭蕭馬鳴，悠悠旆旌。」

〔五〕花：指燈花。唐戎昱桂州臘夜詩：「曉角分殘漏，孤燈落碎花。」

## 又　寄顧梁汾苕中〔一〕

知君此際情蕭索，黄蘆苦竹孤舟泊〔二〕。烟白酒旗青，水村魚市晴〔三〕。　柁樓今夕夢〔四〕，脈脈春寒送〔五〕。直過畫眉橋，錢塘江上潮〔六〕。

【箋注】

〔一〕顧梁汾：即顧貞觀。清史列傳卷七十顧貞觀傳：「顧貞觀，字遠平，江蘇無錫人。康熙十一年舉人，官内閣中書。能詩，尤工樂府。所作彈指詞，聲傳海外。」作者與顧相識於康熙十五年（顧在和作者金縷曲詞中附注：「歲丙辰，容若二十有二，乃一見即恨識余之晚。」）二十年秋，顧以母喪南歸。作者曾托沈爾熼帶信給他。在送沈進士爾熼歸吴興詩「無限江湖興，因君寄虎頭」中自注：「時梁汾在苕上。」按虎頭爲東晉畫家顧愷之小名，借指顧貞觀。沈爾熼於康熙二十一年中進士（據明清進士題名碑録索引），據詩意，沈是在中進士後當年秋天南歸的。此詞有「脈脈春寒送」之説，可能作於次年春天。苕：苕溪，在浙江湖州境内。

〔二〕白居易琵琶引：「住近湓江地低濕，黄蘆苦竹繞宅生。」

〔三〕宋王禹偁點絳唇詞：「水村漁市，一縷孤烟細。」

〔四〕柁樓：大船尾部的小樓，舵工在此瞭望把舵。

〔五〕脈脈：一縷縷，一絲絲。

〔六〕畫眉橋：顧貞觀踏莎美人六橋詞今删其二：「雙魚好記夜來潮，此信拆看，應傍畫眉橋。」自注：「橋在平望，俗傳畫眉鳥過其下即不能巧囀，舟人至此，必攜以登陸云。」錢塘江，在浙江省，以潮水聞名。按平望在湖州東北，苕溪發源於天目山，經湖州流入太湖，不經過平望，與錢塘江亦不溝通。這裏只是用鄰近的地名烘托出一種氣氛。

## 又

蕭蕭幾葉風兼雨〔一〕，離人偏識長更苦。欹枕數秋天，蟾蜍早下弦〔二〕。　夜寒驚被薄，淚與燈花落〔三〕。無處不傷心，輕塵在玉琴〔四〕。

【校】

〔長更苦〕古今作「愁滋味」。

〔輕塵句〕古今作「風吹壁上琴」。

【箋注】

〔一〕秦觀滿江紅詞：「風雨蕭蕭，長塗上、春泥没足。」

〔二〕蟾蜍：淮南子精神：「日中有踆烏，而月中有蟾蜍。」故用爲月的代稱。李白古朗月行：「蟾蜍蝕圓影，大明夜已殘。」

〔三〕宋花仲胤妻伊川令寄外詞：「教奴獨自守空房，淚珠與燈花共落。」

〔四〕温庭筠題李處士幽居詩：「水玉簪頭白角巾，瑤琴寂歷拂輕塵。」

## 又

爲春憔悴留春住〔一〕，那禁半霎催歸雨〔二〕。深巷賣櫻桃〔三〕，雨餘紅更嬌。

黄昏清淚閣〔四〕，忍便花飄泊〔五〕。消得一聲鶯〔六〕，東風三月情〔七〕。

【校】

〔忍便〕萬松山房飲水詩詞集卷末附校記：「粤雅堂本作忍使。」今存納蘭手迹作「忍共」。

【箋注】

〔一〕歐陽修蝶戀花詞：「雨横風狂三月暮，門掩黄昏，無計留春住。」

〔二〕催歸雨：謂催春歸去的雨。

〔三〕李煜臨江仙詞：「櫻桃落盡春歸去。」陸游臨安春雨初霽詩：「小樓一夜聽春雨，深巷明朝賣杏花。」

〔四〕閣：擱阻，遏抑。宋周紫芝踏莎行詞：「情似游絲，人如飛絮，淚珠閣定空相覷。」

〔五〕忍便：就使，便教。

〔六〕消得：猶云值得。宋周密長亭怨慢詞：「十年舊事，儘消得庾郎愁賦。」

〔七〕宋朱淑真問春詩：「東風負我春三月，我負東風三月春。」

## 又

晶簾一片傷心白〔一〕，雲鬟香霧成遥隔〔二〕。無語問添衣，桐陰月已西。　西風鳴絡緯〔三〕，不許愁人睡〔四〕。只是去年秋，如何淚欲流。

【箋注】

〔一〕晶簾：水晶簾。清宋琬蝶戀花旅月懷人詞：「月去疏簾纔數尺，烏鵲驚飛，一片傷心白。」

〔二〕杜甫月夜詩：「香霧雲鬟濕，清輝玉臂寒。」

〔三〕絡緯：即莎雞，俗名紡織娘。蘇軾與頓起孫勉泛舟探韻得未字詩：「窗前堆梧桐，床下鳴絡緯。」

〔四〕李清照念奴嬌詞：「被冷香消新夢覺，不許愁人不起。」

# 又

烏絲畫作回文紙〔一〕，香煤暗蝕藏頭字〔二〕。箏雁十三雙〔三〕，輸他作一行〔四〕。

相看仍似客，但道休相憶。索性不還家，落殘紅杏花〔五〕。

【箋注】

〔一〕烏絲：即烏絲欄，於縑帛上下以烏絲織成欄，其間用朱墨界行。後來也指有墨線格子的卷册。陸游東窗遣興詩：「欲寫烏絲還懶去，詩名老去判悠悠。」回文：一種詩體，詩詞字句回旋往返，都成義可誦。據晉書竇滔妻蘇氏傳，竇滔妻蘇蕙，字若蘭，善屬文。滔仕前秦苻堅爲秦州刺史，被徙流沙。蘇氏在家織錦爲回文璇璣圖詩以贈滔。詩長八百四十字，可宛轉循環以讀，詞甚淒惋。此句謂妻子寄來書信。

〔二〕香煤：和香料的煤烟，指墨。金元好問眉二首之二：「石緑香煤淺淡間，多情長帶楚梅酸。」藏頭：即藏頭詩，一種遊戲詩體，將每句頭字藏於前句末一字中，或將所言之事分藏於每句的頭一字中。宋呂渭老水龍吟詞：「相思兩地，無窮烟水，一庭花霧。錦字藏頭，織成機上，一時分付。」此句指妻子來信中用墨把詩句的第一個字塗掉，要丈夫猜是什麼意思。

〔三〕箏雁：古箏上的絃柱斜列，如飛雁一般，曰「雁柱」。箏有十三條絃，每條絃兩頭各有一柱，故曰「十三雙」。陸游雪中感成都詩：「感事鏡鸞悲獨舞，寄書箏雁恨慵飛。」歐陽修生查子詞：「雁柱十三絃，一一春鶯語。」

〔四〕二句謂夫妻分居兩地，還不及雁柱成雙。

〔五〕二句謂妻子信中説了賭氣的話：索性不要回家也罷，杏花都落盡了，還回來幹什麽！此妻子可能實指侍妾沈宛。沈於康熙二十三年冬歸性德後，性德仍十分忙碌，除平時需入宮值勤外，還常隨康熙帝出巡，或執行任務，在家中的時間很少。故曰「相看仍是客」。

## 又

闌風伏雨催寒食〔一〕，櫻桃一夜花狼藉。剛與病相宜〔二〕，瑣窗薰繡衣〔三〕。

畫眉煩女伴，央及流鶯喚〔四〕。半晌試開奩，嬌多直自嫌〔五〕。

**【箋注】**

〔一〕闌風伏雨：見前三二頁浣溪沙（伏雨朝寒愁不勝）注〔一〕。寒食：節令名，在農曆清明前一或二日。荆楚歲時記：「去冬節一百五日，即有疾風甚雨，謂之寒食。」

〔二〕詩詞曲語辭匯釋卷二：「剛，猶偏也；硬也；亦猶云只也。」

〔三〕瑣窗：鏤刻有連瑣圖案的窗欞。王次回病春詩：「櫻桃花盡雨霏霏，漫炷沉香熨夾衣。」

〔四〕央及：請求。

〔五〕直：即使。意謂即使自己也覺得過於嬌懶。

## 又

春雲吹散湘簾雨，絮黏蝴蝶飛還住。人在玉樓中，樓高四面風。　柳烟絲一把〔一〕，暝色籠鴛瓦〔二〕。休近小闌干，夕陽無限山。

【箋注】

〔一〕烟絲：烟霧濛濛的柳絲。唐楊巨源折楊柳：「水邊楊柳麴烟絲。」

〔二〕鴛瓦：鴛鴦瓦的省稱。

## 減字木蘭花　新月

晚妝欲罷，更把纖眉臨鏡畫。準待分明〔一〕，和雨和烟兩不勝〔二〕。　莫教星替〔三〕，守取團圓終必遂〔四〕。此夜紅樓，天上人間一樣愁〔五〕。

【箋注】

〔一〕準待：猶打算。

〔二〕宋杜安世行香子詞：「寒食下，半和雨，半和烟。」元善住憶王孫詞：「遊子尋春駿馬驕。欲魂銷。和雨和烟折柳條。」

〔三〕李商隱李夫人三首詩：「慚愧白茅人，月没教星替。」

〔四〕守取：等待。

〔五〕這首詞刻意描寫新月。首二句用纖眉比喻新月的形狀。三、四句説明新月的光綫暗淡。五、六句表明雖光綫不足，月缺終有月圓的一天，不需要星來代替。末二句以月缺喻人間的離别。謂將來雖有團欒之日，但此時此刻天上人間一樣含愁。

## 又

燭花摇影，冷透疏衾剛欲醒。待不思量〔一〕，不許孤眠不斷腸。　茫茫碧落，天上人間情一諾〔二〕。銀漢難通〔三〕，穩耐風波願始從〔四〕。

【箋注】

〔一〕蘇軾江城子乙卯正月二十日夜記夢：「十年生死兩茫茫，不思量，自難忘。」此首亦爲悼亡之作，從「冷透疏衾」推測，可能作於康熙十六年冬。

〔二〕一諾：史記季布欒布列傳：「楚人諺曰：得黄金百斤，不如得季布一諾。」此指誓約。

〔三〕銀漢：即銀河，天河。

〔四〕耐：忍受。風波：喻患難。元稹酬周從事望海亭見寄詩：「不辭狂復醉，人世有風波。」

## 又

相逢不語，一朵芙蓉著秋雨〔一〕。小暈紅潮，斜溜鬟心隻鳳翹〔二〕。　待將低喚，直爲凝情恐人見〔三〕。欲訴幽懷，轉過回闌叩玉釵。

【箋注】

〔一〕李珣臨江仙詞：「强整嬌姿臨寶鏡，小池一朵芙蓉。」

〔二〕斜溜：謂頭上斜插的首飾。李煜浣溪沙詞：「佳人舞點金釵溜。」鬟心：鬟髻的頂心。鳳翹：婦女所佩鳳形首飾。周邦彦南鄉子詞：「不道有人潛看着，從教，掉下鬟心與鳳翹。」

〔三〕直爲：僅爲。凝情：含情凝睇的樣子。

## 又

從教鐵石〔一〕，每見花開成惜惜〔二〕。淚點難消，滴損蒼烟玉一條〔三〕。　憐伊太冷，添箇紙窗疏竹影〔四〕。記取相思，環珮歸來月下時〔五〕。

**【校】**

〔月下時〕通本、張本、袁本作「月上時」。

**【箋注】**

〔一〕從教：任憑，任使。鐵石：謂鐵腸石心。皮日休桃花賦序：「余嘗慕宋廣平（璟）之爲相，貞姿勁質，剛態毅狀，疑其鐵腸石心，不解吐婉媚辭。然觀其作梅花賦，清便富豔，得南朝徐庾體，殊不類其爲人。」

〔二〕惜惜：可惜，憐惜。五代李存勗歌頭詞：「惜惜此光陰如流水，東離菊殘時，歎蕭索。」辛棄疾摸魚兒詞：「惜春長怕花開早，何況落紅無數。」

〔三〕玉一條：指梅樹。唐張謂早梅詩：「一樹寒梅白玉條，迥臨村路傍谿橋。」

〔四〕元袁桷述舊懷詩：「午窗鈎竹影，凍筆點梅魂。」

〔五〕姜夔疏影詞詠梅：「昭君不慣胡沙遠，但暗憶江南江北。想佩環月夜歸來，化作此花幽獨。」

## 又

斷魂無據〔一〕，萬水千山何處去〔二〕？没箇音書〔三〕，盡日東風上緑除〔四〕。　故園春好，寄語落花須自掃。莫更傷春，同是懨懨多病人〔五〕。

【校】

〔莫更〕袁本、汪本作「莫恨」。

【箋注】

〔一〕斷魂：指憂傷的夢魂。毛滂惜分飛詞：「今夜山深處，斷魂分付潮回去。」宋劉弇惜雙雙令詞：「翠屏人在天低處。驚夢斷、行雲無據。」

〔二〕韋莊木蘭花詞：「千山萬水不曾行，魂夢欲教何處覓。」

〔三〕宋楊无咎玉抱肚詞：「堪嗟處，山遥水遠，音書也無箇。」

〔四〕緑除：長滿緑草的臺階。

〔五〕懨懨：精神萎靡的樣子。韓偓春盡日詩：「把酒送春惆悵在，年年三月病懨懨。」下片四句是丈夫來信勸慰妻子之詞。

## 又

花叢冷眼〔一〕，自惜尋春來較晚〔二〕。知道今生，知道今生那見卿！　天然絶代，不信相思渾不解。若解相思，定與韓憑共一枝〔三〕。

【箋注】

〔一〕元稹離思五首之四：「取次花叢懶迴顧，半緣修道半緣君。」

〔二〕唐于鄴揚州夢記：「太和末，(杜)牧自御史出佐宣州幕，雖所至輒遊，終無屬意。因遊湖州，得鵶頭女十餘歲，驚爲國色。因語其母，將接至舟中。母女皆懼。牧曰：『且不即納，當爲後期，吾不十年，必守此郡。不來，乃從爾所適。』母許諾，爲盟而别。故牧歸，頗以湖州爲念。尋拜黄州、池州、睦州，皆非意也。牧與周墀善，會墀爲相，乃并以三箋，求守湖州。大中三年，始授湖州刺史，則已十四年矣。所約者已從人三載，而生二子。牧乃爲詩曰：『自是尋春去較遲，不須惆悵怨芳時。狂風落盡深紅色，緑葉成陰子滿枝。』」

〔三〕晉干寶搜神記卷十一：「宋康王舍人韓憑，娶妻何氏美。康王奪之。憑怨，王因之……憑乃自殺。其妻乃陰腐其衣，王與之登臺，妻遂自投臺。左右攬之，衣不中手而死。遺書於帶曰：『……願以屍骨賜憑合葬。』王怒，弗聽，使里人埋之，塚相望也，曰：『爾夫婦相愛不已，若能使冢合，則吾弗阻也。』宿昔之間，便有大梓木生於二冢之端，旬日而大盈抱，屈體相就，根交於下，枝錯於上。又有鴛鴦，雌雄各一，恒棲樹上，晨夕不去，交頸悲鳴，音聲感人。宋人哀之，遂號其木曰相思樹，相思之名起於此也。南人謂此禽即韓憑夫婦之精魂。」

## 卜算子　新柳

嬌軟不勝垂〔一〕，瘦怯那禁舞〔二〕。多事年年二月風，翦出鵝黄縷〔三〕。　一種可憐生〔四〕，落日和烟雨〔五〕。蘇小門前長短條〔六〕，即漸迷行處〔七〕。

【校】

〔題〕通本作「詠柳」。

【箋注】

〔一〕隋煬帝海山記載煬帝製湖上曲望江南八闋，其二：「湖上柳，烟裏不勝垂。」

〔二〕高觀國解連環柳詞：「隔郵亭、故人望斷，舞腰瘦怯。」

〔三〕唐賀知章詠柳詩：「不知細葉誰裁出，二月春風似剪刀。」鵝黄：狀新柳之色。明楊維楨楊柳詞：「楊柳董家橋，鵝黄萬萬條。」

〔四〕一種：一樣，同樣。可憐生：可憐、可愛的樣子。

〔五〕唐姚合楊柳枝：「橋邊陌上無人識，雨濕烟和思萬重。」

〔六〕蘇小：南齊錢塘名妓蘇小小的省稱。温庭筠楊柳枝八首之三：「蘇小門前柳萬條，毿毿金線拂平橋。」

〔七〕即漸：逐漸。

## 又 塞夢〔一〕

塞草晚才青，日落簫笳動〔二〕。慽慽淒淒入夜分〔三〕，催度星前夢〔四〕。　小語綠楊烟，怯踏銀河凍〔五〕。行盡關山到白狼〔六〕，相見唯珍重。

【校】

〔題〕原本作「塞寒」，校云：一作「夢」。茲據通本改定。

【箋注】

〔一〕詞中有「行盡關山到白狼」之語，可能作於康熙二十一年三月至四月扈駕東出山海關去盛京時。參閱前一四頁長相思注〔一〕。

〔二〕簫笳：簫和胡笳。曹植與吳季重書：「若夫觴酌凌波於前，簫笳發音於後。」漢李陵答蘇武書：「胡笳互動，牧馬悲鳴。」

〔三〕李清照聲聲慢詞：「尋尋覓覓，冷冷清清，淒淒慘慘戚戚。」夜分：夜半。

〔四〕湯顯祖牡丹亭魂遊：「生性獨行無那，此夜星前一箇。」此句謂催促引度妻子的夢魂來到邊塞，與自己相會。

〔五〕銀河凍：此指結冰的河。唐蘇頲奉和聖製人日清暉閣宴羣臣遇雪應制詩：「苑花齊玉樹，池水作銀河。」

〔六〕白狼：白狼河，即大凌河。大清一統志錦州府一：「大凌河，在錦縣東。」

## 又　午日〔一〕

村靜午雞啼〔二〕，緑暗新陰覆。一展輕帘出畫牆，道是端陽酒〔三〕。　早晚夕陽蟬，又噪長隄柳〔四〕。青鬢長青自古誰〔五〕，彈指黄花九〔六〕。

**【校】**

〔題〕通本作「五日」。

**【箋注】**

〔一〕午日：農曆五月初五端午日的省稱。

〔二〕午雞：中午啼叫的雞。劉禹錫秋日送客至潛水驛詩：「楓林社日鼓，茅屋午時雞。」

〔三〕帘：指酒帘，酒家所用的招子。宋洪邁容齋隨筆續筆十六酒肆旗望：「今都城與郡縣酒務及凡鬻酒之肆，皆揭大帘於外，以青白布數幅爲之。」端陽酒：用艾或菖蒲浸的酒，傳説端午節飲後，可以避瘟氣。淵鑑類函卷十九歲時部八：「金門歲節記云：『洛陽端午作朮羹艾酒。』」南朝梁宗懔荆楚歲時記：「端午節以菖蒲一寸九節者，泛酒以辟瘟氣。」

〔四〕李商隱柳詩：「如何肯到清秋日，已帶斜陽又帶蟬。」南朝陳江總秋日遊昆明池詩：「蟬噪金堤柳，鷺飲石鯨波。」

〔五〕唐韓琮春愁詩：「金烏長飛玉兔走，青鬢長青古無有。」

〔六〕彈指：指時間短暫。翻譯名義集二時分：「俱舍云：壯士一彈指頃六十五刹那。」黄花九：指農曆九月九日重九。黄花謂菊花。蘇軾杭州牡丹開時僕猶在常潤周令作詩見寄次其韻復次一首送赴闕詩：「莫負黄花九日期，人生窮達可無時。」

# 納蘭詞箋注卷二

## 采桑子

彤雲久絶飛瓊字〔一〕，人在誰邊？人在誰邊？今夜玉清眠不眠〔二〕？　香銷被冷殘燈滅〔三〕，静數秋天，静數秋天，又誤心期到下弦〔四〕。

【校】

〔彤雲〕通本、張本、袁本作「彤霞」。

【箋注】

〔一〕飛瓊：仙女名。漢武帝内傳：「（王母）又命侍女董雙成吹雲和之笙，石公子擊昆庭之金，許飛瓊鼓震靈之簧。」此處借指所愛的女子。

〔二〕玉清：神仙居住的仙境。靈寶太乙經：「四人天外曰三清境，玉清、太清、上清，亦名三天。」此處可能借指皇宫。據清人筆記，作者曾愛過一個宫女。（參閲蔣瑞藻小説考證卷七轉引海漚閑話，以及李勗編注飲水詞箋轉引胡刊本飲水詩詞集中的鵬圖跋、唯我跋。）

〔三〕李清照念奴嬌詞：「被冷香銷新夢覺，不許愁人不起。」

〔四〕心期：見前四五頁浣溪沙（五字詩中目乍成）注〔四〕。

## 又

誰翻樂府淒涼曲〔一〕？風也蕭蕭，雨也蕭蕭〔二〕，瘦盡燈花又一宵。　不知何事縈懷抱，醒也無聊，醉也無聊，夢也何曾到謝橋〔三〕。

【箋注】

〔一〕樂府：漢武帝時定郊祀禮，立樂府，掌管宮廷、巡行、祭祀所用的音樂，兼採民歌配以樂曲。後來作爲一種詩體的名稱。　翻，按舊曲製作新詞。劉禹錫楊柳枝詞：「請君莫奏前朝曲，聽唱新翻楊柳枝。」

〔二〕蔣捷一翦梅詞：「秋娘渡與泰娘橋，風又飄飄，雨又蕭蕭。」

〔三〕謝橋：舊詩詞中常稱所愛女子（或妓女）爲「謝娘」，因而稱其所居之處爲「謝家」、「謝家庭院」、「謝家池閣」、「謝橋」。晏幾道鷓鴣天詞：「夢魂慣得無拘檢，又踏楊花過謝橋。」

【輯評】

陳廷焯詞則別調集：哀婉沈著。

## 又

嚴宵擁絮頻驚起〔一〕，撲面霜空。斜漢朦朧〔二〕，冷逼氊帷火不紅。　香篝翠被渾閒事〔三〕，回首西風〔四〕。數盡殘鐘，一穗燈花似夢中〔五〕。

【校】

〔宵〕原校：一作「霜」。通本、張本、袁本、昭代作「霜」。

〔西風〕詞雅作「東風」。

〔數盡殘〕原校：一作「何處疏」。通本、張本、袁本、昭代作「何處疏」。

【箋注】

〔一〕擁絮：半卧以絮被圍裹下體。南史隱逸傳上陶潛：「敗絮自擁，何慚兒子。」

〔二〕斜漢：謂銀河。南朝齊謝朓離夜詩：「玉繩隱高樹，斜漢耿層臺。」

〔三〕香篝：薰籠。周邦彦花犯詞：「香篝薰素被。」

〔四〕李珣巫山一段雲詞：「西風回首不勝悲，暮雨灑空祠。」

〔五〕檖：通穗，穀類結實的頂端，喻燈花。韓偓懶卸頭詩：「時復見殘燈，和烟墜金穗。」

## 又

笠簇別後

冷香縈徧紅橋夢〔一〕，夢覺城笳。月上桃花，雨歇春寒燕子家〔二〕。

誰能鼓〔三〕，腸斷天涯。暗損韶華，一縷茶烟透碧紗〔四〕。

【校】

〔城笳〕原校：一作「聞鴉」。昭代作「聞鴉」。

【箋注】

〔一〕冷香：清香。紅橋：此指一般的赤欄橋。宋蘇舜卿師黯以彭甘五子爲寄因懷四明園中此果甚多偶成長句以爲謝詩：「枕畔冷香通醉夢，齒邊餘味滌吟魂。」

〔二〕陸游東籬雜書詩：「巷陌秋千夢，簾櫳燕子家。」

〔三〕笠簇：一種似琵琶的樂器。鼓，彈奏。笠簇別後，謂所愛的彈笠簇的女子離去以後。

〔四〕杜牧題禪院詩：「今日鬢絲禪榻畔，茶烟輕颺落花風。」

## 又 詠春雨

嫩烟分染鵝兒柳〔一〕，一様風絲〔二〕。似整如欹，才著春寒瘦不支。　涼侵曉夢輕蟬膩〔三〕，約略紅肥〔四〕。不惜葳蕤〔五〕，碾取名香作地衣〔六〕。

【箋注】

〔一〕鵝兒柳：淺黄似雛鵝毛色的嫩柳。宋趙令畤清平樂詞：「春風依舊，著意隋隄柳。搓得鵝兒黄欲就，天氣清明時候。」

〔二〕風絲：隨風飄拂的柳絲。南朝梁簡文帝三月三日率爾成詩：「綺花非一種，風絲亂百條。」

〔三〕輕蟬：輕盈的蟬鬢。見前四一頁浣溪沙（睡起惺忪强自支）注〔一〕。膩：滑澤。此句以美人喻花朵。

〔四〕紅肥：指花朵在雨後紅得更加鮮豔。宋李曾伯聲聲慢和韻賦江梅詞：「看水邊清瘦，雨後紅肥。」

〔五〕葳蕤：鮮麗的樣子，指花。

〔六〕地衣：地毯。秦觀阮郎歸詞：「秋千未拆水平堤，落紅成地衣。」

## 又　塞上詠雪花〔一〕

非關癖愛輕模樣〔二〕，冷處偏佳。別有根芽，不是人間富貴花〔三〕。謝娘別後誰能惜〔四〕，飄泊天涯。寒月悲笳，萬里西風瀚海沙〔五〕。

【箋注】

〔一〕此詞有「萬里西風瀚海沙」之句，按時令當在九月，地點應近大漠，姑繫於康熙十九年九月扈駕至五臺山時。

〔二〕宋孫道絢清平樂雪詞：「悠悠颺颺，做盡輕模樣。」

〔三〕富貴花：指牡丹或海棠。宋周敦頤愛蓮説：「牡丹，花之富貴者也。」陸游留樊亭三日王覺民檢詳日攜酒來飲海棠下比去花亦衰矣詩：「何妨海内功名士，共賞人間富貴花。」

〔四〕謝娘：指謝道藴。見前一頁憶江南注〔二〕。

〔五〕瀚海：指沙漠。唐陶翰出蕭關懷古詩：「孤城當瀚海，落日照祁連。」

## 又

桃花羞作無情死，感激東風。吹落嬌紅，飛入窗間伴懊儂〔一〕。誰憐辛苦東陽瘦〔二〕，也爲春慵。不及芙蓉，一片幽情冷處濃〔三〕。

【校】

〔窗間〕通本、張本、袁本、昭代作「閒窗」。

【箋注】

〔一〕懊儂：煩悶，煩惱。

〔二〕東陽：地名，在浙江省，此指沈約。南史沈約傳：「隆昌元年，除吏部郎，出爲東陽太守。」又「以書陳情於（徐）勉，言己老病，十日數旬，革帶常應移孔，以手握臂，率計月小半分」。李商隱韓冬郎即席爲詩相送一座盡驚他日余方追吟連宵侍坐徘徊久之句有老成之風因成二絶寄酬兼呈畏之員外之二：「爲憑何遜休聯句，瘦盡東陽姓沈人。」

〔三〕見前五〇頁浣溪沙（收取閒心冷處濃）注〔二〕。

## 又

撥燈書盡紅箋也〔一〕，依舊無聊。玉漏迢迢〔二〕，夢裏寒花隔玉簫〔三〕。　幾竿修竹三更雨，葉葉蕭蕭〔四〕。分付秋潮，莫誤雙魚到謝橋〔五〕。

【箋注】

〔一〕紅箋：紅色的信紙。韓偓偶寄詩：「小疊紅箋書恨字，與奴方便寄卿卿。」

〔二〕玉漏：玉製的計時器。秦觀南歌子詞：「玉漏迢迢盡，銀潢淡淡橫。」

〔三〕唐司空曙送王尊師歸湖州詩：「金闕乍看迎日麗，玉簫遥聽隔花微。」此句以「夢裏寒花」喻所愛的女子；「隔玉簫」表示音塵遠隔。

〔四〕温庭筠更漏子詞：「梧桐樹，三更雨，不道離情正苦。一葉葉，一聲聲，空階滴到明。」

〔五〕文選古樂府之一：「客從遠方來，遺我雙鯉魚，呼兒烹鯉魚，中有尺素書。」後人因以雙鯉、雙魚指書信。杜甫送梓州李使君之任詩：「五馬何時到，雙魚會早傳。」謝橋：見前一〇〇頁采桑子（誰翻樂府淒涼曲）注〔三〕。

## 又

涼生露氣湘絃潤〔二〕，暗滴花梢。簾影誰摇，燕蹴風絲上柳條。舞餘鏡匣開頻掩，檀粉慵調〔一〕。朝淚如潮，昨夜香衾覺夢遥。

【校】

〔舞餘〕通本、昭代作「舞鴟」。

〔開頻掩〕袁本作「閒頻掩」。
〔衾〕原校：一作「輕」。

【箋注】

〔一〕湘絃：屈原遠遊：「使湘靈鼓瑟兮，令海若舞馮夷。」因此稱琴瑟的絃爲湘絃。
〔二〕檀粉：淺紅色的脂粉。

## 又

土花曾染湘娥黛〔一〕，鉛淚難消〔二〕。清韻誰敲，不是犀椎是鳳翹〔三〕。祇應長伴端溪紫〔四〕，割取秋潮〔五〕。鸜鵒偷教，方響前頭見玉簫〔六〕。

【箋注】

〔一〕土花：器物被泥土侵蝕後留下的斑點。元王冕題申屠子迪篆刻卷詩：「岐陽石鼓土花蝕，嶧山之碑野火然。」詩詞曲語辭匯釋卷二：「曾，猶争也；怎也。」湘娥：指舜妃娥皇、女英。此處作爲女子的代稱。黛：指女子眉黛。此句暗指所愛女子已死去。
〔二〕鉛淚：李賀金銅仙人辭漢歌：「空將漢月出宮門，憶君清淚如鉛水。」故稱眼淚爲鉛淚。
〔三〕犀椎：犀牛角所製之槌，擊物能應聲回響，亦稱響犀。唐蘇鶚杜陽雜編：時有宮人沈彼女固未死也。

阿翹，爲上舞河滿子。問其從來，阿翹曰：「妾本吴元濟之妓女。」俄遂進白玉方響，云本吴元濟所與也。光明皎潔，可照十數步，言其犀槌即響犀也。凡物有聲，乃響應其中焉。鳳翹：見前九〇頁減字木蘭花（相逢不語）注〔二〕。二句謂傳來清韻，不是響犀聲，乃是鳳翹的震顫聲，令人懷疑彼女固未死也。

〔四〕端溪紫：以廣東德慶縣端溪產石所製的紫石硯，即端硯。

〔五〕秋潮：猶秋波，指女子美目。用潮字以趁韻。李商隱房中曲：「枕是龍宫石，割得秋波色。」以上二句謂彼女不該死去，只應常在書桌前伴我。

〔六〕淵鑑類函卷四百二十一鳥部四：「青林詩話曰：蔡確貶新州，侍兒名琵琶者隨之。有鸚鵡甚慧，公每叩響板，鸚鵡傳呼琵琶。後卒，誤觸響板，鸚鵡猶呼不已。公怏怏不樂，有詩云：『鸚鵡言猶在，琵琶事已非。傷心瘴江水，同渡不同歸。』」方響，以十六枚厚薄不同的鐵片製成的打擊樂器。玉簫：人名。唐韋皋少遊江夏，館於姜氏。姜令小青衣玉簫祇侍，因漸有情。韋歸，七年不至，玉簫遂絶食死。後再世，仍爲韋侍妾。見雲溪友議。這裏指死去女子。二句回憶過去，令人產生睹物思人的悲痛。

## 又

謝家庭院殘更立〔一〕，燕宿雕梁〔二〕。月度銀牆，不辨花叢那辨香〔三〕。此情已自成追憶〔四〕，零落鴛鴦。雨歇微涼，十一年前夢一場。

【箋注】

〔一〕謝家庭院，見前一〇〇頁采桑子（誰翻樂府淒涼曲）注〔三〕。宋向子諲滿庭芳詞：「謝家庭院，爭道絮因風。」

〔二〕唐李中燕詩：「喧覺佳人晝夢，雙雙猶在雕梁。」

〔三〕元稹雜憶五首之三：「寒輕夜淺繞回廊，不辨花叢暗辨香。」

〔四〕李商隱錦瑟詩：「此情可待成追憶，只是當時已惘然。」

## 又〔一〕

而今才道當時錯〔二〕，心緒淒迷。紅淚偷垂，滿眼春風百事非〔三〕。　情知此後來無計，强說歡期〔四〕。一別如斯，落盡梨花月又西〔五〕。

【校】

〔才〕原校：一作「誰」。昭代作「誰」。

【箋注】

〔一〕此首與下一首可能爲思念沈宛而作。參見前言。

〔二〕才道：才知。當時錯：謂當時不該讓沈返回江南。宋劉克莊憶秦娥詞：「古來成敗難描摸，而今却悔當時錯。」

〔三〕宋趙彦端減字木蘭花詞：「滿眼春風，不覺黄梅細雨中。」

〔四〕謂明知沈去後不可能再回來，還勉强説將來有重叙舊情之日。

〔五〕唐鄭谷下第退居二首之一：「落盡梨花春又了，破籬殘雨晚鶯啼。」

## 又

明月多情應笑我〔一〕，笑我如今，孤負春心，獨自閒行獨自吟。　近來怕説當時事，結徧蘭襟〔二〕。月淺燈深〔三〕，夢裏雲歸何處尋〔四〕？

【箋注】

〔一〕蘇軾念奴嬌詞：「故國神遊，多情應笑我，早生華髮。」

〔二〕蘭襟：香潔的衣襟。結徧蘭襟，謂情分深切。晏幾道采桑子詞：「别來長記西樓事，結徧蘭襟。遺恨重尋，絃斷相如緑綺琴。」

〔三〕晏幾道清平樂詞：「猶記那回庭院，依前月淺燈深。」

〔四〕夢裏雲歸：見前一三頁江城子注〔一〕。雲，朝雲，指沈宛。宋賀鑄更漏子詞：「恨不如今夜，明月多情，應待歸雲。」

## 謁金門

夢裏

風絲裊〔一〕，水浸碧天清曉〔二〕。一鏡濕雲青未了〔三〕，雨晴春草草〔四〕。

輕螺誰掃〔五〕？簾外落花紅小。獨睡起來情悄悄〔六〕，寄愁何處好？

**【箋注】**

〔一〕風絲：見前一〇三頁采桑子（嫩烟分染鵝兒柳）注〔一〕。

〔二〕歐陽修蝶戀花詞：「水浸碧天風皺浪，菱花荇蔓隨雙槳。」

〔三〕一鏡濕雲：指水面上反映出來的雲。杜甫望嶽詩：「岱宗夫如何，齊魯青未了。」

〔四〕草草：匆促。唐趙嘏東歸道中詩：「星星一鏡髮，草草百年身。」

〔五〕輕螺：猶言細眉。螺即黛螺，青黑色顔料，可用以畫眉，因以爲女子眉毛的代稱。李煜長相思詞：「澹澹衫兒薄薄羅，輕顰雙黛螺。」掃：畫，抹。杜甫虢國夫人詩：「却嫌脂粉涴顔色，淡掃蛾眉朝至尊。」

〔六〕悄悄：憂愁貌。詩柏舟：「憂心悄悄，慍於羣小。」

## 好事近

簾外五更風〔一〕，消受曉寒時節〔二〕。剛剩秋衾一半〔三〕，擁透簾殘月。　爭教清淚不成冰，好處便輕別。擬把傷離情緒，待曉寒重說。

【箋注】

〔一〕宋無名氏浪淘沙詞：「簾外五更風，吹夢無蹤。」

〔二〕消受：禁受，忍受。

〔三〕宋無名氏古四北洞仙歌詞：「銀缸挑盡，紗窗未曉，獨擁寒衾一半。」

## 又〔一〕

馬首望青山，零落繁華如此。再向斷烟衰草，認蘚碑題字〔二〕。　休尋折戟話當年〔三〕，只灑悲秋淚。斜日十三陵下〔四〕，過新豐獵騎〔五〕。

【箋注】

〔一〕康熙十五年十月作者曾扈駕到昌平祭祀十三陵。據清實録，康熙十五年十月，「戊午……幸昌平。過前明十三陵。上一一躬親酹酒」。十三陵就在北京城郊，性德往游的機會甚多，因此本詞也可能作於康熙十五年以前。

〔二〕唐可止哭賈島詩：「暮雨滴碑字，年年添蘚痕。」顧貞觀憶秦娥詞：「雙崖碧，古今多少，蘚碑題蹟。」

〔三〕杜牧赤壁詩：「折戟沈沙鐵未銷，自將磨洗認前朝。」

〔四〕十三陵：明代十三個皇帝陵墓的總稱，在今北京市昌平北天壽山。

〔五〕漢書地理志第八上：「新豐……秦曰驪邑。高祖七年置。」應劭曰：「太上皇思東歸，於是高祖改築城市街里以象豐，遷豐民以實之，故號新豐。」「十三陵」代表前朝，「新豐」比喻新朝，謂前朝皇帝的陵園，已成了新朝皇族的遊獵之所。

## 又〔一〕

何路向家園，歷歷殘山剩水〔二〕。都把一春冷澹，到麥秋天氣〔三〕。　料應重發隔年花〔四〕，莫問花前事。縱使東風依舊，怕紅顏不似。

【箋注】

〔一〕詞中有「麥秋天氣」及「料應重發隔年花……怕紅顏不似」之語，可能作於妻子死後的第二年初夏。作者妻子盧氏於康熙十六年五月三十日産後病故，故此詞當作於十七年。據清實録，康熙十七年五月，「乙巳，上至鞏華城」，「甲寅，上幸西郊觀禾」，又據徐乾學所作作者墓誌銘，「上之幸……西山、湯泉及畿輔……未嘗不從」，可證此詞當作於十七年五月。

〔二〕殘山剩水：指國土分裂，山河不全。也可以指一般的山山水水，因詩人主觀上感覺到憂傷的移情作用，而稱之爲殘山剩水。明王璲題趙仲穆畫詩：「南朝無限傷心事，都在殘山剩水中。」

〔三〕麥秋：指農曆四月，爲麥收季節。漢蔡邕月令章句：「百穀各以其初生爲春，熟爲秋，故麥以孟夏爲秋。」

〔四〕宋馬令南唐書卷六後主昭惠周后傳：「（後主）又嘗與后移植梅花於瑶光殿之西，及花時而后已殂，因成詩見意……又云：失却烟花主，東風自不知。清香更何用，猶發去年枝。」

## 一絡索　長城〔一〕

野火拂雲微緑〔二〕，西風夜哭〔三〕。蒼茫雁翅列秋空，憶寫向屏山曲〔四〕。　山海幾經翻覆，女牆斜矗。看來費盡祖龍心〔五〕，畢竟爲誰家築。

【校】

〔調〕袁本作「洛陽春」。

〔題〕通本、張本無。

【箋注】

〔一〕詞中有「西風夜哭。蒼茫雁翅列秋空」之語，描寫的是秋景。作者於秋天出塞共有三次，參見前六三頁浣溪沙（欲寄愁心朔雁邊）注〔一〕。此詞之「看來費盡祖龍心，畢竟爲誰家築」，與卷五浣溪沙姜女祠之「六王如夢祖龍非」意思相同，可能同作於二十一年八月去梭龍時。參見後三五八頁浣溪沙（海色殘陽影斷霓）注〔一〕。

〔二〕野火：燐火。物類相感志：「山林藪澤，晦明之夜，則野火生焉，布散如人秉燭。其色青，異於人火。」唐方干東陽道中作詩：「野火不知寒食節，穿林轉壑自燒雲。」

〔三〕杜甫去秋行：「戰場寃魂每夜哭，空令野營猛士悲。」

〔四〕屏山：屏風曲折如山，故曰屏山。温庭筠南歌子詞：「鴛枕映屏山。」

〔五〕祖龍：指秦始皇。史記集解：「蘇林曰：祖，始也；龍，人君象。謂始皇也。」

## 又〔一〕

過盡遥山如畫，短衣匹馬〔二〕。蕭蕭木落不勝秋〔三〕，莫回首斜陽下。　別是柔腸縈挂，待歸才罷。却愁擁髻向燈前〔四〕，説不盡離人話。

【校】

〔木落〕通本作「落木」。

【箋注】

〔一〕作者於秋天出塞有三次，兩次是扈駕出巡，另一次是二十一年八月至十二月赴梭龍偵察。參見前六三頁浣溪沙（欲寄愁心朔雁邊）注〔一〕。此詞有「短衣匹馬」之語，不像是扈駕而行。姑繫於二十一年秋。

〔二〕杜甫曲江三章章五句其三：「短衣匹馬隨李廣，看射猛虎終殘年。」

〔三〕杜甫登高詩：「無邊落木蕭蕭下，不盡長江滾滾來。」

〔四〕漢伶玄飛燕外傳附伶玄自敍：「通德（伶玄妾）占袖，顧視燭影，以手擁髻，淒然泣下，不勝其悲。」宋劉辰翁寶鼎現詞：「又説向、燈前擁髻，暗滴鮫珠墜。」

## 又

雪

密灑征鞍無數，冥迷遠樹。亂山重疊杳難分，似五里濛濛霧〔一〕。　惆悵瑣窗深處，濕花輕絮〔二〕。當時悠颺得人憐，也都是濃香助〔三〕。

【校】

〔調〕通本、張本作「洛陽春」。

【箋注】

〔一〕後漢書張霸傳附張楷：「（楷）性好道術，能作五里霧。」

〔二〕濕花：指雪花。輕絮，見前一頁憶江南注〔二〕。

〔三〕孫道絢清平樂雪詞：「悠悠颺颺，做盡輕模樣。半夜蕭蕭窗外響，多在梅邊竹上。」

## 清平樂

烟輕雨小〔一〕，望裏青難了。一縷斷虹垂樹杪，又是亂山殘照〔二〕。　憑高目斷征途〔三〕，暮雲千里平蕪〔四〕。日夜河流東下，錦書應記雙魚〔五〕。

【箋注】

〔一〕晏幾道清平樂詞：「烟輕雨小，紫陌香塵少。」

〔二〕李中江行晚泊寄湓城知友詩：「江浮殘照闊，雲散亂山横。」

〔三〕唐姚鵠玉真觀尋趙尊師不遇詩：「憑高目斷無消息，自醉自吟愁落暉。」

〔四〕唐荊叔題慈恩塔詩：「暮雲千里色，無處不傷心。」

〔五〕錦書：即錦字。見前四六頁浣溪沙（記綰長條欲別難）注〔三〕。雙魚：見前一〇六頁采桑子（撥燈書盡紅箋也）注〔五〕。

## 又

青陵蝶夢〔一〕，倒挂憐么鳳〔二〕。褪粉收香情一種〔三〕，棲傍玉釵偷共。　愔愔鏡閣飛蛾〔四〕，誰傳錦字秋河〔五〕？蓮子依然隱霧〔六〕，菱花偷惜橫波〔七〕。

【箋注】

〔一〕青陵：即青陵臺。明一統志：「青陵臺在開封府封丘縣界。」青陵臺韓憑夫婦化蝶的典故，見前九三頁減字木蘭花（花叢冷眼）注〔三〕。蝶夢：莊子齊物論：「昔者莊周夢爲胡蝶，栩栩然胡蝶也……俄然覺，則蘧蘧然周也。不知周之夢爲胡蝶與，胡蝶之夢爲周與？」

〔二〕么鳳：鳥名，又稱倒挂。清沈雄古今詞話：「么鳳，惠州梅花上珍禽，名倒挂子，似緑毛鳳而小，其矢亦香，俗人蓄之帳中。東坡西江月云『倒挂緑毛么鳳』是也。」宋朱彧萍洲可談卷二：「海南諸國有倒挂雀，尾羽備五色，狀似鸚鵡，形小如雀，夜則倒懸其身。」此二句謂自己夢想如韓憑化蝶，也喜歡倒挂的么鳳。

〔三〕褪粉：宋羅大經鶴林玉露卷十四：「楊東山言道藏經云：蝶交則粉退，蜂交則黃退。

周美成詞云『蝶粉蜂黄渾退了』，正用此也。」收香：林下詩談：「桐花鳳小於玄鳥，春暮來集桐花，一名收香倒掛，又名探花使，性馴，好集美人釵上，出成都。」名物通：「倒掛，即緑毛么鳳，性極馴，好集美人釵上。日聞好香，則收藏尾翼間，夜則張翼以放香。」

〔四〕愔愔：安閒貌。李商隱鏡檻詩：「斜門穿戲蝶，小閣鎖飛蛾。」

〔五〕秋河：即天河，銀河。謝朓暫使下都夜發新林至京邑贈西府同僚詩：「秋河曙耿耿，寒渚夜蒼蒼。」

〔六〕子夜歌：「我念歡的的，子行由豫情。霧露隱芙蓉，見蓮不分明。」見蓮，諧音爲見憐。蓮子隱霧，表示不清楚女子是否愛我。

〔七〕菱花：古銅鏡背面常刻有菱花，因此詩詞中常以菱花爲鏡子的代稱。宋宋祁筆次詩：「菱花照鬢感流年，始覺空名盡偶然。」横波：比喻眼神流動，如水閃波。漢傅毅舞賦：「眉連娟以增繞兮，目流睇而横波。」

## 又

將愁不去〔一〕，秋色行難住。六曲屏山深院宇〔二〕，日日風風雨雨。雨晴籬菊初香，人言此日重陽。回首涼雲暮葉，黄昏無限思量。

【箋注】

〔一〕辛棄疾祝英臺近詞：「是他春帶愁來，春歸何處？却不解帶將愁去。」

〔二〕李賀屏風曲：「團迴六曲抱膏蘭。」清王琦注：「六曲，十二扇也，以十二扇疊作六曲。」

## 又

凄凄切切〔一〕，慘澹黄花節〔二〕。夢裏砧聲渾未歇，那更亂蛩悲咽〔三〕。　塵生燕子空樓，抛殘絃索牀頭〔四〕。一樣曉風殘月〔五〕，而今觸緒添愁。

【箋注】

〔一〕歐陽修秋聲賦：「凄凄切切，呼號憤發。」

〔二〕黄花節：即菊花節，重陽節。唐王涯九月九日勤政樓下觀百僚獻壽詩：「御氣黄花節，臨軒紫陌頭。」

〔三〕那更：見前三二頁浣溪沙（淚浥紅箋第幾行）注〔二〕。姜夔霓裳中序第一詞：「幽寂，亂蛩吟壁。動庾信清愁似織。」

〔四〕燕子樓：在江蘇徐州市。唐貞元中，張尚書鎮徐州，築樓以居家妓關盼盼。張死後，盼盼不嫁，居此樓十餘年。張尚書舊傳爲張建封，後人考證爲建封之子愔。周邦彦解連環詞：「燕子樓空，暗塵鎖一牀絃索。」觀詞意，此首亦爲悼亡之作。

〔五〕柳永雨霖鈴詞：「今宵酒醒何處？楊柳岸曉風殘月。」

## 又

憶梁汾〔一〕

才聽夜雨，便覺秋如許。繞砌蛩螿人不語〔二〕，有夢轉愁無據〔三〕。亂山千疊橫江〔四〕，憶君遊倦何方〔五〕。知否小窗紅燭，照人此夜淒涼〔六〕。

**【箋注】**

〔一〕梁汾：參見八二頁菩薩蠻（知君此際情蕭索）詞注〔一〕。

〔二〕蛩螿：蛩，蟋蟀；螿，蟬。

〔三〕宋趙佶燕山亭詞：「怎不思量，除夢裏有時曾去。無據。和夢也有時不做。」

〔四〕蘇軾書王定國所藏烟江疊嶂圖詩：「江上愁心千疊山，浮空積翠如雲烟。」

〔五〕遊倦：倦於遊宦。性德於二十二年春寄菩薩蠻詞給梁汾後，有一段時間得不到梁汾消息。

〔六〕周紫芝清平樂詞：「只有瑣窗紅蠟，照人猶自銷魂。」

## 又〔一〕

塞鴻去矣，錦字何時寄？記得燈前佯忍淚〔二〕，却問明朝行未。〔三〕別來幾度如珪〔四〕，飄零落葉成堆。一種曉寒殘夢，淒涼畢竟因誰？

【箋注】

〔一〕此詞有「塞鴻去矣，錦字何時寄」及「別來幾度如珪」之語，當作於康熙二十三年十一月。作者於九月扈駕南巡，至此已將近三個月。參閱前七九頁菩薩蠻（驚飈掠地冬將半）注〔一〕。

〔二〕唐韋莊女冠子詞：「別君時，忍淚佯低面，含羞半斂眉。」

〔三〕却問：再問。明知丈夫明朝要外出而再問，希望他或許能不去。

〔四〕文選江淹別賦：「乃至秋露如珠，秋月如珪，明月白露，光陰往來。與子之別，思心徘徊。」李善注：「遯甲開山圖曰：禹游於東海，得玉珪，碧色，圓如日月，以自照，目達幽暝。」

## 又

風鬟雨鬢〔一〕，偏是來無準。倦倚玉闌看月暈，容易語低香近〔二〕。軟風吹過窗紗，心期便隔天涯。從此傷春傷別〔三〕，黄昏只對梨花。

【校】

〔玉闌〕通本、詞雅作「玉蘭」，篋中詞作「闌干」。

【箋注】

〔一〕風鬟雨鬢：形容婦女髮髻散亂。唐李朝威柳毅傳：「昨下第，閒驅涇水右涘，見大王愛女牧羊於野，風鬟雨鬢，所不忍視。」

〔二〕晏幾道清平樂詞：「勾引行人添別恨，因是語低香近。」

〔三〕李商隱杜司勳詩：「刻意傷春復傷別，人間惟有杜司勳。」

## 又 秋思

涼雲萬葉〔一〕，斷送清秋節〔二〕。寂寂繡屏香篆滅〔三〕，暗裏朱顏消歇〔四〕。　　誰憐照影吹笙〔五〕，天涯芳草關情〔六〕。懊惱隔簾幽夢，半牀花月縱橫。

【校】

〔涼雲萬〕原校：一作「孤花片」。通本、張本、袁本作「孤花片」。

〔照影〕原校：一作「散髻」。通本、張本、袁本作「散髻」。

〔牀〕原校：一作「窗」。袁本作「窗」。

〔花月〕袁本作「風月」。

**【箋注】**

〔一〕宋馮偉壽春雲怨詞：「曲水成空，麗人何處，往事暮雲萬葉。」歐陽修漁家傲詞：「萬葉敲聲涼乍到，百蟲啼晚烟如掃。」

〔二〕清秋節：指農曆九月九日重陽節。李白憶秦娥詞：「樂遊原上清秋節，咸陽古道音塵絶。」

〔三〕香篆：香炷，點燃時烟上升繚繞如篆文。韋莊應天長詞：「畫簾垂，金鳳舞，寂寞繡屏香一炷。」

〔四〕李白寄遠十一首之八：「坐思行歎成楚越，春風玉顔畏消歇。」

〔五〕五代徐鉉柳枝詞：「長條亂拂春波動，不許佳人照影看。」此句謂女子在月下吹笙，月光照着孤獨的影子，有誰憐惜。

〔六〕漢劉安招隱士：「王孫游兮不歸，春草生兮萋萋。」唐牟融贈歐陽詹詩：「島外斷雲凝遠日，天涯芳草動愁心。」天涯芳草暗指行役在外的丈夫的蹤跡。

## 又

彈琴峽題壁〔一〕

泠泠徹夜〔二〕，誰是知音者？如夢前朝何處也〔三〕，一曲邊愁難寫。　極天關塞雲中〔四〕，人隨雁落西風。喚取紅襟翠袖，莫教淚灑英雄〔五〕。

【校】

〔雁落〕通本作「落雁」。

〔襟〕原校：一作「巾」。

【箋注】

〔一〕大清一統志順天府二：「彈琴峽，在昌平州西北居庸關内，水流石罅，聲若彈琴。」此詞可能作於康熙十五年十月扈駕到昌平時。

〔二〕泠泠：形容聲音清脆。晉陸機招隱詩：「山溜何泠泠，飛泉漱鳴玉。」唐劉長卿聽彈琴詩：「泠泠七弦上，靜聽松風寒。」

〔三〕韋莊臺城詩：「江雨霏霏江草齊，六朝如夢鳥空啼。」

〔四〕杜甫秋興八首其七：「關塞極天唯鳥道，江湖滿地一漁翁。」孔叢子：「世人言高者，必以極天爲稱。」此句指居庸關之險要。

〔五〕辛棄疾水龍吟詞：「倩何人喚取，紅巾翠袖，揾英雄淚。」

## 又　元夜月蝕〔一〕

瑶華映闕〔二〕，烘散蓂墀雪〔三〕。比似尋常清景别〔四〕，第一團欒時節〔五〕。影娥忽泛初弦〔六〕，分輝借與宫蓮〔七〕。七寶修成合璧〔八〕，重輪歲歲中天〔九〕。

**【校】**

〔題〕通本、張本作「上元月蝕」。

〔團欒〕通本、張本作「團圓」。

〔影娥〕原作「影蛾」，誤，據諸本改。

**【箋注】**

〔一〕元夜：農曆正月十五日夜，又稱元宵、元夕。

〔二〕瑶華：指月光。

〔三〕蓂墀：宫殿前長着瑞草的臺階。蓂，蓂莢。傳説堯時的一種瑞草。竹書紀年卷上：「有草夾階而生，月朔始生一莢，月半而生十五莢，十六日以後，日落一莢，及晦而盡。……名曰蓂莢。」

〔四〕曹植公讌詩：「明月澄清景，列宿正參差。」

〔五〕此句謂元夜是一年中第一次月圓。

〔六〕影娥：池名。漢郭憲洞冥記卷三：「（漢武）帝於望鵠臺西起俯月臺，臺下穿池，廣千尺，登臺以眺月。影入池中，使宮人乘舟弄月影，因名影娥池。」初弦，狀月蝕未盡部分如新月。

〔七〕宮蓮：指宮燈。宋史蘇軾傳：「軾嘗宿禁中，召入對便殿，宣仁后命坐賜茶，撤御前金蓮宮燭送歸院。」此句謂月蝕光暗，燈燭增輝。

〔八〕七寶：七種寶物，説法不一，大致謂金、銀、琉璃、珊瑚、瑪瑙等。唐段成式酉陽雜俎前集一天咫：「太和中，鄭仁本表弟……遊嵩山……見一人布衣甚潔白，枕一襆物方眠熟，即呼之。……其人笑曰：『君知月乃七寶合成乎？月勢如丸，其影，日爍其凸處也。常有八萬二千户修之，予即一數。』因開襆，有斤鑿數事。」合璧：指月。漢書律曆志上：「日月如合璧，五星如連珠。」

〔九〕重輪：日月外圍所現之光圈。唐張説月重輪頌：「皇帝臨潞州，景龍元年七月十有四日夜，月重輪。頌曰：維帝潛德，受天眷命。月之重輪，示我金鏡。」杜甫後出塞詩之二：「中天懸明月，令嚴夜寂寥。」二句謂月蝕後重圓。

## 憶秦娥 龍潭口〔一〕

山重疊，懸崖一綫天疑裂〔二〕。天疑裂，斷碑題字，古苔横齧〔三〕。風聲雷動鳴金鐵〔四〕，陰森潭底蛟龍窟〔五〕。蛟龍窟，興亡滿眼〔六〕，舊時明月〔七〕。

【箋注】

〔一〕龍潭口：在今遼寧省鐵嶺市境内。此詞當作于康熙二十一年春扈駕巡視遼東時。

〔二〕宋梁周翰五鳳樓賦：「門呀洞缺，若天之疑裂。」

〔三〕見前一一三頁好事近（馬首望青山）注〔二〕。

〔四〕歐陽修秋聲賦：「鏦鏦錚錚，金鐵皆鳴。」

〔五〕司空圖狂題十八首之八：「轟霆攪破蛟龍窟，也被狂風卷出山。」

〔六〕趙長卿青玉案詞：「滿眼興亡知幾許。不如尋個，老松石畔，作個柴門户。」

〔七〕舊時明月：見前五三頁浣溪沙（無恙年年汴水流）注〔四〕。

## 又

春深淺〔一〕，一痕摇漾青如翦〔二〕。青如翦，鷺鷥立處，烟蕪平遠。吹開吹謝東風倦〔三〕，緗桃自惜紅顔變〔四〕。紅顔變，兔葵燕麥，重來相見〔五〕。

【箋注】

〔一〕唐朱慶餘同友人看花詩：「尋花不問春深淺，縱是殘紅也入詩。」

〔二〕温庭筠春野行：「草淺淺，春如翦。」

〔三〕歐陽修玉樓春詞：「東風本是開花信，及至花時風更緊。吹開吹謝苦匆匆，春意到頭無處問。」

〔四〕緗桃：桃樹的一種，結淺黄色果實。花譜：「千葉桃爲緗桃。」

〔五〕劉禹錫再遊玄都觀絶句詩引：「居十年，召至京師。人人皆言有道士手植仙桃，滿觀如紅霞，遂有前篇，以志一時之事。旋又出牧，今十有四年，復爲主客郎中。重遊玄都觀，蕩然無復一樹，唯兔葵燕麥，動摇於春風耳。」三句謂舊地重來，不禁有前度劉郎之感。

## 又

長飄泊，多愁多病心情惡〔一〕。心情惡，模糊一片，强分哀樂〔二〕。　擬將歡笑排離索，鏡中無奈顔非昨。顔非昨，才華尚淺，因何福薄？

【箋注】

〔一〕蘇軾采桑子潤州多景樓與孫巨源相遇詞：「多情多感仍多病。」

〔二〕强分：謂不可分而硬是要分。世説新語言語：「謝太傅語王右軍曰：『中年傷於哀樂，與親友别，輒作數日惡。』」

# 阮郎歸

斜風細雨正霏霏〔一〕，畫簾拖地垂〔二〕。屏山幾曲篆烟微〔三〕，閒庭柳絮飛。

新緑密，亂紅稀。乳鶯殘日啼。春寒欲透縷金衣〔四〕，落花郎未歸。

【校】

〔調〕通本、張本、袁本作「醉桃源」。

〔烟〕原校：一作「香」。通本、張本、袁本作「香」。

〔春〕原校：一作「餘」。通本、張本、袁本作「餘」。

【箋注】

〔一〕唐張志和漁父詞：「青箬笠，緑蓑衣，斜風細雨不須歸。」詩采薇：「今我來思，雨雪霏霏。」

〔二〕五代張泌浣溪沙詞：「黃昏微雨畫簾垂。」

〔三〕明陳子龍醉落魄詞：「幾曲屏山，竟日飄香篆。」

〔四〕縷金衣：即金縷衣，飾以金縷的舞衣。顧敻荷葉杯詞：「菊冷露微微，看看濕透縷金衣。」

# 畫堂春

一生一代一雙人〔一〕，爭教兩處銷魂〔二〕。相思相望不相親〔三〕，天爲誰春？漿向藍橋易乞〔四〕，藥成碧海難奔〔五〕。若容相訪飲牛津〔六〕，相對忘貧〔七〕。

【箋注】

〔一〕唐駱賓王代女道士王靈妃贈道士李榮詩：「相憐相念倍相親，一生一代一雙人。」

〔二〕江淹别賦：「黯然銷魂者，唯别而已矣。」周邦彦憶舊遊詞：「漸暗竹敲涼，疏螢照晚，兩地魂銷。」

〔三〕唐王勃寒夜懷友雜體二首之二：「故人故情懷故宴，相望相思不相見。」李白相逢行：「相見不相親，不如不相見。」

〔四〕藍橋：在陝西藍田縣東南藍溪上。據裴硎傳奇，秀才裴航途經藍橋驛，口渴求飲。老嫗命女雲英飲以瓊漿。裴欲娶雲英爲妻。老嫗告裴，需以玉杵臼爲聘。裴訪得玉杵臼，與雲英擣藥百日，藥成成仙。

〔五〕碧海：漢東方朔十洲記：「扶桑在東海之東岸，岸直，陸行登岸一萬里，東復有碧海，海廣狹浩汗，與東海等，水既不鹹苦，正作碧色，甘香味美。」李商隱常娥詩：「常娥應悔偷靈藥，碧海青天夜夜心。」

〔六〕晉張華博物志雜説：「舊説云，天河與海通。近世有人居海渚者，年年八月有浮槎去來不失期。人有奇志，立飛閣於槎上，多齎糧乘槎而去……奄至一處，有城郭狀，屋舍甚嚴，遥望宫中多織婦，見一丈夫牽牛渚次飲之。牽牛人乃驚問曰：『何由至此？』此人具説來意，並問此是何處。答曰：『君還至蜀郡，訪嚴君平則知之。』……後至蜀，問君平，曰：『某年月日客星犯牽牛宿。計年月，正是此人到天河時也。』」秦觀玉樓春詞：「當時誤入飲牛津，何處重尋聞犬洞。」

〔七〕文子卷上符言：「老子曰，古之存己者，樂德而忘賤，故名不動志；樂道而忘貧，故利不動心。」

## 眼兒媚

獨倚春寒掩夕霏，清露泣銖衣〔一〕。玉簫吹夢，金釵畫影〔二〕，悔不同攜。刻殘紅燭曾相待〔三〕，舊事總依稀。料應遺恨，月中教去，花底催歸。

【校】

〔獨倚〕原校：一作「依約」。

〔掩〕原校：一作「斂」。

〔霏〕原校：一作「扉」。通本作「扉」。

〔獨倚句〕張本作「春寒獨倚竹間扉」。
〔清露泣〕原校：一作「露上五」。
〔釵〕原校：一作「觴」。
〔畫〕原校：一作「酹」。通本、張本作「劃」。
〔同〕原校：一作「重」。
〔刻殘二句〕原校：一作「閒思往事曾相待，央及小風吹」。
〔遺〕原校：一作「同」。

【箋注】

〔一〕銖衣：極輕之衣。銖爲古代重量單位，二十四銖爲一兩。唐賈至贈薛瑶英詩：「舞怯銖衣重，笑疑桃臉開。」
〔二〕李白江夏贈韋南陵冰詩：「西憶故人不可見，東風吹夢到長安。」二句謂過去的情事，如夢如影。
〔三〕刻燭：古人刻度數於燭，燒以計時。

## 又

重見星娥碧海槎〔一〕，忍笑却盤鴉〔二〕。尋常多少，月明風細，今夜偏佳。休籠彩筆閒書字〔三〕，街鼓已三撾〔四〕。烟絲欲裊，露光微泫〔五〕，春在桃花〔六〕。

【校】

〔重見句〕張本作「星娥重見碧天槎」。

【箋注】

〔一〕星娥：織女。李商隱海客詩：「海客乘槎上紫氛，星娥罷織一相聞。」碧海槎：見前一三一頁畫堂春注〔五〕〔六〕。此句謂與情人重新相見。

〔二〕却盤鴉：重新梳繞髮髻。却，猶再。盤鴉，婦女髮髻的名稱。唐白行簡三夢記：「唐末宫髻，號鬧掃妝，形如焱風散髮，蓋盤鴉、墮馬之類。」唐孟遲蓮塘詩：「脈脈低回殷袖遮，臉横秋水髻盤鴉。」此句描寫情人的神態。

〔三〕趙光遠詠手二首之二：「慢籠彩筆閒書字，斜指瑶階笑打錢。」籠筆，猶握筆。

〔四〕街鼓：城坊警夜之鼓。唐劉肅大唐新語：「舊制，京城内金吾曉暝傳呼，以戒行者，馬周獻封章，始置街鼓，俗號鼕鼕，公私便焉。」三撾，擊鼓三下。

〔五〕謝靈運從斤竹澗越嶺溪行詩：「巖下雲方合，花上露猶泫。」

〔六〕周邦彦少年遊詞：「而今麗日明金屋，春色在桃枝。」

## 又　詠梅

莫把瓊花比澹妝〔一〕，誰似白霓裳〔二〕。别樣清幽〔三〕，自然標格〔四〕，莫近東牆〔五〕。冰肌玉骨天分付〔六〕，兼付與淒涼。可憐遥夜，冷烟和月，疎影横窗〔七〕。

**【校】**

〔莫把句〕張本作「莫將瓊蕊比殘妝」。

**【箋注】**

〔一〕澹妝：指梅花。唐柳宗元龍城録：「隋開皇中，趙師雄遷羅浮，日暮於松林酒肆旁見一美人，淡妝素服出迎。與語，言極清麗，芳香襲人。因與扣酒家共飲，一緑衣童子歌於側。師雄醉寢，比醒，起視乃在梅花樹下，上有翠羽啾嘈相顧，月落參横，但惆悵而已。」

〔二〕霓裳：以霓爲裳，比喻服飾之美。屈原九歌東君：「青雲衣兮白霓裳，舉長矢兮射天狼。」

〔三〕宋曾慥浣溪沙詞：「别樣清芬撲鼻來。」

〔四〕宋無名氏孤鸞詞：「天然標格，是小萼堆紅，芳姿凝白。」

〔五〕程垓眼兒媚詞：「一枝烟雨瘦東牆，真個斷人腸。」此句意謂東牆因光照不佳，花易憔悴。

〔六〕宋李之儀蝶戀花詞：「玉骨冰肌天所賦，似與神仙，來作烟霞侶。」

〔七〕宋林逋山園小梅二首之一：「疏影横斜水清淺，暗香浮動月黄昏。」

## 朝中措

蜀絃秦柱不關情〔一〕，盡日掩雲屏〔二〕。已惜輕翎退粉〔三〕，更嫌弱絮爲萍〔四〕。

東風多事，餘寒吹散，烘暖微醒。看盡一簾紅雨〔五〕，爲誰親繫花鈴〔六〕？

【校】

〔弱絮〕瑶華集作「飛絮」。

【箋注】

〔一〕蜀絃秦柱：指筝瑟。蜀絃，用蜀地的蠶絲做成的絃。秦柱，筝柱。筝相傳爲秦蒙恬所造，故曰秦筝，秦柱。唐唐彦謙漢代詩：「别隨秦柱促，愁爲蜀絃幺。」

〔二〕雲屏：雲母屏風。李商隱龍池詩：「龍池賜酒敞雲屏，羯鼓聲高衆樂停。」

〔三〕輕翎：指蝶翅。温庭筠春日野行詩：「蝶翎朝粉盡，鴉背夕陽多。」退粉：見前一一八頁清平樂（青陵蝶夢）注〔三〕。

〔四〕蘇軾水龍吟次韻章質夫楊花詞：「曉來雨過，遺蹤何在，一池萍碎。」龍沐勛東坡樂府箋卷二：「萍碎，公舊注云：楊花落水爲浮萍，驗之信然。」

〔五〕紅雨：比喻落花。李賀將進酒詩：「況是青春日將暮，桃花亂落如紅雨。」宋韓維晚春詩：「幾曲雲屏空白晝，一簾花雨自黄昏。」

〔六〕王仁裕開元天寶遺事花上金鈴：「天寶初，寧王日侍，好聲樂。風流藴藉，諸王弗如也。至春時，於後園中紉紅絲爲繩，密綴金鈴，繫於花梢之上，每有鳥鵲集，則令園吏掣鈴索以驚之，蓋惜花之故也。諸宫皆效之。」

## 攤破浣溪沙

林下荒苔道藴家〔一〕，生憐玉骨委塵沙〔二〕。愁向風前無處説，數歸鴉〔三〕。

半世浮萍隨逝水〔四〕，一宵冷雨葬名花〔五〕。魂是柳綿吹欲碎，繞天涯〔六〕。

【校】

〔調〕通本、張本、袁本作「山花子」。以下數闋同。

〔魂是〕通本作「魂似」。

【箋注】

〔一〕道蘊：謝道蘊，東晉女詩人，謝安侄女，王凝之之妻。見後三六五頁眼兒媚（林下閨房世罕儔）注〔一〕。此處係借指。

〔二〕生憐：深憐，甚憐。

〔三〕辛棄疾玉蝴蝶詞：「暮雲多，佳人何處？數盡歸鴉。」

〔四〕唐朱慶餘塗中感懷詩：「跡似萍隨水，情同鶴在田。」

〔五〕韓偓哭花詩：「若是有情爭不哭，夜來風雨葬西施。」

〔六〕顧夐虞美人詞：「玉郎還是不還家，教人魂夢逐楊花，繞天涯。」

## 又

風絮飄殘已化萍，泥蓮剛倩藕絲縈〔一〕。珍重别拈香一瓣〔二〕，記前生〔三〕。人到情多情轉薄〔四〕，而今真箇悔多情。又到斷腸回首處，淚偷零。

【箋注】

〔一〕温庭筠張静婉採蓮曲：「船頭折藕絲暗牽，藕根蓮子相留連。」剛：猶偏。二句謂妻子雖已死去，而舊情未斷。與下一首均爲悼亡之作。

〔二〕一瓣：猶一炷。
〔三〕前生：傳燈録：「有一省郎夢至碧崖下，一老僧前烟穗極微，云：『此是檀越結願香，烟存而檀越已三生矣。第一生明皇時劍南安撫巡官，第二生憲皇時西蜀書記，第三生即今生也。』」
〔四〕杜牧贈别二首之二：「多情却似總無情，唯覺尊前笑不成。」

## 又

欲語心情夢已闌〔一〕，鏡中依約見春山〔二〕。方悔從前真草草〔三〕，等閒看。
環佩祇應歸月下〔四〕，鈿釵何意寄人間〔五〕。多少滴殘紅蠟淚，幾時乾〔六〕？

【校】

〔語〕通本作「話」。

【箋注】

〔一〕辛棄疾南鄉子舟中記夢詞：「别後兩眉尖，欲説還休夢已闌。」
〔二〕春山：喻眉黛。李商隱代贈二首之二：「總把春山掃眉黛，不知供得幾多愁。」
〔三〕王次回箇人之十二：「花裏送郎真草草，人前見妾莫依依。」
〔四〕見前九一頁減字木蘭花（從教鐵石）注〔五〕。

〔五〕見前五五頁浣溪沙（鳳髻抛殘秋草生）注〔三〕。

〔六〕李商隱無題：「春蠶到死絲方盡，蠟炬成灰淚始乾。」

## 又

小立紅橋柳半垂，越羅裙颺縷金衣〔一〕。采得石榴雙葉子〔二〕，欲遺誰？　便是有情當落月，只應無伴送斜暉〔三〕。寄語東風休著力，不禁吹。

**【校】**

〔月〕通本作「日」。

**【箋注】**

〔一〕越羅：越地所産的綢緞。晏幾道訴衷情詞：「御紗新製石榴裙，沈香慢火熏。越羅雙帶宫様，飛鷺碧波紋。」縷金衣：見前一三〇頁阮郎歸詞（斜風細雨正霏霏）注〔四〕。

〔二〕宋陳師道西江月詠石榴詞：「憑將雙葉寄相思，與看釵頭何似。」王次回無緒詩：「空寄石榴雙葉子，隔簾消息正沉沉。」

〔三〕杜甫夢李白詩：「落月滿屋梁，猶疑照顔色。」二句謂縱使夜間有情人入夢，而此時在斜陽下却無人作伴。

## 又

一霎燈前醉不醒，恨如春夢畏分明〔一〕。澹月澹雲窗外雨，一聲聲〔二〕。人到情多情轉薄，而今真箇不多情。又聽鷓鴣啼徧了〔三〕，短長亭。

【箋注】

〔一〕張泌寄人詩：「倚柱尋思倍惆悵，一場春夢不分明。」

〔二〕宋李冠蝶戀花詞：「數點雨聲風約住，朦朧澹月雲來去。」温庭筠更漏子詞：「梧桐樹，三更雨，不道離情正苦。一葉葉，一聲聲，空階滴到明。」

〔三〕本草綱目四八禽二鷓鴣：「鷓鴣性畏霜露，早晚稀出……今俗謂其鳴曰行不得也哥哥。」

## 又

昨夜濃香分外宜，天將妍暖護雙棲〔一〕，樺燭影微紅玉軟〔二〕，燕釵垂〔三〕。幾爲愁多翻自笑，那逢歡極却含啼〔四〕。央及蓮花清漏滴，莫相催〔五〕。

【箋注】

〔一〕妍暖：風和日暖，景物美好。唐韓愈遊青龍寺贈崔大補闕詩：「須知節候即風寒，幸及亭午猶妍暖。」雙棲，禽鳥雌雄共棲，多喻夫婦或情侶同宿。南朝梁陸倕以詩代書別後寄贈詩：「雙棲成獨宿，俱飛忽異翔。」

〔二〕樺燭：用樺樹皮捲蠟做成的蠟燭。白居易行簡初授拾遺同早朝入閤因示十二韻詩：「宿雨沙堤潤，秋風樺燭香。」紅玉軟：指婦女容色豔麗，肌膚温軟。西京雜記：「趙后體輕腰弱，善行步進退，女弟昭儀不能及也。但昭儀弱骨豐肌，尤工笑語。二人並色如紅玉，爲當時第一。」元薩都剌洞房曲：「美人骨醉紅玉軟，滿眼春酣扶不起。」

〔三〕燕釵：燕形的釵。郭憲洞冥記：「元鼎元年，起昭靈閣。有神女留一玉釵，帝以賜趙倢好。元鳳中，宫人謀欲碎之。視釵柙，惟見白燕升天。宫人因作玉燕釵。」韓偓鬆髻詩：「髻根鬆慢玉釵垂。」

〔四〕王次回鰈緒三十二韻詩：「悔多翻自笑，怨極不能羞。」漢武帝秋風辭：「歡樂極兮哀情多。」

〔五〕唐蘇味道正月十五夜詩：「金吾不禁夜，玉漏莫相催。」

## 青衫濕　悼亡〔一〕

近來無限傷心事，誰與話長更？從教分付，緑窗紅淚〔二〕，早雁初鶯〔三〕。　當時領略〔四〕，而今斷送，總負多情。　忽疑君到，漆燈風颭〔五〕，癡數春星。

【箋注】

〔一〕此詞寫於康熙十七年七月作者的妻子盧氏落葬後不久。

〔二〕唐李郢爲妻作生日寄意詩：「應恨客程歸未得，緑窗紅淚冷娟娟。」

〔三〕南史蕭子顯傳：「子顯嘗爲自序，其略云……若乃登高目極，臨水送歸，風動春朝，月明秋夜，早雁初鶯，開花落葉，有來斯應，每不能已也。」

〔四〕王次回予懷詩：「也知此後風情減，只悔從前領略疏。」

〔五〕漆燈：用漆點亮的燈。南朝梁任昉述異記卷上：「闔閭夫人墓中周迴八里，别館洞房，迤邐相屬，漆燈照爛如日月焉。」史記正義：「帝王用漆燈塚中，則火不滅。」風颭：風吹物動，宋孔武仲湘潭詩：「風颭湘波天影動，雲來衡岳雨聲長。」

# 落花時

按此調譜律不載，疑亦自度曲。一本作好花時。

夕陽誰喚下樓梯，一握香荑〔一〕。回頭忍笑階前立〔二〕，總無語也相宜〔三〕。

相思直恁無憑據〔四〕，休説相思。勸伊好向紅窗醉，須莫及落花時。

【校】

〔按語〕通本、張本無。汪本「疑亦」作「或亦」。

〔相宜〕原校：一作「依依」。通本、張本、袁本作「依依」。

〔相思〕原校：一作「箋書」。通本、張本、袁本作「箋書」。此句上汪本多「低聲却道」四字。

【箋注】

〔一〕荑：茅草嫩芽，形容女子的手纖細白嫩。詩衛風碩人：「手如柔荑，膚如凝脂。」

〔二〕韓偓忍笑詩：「水精鸚鵡釵頭顫，舉袂佯羞忍笑時。」

〔三〕詩詞曲語辭匯釋卷一：「總，猶縱也；雖也。」

〔四〕陸澹安小説詞語匯釋：「直恁，竟然如此。」京本通俗小説錯斬崔寧：「（夫人）便對家人道：『官人直恁負恩！甫能得官便娶了二夫人。』」晏幾道鷓鴣天詞：「相思本是無憑語，莫向花箋費淚行。」

## 錦堂春 秋海棠〔一〕

簾外澹烟一縷，牆陰幾簇低花。夜來微雨西風裏，無力任欹斜。 彷彿箇人睡起〔二〕，暈紅不著鉛華。天寒翠袖添淒楚〔三〕，愁近欲棲鴉〔四〕。

【校】

〔調〕張本作「烏夜啼」。

〔題〕通本無。

〔外〕原校：一作「際」。通本、張本、袁本作「際」。

〔澹烟一縷〕原校：一作「一痕輕綠」。通本、張本、袁本作「一痕輕綠」。

〔裏〕原校：一作「軟」。通本、張本、袁本作「軟」。

【箋注】

〔一〕秋海棠：娜嬛記卷中引採蘭雜志：「昔有婦人，思所歡不見，輒涕泣，恒灑淚於北牆之下。後灑處生草，其花甚媚，色如婦面，其葉正綠反紅，秋開，名曰斷腸花，又名八月春，即今秋海棠也。」

〔二〕太真外傳：「明皇登沉香亭，召妃子。妃子時卯醉未醒，命力士使侍兒扶掖而至。妃子醉顔殘妝，釵横鬢亂，不能再拜。明皇笑曰：『是豈妃子醉，直海棠睡未醒耳。』」

〔三〕杜甫佳人詩：「天寒翠袖薄，日暮倚修竹。」

〔四〕趙令時烏夜啼詞：「年年春事關心事，腸斷欲棲鴉。」

## 海棠春

落紅片片渾如霧〔一〕，不教更覓桃源路〔二〕。香徑晚風寒，月在花飛處。　薔薇影暗空凝佇〔三〕，任碧颭輕衫縈住〔四〕。驚起早棲鴉〔五〕，飛過秋千去〔六〕。

**【箋注】**

〔一〕南朝梁沈約會圃臨春風詩：「游絲曖如網，落花紛似霧。」

〔二〕桃源：在浙江省天台縣。據南朝宋劉義慶幽明録，東漢永平年間，浙江剡縣人劉晨、阮肇到天台山採藥迷路，遇兩仙女，被邀至桃源洞。半年後回家，子孫已過七代。後重至天台山訪仙女，踪跡渺然。晏幾道風入松詞：「就中懊惱難拚處，是擘釵分鈿匆匆。却似桃源路失，落花空記前蹤。」

〔三〕唐顔師古隋遺録卷下：帝幸月觀，烟景清朗。中夜，獨與蕭妃起臨前軒。適有小黄門映薔薇叢調宫婢。帝披單衣亟行擒之，乃宫婢雅娘也。回入寢殿，蕭妃誚笑不知止。

〔四〕碧颭：指緑葉或樹枝被風吹動。

〔五〕李益金吾子詩：「黄昏莫攀折，驚起欲棲烏。」

〔六〕歐陽修蝶戀花詞：「淚眼問花花不語，亂紅飛過鞦韆去。」

## 河瀆神

風緊雁行高，無邊落木蕭蕭。楚天魂夢與香銷，青山暮暮朝朝〔一〕。　斷續涼雲來一縷〔二〕，飄墮幾絲靈雨〔三〕。今夜冷紅浦溆〔四〕，鴛鴦棲向何處？

【校】

〔棲〕原校：一作「飛」。昭代作「飛」。

【箋注】

〔一〕楚天二句：見前一三頁江城子注〔一〕。陸游沈園詩：「夢斷香消四十年，沈園柳老不飛綿。」

〔二〕李賀南園詩：「小雨歸去飛涼雲。」

〔三〕靈雨：好雨。詩鄘風定之方中：「靈雨既零。」箋：「靈，善也。」

〔四〕冷紅：泛指秋天的寒花。李賀南山田中行詩：「秋野明，秋風白，塘水漻漻蟲嘖嘖，雲根苔蘚山上石，冷紅泣露嬌啼色。」浦溆：水濱。

# 又

涼月轉雕闌，蕭蕭木葉聲乾〔一〕。銀燈飄箔瑣窗間〔二〕，枕屏幾疊秋山〔三〕。

朔風吹透青縑被〔四〕，藥爐火暖初沸〔五〕。清漏沈沈無寐，爲伊判得憔悴〔六〕。

【校】

〔飄箔〕袁本作「飄落」。

【箋注】

〔一〕柳永傾杯詞：「空階下，木葉飄零，颯颯聲乾，狂風亂掃。」

〔二〕箔：珠簾，此處指燈上裝飾的珠串。李商隱春雨詩：「紅樓隔雨相望冷，珠箔飄燈獨自歸。」

〔三〕枕屏：床頭枕邊的屏風。歐陽修贈沈遵詩：「有時醉倒枕溪石，青山白雲爲枕屏。」

〔四〕青縑被：用青色細絹縫製的被子。

〔五〕王次回述婦病懷詩：「無奈藥爐初欲沸，夢中已作殷雷聲。」

〔六〕判：見前二六頁生查子（惆悵彩雲飛）注〔七〕。柳永鳳棲梧詞：「衣帶漸寬終不悔，爲伊消得人憔悴。」

# 太常引　自題小照〔一〕

西風乍起峭寒生，驚雁避移營〔二〕。千里暮雲平〔三〕，休回首長亭短亭〔四〕。無窮山色〔五〕，無邊往事，一例冷清清。試倩玉簫聲，喚千古英雄夢醒。

【箋注】

〔一〕作者有多幅畫像，其中一幅是出塞圖。姜宸英題容若出塞圖詩二首：「一行秋雁促歸程，千里山河感慨深。半彈吟鞭望天末，白沙空磧少人行。」「奉使曾經葱嶺回，節毛暗落白龍堆。新詞爛漫誰收得？更與辛勤渡海來。」吴天章題楞伽出塞圖：「出關塞草白，立馬心獨傷。秋風吹雁影，天際正茫茫。豈念衣裳薄，還驚鬢髮蒼。金闕千里月，中夜拂流黄。」性德别號楞伽山人。這幾首詩與此詞所叙時地景物極相似。據此可以推測此詞所題即出塞圖。

〔二〕驚雁：驚弦之雁。庾肩吾九日侍宴樂遊苑應令詩：「騰猨疑矯箭，驚雁避虚弓。」移營，拆移的營地，即舊營。

〔三〕王維觀獵詩：「迴看射雕處，千里暮雲平。」

〔四〕歐陽修浪淘沙詞：「長亭回首短亭遥。」

〔五〕宋向子諲秦樓月詞：「傷心切，無邊烟水，無窮山色。」

# 又

晚來風起撼花鈴〔一〕，人在碧山亭。愁裏不堪聽，那更雜泉聲雨聲。　無憑蹤迹，無聊心緒，誰説與多情。夢也不分明〔二〕，又何必催教夢醒。

【箋注】

〔一〕花鈴：見前一三七頁朝中措注〔六〕。

〔二〕張泌寄人詩：「倚柱尋思倍惆悵，一場春夢不分明。」

【輯評】

陳廷焯白雨齋詞話：又太常引云：「夢也不分明，又何必催教夢醒。」亦頗淒警。然意境已落第二乘。

又詞則別調集：淒切語亦是放達語。

張德瀛詞徵：容若太常引詞云：「夢也不分明，又何必催教夢醒。」竹垞沁園春詞云：「沉吟久，怕重來不見，見又魂消。」二詞纏綿往復，郭子玄何必減庾子嵩。

# 四犯令

麥浪翻晴風颭柳，已過傷春候。因甚爲他成僝僽〔一〕，畢竟是春拖逗〔二〕。紅藥闌邊攜素手〔三〕，暖語濃於酒。盼到園花鋪似繡〔四〕，却更比春前瘦。

【校】

〔調〕通本、張本、袁本作「四和香」。「拖逗」通本作「迤逗」。

【箋注】

〔一〕詩詞曲語辭匯釋卷五：「僝僽，猶云憔悴或煩惱也。」宋周必大點絳唇赴池陽郡會坐中見梅花賦詞：「莫待冬深，雪壓風欺後。君知否，却嫌伊瘦，仍怕伊僝僽。」

〔二〕拖逗：詩詞曲語辭匯釋卷二「迤逗」條，云有牽引、勾引、惹引等義，亦作「拖逗」。

〔三〕紅藥：芍藥。趙長卿長相思詞：「藥闌東，藥闌西，記得當時素手攜，彎彎月似眉。」

〔四〕宋無名氏錦纏道詞：「覩園林、萬花如繡，海棠經雨臙脂透。」

# 添字采桑子

按此調詞律不載，詞譜有促拍采桑子，字同句異。一本作采花。

閒愁似與斜陽約，紅點蒼苔，蛺蝶飛回。又是梧桐新緑影〔一〕，上階來。天涯望處音塵斷〔二〕，花謝花開〔三〕，懊惱離懷。空壓鈿筐金綫縷〔四〕，合歡鞋〔五〕。

【校】

〔按語〕通本、張本無。汪本「字同句異」下多「則或亦自度曲」六字。

〔綫縷〕原校：一作「縷繡」。通本、張本、袁本作「縷繡」。

【箋注】

〔一〕歐陽修摸魚兒詞：「卷繡簾、梧桐秋院落，一霎雨添新緑。」

〔二〕李白憶秦娥詞：「咸陽古道音塵絶。」又大隄曲：「不見眼中人，天長音信斷。」

〔三〕韓偓六言三首詩：「半寒半暖正好，花開花謝相思。」

〔四〕唐秦韜玉貧女詩：「苦恨年年壓金綫，爲他人作嫁衣裳。」鈿筐：有金銀貝殼等鑲嵌物的筐。温庭筠鴻臚寺有開元中錫宴堂樓臺池沼……偶成四十韻詩：「黦帶畫銀絡，寶梳金鈿筐。」

〔五〕合歡鞋：繡有鴛鴦或鸞鳳的鞋子。張孝祥多麗詞：「銀鋌雙鬟，玉絲頭道，一尖生色合歡鞋。」清曹貞吉浣溪沙詞：「飛鳳將雛紫玉釵，雙鸞小樣合歡鞋。」

## 荷葉盃

簾捲落花如雪〔一〕，烟月。誰在小紅亭？玉釵敲竹乍聞聲〔二〕，風影略分明〔三〕。

化作彩雲飛去〔四〕，何處？不隔枕函邊，一聲將息曉寒天〔五〕，腸斷又今年。

【校】

〔曉寒天〕今詞、古今、詞匯作「曉霜天」。

【箋注】

〔一〕宋之問寒食還陸渾別業詩：「洛陽城裏花如雪，陸渾山中今始發。」王安石鍾山晚步詩：「小雨輕風落楝花，細紅如雪點平沙。」

〔二〕唐高適聽張立本女吟詩：「自把玉釵敲砌竹，清歌一曲月如霜。」

〔三〕風影：隨風晃動的物影。唐陸龜蒙懷宛陵舊遊詩：「惟有日斜溪上思，酒旗風影落春流。」以上寫夢境。

〔四〕見前二五頁生查子（惆悵彩雲飛）注〔二〕。

〔五〕將息：珍重，保重。宋謝逸柳梢青離別詞：「香肩輕拍。尊前忍聽，一聲將息。」以上寫夢醒。

## 又

知己一人誰是？已矣。贏得誤他生〔一〕，多情終古似無情〔二〕，莫問醉耶醒。

未是看來如霧，朝暮。將息好花天。爲伊指點再來緣〔三〕，疏雨洗遺鈿〔四〕。

【校】

〔多情〕通本、張本作「有情」。

〔莫問句〕通本、張本作「別語悔分明」。

〔未是句〕通本、張本作「莫道芳時易度」。

〔將息〕通本、張本作「珍重」。

【箋注】

〔一〕他生：來生。李商隱馬嵬詩：「海外徒聞更九州，他生未卜此生休。」此亦爲悼亡之作。

〔二〕杜牧贈別詩：「多情却似總無情，惟覺尊前笑不成。」

〔三〕再來緣：用韋臯、玉簫事。見前一〇八頁采桑子（土花曾染湘娥黛）注〔六〕。

〔四〕遺鈿：咸淳歲時記：「元夕至夜闌，有持小燈照路拾遺者，謂之掃街。遺鈿墮珥，往往得之。」

## 尋芳草　蕭寺紀夢〔一〕

客夜怎生過？夢相伴綺窗吟和。薄嗔佯笑道，若不是恁凄涼，肯來麽？　來去苦忽忽，準擬待曉鐘敲破〔二〕。乍偎人一閃燈花墮，却對着琉璃火〔三〕。

【校】

〔吟和〕原本作「泠和」，據通本改定。

【箋注】

〔一〕蕭寺：見前三〇頁點絳唇（小院新涼）注〔四〕。行役途中，夜宿廟宇，夢歸家與妻子笑語。

〔二〕唐戴叔倫客夜與故人偶集詩：「羈旅長堪醉，相留畏曉鐘。」

〔三〕琉璃火：指廟宇中的琉璃燈。

## 菊花新　送張見陽令江華〔一〕

愁絕行人天易暮，行向鷓鴣聲裏住〔二〕，渺渺洞庭波，木葉下楚天何處〔三〕？折殘楊柳應無數〔四〕，趁離亭笛聲催度〔五〕。有幾個征鴻相伴也，送君南去。

【校】

〔題〕通本作「用韻送張見陽令江華」。「催度」通本作「吹度」。

【箋注】

〔一〕張純修：字子敏，號見陽，浭陽人，隸漢軍正白旗。康熙十八年任江華縣令。本詞當作於此年。江華縣在湖南省。

〔二〕鷓鴣聲：見前一四一頁攤破浣溪沙（一霎燈前醉不醒）注〔三〕。楊萬里過真陽峽詩：「榕樹陰中一葦橫，鷓鴣聲裏數峯青。」

〔三〕屈原九歌湘夫人：「嫋嫋兮秋風，洞庭波兮木葉下。」

〔四〕三輔黄圖六橋：「霸橋在長安東，跨水作橋，漢人送客至此橋，折柳贈別。」

〔五〕離亭：路旁驛亭。唐鄭谷淮上與友人別詩：「數聲風笛離亭晚，君向瀟湘我向秦。」

## 南歌子〔一〕

翠袖凝寒薄〔二〕，簾衣入夜空〔三〕。病容扶起月明中〔四〕，惹得一絲殘篆舊熏籠〔五〕。　暗覺歡期過，遥知別恨同。疏花已是不禁風，那更夜深清露濕愁紅〔六〕。

【箋注】

〔一〕從「病容」、「暗覺歡期過，遥知別恨同」推測，可能作於康熙十六年五月盧氏産後患病期間。

〔二〕見前一四六頁錦堂春注〔三〕。

〔三〕簾衣：即簾。梁史夏侯亶傳：「（亶）性儉率，居處服用，充足而已，不事華侈。晚年頗好音樂，有妓妾十數人，並無被服姿容。每有客，常隔簾奏之，時謂簾爲夏侯妓衣也。」陸龜蒙寄遠詩：「畫扇紅弦相掩映，獨看斜月下簾衣。」

〔四〕病容扶起：猶言扶病而起。李賀南園十三首之九：「病容扶起種菱絲。」

〔五〕殘篆：將熄滅的篆烟。

〔六〕張泌臨江仙詞：「烟收湘渚秋江静，蕉花露泣愁紅。」

# 又

暖護櫻桃蕊，寒翻蛺蝶翎。東風吹緑漸冥冥〔一〕，不信一生憔悴伴啼鶯〔二〕。

素影飄殘月〔三〕，香絲拂綺櫺〔四〕。百花迢遞玉釵聲〔五〕，索向緑窗尋夢寄餘生〔六〕。

【箋注】

〔一〕冥冥：昏暗。指緑葉的顔色漸深。此詞亦爲悼亡之作。盧氏死於康熙十六年五月，而詞中有「東風吹緑」之句，可能作於次年暮春。

〔二〕此句暗示妻子已死。

〔三〕素影句：謂亡妻之影在月光下飄然而來。唐杜審言和康五庭芝望月有懷詩：「霧濯清輝苦，風飄素影寒。」

〔四〕香絲：指女子之髮。李賀美人梳頭歌：「一編香絲雲撒地，玉釵落處無聲膩。」綺櫺，雕花紋的窗格。

〔五〕此三句寫幻覺。

〔六〕詩詞曲語辭匯釋卷四：「索，猶須也、應也、得也。」王實甫西廂記：「不索躊躇，何須憂慮。」

## 又　古戍〔一〕

古戍飢烏集〔二〕，荒城野雉飛〔三〕。何年劫火賸殘灰〔四〕，試看英雄碧血滿龍堆〔五〕。　玉帳空分壘〔六〕，金笳已罷吹。東風回首盡成非〔七〕，不道興亡命也豈人爲〔八〕。

【箋注】

〔一〕詞中有「龍堆」及「東風回首」之語，可能作于康熙二十二年二月扈駕去五臺山、長城嶺、龍泉關時。

〔二〕沈佺期被試出塞詩：「飢烏啼舊壘，疲馬戀空城。」

〔三〕劉禹錫荆門道懷古詩：「馬嘶古道行人歇，麥秀空城野雉飛。」

〔四〕劫火：指世界毁滅時的大火。一般也指亂世的災火。南朝梁慧皎高僧傳一竺法蘭二：「又昔漢武穿昆明池底，得黑灰，以問東方朔。朔云：『不知，可問西域胡人。』後法蘭既至，衆人追以問之。蘭云：『世界終盡，劫火洞燒，此灰是也。』」元方回旅次感事詩：「千村經劫火，萬境歎虚花。」

〔五〕碧血：莊子外物：「故伍員流于江，萇弘死於蜀，藏其血，三年化而爲碧。」後常指忠臣志士所流的血爲碧血。龍堆：沙漠名，即白龍堆，在新疆以東，天山南路。漢書匈奴傳：「豈爲康居、烏孫能踰白龍堆而寇西邊哉？」注：「孟康曰：『龍堆形如土龍身，無頭有尾，高大者二三丈，埤者丈餘，皆東北向，相似也，在西域中。』」

〔六〕玉帳：征戰時主將所居的軍帳。李白司馬將軍歌：「身居玉帳臨河魁，紫髯若戟冠崔嵬。」

〔七〕韋莊春陌二首之二：「腸斷東風各回首，一枝春雪凍梅花。」

〔八〕國語晉語：「國之興亡，天命也。」

## 秋千索

按此調譜律不載，或亦自度曲。一本作撥香灰。

藥闌攜手銷魂侶，争不記看承人處〔一〕。除向東風訴此情，奈竟日春無語。悠揚撲盡風前絮，又百五韶光難住〔二〕。滿地梨花似去年〔三〕，却多了廉纖雨〔四〕。

【校】

〔調〕瑶華集、詞雅、昭代作「撥香灰」。

〔題〕原本有題「渌水亭春望」，據通本、張本移於〈墟邊换酒雙鬟亞〉一闋。

〔按語〕通本、張本無。篋中詞注云：「或作撥香灰，云容若自度曲。」

〔争不記〕瑶華集作「怎不記」。

〔却多了〕瑶華集作「只多了」。

【箋注】

〔一〕詩詞曲語辭匯釋卷五：「看承，猶云看待也，亦猶云特别看待也。」宋吴淑姬祝英臺近詞：「斷腸曲曲屏山，温温沈水，都是舊看承人處。」

〔二〕百五：指寒食日。荆楚歲時記：「去冬節一百五日，即有疾風甚雨，謂之寒食，禁火三日。」周邦彦瑣窗寒詞：「遲暮，嬉遊處。正店舍無烟，禁城百五。」

〔三〕劉方平春怨詩：「寂寞空庭春欲晚，梨花滿地不開門。」

〔四〕廉纖雨：見前六六頁菩薩蠻（隔花才歇廉纖雨）注〔一〕。

## 又

游絲斷續東風弱，悄無語半垂簾幕〔一〕。紅袖誰招曲檻邊〔二〕，颺一縷秋千索。惜花人共殘春薄〔三〕，春欲盡纖腰如削〔四〕。新月才堪照獨愁，卻又照梨花落。

【校】

〔東風弱〕張本作「東風悄」。

〔悄無語〕通本作「渾無語」，張本、篋中詞作「無一語」。

〔紅袖〕通本、張本、袁本、篋中詞作「茜袖」。

〔颺〕通本、張本、袁本、篋中詞作「弄」。

〔一縷〕張本作「幾縷」。

〔殘春〕昭代作「殘陽」。

【箋注】

〔一〕宋朱淑真即事詩：「簾幕半垂燈燭暗，酒闌時節未忺眠。」

〔二〕韋莊菩薩蠻詞：「騎馬倚斜橋，滿樓紅袖招。」

〔三〕惜花人：指盪秋千的少女。朱淑真春陰古律二首之一：「芳意被他寒約住，天應知有惜花人。」

〔四〕鮑照擬行路難十八首之八：「牀席生塵明鏡垢，纖腰瘦削髮蓬亂。」宋侯寘滿江紅詞：「念沈郎、多感更傷春，腰如削。」

## 又　淥水亭春望〔一〕

壚邊換酒雙鬟亞〔二〕，春已到賣花簾下〔三〕。一道香塵碎緑蘋，看白袷親調馬〔四〕。

烟絲宛宛愁縈挂〔五〕，剩幾筆晚晴圖畫〔六〕。半枕芙蕖壓浪眠，教費盡鶯兒話〔七〕。

【校】

〔題〕原本無，據通本、張本補。

〔換酒〕通本、張本、袁本作「喚酒」。

〔教費盡〕袁本作「聽不盡」。

【箋注】

〔一〕淥水亭：作者家中的園亭，在北京什刹海後海西北。

〔二〕韋莊菩薩蠻詞：「壚邊人似月，皓腕凝雙雪。」雙鬟，古代年輕女子髮式，借指少女。陸游春愁曲：「蜀姬雙鬟婭姹嬌，醉看恐是海棠妖。」亞，低垂的樣子。

〔三〕王次回紀遇詩：「曾向長陵小市行，賣花簾下見卿卿。」

〔四〕白袷：白色夾衣。李賀染絲上春機詩：「綵線結茸背複疊，白袷玉郎寄桃葉。」調馬，馴練馬匹。

〔五〕宛宛：柔弱的樣子。宋文同依韻和蒲誠之春日即事詩：「新蔬宛宛生晴圃，淺溜涓涓出暖沙。」

〔六〕吳融富春詩：「水送山迎入富春，一川如畫晚晴新。」

〔七〕王安國清平樂詞：「留春不住，費盡鶯兒語。」

## 憶江南　宿雙林禪院有感〔一〕

心灰盡，有髮未全僧〔二〕。風雨消磨生死別，似曾相識只孤檠。情在不能醒。

摇落後〔三〕，清吹那堪聽〔四〕。淅瀝暗飄金井葉〔五〕，乍聞風定又鐘聲。薄福薦傾城〔六〕。

【校】

〔調〕袁本作「望江南」。

【箋注】

〔一〕雙林禪院：在北京阜成門外二里溝。朱彝尊日下舊聞引劉侗帝京景物略：「萬曆四年，西竺南印土僧左吉古魯東入中國，初息天寧寺。後過阜成門外二里溝，見一松盤覆，趺坐其下，默持陀羅尼咒，匝月不食……畢長侍奏之。賜織金禪衣，爲建寺曰西域雙林寺。」又據北京名勝古迹辭典，門頭溝區清水鄉上清水村西北山坡間亦有雙林寺。性德妻盧氏於康熙十六年五月去世後，至十七年七月才葬於皂莢屯祖墳。飲水詞箋校謂雙林禪院爲盧氏厝柩之處。然而據青衫濕悼亡詞：「咫尺玉鈎斜路，一般消受，蔓草斜陽。」可見盧氏厝柩之處，離性德家近在咫尺。什刹海近旁有龍華寺，據李雷納蘭性德一書説，龍華寺爲納蘭氏家廟。因此盧氏厝柩之處，可能在龍華寺。後姜宸英在性德家中任西席，亦館於龍華寺，以其近也。此詞爲悼念盧氏而作，可無疑。可能作於康熙十六年秋季。

〔二〕陸游衰病有感詩：「在家元是客，有髮亦如僧。」

〔三〕摇落：凋謝，零落。宋玉九辯：「悲哉秋之爲氣也，蕭瑟兮草木摇落而變衰。」

〔四〕清吹：此謂淒清的聲音。宋黄庭堅煎茶賦：「洶洶乎如澗松之發清吹，皓皓乎如春空之行白雲。」

〔五〕金井：有雕欄的井，用以美稱宫廷或園林中的井。井邊多植梧桐，故金井葉指梧桐的落葉。唐張籍楚妃怨詩：「梧桐葉下黄金井，横架轆轤牽素綆。」

〔六〕薄福：薄福之人，作者自謂。薦：祭祀時獻牲。左傳隱公三年：「可薦於鬼神，可羞於王公。」漢李延年歌：「北方有佳人，絶世而獨立。一顧傾人城，再顧傾人國。」後因以傾城指美貌女子。

## 又

挑燈坐，坐久憶年時。薄霧籠花嬌欲泣〔一〕，夜深微月下楊枝。催道太眠遲。

憔悴去，此恨有誰知？天上人間俱悵望，經聲佛火兩淒迷〔二〕。未夢已先疑。

【校】

〔調〕通本、張本作「望江南」

〔題〕通本、張本不收前闋詞（心灰盡，有髮未全僧），而本闋標題同前闋。可見兩首詞乃同時所作。

【箋注】

〔一〕程垓滿江紅詞：「薄靄籠花天欲暮，小風吹角聲初咽。」

〔二〕佛火：寺院裏的香火。唐崔液上元夜詩：「神燈佛火百輪張，刻像圖形七寶裝。」

## 浪淘沙

紅影濕幽窗〔一〕，瘦盡春光。雨餘花外却斜陽〔二〕。誰見薄衫低髻子〔三〕？還惹思量。　莫道不淒涼，早近持觴〔四〕。暗思何事斷人腸〔五〕。曾是向他春夢裏，瞥遇回廊〔六〕。

【校】

〔還惹〕通本、張本、袁本、今詞、瑶華集、詞匯、昭代、篋中詞作「抱膝」，詞雅作「銜指」。

〔向他〕詞匯作「他鄉」。

【箋注】

〔一〕紅影句：指雨後陽光照在窗上。

〔二〕雨餘：猶言雨後。却斜陽：謂再見陽光。秦觀畫堂春詞：「東風吹柳日初長，雨餘芳草斜陽。」

〔三〕鬌子：髪鬌。李清照浣溪沙詞：「鬌子傷春懶更梳。」

〔四〕持觴：舉杯（勸飲）。辛棄疾蝶戀花席上贈楊濟翁侍兒詞：「勸客持觴渾未慣，未歌先覺花枝顫。」

〔五〕李珣浣溪沙詞：「暗思何事立殘陽。」

〔六〕王次回瞥見詩：「别來清減轉多姿，花影長廊瞥見時。」

## 又

眉譜待全删，别畫秋山〔一〕，朝雲漸入有無間〔二〕。莫笑生涯渾是夢〔三〕，好夢原難。

紅咮啄花殘〔四〕，獨自憑闌〔五〕。月斜風起袷衣單。消受春風都一例，若箇偏寒〔六〕？

**【箋注】**

〔一〕别畫：不按照眉譜而另外畫。二句謂夢中爲亡妻畫眉。

〔二〕此句指夢醒。

〔三〕見前一三頁江城子注〔二〕。

〔四〕紅咮：紅的鳥喙，通常指鸚鵡。温庭筠詠山雞詩：「繡翎翻草去，紅嘴啄花歸。」

〔五〕李煜浪淘沙詞：「獨自莫憑闌，無限江山，别時容易見時難。」

〔六〕若箇：猶言哪個。唐岑參燉煌太守後庭歌：「醉坐藏鈎紅燭前，不知鈎在若箇邊？」末句故用反詰，歸結到自己。

## 又

紫玉撥寒灰〔一〕，心字全非〔二〕，疏簾猶自隔年垂。半卷夕陽紅雨入〔三〕，燕子來時〔四〕。　回首碧雲西〔五〕，多少心期〔六〕，短長亭外短長隄〔七〕。百尺游絲千里夢〔八〕，無限淒迷。

【校】

〔猶自〕通本作「猶是」。

【箋注】

〔一〕紫玉：指紫玉釵。

〔二〕心字：心字香。見前二頁憶江南注〔四〕。

〔三〕紅雨：比喻落花。劉禹錫百舌吟：「花枝滿空迷處所，搖動繁英墜紅雨。」

〔四〕宋王詵憶故人詞：「海棠開後，燕子來時，黄昏庭院。」

〔五〕江淹雜體詩三十首休上人怨别：「日暮碧雲合，佳人殊未來。」

〔六〕心期：見前四五頁浣溪沙（五字詩中目乍成）注〔四〕。

〔七〕宋譚宣子江城子詞：「短長亭外短長橋。」

〔八〕游絲：飄盪着的蛛絲。李商隱日日詩：「幾時心緒渾無事，得及游絲百尺長。」五代馮延巳菩薩蠻詞：「寶釵横翠鳳，千里香屏夢。」

## 又

夜雨做成秋，恰上心頭〔一〕，教他珍重護風流。端的爲誰添病也？更爲誰羞〔二〕？密意未曾休，密願難酬。珠簾四卷月當樓〔三〕。暗憶歡期真似夢，夢也須留。

【校】

〔真似夢〕昭代作「真是夢」。

【箋注】

〔一〕吴文英唐多令詞：「何處合成愁，離人心上秋。」

〔二〕唐崔鶯鶯寄詩：「不爲旁人羞不起，爲郎憔悴却羞郎。」

〔三〕杜牧懷鍾陵舊遊四首之三：「一聲明月採蓮女，四面朱樓卷畫簾。」

## 又

野店近荒城，砧杵無聲。月低霜重莫閒行。過盡征鴻書未寄〔一〕，夢又難憑〔二〕。

身世等浮萍〔三〕，病爲愁成。寒宵一片枕前冰〔四〕。料得綺窗孤睡覺，一倍關情。

【校】

〔野店〕袁本作「野宿」。

〔綺窗〕昭代作「倚窗」。

【箋注】

〔一〕宋趙聞禮魚游春水詞：「過盡征鴻知幾許，不寄蕭娘書一紙。」此句指未得到家中妻子來信。

〔二〕五代毛文錫更漏子詞：「人不見，夢難憑，紅紗一點燈。」

〔三〕韋莊與東吳生相遇詩：「十年身世各如萍，白首相逢淚滿纓。」

〔四〕唐劉商古意詩：「風吹昨夜淚，一片枕前冰。」

## 又

悶自剔殘燈，暗雨空庭，瀟瀟已是不堪聽〔一〕。那更西風偏著意〔二〕，做盡秋聲。

城柝已三更〔三〕，欲睡還醒，薄寒中夜掩銀屏〔四〕。曾染戒香消俗念〔五〕，怎又多情。

## 【校】

〔暗〕原校：一作「夜」。瑶華集作「夜」。

〔偏著〕原校：一作「不解」。瑶華集作「不解」。

〔做盡〕原校：一作「又做」。瑶華集作「又做」。

〔欲睡還醒〕原校：一作「冷浸銀屏」。瑶華集作「冷濕銀瓶」。

〔薄寒句〕原校：一作「柔情深後不能醒」。瑶華集作「柔情深後不能醒」。

〔曾染句〕原校：一作「若是多情醒不得」。瑶華集作「若是多情醒不得」。

〔怎又〕原校：一作「索性」。瑶華集作「索性」，通本、張本、袁本昭代作「莫又」。

## 【箋注】

〔一〕瀟瀟：疾風暴雨的聲音。詩鄭風風雨：「風雨瀟瀟，雞鳴膠膠。」傳：「瀟瀟，暴疾也。」

〔二〕詩詞曲語辭匯釋卷二：「那更，猶云況更也；兼之也。此那字無意義……柳永祭天神詞：『柔腸斷，還是黄昏，那更滿庭風雨。』」

〔三〕城柝：城上的打更聲。周邦彦少年遊詞：「低聲問，向誰行宿，城上已三更。」

〔四〕薄寒：逼迫的寒氣。宋玉九辯：「憯悽增欷兮，薄寒之中人。」張銑注：「薄，迫也。有似迫寒之傷人。」

〔五〕戒香：佛教説戒時熏點的香。司空圖爲東都敬愛寺講律僧惠確化募雕刻律疏：「啓秘藏而演毗尼，熏戒香以消煩惱。」

【附】

## 浪淘沙　和容若韻

陳維崧

鳳脛罨殘燈，抹麗中庭。臨歧摘阮要人聽。不信一行金雁小，有許多聲。　今夜怯涼更，茶沸笙瓶。夢中夢好怕他醒。依舊刺桐花底去，無限心情。

## 又

清鏡上朝雲，宿篆猶薰，一春雙袂盡啼痕〔一〕。那更夜來孤枕側，又夢歸人。　花底病中身，懶畫湘文〔二〕，藕絲裳帶奈銷魂〔三〕。繡榻定知添幾綫〔四〕，寂掩重門〔五〕。

【校】

〔孤枕〕通本、張本作「山枕」。

〔懶畫湘文〕通本、張本作「懶約湔裙」。

〔藕絲句〕通本、張本作「待尋閒事度佳辰」。

〔定知〕通本、張本作「重開」。

〔寂掩重門〕通本、張本作「舊譜翻新」。

**【箋注】**

〔一〕顧敻虞美人詞：「畫羅紅袂有啼痕。」

〔二〕湘文：湘地絲織品的花紋。亦指這種絲織品。吴偉業偶見詩：「欲展湘文袴，微微蕩畫裙。」

〔三〕藕絲裳帶：藕絲色的衣帶。元稹白衣裳詩：「藕絲衫子柳花裙，空著沈香慢火熏。」奈，猶言對付。黄庭堅和文潛舟中所題詩：「誰奈離愁得，村醪或可尊。」此句謂人瘦得很厲害。

〔四〕添綫：據歲時記，魏晉時，宮人以紅綫量日影，冬至後日影添長一綫。又據唐雜録，唐宮中以女工揆日之長短。冬至後日晷漸長，比常日增一綫之功。

〔五〕戴叔倫春怨詩：「金鴨香消欲斷魂，梨花春雨掩重門。」

# 納蘭詞箋注卷三

## 雨中花　送徐藝初歸崑山〔一〕

天外孤帆雲外樹〔二〕，看又是春隨人去〔三〕。水驛燈昏〔四〕，關城月落，不算淒涼處。計程應惜天涯暮，打疊起傷心無數〔五〕。中坐波濤，眼前冷暖，多少人難語〔六〕。

【校】

〔題〕袁本無「徐」字。

【箋注】

〔一〕徐樹穀：字藝初，江蘇崑山人，康熙進士，是作者的老師徐乾學的兒子。康熙十二年，徐乾學由於十一年任順天鄉試副試官時「坐取副榜不及漢軍鐫級」爲給事中楊雍建弹劾，與主試蔡啓鐏一起降一級調用，於是年九月回崑山編一統志。性德作秋日送徐健庵座主歸江南詩四首及即日又賦詩送行。徐藝初可能於次年暮春回崑山，故詞中曰「春隨人去」。又「中坐波濤，眼前冷暖，多少人難語」，指遭弹劾事。

〔二〕孟浩然宿永嘉江寄山陰崔少府國輔詩：「相去日千里，孤帆天一涯。」錢起再得畢侍御書聞巴中卧病詩：「數重雲外樹，不隔眼中人。」

〔三〕吴文英憶舊遊詞：「送人猶未苦，苦送春隨人去天涯。」

〔四〕姜夔解連環詞：「水驛燈昏，又見在曲屏近底。」

〔五〕打疊起：猶言收拾起。

〔六〕江淹雜體詩三十首顔特進侍宴：「中坐溢朱組。」吕延濟注：中坐，謂坐中也。李賀申胡子觱篥歌詩：「心事如波濤，中坐時時驚。」

## 鷓鴣天

獨背殘陽上小樓，誰家玉笛韻偏幽〔一〕？一行白雁遥天暮〔二〕，幾點黄花滿地秋〔三〕。

驚節序，歎沉浮，穠華如夢水東流〔四〕。人間所事堪惆悵〔五〕，莫向横塘問舊遊〔六〕。

【校】

〔調〕通本、張本、袁本作「於中好」。以下數闋同。

〔殘陽〕通本作「斜陽」。

【箋注】

〔一〕李白春夜洛城聞笛詩：「誰家玉笛暗飛聲？散入春風滿洛城。」

〔二〕白雁：宋彭乘續墨客揮犀七白雁至則霜降：「北方有白雁，似雁而小，色白，秋深則來。」唐李頎送皇甫曾遊襄陽山水兼謁韋太守詩：「白雁暮銜雪，青林寒帶霜。」

〔三〕李清照聲聲慢詞：「滿地黄花堆積。」

〔四〕穠華：謂繁盛的花。唐陸龜蒙和重題薔薇詩：「穠華自古不得久，況是倚春春已空。」

〔五〕詩詞曲語辭匯釋卷三：「所事，猶云事事或件件也。……鍾繼先一枝花套自叙醜齋：『所事堪宜，件件可咱家意。』」唐曹唐張碩重寄杜蘭香詩：「人間何事堪惆悵，海色西風十二樓。」

〔六〕横塘：在今南京市西南。宋張敦頤六朝事迹江河門：「吴大帝時，自江口沿淮築隄，謂之横塘。」但在詩詞中不一定實指其地。温庭筠池塘七夕詩：「萬家砧杵三篙水，一夕横塘似舊遊。」

## 又〔一〕

雁貼寒雲次第飛，向南猶自怨歸遲。誰能瘦馬關山道，又到西風撲鬢時。

人杳杳，思依依〔二〕，更無芳樹有烏啼。憑將掃黛窗前月，持向今朝照别離〔三〕。

【校】

〔向南句〕瑶華集作「飄零最是柳堪悲。」

〔瘦馬〕瑶華集作「匹馬」。

〔又到句〕瑶華集作「又到殘陽雨過時」。

〔人杳杳三句〕瑶華集作「魂黯黯，思淒淒，如今悔却一枝棲」。

〔憑將〕瑶華集作「從將」。

〔今朝〕通本、張本、瑶華集作「今宵」。

【箋注】

〔一〕從詞中「瘦馬關山道」及「西風撲鬢時」推測，可能作於康熙二十一年八月去梭龍偵察時。

〔二〕宋高觀國更漏子詞：「情悄悄，思依依，天寒一雁飛。」

〔三〕掃黛：畫眉。李商隱又效江南曲：「掃黛開宫額，裁裙約楚腰。」

## 又

别緒如絲睡不成〔一〕，那堪孤枕夢邊城〔二〕。因聽紫塞三更雨〔三〕，却憶紅樓半夜燈。　書鄭重，恨分明〔四〕，天將愁味釀多情。起來呵手封題處，偏到鴛鴦兩字冰〔五〕。

【箋注】

〔一〕江淹燈賦：「秋夜如歲，秋情如絲。」宋梅堯臣送仲連詩：「別緒如亂絲，欲理還不可。」

〔二〕五代徐昌圖臨江仙詞：「殘燈孤枕夢，輕浪五更風。」

〔三〕紫塞：邊塞。參見前八一頁菩薩蠻（黃雲紫塞三千里）注〔二〕。

〔四〕李商隱無題詩：「錦長書鄭重，眉細恨分明。」此詞爲塞外憶家而作，二句指給妻子寫信。

〔五〕歐陽修南歌子詞：「等閒妨了繡功夫，笑問鴛鴦兩字怎生書。」

## 又〔一〕

冷露無聲夜欲闌〔二〕，棲鴉不定朔風寒〔三〕。生憎畫鼓樓頭急〔四〕，不放征人夢裏還。　秋澹澹，月彎彎〔五〕，無人起向月中看〔六〕。明朝匹馬相思處，知隔千山與萬山〔七〕。

【校】

〔生憎畫鼓樓頭〕原校：一作「樓頭畫鼓三通」。

〔月中〕原校：一作「五更」。

【箋注】

〔一〕此詞有「朔風」及「匹馬」之語，當作於康熙二十一年八月至十二月赴梭龍偵察時。

〔二〕王建十五夜望月寄杜郎中詩：「中庭地白樹棲鴉，冷露無聲濕桂花。」

〔三〕周邦彦蝶戀花詞：「月皎驚烏棲不定，更漏將殘，轆轤牽金井。」

〔四〕辛棄疾鷓鴣天詞：「只愁畫角樓頭起，急管哀絃次第催。」

〔五〕宋蔡伸小重山詞：「澹澹秋容烟水寒。樓高清夜永，倚闌干。」皮日休館娃宫懷古五絶之五：「不知水葬今何處，溪月彎彎欲效顰。」

〔六〕唐盧綸裴給事宅白牡丹詩：「别有玉盤承露冷，無人起就月中看。」

〔七〕唐岑參原頭送范侍御詩：「别君祇有相思夢，遮莫千山與萬山。」

## 又　送梁汾南還，時方爲題小影〔一〕

握手西風淚不乾，年來多在别離間〔二〕。遥知獨聽燈前雨，轉憶同看雪後山〔三〕。

憑寄語，勸加餐〔四〕，桂花時節約重還。分明小像沈香縷〔五〕，一片傷心欲畫難〔六〕。

【校】

〔題〕通本、張本、袁本無「時方」二字。

〔約重還〕昭代作「定重還」。

〔欲畫難〕昭代作「畫出難」。

【箋注】

〔一〕據顧貞觀（梁汾）金縷曲和納蘭性德詞附注：「歲丙辰（康熙十五年），容若二十有二，乃一見即恨識余之晚。閲數日，填此曲爲余題照。」可見作者爲顧題照，是在相識後僅隔數日，與此詞「年來多在別離間」，「轉憶同看雪後山」情節不符。況據顧貞觀金縷曲寄吳漢槎寧古塔以詞代書丙辰冬寓京師千佛寺冰雪中作，顧當年冬天仍在北京，没有南還。因此這首詞中的「題小影」，可能是顧爲納蘭題照。顧貞觀因母喪南歸，在康熙二十年秋，作者寫有木蘭花慢立秋夜雨送梁汾南行，與此詞可能作於同一時期。

〔二〕從康熙十五年到二十年之間：顧於十七年初曾南還，作者亦多次扈駕到昌平、霸州、湯泉、鞏華、保定等地巡幸。

〔三〕王次回歲除日即事詩：「浮塵擾擾一身閒，獨看城南雪後山。」

〔四〕古詩十九首之一：「棄捐勿復道，努力加餐飯。」王次回滿江紅詞：「欲寄語，加餐飯，難囑咐，魚和雁。」

〔五〕李賀答贈詩：「沈香熏小像，楊柳伴啼鴉。」

〔六〕唐高蟾金陵晚望詩：「世間無限丹青手，一片傷心畫不成。」

## 又　詠史〔一〕

馬上吟成促渡江〔二〕，分明閒氣屬閨房〔三〕。生憎久閉銅鋪暗〔四〕，花冷回心玉一牀〔五〕。　添哽咽，足淒涼，誰教生得滿身香〔六〕。只今西海年年月，猶爲蕭家照斷腸〔七〕。

【校】

〔銅鋪〕張本作「金鋪」。按此詞現存有作者手迹，字句稍有不同，附於本詞後。

【箋注】

〔一〕此詞詠遼蕭后史實。據王鼎焚椒録，蕭后字觀音，工書，能歌詩，善彈箏及琵琶，天祐帝封爲懿德皇后。帝遊獵無度，后作詩勸諫，爲帝所疏遠。后作回心院詞，寓望幸之意。宮女單登，本爲叛人重元家婢，亦善箏及琵琶，與伶官趙惟一争能，怨后不重己，遂與耶律乙辛密謀害后。令他人作十香詞，内容淫猥，僞稱宋國皇后所作，請蕭后書寫。遂以此爲證，誣蕭后與趙惟一私通。

蕭后卒被害死。

〔二〕馬上吟成：遼王鼎焚椒録：「二年八月，上獵秋山，后率妃嬪從行在所。至伏虎林，上命后賦詩，后應聲曰：『威風萬里壓南邦，東去能翻鴨緑江。靈怪大千都破膽，那教猛虎不投降。』上大喜，出示羣臣，曰：『皇后可謂女中才子。』」促渡江，催促遼帝渡江滅宋。

〔三〕間氣：舊謂英雄豪傑上應星象，稟天地特殊之氣，間世而出，稱爲間氣。春秋演孔圖：「正氣爲帝，間氣爲臣。」王次回奏記妝閣六首詩：「間氣不鍾男子去，才情偏與内家專。」二句謂蕭后才識不凡，爲天地之間氣所鍾。

〔四〕銅鋪：門上銅製獸面形環紐，用以銜環，也叫金鋪。蕭后回心院詞：「掃深殿，閉久銅鋪暗。」

〔五〕回心：回心院。唐書高宗廢后傳：「初，帝念后，間行至囚所，見門禁錮嚴，進飲食竇中，惻然傷之。呼曰：『皇后、良娣無恙乎？今安在？』二人同辭曰：『……陛下幸念疇日，使妾死更生，復見日月，乞署此爲回心院。』」玉一牀：指一牀瑶席。回心院詞：「展瑶席，花笑三韓碧，笑妾新鋪玉一牀，從來婦歡不終夕。」

〔六〕飛燕外傳：「帝私爲樊嫕曰：『后雖有異香，不若婕妤之體自香也。』」回心院詞：「自沾御香香徹膚。」

〔七〕西海：郡名，漢置，轄境在今青海省青海附近一帶。當時遼國的疆界，西南僅到達山西雁門關一綫，不包括青海。詩詞中的地名，有時不能坐實。王安石隴東西二首之一：「祇有月明西海上，伴人征戍替人愁。」

【附】作者手迹

馬上吟成鴨緑江，天將間氣付閨房。生憎久閉金鋪暗，花笑三韓玉一牀。添哽咽，足淒涼。誰教生得滿身香。至今青海年年月，猶爲蕭家照斷腸。

## 又　十月初四夜風雨，其明日是亡婦生辰〔一〕

塵滿疏簾素帶飄，真成暗度可憐宵〔二〕。幾回偷濕青衫淚〔三〕，忽傍犀奩見翠翹〔四〕。　唯有恨，轉無聊，五更依舊落花朝〔五〕。衰楊葉盡絲難盡，冷雨西風冪畫橋。

【校】

〔偷濕〕通本、張本作「偷拭」。

〔西風〕通本、張本作「淒風」。

〔冪〕通本、張本作「打」。

【箋注】

〔一〕此詞可能作於康熙十六年十月初四夜。

〔二〕蘇軾臨江仙詞：「徘徊花上月，空度可憐宵。」

〔三〕青衫淚：見前六八頁菩薩蠻（新寒中酒敲窗雨）注〔三〕。

〔四〕犀奩：犀牛角做的鏡匣。翠翹，婦女頭飾，似翠鳥尾的長毛，故名。白居易長恨歌：「花鈿委地無人收，翠翹金雀玉搔頭。」

〔五〕落花朝：落花的早晨。晏幾道南鄉子詞：「月夜落花朝，減字偷聲按玉簫。」作者妻子盧氏死於康熙十六年五月。

## 河傳

春淺，紅怨，掩雙環。微雨花間晝閒。無言暗將紅淚彈。闌珊，香銷輕夢還〔一〕。斜倚畫屏思往事，皆不是，空作相思字〔二〕。記當時，垂柳絲，花枝，滿庭蝴蝶兒。

【校】

〔春淺二句〕今詞、詞匯、瑤華集作「春暮，如霧」。

〔微雨〕今詞、詞匯、瑤華集作「語影」。

〔無言暗將〕今詞、詞匯、瑤華集作「背人偷將」。

【箋注】

〔一〕李清照鳳凰臺上憶吹簫詞：「被冷香銷新夢覺，不許愁人不起。」

〔二〕辛棄疾滿江紅詞：「相思字，空盈幅，相思意，何時足。」

## 木蘭花　擬古決絕詞柬友〔一〕

人生若只如初見，何事秋風悲畫扇〔二〕。等閒變却故人心，却道故人心易變〔三〕。驪山語罷清宵半〔四〕，淚雨零鈴終不怨〔五〕。何如薄倖錦衣郎，比翼連枝當日願〔六〕。

【校】

〔調〕通本、張本、袁本作「木蘭花令」。

〔題〕通本、張本、袁本無「柬友」二字。

〔語罷〕通本、張本作「雨罷」。

【箋注】

〔一〕古辭白頭吟：「聞君有兩意，故來相決絕。」唐元稹有古決絕詞三章。

〔二〕漢班婕妤怨歌行：「新裂齊紈素，皎潔如霜雪。裁爲合歡扇，團團似明月。出入君懷袖，動摇微風發。常恐秋節至，涼飈奪炎熱。棄捐篋笥中，恩情中道絶。」晏殊蝶戀花詞：「一霎秋風驚畫扇。」

〔三〕等閒二句：故人，指前夫。古詩爲焦仲卿妻作：「新婦識馬聲，躡履相逢迎，悵然遥相望，知是故人來。」謂故人輕易變心，反説人心本來就是易變的，不足爲奇。

〔四〕唐陳鴻長恨歌傳：「昔天寶十載，侍輦避暑驪山宮。秋七月牽牛織女相見之夕……夜殆半，休侍衛於東西廂，獨侍上。上凭肩而立，因仰天感牛女事，密相誓心，願世世爲夫婦。」

〔五〕淚雨零鈴：見前五五頁浣溪沙（鳳髻抛殘秋草生）注〔五〕。句謂明皇雖聞鈴聲而悲，但爲保全皇位，而抛棄愛妃，終無悔恨之心。

〔六〕何如二句：錦衣郎指明皇，謂其當年雖有比翼連枝之誓言，而終於薄情。白居易長恨歌：「在天願爲比翼鳥，在地願爲連理枝。」

## 虞美人〔一〕

春情只到梨花薄，片片催零落。斜陽何事近黄昏，不道人間猶有未招魂〔二〕。

銀箋別記當時句，密綰同心苣〔三〕。爲伊判作夢中人，索向畫圖影裏喚真真〔四〕。

【校】

〔斜陽〕通本、張本、袁本作「夕陽」。

〔記當時句〕原校：一作「夢當時寄」。昭代作「夢當時寄」，通本、張本作「夢當時句」。

〔密綰句〕原校：一作「珍重郎來意」。昭代作「珍重郎來意」。

〔爲伊判作〕原校：一作「郎今亦是」。昭代作「郎今亦是」。

〔索〕原校：一作「長」。通本、張本、袁本作「長」，昭代作「還」。

〔影裏〕原校：一作「清夜」。通本、張本、袁本作「清夜」。

【箋注】

〔一〕作者妻子盧氏於康熙十六年五月三十日去世，此詞可能作於十七年暮春。

〔二〕詩詞曲語辭匯釋卷四：「不道，猶云不管，或不顧也。」未招魂，還未來得及爲亡妻招魂。

〔三〕同心苣：一種連環的花紋，表示恩愛之意。南朝梁沈約少年新婚爲之詠詩：「錦履並花紋，繡帶同心苣。」

〔四〕真真：據聞奇録：唐進士趙顔得一軟障，圖一婦人甚麗。顔曰：「如何令生，某願納爲妻。」畫工曰：「余神畫也，此亦有名，曰真真。呼其名百日，晝夜不歇，即必應，應則以百家彩灰酒灌之，必活。」顔如其言。遂下步，言語飲食如常，終歲生一兒。友人曰：「此妖也，必與君爲患。」真真乃泣曰：「妾南嶽地仙也，君今疑妾，妾不可住。」言訖，攜其子却上軟障，嘔出先所飲百家彩灰酒。睹其障，惟添一孩子，皆是畫焉。范成大去年多雪苦寒梅花至元夕猶未開詩：「花定有情堪索笑，自憐無術喚真真。」這裏借指亡妻。

## 又

曲闌深處重相見，匀淚偎人顫〔一〕。淒涼别後兩應同，最是不勝清怨月明中〔二〕。　半生已分孤眠過〔三〕，山枕檀痕涴〔四〕。憶來何事最銷魂，第一折枝花樣畫羅裙〔五〕。

**【箋注】**

〔一〕匀淚：拭淚。李煜菩薩蠻詞：「畫堂南畔見，一晌偎人顫。」

〔二〕唐錢起歸雁詩：「二十五絃彈夜月，不勝清怨却飛來。」

〔三〕分：料想。

〔四〕山枕：枕頭隆起如山，故曰山枕。檀痕：指脂粉痕迹。

〔五〕折枝：花卉畫法之一，不畫整株花，只畫其中一段。宣和畫譜：「徐熙有寫生折枝花。」此二句謂令人最銷魂者，首推畫有折枝花樣的羅裙。

## 又

高峯獨石當頭起，凍合雙溪水〔一〕。馬嘶人語各西東，行到斷崖無路小橋通。朔鴻過盡音書杳〔二〕，客裏年華悄。又將絲淚濕斜陽〔三〕，多少十三陵樹亂雲黄。

【校】

〔高峯獨石〕原校：一作「峯高崱屴」。通本、張本、袁本作「峯高獨石」。
〔凍合〕原校：一作「影落」。通本、張本、袁本作「影落」。
〔音書〕原校：一作「歸期」。通本、張本、袁本作「歸期」。
〔客裏句〕原校：一作「人向征鞍老」。通本、張本、袁本作「人向征鞍老」。
〔多少〕原校：一作「回首」。通本、張本、袁本作「回首」。
〔亂〕原校：一作「暮」。通本、張本、袁本作「暮」。

【箋注】

〔一〕雙溪：以雙溪爲名的小溪很多，這裏所指可能是北京昌平縣境内一條小溪。
〔二〕李清照念奴嬌詞：「征鴻過盡，萬千心事難寄。」
〔三〕唐韋應物擬古詩：「年華逐絲淚，一落俱不收。」吴文英三姝媚詞：「竚久河橋欲去，斜陽淚滿。」

## 又

黄昏又聽城頭角，病起心情惡。藥爐初沸短檠青〔一〕，無那殘香半縷惱多情〔二〕。多情自古原多病〔三〕，清鏡憐清影。一聲彈指淚如絲〔四〕，央及東風休遣玉人知。

**【校】**

〔東風〕汪本作「東君」。

**【箋注】**

〔一〕藥爐初沸：見前一四八頁河瀆神（涼月轉雕闌）注〔五〕。短檠：矮的燈架，借指燈。趙長卿念奴嬌詞：「檠短燈青，灰閒香軟，所欠惟梅矣。」

〔二〕無那：無奈。

〔三〕宋晁沖之感皇恩詞：「自歎多情更多病。」

〔四〕彈指：彈擊手指，表示許諾、憤怒，感歎、告戒等感情。舊唐書卷九十一敬暉傳：「暉等既失政柄，受制於三思，每推牀嗟惋，或彈指出血。」

## 又

彩雲易向秋空散〔一〕，燕子憐長歎〔二〕。幾番離合總無因，贏得一回儚憁一回親。

歸鴻舊約霜前至〔三〕，可寄香箋字？不如前事不思量，且枕紅蕤欹側看斜陽〔四〕。

【箋注】

〔一〕白居易簡簡吟：「大都好物不堅牢，彩雲易散琉璃脆。」此句意謂彩雲易散，好事多磨，終於與所愛的女子分手。

〔二〕李商隱無題四首之四：「歸來輾轉到五更，梁間燕子聞長歎。」

〔三〕杜甫九月五日詩：「殊方日落玄猿哭，舊國霜前白雁來。」

〔四〕紅蕤：即紅蕤枕，一種紅色的玉石枕。宣室志卷六述杜陵韋弇游蜀郡，遇玉清之女，贈以三寶物：一碧瑶杯，一紅蕤枕，一紫玉函。

## 又

銀牀淅瀝青梧老〔一〕，屧粉秋蛩掃〔二〕。采香行處蹙連錢〔三〕，拾得翠翹何恨不能言〔四〕。　回廊一寸相思地〔五〕，落月成孤倚〔六〕。背燈和月就花陰，已是十年踪跡十年心〔七〕。

【箋注】

〔一〕銀牀：銀飾的井欄。也指轆轤架。晉書樂志淮南王篇：「後園鑿井銀作牀，金瓶素綆汲寒漿。」南朝梁庾肩吾侍宴九日詩：「玉醴吹巖菊，銀牀落井桐。」

〔二〕屧：鞋的襯底。屧粉，借指人的蹤迹。此句謂意中人的蹤迹已在蟋蟀聲中消失。

〔三〕連錢：草名，葉圓大如錢，莖細而勁，蔓生溪澗側。

〔四〕温庭筠經舊遊詩：「壞牆經雨蒼苔遍，拾得當時舊翠翹。」

〔五〕李商隱無題四首之二：「春心莫共花争發，一寸相思一寸灰。」

〔六〕杜甫夢李白二首其一：「落月滿屋梁，猶疑照顏色。」

〔七〕高觀國玉樓春詞：「十年春事十年心，怕説湔裙當日事。」

## 又　爲梁汾賦〔一〕

憑君料理花間課〔二〕，莫負當初我〔三〕。眼看雞犬上天梯〔四〕，黄九自招秦七共泥犂〔五〕。

瘦狂那似癡肥好〔六〕，判任癡肥笑。笑他多病與長貧，不及諸公袞袞向風塵〔七〕。

【校】

〔題〕通本、張本無。

〔袞袞向〕原校：一作「健飯走」。

【箋注】

〔一〕本詞提到作者請顧貞觀編輯詞集。按作者與顧貞觀結識，是在康熙十五年，參閱前一八一頁鷓鴣天（握手西風淚不乾）注〔一〕；顧貞觀與吳綺校定的飲水詞刊成于康熙十七年，因此這首詞的創作時間大致在康熙十五年底到十六年。

〔二〕花間：指花間集，唐五代詞人的詞集。課：謂作品。花間課，指自己的詞作。

〔三〕此句意謂不要辜負我當初把你引爲知己的本意。

〔四〕漢王充論衡道虛：「淮南王學道，招會天下有道之人……並會淮南，奇方異術莫不爭出。王遂得道，舉家升天，畜産皆仙，犬吠於天上，雞鳴於雲中。」

〔五〕黄九：宋詞人黄庭堅。秦七：宋詞人秦觀。這裏借指作者和梁汾。泥犂：梵語，意譯爲地獄。禪林僧寶傳卷二十六：「黄庭堅魯直作豔語，人争傳之。（法）秀呵曰：『翰墨之妙，甘施於此乎？』魯直笑曰：『又當置我於馬腹中耶？』秀曰：『汝以豔語動天下人淫心，不止馬腹，正恐生泥犂中耳。』」以上二句謂眼看一些人宦途青雲直上，但我却甘願同你一起鑽研文學而沉淪於下位。

〔六〕南史沈慶之傳附沈昭略：「嘗醉，晚日負杖攜家賓子弟至婁湖苑，逢王景文子約，張目視之曰：『汝是王約耶？何乃肥而癡。』約曰：『汝沈昭略耶？何乃瘦而狂。』昭略撫掌大笑曰：『瘦已勝肥，狂又勝癡。』」此句以瘦狂自喻，以癡肥指那些腦滿腸肥、無所用心的人。

〔七〕杜甫醉時歌：「諸公袞袞登臺省，廣文先生官獨冷。」袞袞，謂相繼不絕。

# 又

殘燈風滅爐烟冷，相伴唯孤影。判教狼藉醉清樽，爲問世間醒眼是何人〔一〕？

難逢易散花間酒〔二〕，飲罷空搔首。閒愁總付醉來眠，只恐醒時依舊到樽前。

【校】

〔殘燈句〕通本作「風滅爐烟殘灺冷」。

【箋注】

〔一〕蔣捷探芳信詞：「酒休賒，醒眼看花正好。」

〔二〕李白月下獨酌詩：「花間一壺酒，獨酌無相親。」

## 鵲橋仙

倦收緗帙〔一〕，悄垂羅幕，盼煞一燈紅小。便容生受博山香〔二〕，銷折得狂名多少。是伊緣薄，是儂情淺，難道多磨更好〔三〕？不成寒漏也相催〔四〕，索性儘荒雞唱了。

【箋注】

〔一〕緗帙：書的淺黄色封套，也作書的代稱。宋書順帝紀：「姬夏典載，猶傳緗帙；漢魏餘文，布在方册。」

〔二〕博山香：放在博山爐中燒的香烟。參見後二一八頁臨江仙（飛絮飛花何處是）注〔三〕。

〔三〕宋鄭雲娘西江月詞：「雖則清光可愛，奈緣好事多磨。」

〔四〕詩詞曲語辭匯釋卷四：「不成，猶云難道也。」方岳立春前一日雪詩：『不成過臘全無雪，只隔明朝便是春。』」

## 又

夢來雙倚，醒時獨擁，窗外一眉新月〔一〕。尋思常自悔分明，無奈却照人清切〔二〕。

一宵燈下，連朝鏡裏，瘦盡十年花骨〔三〕。前期總約上元時〔四〕，怕難認飄零人物。

【箋注】

〔一〕唐齊己湘妃廟詩：「黄昏一岸陰風起，新月如眉生闊水。」

〔二〕嚴繩孫念奴嬌詞：「銀渚雲開，珠胎月滿，一片傷心碧。姮娥知否，照人如此清切。」

〔三〕花骨：見前二〇頁生查子（東風不解愁）注〔六〕。史達祖鷓鴣天詞：「十年花骨東風淚，幾點螺香素壁塵。」

〔四〕上元：農曆正月十五日爲上元節。參見後二八八頁齊天樂上元：「舊事驚心，一雙蓮影藕絲斷。」

## 又 七夕〔一〕

乞巧樓空〔二〕，影娥池冷〔三〕，説着淒涼無算。丁甯休曝舊羅衣〔四〕，憶素手爲余縫綻〔五〕。　蓮粉飄紅〔六〕，菱花掩碧，瘦了當初一半。今生鈿盒表予心，祝天上人間相見〔七〕。

【校】

〔説着句〕通本、張本作「佳節祇供愁歎」。

〔菱花句〕通本、張本作「菱絲翳碧」。

〔瘦了句〕通本、張本作「仰見明星空爛」。

〔今生二句〕通本、張本作「親持鈿合夢中來，信天上人間非幻」。

【箋注】

〔一〕農曆七月初七夜爲七夕，民間傳説牛郎織女此夜渡天河相會。此詞可能作於康熙十六年七月。作者妻子盧氏於是年五月去世。

〔二〕乞巧：民間習俗，婦女於七夕夜向月穿針，稱爲乞巧。荆楚歲時記：「是夕人家婦女結綵縷，穿七孔針，或以金銀鍮石爲針，陳几筵酒脯瓜果於庭中以乞巧。有蟢子網於瓜上，則以爲符應。」乞巧樓爲乞巧時所搭的棚架，即所謂綵樓。唐王建宮詞：「每年宮女穿鍼夜，勅賜諸親乞巧樓。」

〔三〕影娥池：見前一二七頁清平樂（瑶華映闕）注〔六〕。

〔四〕七夕曝衣爲古代習俗。四民月令：「七月七日，作麴合藍丸及蜀漆丸，曝經書及衣裳。」

〔五〕王次回春暮減衣詩：「難消素手爲縫綻，那得閒心問織縑。」

〔六〕杜甫秋興八首其七：「波漂菰米沉雲黑，露冷蓮房墜粉紅。」

〔七〕白居易長恨歌：「唯將舊物表深情，鈿合金釵寄將去。釵留一股合一扇，釵擘黄金合分鈿，但教心似金鈿堅，天上人間會相見。」

# 南鄉子

飛絮晚悠颺〔一〕，斜日波紋映畫梁〔二〕。刺繡女兒樓上立，柔腸，愛看晴絲百尺長〔三〕。　風定却聞香，吹落殘紅在繡牀〔四〕。休墮玉釵驚比翼〔五〕，雙雙，共唼蘋花緑滿塘。

【箋注】

〔一〕曾覿訴衷情詞：「幾番夢回枕上，飛絮恨悠揚。」

〔二〕王次回夢遊十二首之十：「曉日波紋漾鏡臺，玲瓏窗户壓池開。」

〔三〕晴絲百尺：見前一六九頁浪淘沙（紫玉撥寒灰）注〔八〕。

〔四〕繡牀：繡架。唐權德輿相思曲：「鵲語臨妝鏡，花飛落繡牀。」

〔五〕比翼：指鴛鴦。杜牧入茶山下題水口草市絶句：「驚起鴛鴦豈無恨，一雙飛去却回頭。」

## 又　擣衣〔一〕

鴛瓦已新霜，欲寄寒衣轉自傷。見説征夫容易瘦，端相〔二〕，夢裏回時仔細量。

支枕怯空房〔三〕，且拭清砧就月光〔四〕。已是深秋兼獨夜〔五〕，淒涼，月到西南更斷腸〔六〕。

【箋注】

〔一〕嚴繩孫、顧貞觀都有南鄉子擣衣詞，當爲同時唱和之作。

〔二〕端相：細看。周邦彦意難忘詞：「夜漸深，籠燈就月，子細端相。」

〔三〕唐王涯秋夜曲：「銀箏夜久殷勤弄，心怯空房不忍歸。」

〔四〕杜牧秋夢詩：「寒空動高吹，月色滿清砧。」

〔五〕杜審言和康五庭芝望月有懷詩：「明月高秋迥，愁人獨夜看。」

〔六〕王次回紀事詩：「月到西南倍可憐，照人雙笑影娟娟。」

## 又　柳溝曉發〔一〕

燈影伴鳴梭〔二〕，織女依然怨隔河〔三〕。曙色遠連山色起，青螺，回首微茫憶翠蛾〔四〕。　淒切客中過，未抵秋閨一半多。一世疏狂應爲著，橫波，作個鴛鴦消得麽〔五〕？

【校】

〔題〕原作「御溝」，通本、張本、袁本作「柳溝曉發」，據改。

〔未〕原校：一作「料」。通本、張本、袁本作「料」。

【箋注】

〔一〕據中華人民共和國地名詞典北京市，柳溝在延慶縣延慶鎮東偏南十一公里。古爲關隘。明築城屯兵，稱柳溝城。後成村落。

〔二〕鳴梭：用梭子織布。唐司馬扎蠶女詩：「鳴梭夜達曉，猶恐不及時。」

〔三〕織女：謂織女星；河，指天河。文選曹植洛神賦：「詠牽牛之獨處。」李善注引曹植九詠注：「牽牛爲夫，織女爲婦。織女、牽牛之星各處河鼓之旁，七月七日乃得一會。」此句因見婦女織布而想到天上的織女星仍遥隔天河，不能與牽牛星相會。

〔四〕青螺：以青色的螺髻喻山。劉禹錫望洞庭詩：「遥望洞庭山水翠，白銀盤裏一青螺。」翠蛾：婦女的蛾眉。此句指想起自己的妻子。

〔五〕温庭筠南歌子詞：「不如從嫁與，作鴛鴦。」詩詞曲辭語匯釋卷二：「消得，猶云值得也。……樂府雅詞上鄭彦能調笑轉踏：『相如年少多才調，消得文君暗斷腸。』」以上三句謂她盈盈矚目，愛上我這狂放不羈之人，同我結成夫婦，是否值得？

## 又

烟暖雨初收，落盡繁花小院幽。摘得一雙紅豆子〔一〕，低頭，説著分攜淚暗流。
人去似春休，卮酒曾將酹石尤〔二〕。别自有人桃葉渡〔三〕，扁舟，一種烟波各自愁〔四〕。

【校】

〔烟暖二句〕瑶華集作「風暖霽難收，燕子歸時小院幽。」
〔説著〕瑶華集作「憶著」。
〔卮酒〕瑶華集作「别酒」。
〔别自二句〕瑶華集作「惆悵空江烟浪裏，孤舟」。
〔烟波〕瑶華集作「相思」。

【箋注】

〔一〕紅豆子：即紅豆，見前三五頁浣溪沙（蓮漏三聲燭半條）注〔三〕。

〔二〕石尤：伊世珍瑯嬛記引江湖紀聞：「石尤風者，傳聞爲石氏女嫁爲尤郎婦，情好甚篤。尤爲商遠行，妻阻之，不從。尤出不歸，妻憶之，病亡，臨亡長嘆曰：『吾恨不能阻其行，以至於此。今凡有商旅遠行，吾當作大風爲天下婦人阻之。』」故稱逆風、頂頭風爲石尤或石尤風。南朝宋劉裕丁督護歌：「願作石尤風，四面斷行旅。」

〔三〕桃葉渡：渡口名，在南京秦淮河畔。相傳因王獻之在此作歌送其妾桃葉而得名。歌曰：「桃葉復桃葉，度江不用楫。但度無所苦，我自迎接汝。」

〔四〕唐崔顥黃鶴樓詩：「日暮鄉關何處是，烟波江上使人愁。」從此詞「摘得一雙紅豆子，低頭，説著分攜淚暗流」及「別自有人桃葉渡」看，當爲送別侍妾而作，可能作於康熙二十四年春，送沈宛返江南。參見前言。「烟暖」二句指暮春時節。紅豆子謂分別前以紅豆相贈，以表相思之情。淚暗流猶采桑子（而今才道當時錯）之「紅淚偷垂，滿眼春風百事非」。爾石尤者，望其遇逆風而不能行也。「別自」句謂昔年王獻之曾於桃葉渡送別侍妾桃葉，今又有人送別侍妾矣。「一種」句謂同樣爲烟波所隔，離別者與送別者各有忧愁。

## 又　爲亡婦題照〔一〕

淚咽更無聲，止向從前悔薄情。憑仗丹青重省識〔二〕，盈盈，一片傷心畫不成〔三〕。

別語忒分明，午夜鶼鶼夢早醒〔四〕。卿自早醒儂自夢，更更，泣盡風前夜雨鈴〔五〕。

【校】

〔更〕通本、張本作「却」。

〔止向〕通本、張本作「祇向」。

〔風前〕通本、張本、袁本作「風簷」。

【箋注】

〔一〕作者之妻盧氏卒於康熙十六年五月，此詞當作於其後不久。

〔二〕杜甫詠懷古迹五首其三：「畫圖省識春風面，環珮空歸夜月魂。」

〔三〕見前一八二頁鷓鴣天（握手西風淚不乾）注〔六〕。

〔四〕鶼鶼：比翼鳥。夢：塵夢，比喻人生。夢醒，比喻死。

〔五〕暗用唐明皇聞夜雨淋鈴而悼念楊貴妃典故。

## 一斛珠　元夜月蝕

星毬映徹〔一〕，一痕微褪梅梢雪。紫姑待話經年别〔二〕，竊藥心灰，慵把菱花揭〔三〕。　踏歌才起清鉦歇〔四〕，扇紈仍似秋期潔〔五〕。天公畢竟風流絶，教看蛾眉，特放些時缺。

【校】

〔調〕通本、張本作「梅梢雪」。

【箋注】

〔一〕星毬：指一團團的烟火。清高士奇金鼇退食筆記：「癸亥元夜，於五龍亭前施放烟火，聽人民觀看。時余已退值，命侍衛那爾泰海清至余私寓，召至亭前，賜飲饌。坐觀星毬萬道，火樹千重。」

〔二〕紫姑：傳説中的神仙，又名坑三姑娘。據南朝宋劉敬叔異苑，紫姑爲壽陽人李景之妾，於正月十五日爲景妻害死於廁間，死後爲神。民間習俗，於正月十五夜間到廁間迎神，以問禍福及當年農事。

〔三〕竊藥：見前一三一頁畫堂春注〔五〕。菱花：見前一一九頁清平樂（青陵蝶夢）注〔七〕。二句謂月蝕。

〔四〕踏歌：胡三省通鑑注：「踏歌者，連手而歌，踏地以爲節也。」舊唐書睿宗記：「上元日夜，上皇御安福門觀燈，出内人連袂踏歌。」清鉦歇：鑼聲停止，表示月食結束，月亮已恢復常態。王仁裕開元天寶遺事卷四擊鑑救月：「長安城中，每月食時，士女即取鑑向月擊之，滿郭如是，蓋云救月蝕也。」民間習俗，認爲月食是月亮被天狗所吞食，因此在月食時敲鑼，以嚇退天狗。

〔五〕扇紈：紈扇，白色細絹做的團扇，比喻明月。

# 紅窗月

按詞律作紅窗影，一名紅窗迴。

夢闌酒醒〔一〕，早因循過了清明〔二〕。是一般心事，兩樣愁情。猶記回廊影裏誓生生〔三〕。　金釵鈿盒當時贈〔四〕，歷歷春星。道休孤密約，鑒取深盟。語罷一絲清露濕銀屏。

【校】

〔按語〕通本、張本無。

〔夢闌酒醒〕原校：一作「燕歸花謝」。通本、張本、袁本作「燕歸花謝」。

〔過了〕原校：一作「又過」。通本、張本、袁本作「又過」。

〔心事〕原校：一作「風景」。通本、張本、袁本作「風景」。

〔愁〕原校：一作「心」。通本、張本、袁本作「心」。

〔回廊〕原校：一作「碧桃」。通本、張本、袁本作「碧桃」。

〔生生〕前「生」字下原校：一作「三」。通本、張本、袁本作「三」。

〔金釵句〕原校：一作「烏絲闌紙嬌紅篆」。通本、張本、袁本作「烏絲闌紙嬌紅篆」。

〔春〕原校：一作「青」。

〔清〕原校：一作「香」。通本、張本、袁本作「香」。

【箋注】

〔一〕王安石千秋歲引詞：「夢闌時，酒醒後，思量著。」

〔二〕宋王雱倦尋芳慢詞：「算韶華，又因循過了，清明時候。」
〔三〕柳永二郎神詞：「鈿合金釵私語處，算誰在、回廊影下。」
〔四〕陳鴻長恨歌傳：「進見之日，奏霓裳羽衣曲以導之。定情之夕，授金釵鈿合以固之。」

【輯評】

況周頤蕙風詞話：飲水詞有云：「吹花嚼蕊弄冰絃」，又云：「烏絲闌紙嬌紅篆」，容若短調，輕清婉麗，誠如其自道所云。

## 踏莎行

春水鴨頭〔一〕，春山鸚嘴〔二〕，烟絲無力風斜倚〔三〕。百花時節好逢迎〔四〕，可憐人掩屏山睡〔五〕。　密語移燈，閒情枕臂，從教醞釀孤眠味〔六〕。春鴻不解諱相思，映窗書破人人字〔七〕。

【校】

〔調〕袁本作「鵲橋仙」，誤。
〔春山〕通本、張本、袁本、昭代作「春衫」。
〔風斜倚〕昭代作「東風倚」。

〔孤眠味〕昭代作「愁滋味」。

【箋注】

〔一〕鴨頭：指緑色，又稱鴨頭緑。李白襄陽歌：「遥看漢水鴨頭緑，恰似蒲萄初醱醅。」

〔二〕鸚嘴：鸚鵡紅嘴，因以鸚嘴指紅色。

〔三〕韓偓春盡日詩：「柳腰入户風斜倚，榆莢堆牆水半淹。」

〔四〕毛文錫何滿子詞：「恨對百花時節，王孫緑草萋萋。」按舊俗以農曆二月十五日爲百花生日，又稱花朝。

〔五〕温庭筠菩薩蠻詞：「無言匀睡臉，枕上屏山掩。」

〔六〕吴文英玉燭新詞：「移燈夜語西窗，逗曉帳迷香，問何時又。」韓偓厭花落詩：「但得鴛衾枕臂眠，也任時光都一瞬。」范仲淹御街行詞：「殘燈明滅枕頭欹，諳盡孤眠滋味。」三句謂當年的親密釀成今日孤眠的痛苦。

〔七〕人人：即人，重言表示親昵。辛棄疾尋芳草詞：「更也没書來，那堪被雁兒調戲。道無書却有書中意，排幾個人人字。」

## 又　寄見陽〔一〕

倚柳題箋〔二〕，當花側帽〔三〕，賞心應比驅馳好〔四〕。錯教雙鬢受東風，看吹緑影成絲早〔五〕。金殿寒鴉，玉階春草，就中冷暖和誰道〔六〕？小樓明月鎮長閒〔七〕，人生何事緇塵老〔八〕。

【校】

〔題〕通本無。

【箋注】

〔一〕見陽，即張純修，見前一五六頁菊花新注〔一〕。

〔二〕劉過沁園春詞：「傍柳題詩，穿花勸酒，嚲蕊攀條得自如。」

〔三〕周書獨孤信傳：「信在秦州，嘗因獵，日暮馳馬入城，其帽微側。詰旦而吏民有戴帽者，咸慕信而側帽焉。」晏幾道清平樂詞：「側帽風前花滿路，冶葉倡條情緒。」

〔四〕謝靈運擬魏太子鄴中集詩序：「天下良辰美景，賞心樂事，四者難并。」

〔五〕二句謂悔不該在風塵中奔波，眼看緑鬢將被東風吹成白髮。

〔六〕王昌齡宫詞：「玉顔不及寒鴉色，猶帶昭陽日影來。」王維雜詩：「愁心視春草，畏向玉階生。」三句謂身爲宫中侍衛，此中甘苦，能向誰訴説？

〔七〕小樓：指自己的家。

〔八〕緇塵：黑色灰塵，即風塵。謝脁酬王晉安詩：「誰能久京洛，緇塵染素衣。」

## 臨江仙 寄嚴蓀友〔一〕

別後閒情何所寄，初鶯早雁相思〔二〕。如今憔悴異當時，飄零心事，殘月落花知。
生小不知江上路，分明却到梁溪〔三〕。匆匆剛欲話分攜。香消夢冷，窗白一聲雞〔四〕。

【箋注】

〔一〕嚴蓀友：參見前六一頁浣溪沙（藕蕩橋邊理釣筩）注〔一〕。此詞可能作於康熙十六年盧氏去世後，故曰「如今憔悴異當時」。

〔二〕初鶯早雁：見一四三頁青衫濕（近來無限傷心事）詞注〔三〕。

〔三〕梁溪：在江蘇無錫縣西，源出惠山，流入太湖。本極狹，梁時曾疏浚，故名。或傳因東漢梁鴻居此而得名。這裏泛指無錫，爲嚴蓀友家鄉。

〔四〕唐胡曾早發潛水驛謁郎中員外詩：「半牀秋月一聲雞，萬里行人費馬蹄。」

## 又 永平道中〔一〕

獨客單衾誰念我，曉來涼雨颼颼〔二〕。緘書欲寄又還休〔三〕，箇儂憔悴〔四〕，禁得更添愁。曾記年年三月病〔五〕，而今病向深秋。盧龍風景白人頭〔六〕，藥爐烟裏〔七〕，支枕聽河流。

【箋注】

〔一〕大清一統志永平府一：「永平府，在直隸省治東八百三十里。」按永平轄境相當今河北省長城以南的陡河以東地，爲通遼東咽喉。此詞有「而今病向深秋」之句，當作於康熙二十一年八月至十二月赴梭龍偵察時。

〔二〕宋王禹偁月波樓詠懷詩：「江籬烟漠漠，官柳雨颼颼。」

〔三〕李清照鳳凰臺上憶吹簫詞：「多少事，欲説還休。」

〔四〕箇儂：猶云那人。隋煬帝嘲羅羅詩：「箇儂無賴是横波。」此處指家中妻子。

〔五〕韓偓春盡日詩：「把酒送春惆悵在，年年三月病懨懨。」

〔六〕大清一統志永平府一：「盧龍，明爲永平府治，本朝因之。」

〔七〕王次回澄江病瘧口占詩：「歸去不妨繙本草，藥爐聲裏伴秋燈。」

## 又 謝餉櫻桃〔一〕

緑葉成陰春盡也〔二〕，守宫偏護星星〔三〕。留將顔色慰多情〔四〕，分明千點淚，貯作玉壺冰〔五〕。獨卧文園方病渴〔六〕，强拈紅豆酬卿。感卿珍重報流鶯，惜花須自愛，休只爲花疼〔七〕。

【箋注】

〔一〕櫻桃在春末夏初結實，古代帝王在櫻桃初熟時先薦寢廟，後分賜近臣。可能宫外之臣由太監分别送往，宫内之臣則由宫女分送。性德作此詞以謝分送之宫女。近見趙秀亭、馮統一飲水詞箋校提出不同意見，謂餉櫻桃者爲性德之座師徐乾學。此詞有「强拈紅豆酬卿之句」。「卿」古代爲對男子之敬稱，如稱荆軻爲荆卿，但後來多用於君對臣、長輩對晚輩之稱謂。世説新語惑溺：「王安豐婦常卿安豐。安豐曰：『婦人卿婿，於禮爲不敬，後勿復爾。』」可見南北朝時「卿」已不能用於稱尊長。夫妻平輩，由於當時男尊女卑，尚且如此。故對座師稱「卿」，未免失禮。而且以情侣之間表示相思之情的紅豆回贈，亦太覺不倫。

〔二〕杜牧歎花詩：「狂風落盡深紅色，緑葉成陰子滿枝。」

〔三〕守宫：蜥蜴的一種，又名壁虎。晉張華博物志二：「蜥蜴或名蝘蜓。以器養之以朱砂，體盡赤。所食滿七斤，治擣萬杵，點女人支體，終本不滅，有房室事則滅，故號守宫。」此句以點點宫砂喻櫻桃紅豔可愛。

〔四〕隋遺録卷上：「大業十二年，煬帝將幸江都……因戲以帛題二十字賜守宫女云：『我夢江南好，征遼亦偶然。但存顔色在，離别只今年。』」此句顔色既指櫻桃，又指遺贈櫻桃的宫女。

〔五〕鮑照代白頭吟：「直如朱絲繩，清如玉壺冰。」見後三四三頁調笑令注〔二〕。二句喻櫻桃之色澤，亦暗示宫女生活的淒苦。

〔六〕文園：漢司馬相如曾爲漢文帝陵園令，故後人稱之爲文園，有消渴疾。杜牧爲人題贈詩：「文園終病渴，休詠白頭吟。」

〔七〕李商隱百果嘲櫻桃詩：「流鶯猶故在，争得諱含來。」又深樹見一顆櫻桃尚在詩：「惜堪充鳳食，痛已被鶯含。」明阮大鋮燕子箋：「春光九十過將零，半爲花嗔，半爲花疼。」

## 又

絲雨如塵雲著水〔一〕，嫣香碎入吴宫〔二〕。百花冷暖避東風〔三〕，酷憐嬌易散，燕子學偎紅〔四〕。　人説病宜隨月減，懨懨却與春同。可能留蝺抱花叢〔五〕，不成雙夢影〔六〕，翻笑杏梁空〔七〕？

【校】

〔碎入〕通本、張本、袁本作「碎拾」。

【箋注】

〔一〕唐崔櫓華清宫三首之三：「紅葉下山寒寂寂，濕雲如夢雨如塵。」

〔二〕嫣香：指嬌艷的花瓣。李賀南園十三首之一：「可憐日暮嫣香落，嫁與春風不用媒。」

〔三〕此句中的冷暖偏指冷，猶甘苦之偏指苦。

〔四〕偎紅：據宋陶穀清異録，南唐後主李煜微行倡家，自題爲「淺斟低唱偎紅倚翠大師，鴛鴦寺主」。後指接近女色爲偎紅倚翠。此處指燕子傍花而飛。

〔五〕可能：猶言豈能。

〔六〕不成：見前一九六頁鵲橋仙（倦收緗帙）注〔四〕。唐曹鄴不可見詩：「君夢有雙影，妾夢空四鄰。」

〔七〕杏梁：文杏所作的屋梁。羅隱燕詩：「漢妃金屋遠，盧女杏梁高。」杏梁空，謂燕去梁空。

## 又

長記碧紗窗外語，秋風吹送歸鴉。片帆從此寄天涯，一燈新睡覺〔一〕，思夢月初斜〔二〕。

便是欲歸歸未得〔三〕，不如燕子還家〔四〕。春雲春水帶輕霞，畫船人似月〔五〕，細雨落楊花〔六〕。

【校】

〔長記句〕今詞、詞匯、瑶華集、詞雅作「長記曲闌干外語」，篋中詞作「長記紗窗窗外語」。

〔秋風句〕今詞、詞匯、瑶華集、詞雅作「西風吹逗窗紗」。

【箋注】

〔一〕姚合莊居即事詩：「斜月照牀新睡覺，西風半夜鶴來聲。」

〔二〕白居易涼夜有懷詩：「燈盡夢初罷，月斜天未明。」

〔三〕唐劉兼中春登樓詩：「歸去蓮花歸未得，白雲深處有茅堂。」

〔四〕顧敻臨江仙詞：「何事狂夫音信斷，不如梁燕猶歸。」

〔五〕韋莊菩薩蠻詞：「鑪邊人似月，皓腕凝雙雪。」

〔六〕陸游晚春感事詩：「護雛燕子常更出，著雨楊花又懶飛。」

## 又　塞上得家報云秋海棠開矣，賦此〔一〕

六曲闌干三夜雨〔二〕，倩誰護取嬌慵〔三〕。可憐寂寞粉牆東，已分裙衩緑，猶裹淚綃紅〔四〕。曾記鬢邊斜落下，半牀涼月惺忪〔五〕。舊歡如在夢魂中〔六〕，自然腸欲斷〔七〕，何必更秋風。

【校】

〔三夜雨〕詞雅作「三伏雨」。

【箋注】

〔一〕作者於康熙十六年九月扈駕巡邊，二十二年九月扈駕赴五臺山，時間都比較短，此詞題云「塞上得家報」，可能離家日子較長，姑繫於二十一年八月至十二月赴梭龍偵察時。

〔二〕晏殊蝶戀花詞：「六曲闌干偎碧樹，楊柳風輕，展盡黄金縷。」

〔三〕陸游花時遍游諸家園詩：「緑章夜奏通明殿，乞借春陰護海棠。」

〔四〕見前一四五頁錦堂春注〔一〕。以上二句形容秋海棠的緑葉紅花。

〔五〕王次回臨行阿瑣欲盡寫前詩……之十四：「可記鬢邊花落下，半身涼月靠闌干。」

〔六〕李煜望江南詞：「多少恨，昨夜夢魂中。」晏殊謁金門詞：「往事舊歡何限意，思量如夢寐。」

〔七〕腸欲斷：係雙關語，既指人，也指花（秋海棠又名斷腸花）。

# 又 盧龍大樹〔一〕

雨打風吹都似此〔二〕，將軍一去誰憐〔三〕。畫圖曾記緑陰圓。舊時遺鏃地，今日種瓜田。　繫馬南枝猶在否？蕭蕭欲下長川。九秋黄葉五更烟〔四〕。止應揺落盡〔五〕，不必問當年。

【校】

〔曾記〕瑶華集作「曾見」。

〔舊時〕汪本作「舊游」。

〔止應〕通本、張本、瑶華集、古今作「祇應」。

【箋注】

〔一〕盧龍：見前二一一頁臨江仙（獨客單衾誰念我）注〔六〕。此詞有「九秋黄葉」之語，當作於康熙二十一年八月至十二月赴梭龍偵察時。

〔二〕辛棄疾永遇樂詞：「舞榭歌臺，風流總被，雨打風吹去。」

〔三〕東漢馮異協助光武帝劉秀争天下，諸將並坐論功，異常獨坐大樹下，軍中號爲大樹將軍。見後漢書馮異傳。庾信哀江南賦：「將軍一去，大樹飄零。」

〔四〕九秋：秋季的九十天。初學記三引梁元帝纂要：「秋……亦曰三秋、九秋。」五更：舊時分一夜爲甲、乙、丙、丁、戊五段，謂之五更。

〔五〕宋玉九辯：「悲哉，秋之爲氣也，蕭瑟兮草木搖落而變衰。」

## 又　寒柳

飛絮飛花何處是？層冰積雪摧殘。疏疏一樹五更寒〔一〕。愛他明月好，憔悴也相關。　最是繁絲搖落後，轉教人憶春山〔二〕。湔裙夢斷續應難〔三〕。西風多少恨，吹不散眉彎。

【箋注】

〔一〕宋陳造春寒詩：「小杏惜香春恰恰，新楊弄影午疏疏。」李煜浪淘沙詞：「簾外雨潺潺，春意闌珊，羅衾不耐五更寒。」

〔二〕春山：見前一三九頁攤破浣溪沙（欲語心情夢已闌）注〔二〕。

〔三〕湔裙：見前六頁遐方怨詞注〔四〕。李商隱柳枝五首序：「明日，余比馬出其巷。柳枝丫鬟畢粧抱立扇下，風鄣一袖指曰：『若叔是？後三日鄰當去濺裙水上，以博山香待，與郎俱過。』余諾之。會所友有偕當詣京師者，戲盜余卧裝以先，不果留。雪中讓山至，且曰：『爲東諸侯取去矣。』」

【輯評】

陳廷焯白雨齋詞話：……余最愛其臨江仙寒柳云：「疏疏一樹五更寒。愛他明月好，憔悴也相關。」言中有物，幾令人感激涕零。容若詞亦以此篇爲壓卷。

又詞則大雅集：纏綿沈著，似此真可伯仲小山，頡頏永叔。

# 又

帶得些兒前夜雪，凍雲一樹垂垂〔一〕。東風回首不勝悲〔二〕。葉乾絲未盡，未死只顰眉〔三〕。　可憶紅泥亭子外，纖腰舞困因誰〔四〕？如今寂寞待人歸。明年依舊緑，知否繫斑騅〔五〕？

【校】

〔帶得句〕通本、張本作「夜來帶得些兒雪」。

【箋注】

〔一〕凍雲：形容柳枝上的積雪。杜甫和裴迪登蜀州東亭送客逢早梅相憶見寄詩：「江邊一樹垂垂發，朝夕催人自白頭。」

〔二〕韋莊春陌二首之一：「腸斷東風各回首，一枝春雪凍梅花。」

〔三〕駱賓王王昭君詩：「古鏡菱花暗，愁眉柳葉顰。」

〔四〕李白魯郡堯祠送竇明府薄華還西京詩：「紅泥亭子赤闌干，碧流環轉青錦湍。」柳永夜半樂詞：「舞腰困力，垂楊綠映，淺桃穠李夭夭，嫩紅無數。」

〔五〕李商隱無題二首之一：「斑騅只繫垂楊岸，何處西南任好風。」

## 又　孤雁

霜冷離鴻驚失伴〔一〕，有人同病相憐〔二〕。擬憑尺素寄愁邊。愁多書屢易，雙淚落燈前〔三〕。　莫對月明思往事，也知消減年年。無端嘹唳一聲傳。西風吹隻影〔四〕，剛是早秋天。

【箋注】

〔一〕明高啓孤雁詩：「衡陽初失伴，歸路遠飛單。」

〔二〕吴越春秋闔閭内傳：「子不聞河上之歌乎？同病相憐，同憂相救。」

〔三〕唐張祜何滿子詩：「一聲何滿子，雙淚落君前。」

〔四〕杜牧寄遠詩：「隻影隨驚雁，單棲鎖畫籠。」

## 蝶戀花

辛苦最憐天上月，一昔如環〔一〕，昔昔長如玦〔二〕。但似月輪終皎潔，不辭冰雪爲卿熱〔三〕。　無奈鍾情容易絶，燕子依然，軟踏簾鈎説〔四〕。唱罷秋墳愁未歇〔五〕，春叢認取雙棲蝶〔六〕。

【校】

〔長如〕原校：一作「都成」。通本、張本、袁本作「都成」。

〔但〕原校：一作「若」。通本、張本、袁本作「若」。

〔奈鍾情〕原校：一作「那塵緣」。通本、張本、袁本作「那塵緣」。

【箋注】

〔一〕一昔：一夕。

〔二〕玦：開缺口的玉環。指月缺。皮日休寒夜聯句：「河光正如劍，月魄方似玦。」

〔三〕世説新語惑溺：「荀奉倩（粲）與婦至篤，冬月婦病熱，乃出中庭，自取冷還，以身熨之。」

〔四〕李賀賈公閭貴壻曲：「燕語踏簾鈎，日虹屏中碧。」

〔五〕李賀秋來詩：「秋墳鬼唱鮑家詩，恨血千年土中碧。」

〔六〕李商隱偶題二首之二：「春叢定是雙棲夜，飲罷莫持紅燭行。」此句謂希望自己死後能與妻子一縶化爲蝴蝶，在花叢中雙宿雙飛。

## 又

眼底風光留不住〔一〕，和暖和香，又上雕鞍去〔二〕。欲倩烟絲遮別路〔三〕，垂楊那是相思樹〔四〕？　惆悵玉顔成間阻，何事東風，不作繁華主〔五〕。斷帶依然留乞句〔六〕，斑騅一繫無尋處。

【校】

〔玉顔〕汪本作「玉烟」，疑刻誤。

【箋注】

〔一〕辛棄疾蝶戀花詞：「有底風光留不住，烟波萬頃春江艣。」此詞可能作於康熙二十一年三月，參閲下闋注〔一〕。

〔二〕王次回驪歌二疊送韜仲春往秣陵詩：「憐君孤負曉衾寒，和暖和香上馬鞍。」

〔三〕別路：分別的道路。温庭筠送李億東歸詩：「別路青青柳弱，前谿漠漠苔生。」

〔四〕相思樹：文選左思吴都賦：「楠榴之木，相思之樹。」李善注引劉成曰：「相思，大樹也。

材理堅，邪斫之則文，可作器。其實如珊瑚，歷年不變。東冶有之。」

〔五〕宋嚴蕊卜算子詞：「花落花開自有時，總是東風主。」宋杜旟鶱山溪詞：「春風如客，可是繁華主？」

〔六〕李商隱柳枝五首序：「柳枝，洛中里孃也。……余從昆讓山，比柳枝居爲近。他日春曾陰，讓山下馬柳枝南柳下，詠余燕臺詩，柳枝驚問：『誰人有此？誰人爲是？』讓山謂曰：『此吾里中少年叔耳。』柳枝手斷長帶，結讓山爲贈叔乞詩。」

## 又〔一〕

又到緑楊曾折處〔二〕，不語垂鞭〔三〕，踏遍清秋路。衰草連天無意緒〔四〕，雁聲遠向蕭關去〔五〕。

不恨天涯行役苦，只恨西風，吹夢成今古。明日客程還幾許，霑衣況是新寒雨。

【箋注】

〔一〕此詞可能作於康熙二十一年八月去梭龍時。作者於當年三月曾扈駕東出山海關至盛京，這次奉命往覘梭龍，仍走去山海關之老路，故曰「又到緑楊曾折處」也。參見前一四頁長相思詞注〔一〕。

〔二〕吴文英桃源憶故人詞：「潮帶舊愁生暮，曾折垂楊處。」

〔三〕温庭筠贈知音詩：「景陽宫裏鐘初動，不語垂鞭上柳隄。」

〔四〕秦觀滿庭芳詞：「山抹微雲，天連衰草，畫角聲斷譙門。」

〔五〕蕭關：古關名，故址在今寧夏固原縣東南。

## 又

蕭瑟蘭成看老去〔一〕，爲怕多情，不作憐花句。閣淚倚花愁不語〔二〕，暗香飄盡知何處？　重到舊時明月路。袖口香寒〔三〕，心比秋蓮苦〔四〕。休説生生花裏住〔五〕，惜花人去花無主〔六〕。

**【箋注】**

〔一〕蘭成：北周詩人庾信小字。此處借以自指。杜甫詠懷古跡五首其一：「庾信平生最蕭瑟，暮年詩賦動江關。」

〔二〕閣淚：猶言含淚。宋夏竦鷓鴣天詞：「尊前只恐傷郎意，閣淚汪汪不敢垂。」

〔三〕晏幾道西江月詞：「醉帽簷頭風細，征衫袖口香寒。」

〔四〕晏幾道生查子詞：「遺恨幾時休，心抵秋蓮苦。」

〔五〕生生：猶言一生。李賀秦宮詩：「秦宮一生花裏活。」

〔六〕辛棄疾定風波詞：「畢竟花開誰作主？記取，大都花屬惜花人。」

【輯評】

譚獻篋中詞：勢縱語咽，淒澹無聊，延巳、六一而後，僅見湘真。

## 又 夏夜

露下庭柯蟬響歇。紗碧如烟〔一〕，烟裏玲瓏月〔二〕。並著香肩無可説〔三〕，櫻桃暗吐丁香結〔四〕。　笑捲輕衫魚子纈〔五〕。試撲流螢，驚起雙棲蝶〔六〕。瘦斷玉腰沾粉葉〔七〕，人生那不相思絶。

【校】

〔題〕通本、張本無。

〔吐〕原校：一作「解」。通本、張本、袁本作「解」。

【箋注】

〔一〕李白烏夜啼詩：「機中織錦秦川女，碧紗如烟隔窗語。」

〔二〕李白玉階怨詩：「却下水晶簾，玲瓏望秋月。」

〔三〕秦觀蝶戀花詞：「並倚香肩顔鬭玉，鬢角參差，分映芭蕉緑。」

〔四〕櫻桃：唐孟棨本事詩：「白居易姬人樊素善歌，妓人小蠻善舞，嘗爲詩曰：『櫻桃樊素口，楊柳小蠻腰。』」丁香結：丁香的花蕾，比喻愁思固結不解。李商隱代贈詩：「芭蕉不展丁香結，同向春風各自愁。」

〔五〕魚子纈：一種絲織品，上面染上霜粒似的花紋，如魚子，故名。段成式嘲飛卿詩：「醉袂幾侵魚子纈，飄纓長罥鳳凰釵。」

〔六〕杜牧秋夕詩：「銀燭秋光冷畫屏，輕羅小扇撲流螢。」陳師道清平樂詞：「冰簟流光團扇墜，驚起雙棲燕子。」

〔七〕玉腰：指蝴蝶。宋陶穀清異録蟲：「温庭筠嘗得一句云『蜜官金翼使』，徧干知識，無人可屬。久之，自聯其下曰『花賊玉腰奴』。予以爲道盡蜂蝶。」

## 又　出塞〔一〕

今古河山無定數。畫角聲中，牧馬頻來去。滿目荒凉誰可語？西風吹老丹楓樹。

幽怨從前何處訴。鐵馬金戈〔二〕，青塚黄昏路〔三〕。一往情深深幾許〔四〕，深山夕照深秋雨。

【校】

〔數〕原校：一作「據」。通本、張本、袁本作「據」。

〔幽怨從前〕通本、張本作「從前幽怨」。

〔何處訴〕原校：一作「應無數」。通本、張本作「應無數」。

【箋注】

〔一〕詞中有「牧馬頻來去」、「西風」及「青塚黄昏路」之語，青塚離龍泉關較近，因此可能作於康熙二十二年九月扈駕至五臺山、龍泉關時。

〔二〕舊五代史李襲吉傳：「豈謂運由奇特，謗起奸邪。毒手尊拳，交相於暮夜；金戈鐵馬，蹂踐於明時。」

〔三〕青塚：王昭君墓，在内蒙呼和浩特市南，相傳塚上草色常青。唐杜甫詠懷古迹其三：「一去紫臺連朔漠，獨留青塚向黄昏。」

〔四〕世説新語任誕：「桓子野（伊）每聞清歌，輒唤奈何！謝公（安）聞之，曰：『子野可謂一往有深情。』」

## 又〔一〕

盡日驚風吹木葉。極目嵯峨，一丈天山雪〔二〕。去去丁零愁不絶〔三〕，那堪客裏還傷別〔四〕。

若道客愁容易輟。除是朱顏，不共春銷歇。一紙寄書和淚摺，紅閨此夜團欒月〔五〕。

【校】

〔題〕瑤華集題作「十月望日與經嵓叔別」。

〔寄書〕通本、張本、袁本、瑤華集作「鄉書」。

【箋注】

〔一〕據瑤華集題，此詞當作於康熙二十一年十月十五日赴梭龍偵察時。

〔二〕天山：即祁連山。匈奴稱天爲祁連。唐李端雨雪曲：「天山一丈雪，雜雨夜霏霏。」從北京去梭龍並不經過天山，這裏的天山只是高山的代稱。

〔三〕丁零：古民族名。漢代丁零主要分布於今貝加爾湖以南地區。這裏代指梭龍。作者的老師徐乾學在送行詩中亦云：「丁零踰鹿塞，敕勒過龍沙。」

〔四〕性德另有梭龍與經嵓叔夜話詩，可見經氏爲偵察梭龍隨行人員之一。十月望日經氏先回京。

〔五〕性德託經嵓叔捎帶書信給妻子官氏。

## 又

準擬春來消寂寞。愁雨愁風〔一〕，翻把春擔擱。不爲傷春情緒惡，爲憐鏡裏顔非昨〔二〕。　畢竟春光誰領略。九陌緇塵〔三〕，抵死遮雲壑〔四〕。若得尋春終遂約，不成長負東君諾〔五〕。

**【箋注】**

〔一〕宋張榘浪淘沙詞：「春夢草茸茸，愁雨愁風。」

〔二〕秦觀千秋歲詞：「日邊清夢斷，鏡裏朱顔改。」

〔三〕九陌：據三輔黄圖，漢長安城中有八街、九陌，後遂以九陌泛指都城大路。駱賓王帝京篇：「三條九陌麗城隈，萬户千門平旦開。」

〔四〕詩詞曲語辭匯釋卷一：「抵死……亦猶云終究或老是也。……晏殊蝶戀花詞『百尺朱樓閒倚徧。薄雨濃雲，抵死遮人面。』此老是義。」　雲壑：雲霧中的山谷，指僻静的地方。南朝齊孔稚圭北山移文：「誘我松桂，欺我雲壑。」謂僻静的園林爲塵土所遮蓋，看不到春色。

〔五〕東君：司春之神。五代成彦雄柳枝詞：「東君愛惜與先春，草澤無人處也新。」

## 唐多令 雨夜

絲雨織紅茵〔一〕，苔階壓繡紋〔二〕。是年年腸斷黄昏。到眼芳菲都惹恨，那更説，塞垣春。 蕭颯不堪聞，殘妝擁夜分。爲梨花深掩重門〔三〕。夢向金微山下去〔四〕，才識路，又移軍。

【箋注】

〔一〕紅茵：紅色的地毯。此處比喻滿地落花。

〔二〕王次回感舊遊詩：「無限斷腸蹤跡處，壞牆風雨繡苔紋。」

〔三〕戴叔倫春怨詩：「金鴨香消欲斷魂，梨花春雨掩重門。」

〔四〕金微山：即阿爾泰山，秦漢時名金微山，隋唐時稱金山。後漢書卷十九耿弇傳附耿夔，「將精騎八百出居延塞，直奔北單于廷，於金微山斬閼氏名王以下五千餘級。」詩詞中常用以泛指邊塞。唐張仲素秋閨思二首：「夢裏分明見關塞，不知何路向金微。」

## 又

金液鎮心驚〔一〕，烟絲似不勝〔二〕。沁鮫綃湘竹無聲〔三〕。不爲香桃憐瘦骨〔四〕，怕容易，減紅情〔五〕。將息報飛瓊〔六〕，蠻箋署小名〔七〕。鑒淒涼片月三星〔八〕。待寄芙蓉心上露，且道是，解朝酲〔九〕。

【校】

〔調〕通本、張本、袁本作「南樓令」。下闋同。

〔朝酲〕通本作「朝醒」。

【箋注】

〔一〕金液：指仙藥。神仙傳：「馬明生從安期生受金液神丹方，乃於華陰山合金液，不樂升天，但服半劑，爲地仙。」宋趙彦端謁金門詞：「怎得酒闌心易定，試將金液鎮。」王次回述婦病懷詩：「難憑銀葉鎮心驚。」

〔二〕烟絲：柳絲。形容該女子像柳絲一樣弱不禁風。

〔三〕鮫綃：博物志：「鮫人水居如魚，不廢織績，時出人家賣綃。」述異記：「南海出鮫綃紗，一名龍紗，其價百餘金，以爲服，入水不濡。」後以泛指精緻名貴的絲綃織物。湘竹：即斑竹。晉張華博物志卷八：「堯之二女，舜之二妃，曰湘夫人。舜崩，二妃啼，以涕揮竹，竹盡斑。」因此又叫湘妃竹或湘竹。可作簫管簟席。此句謂竹簟的微涼沁透她薄薄的羅衣。

〔四〕李商隱海上謡：「海底覓仙人，香桃如瘦骨。」

〔五〕紅情：指花的嬌豔。宋方千里水龍吟海棠詞：「緑態多慵，紅情不語，動揺人意。」以上三句謂不是憐惜她如香桃般的瘦骨，而是怕她嬌豔的容顏消滅。

〔六〕將息：休息，調養。飛瓊：見前九九頁采桑子（彤雲久絶飛瓊字）注〔一〕。代指意中女子。

〔七〕蠻箋：四川所造的彩色箋。宋楊億談苑載韓浦寄弟詩云：「十樣蠻箋出益州，寄來新自浣花頭。」

〔八〕賭棋山莊詞話：「昔秦少游贈營妓陶心兒南歌子，末云『天外一鈎殘月帶三星』，蓋暗藏心字。東坡見之，笑曰：『此恐被他姬廝賴耳。』」以上三句謂給心上女子寄去一信，信上署了她的小名，要她明白自己一片淒涼的心意。

〔九〕吴文英齊天樂白酒自酌有感詞：「芙蓉心上三更露，茸香漱泉玉井。」朝酲：指昨夜喝醉後次日清晨尚未全醒。花露可用以解酒，王仁裕開元天寶遺事卷四吸花露：「貴妃每宿酒初消，多苦肺熱。嘗凌晨獨游後苑，傍花樹以手攀枝，口吸花露，藉其露液潤於肺也。」

## 又　塞外重九〔一〕

古木向人秋，驚蓬掠鬢稠〔二〕。是重陽何處堪愁？記得當年惆悵事，正風雨，下南樓〔三〕。　斷夢幾能留，香魂一哭休〔四〕。　怪凉蟾空滿衾裯〔五〕。　霜落烏啼渾不睡〔六〕，偏想出，舊風流〔七〕。

【校】

〔題〕瑶華集作「塞外重陽」。

〔驚蓬〕汪本作「驚逢」，疑刻誤。

〔怪凉蟾句〕瑶華集作「奈銀蟾空滿寒裯」。通本作「凉蟬」，誤。

〔霜落〕瑶華集作「霜緊」。

【箋注】

〔一〕重九：農曆九月初九，即重陽節。此詞有「斷夢幾能留，香魂一哭休」之語，可能作於妻子盧氏死後不久，姑繫於康熙十六年九月扈駕巡邊至喜峯口時。

〔二〕驚蓬：雜亂的蓬蒿，飛蓬。比喻蓬亂的頭髮。

〔三〕南樓：古樓名。世説新語容止：「庾太尉（亮）在武昌，秋夜氣佳景清，使吏殷浩、王胡之之徒登南樓理詠。音調始遒，聞函道中有屐聲甚厲，定是庾公。俄而率左右十許人步來。諸賢欲起避之。公徐云：『諸君少住，老子於此處，興復不淺。』因便據胡牀，與諸人詠謔。」李白陪宋中丞武昌夜飲懷古詩：「清景南樓夜，風流在武昌。」此二句謂記得當年重九之夜，與妻子盧氏在樓上（南樓係借指）談笑賞玩，因風雨而下樓。此即是惆悵事。

〔四〕温庭筠過華清宫二十二韻詩：「豔笑雙飛斷，香魂一哭休。」

〔五〕涼蟾：謂月光。晏幾道鷓鴣天詞：「情知此會無長計，咫尺涼蟾亦未圓。」

〔六〕唐張繼楓橋夜泊詩：「月落烏啼霜滿天，江楓漁火對愁眠。」

〔七〕舊風流：亦即當年惆悵事也。

## 踏莎美人　清明

按此調爲顧梁汾自度曲。

拾翠歸遲〔一〕，踏青期近，香箋小疊隣姬訊〔二〕。櫻桃花謝已清明，何事緑鬟斜嚲寶釵横〔三〕。　淺黛雙彎，柔腸幾寸〔四〕，不堪更惹青春恨。曉窗窺夢有流鶯，也説箇儂憔悴可憐生〔五〕。

【校】

〔按語〕通本、張本無。

〔青春恨〕通本、張本作「其他恨」。

〔説〕原校：一作「覺」。通本、張本、袁本作「覺」。

【箋注】

〔一〕拾翠：本指拾取翠鳥羽毛以爲首飾。後指採摘緑葉或婦女春日嬉遊。杜甫秋興八首其八：「佳人拾翠春相問，仙侣同舟晚更移。」

〔二〕韓偓偶見詩：「小疊紅箋書恨字，與奴方便寄卿卿。」朱淑真約遊春不去二首之一：「隣姬約我踏青遊，强拂愁眉下小樓。」

〔三〕緑鬟：烏黑的髮髻。白居易鹽商婦詩：「緑鬟溜去金釵多，皓腕肥來銀釧窄。」以上二句爲隣姬信中語，謂清明時節正好出遊，爲何釵横鬢亂，不事修飾。

〔四〕歐陽修踏莎行詞：「寸寸柔腸，盈盈粉淚。樓高莫近危闌倚。」

〔五〕箇儂：猶言那人。隋煬帝嘲羅羅詩：「箇儂無賴是横波。」生：語助詞，無實意。

## 蘇幕遮

枕函香，花徑漏〔一〕。依約相逢，絮語黄昏後〔二〕。時節薄寒人病酒〔三〕。剗地梨花〔四〕，徹夜東風瘦。掩銀屏，垂翠袖。何處吹簫，脈脈情微逗。腸斷月明紅豆蔻〔五〕。月似當時，人似當時否〔六〕？

【校】

〔調〕通本、張本、袁本、今詞作「鬟雲鬆令」，詞雅作「鬟雲鬆」。下闋同。

【箋注】

〔一〕温庭筠更漏子詞：「柳絲長，春雨細，花外漏聲迢遞。」

〔二〕依約：隱約，仿佛。朱淑真生查子詞：「月上柳梢頭，人約黄昏後。」

〔三〕病酒：謂飲酒沉醉如病。

〔四〕詩詞曲語辭匯釋卷四：「剗地，猶云無端也，平白地也。」

〔五〕豆蔻：多年生常緑草本植物，分肉豆蔻、紅豆蔻、白豆蔻等種。詩人或以喻未嫁少女。杜牧贈别詩：「娉娉裊裊十三餘，豆蔻梢頭二月初。」

〔六〕秦觀水龍吟詞：「多情但有，當時皓月，向人依舊。」

## 又 詠浴

鬟雲鬆〔一〕，紅玉瑩〔二〕。早月多情，送過梨花影〔三〕。半晌斜釵慵未整。暈入輕潮〔四〕，剛愛微風醒〔五〕。　露華清〔六〕，人語静。怕被郎窺，移却青鸞鏡〔七〕。羅韈凌波波不定〔八〕。小扇單衣，可奈星前冷。

【箋注】

〔一〕鬆：蓬亂。周邦彦鬢雲鬆令詞：「鬢雲鬆，眉葉聚。」

〔二〕紅玉：喻婦女肌膚紅潤。柳永紅窗聽詞：「如削肌膚紅玉瑩。」

〔三〕王安石夜直詩：「春色惱人眠不得，月移花影上欄干。」

〔四〕潮：指臉色發紅。

〔五〕剛：猶言偏，只。

〔六〕秦觀臨江仙詞：「月高風定露華清。」

〔七〕伶玄飛燕外傳：「昭儀夜入浴蘭室，膚體光發占燈燭，帝從幃中竊望之。侍兒白昭儀。昭儀攬巾撤燭。他日，帝約賜侍兒金，使無得言。私婢不豫約，中出闈，值帝，即白昭儀。昭儀遽隱避。自是帝窺昭儀浴，多袖金，逢侍兒輒賜之。」

〔八〕曹植洛神賦：「凌波微步，羅襪生塵。」

## 淡黄柳　詠柳

三眠未歇〔一〕，乍到秋時節。一樹斜陽蟬更咽〔二〕，曾綰灞陵離別〔三〕。絮已爲萍風卷葉，空凄切。

長條莫輕折。蘇小恨〔四〕，倩他説。儘飄零、遊冶章臺客〔五〕。

紅板橋空〔六〕，湔裙人去，依舊曉風殘月〔七〕。

【箋注】

〔一〕三眠：三輔舊事：「漢苑中有柳狀如人形，號曰人柳，一日三眠三起。」

〔二〕李商隱柳詩：「如何肯到清秋日，已帶斜陽又帶蟬。」

〔三〕劉禹錫楊柳枝詞九首之八：「長安陌上無窮樹，唯有垂楊綰別離。」灞陵：漢文帝陵，在陝西長安縣東灞水上。水上有橋，曰灞橋，漢人送客至此，折柳贈別。

〔四〕蘇小：見前九五頁卜算子（嬌軟不勝垂）注〔六〕。

〔五〕章臺：在陝西長安縣故城西南隅，臺下有街，名章臺街，後以爲歌樓妓館的代稱。唐韓翃章臺柳詞：「章臺柳，章臺柳，昔日青青今在否？縱使長條似舊垂，也應攀折他人手。」歐陽修蝶戀花詞：「玉勒雕鞍遊冶處，樓高不見章臺路。」

〔六〕白居易楊柳枝詞八首之四：「紅板江橋青酒旗，館娃宮暖日斜時。可憐雨歇東風定，萬樹千條各自垂。」

〔七〕柳永雨霖鈴詞：「今宵酒醒何處，楊柳岸曉風殘月。」

## 青玉案　辛酉人日〔一〕

東風七日蠶芽軟〔二〕。一縷休教翦〔三〕。夢隔湘烟征雁遠〔四〕。那堪又是，鬢絲吹緑，小勝宜春顫〔五〕。　繡屏渾不遮愁斷，忽忽年華空冷暖。　玉骨幾隨花骨換〔六〕。
三春醉裏，三秋別後，寂寞釵頭燕〔七〕。

**【校】**

〔題〕通本、張本作「人日」。

〔一縷〕通本、張本作「青一縷」。

**【箋注】**

〔一〕辛酉：康熙二十年。人日，農曆正月初七日。梁宗懍荊楚歲時記：「正月七日爲人日，以七種菜爲羹，翦綵爲人，或鏤金箔爲人，以帖屏風，亦戴之頭鬢，又造華勝以相遺，登高賦詩。」

〔二〕蠶芽：桑葉嫩芽。

〔三〕一縷：謂桑葉僅露出一絲緑色。

〔四〕湖南衡山有回雁峯：傳説北方的雁飛向南方避寒，到此而止，春天飛回。此句意謂征雁飛往衡陽，情人也遠在天涯。

〔五〕小勝宜春：即宜春勝，人日戴的人像形首飾，或寫「宜春」兩字的小旗。荊楚歲時記：「立春日，悉剪綵爲燕以戴之，帖『宜春』之字。」遼史禮志六：「立春，婦人進春書，刻青繒爲幟，像龍御之，或爲蟾蜍，書幟曰『宜春』。」宋李元卓菩薩蠻詞：「一枝絳蠟香梅軟，宜春小勝玲瓏剪。」

〔六〕玉骨：指人的血肉肌膚。杜甫徐卿二子歌：「大兒九齡色清澈，秋水爲神玉爲骨。」花骨：見前二〇頁生查子（東風不解愁）注〔六〕。意謂花能每年重新生長，而人只能一年年衰老。

〔七〕釵頭燕：燕形的釵。

## 又　宿烏龍江〔一〕

東風捲地飄榆莢〔二〕，才過了，連天雪。料得香閨香正徹。那知此夜，烏龍江上，獨對初三月〔三〕。　多情不是偏多別，別離只爲多情設。蝶夢百花花夢蝶〔四〕。幾時相見，西窗翦燭，細把而今說〔五〕。

【校】

〔卷地〕瑤華集作「剗地」。

〔江上〕通本、張本、袁本、瑤華集作「江畔」。

【箋注】

〔一〕烏龍江：即黑龍江。清吴振臣寧古塔紀略：「愛渾（按即瑷琿）木城四周皆山，城臨烏龍江，有將軍鎮駐，與老槍（老羌）連界，近索龍（梭龍），出人參貂皮。」此詞描寫的是春天景象。性德於康熙二十一年三月曾扈駕到盛京。也許其時康熙帝已有偵察梭龍的打算，故事先派性德到黑龍江一帶去瞭解情況。姑作此猜測。

〔二〕榆莢：本草綱目：「榆未生葉時，枝條間先生榆莢，形狀似錢而小，色白成串，俗呼榆錢。」

〔三〕初三月：指一彎新月。白居易暮江吟：「可憐九月初三夜，露似真珠月似弓。」又虞初續志卷十二雪樵居士秦淮聞見録載李嘯村飲秦淮詩云：「馬齒座叨人第一，蛾眉窗對月初三。」此處含有以月之未圓應人之離別的意緒。

〔四〕喻丈夫想念妻子，妻子也想念丈夫。

〔五〕李商隱夜雨寄北詩：「何當更剪西窗燭，却話巴山夜雨時。」

## 月上海棠　中元塞外〔一〕

原頭野火燒殘碣〔二〕，歎英魂才魄暗消歇〔三〕。終古江山，問東風幾番涼熱。驚心事，又到中元時節。

淒涼況是愁中別，枉沈吟千里共明月〔四〕。露冷鴛鴦，最難忘滿池荷葉〔五〕。青鸞杳〔六〕，碧天雲海音絶〔七〕。

**【箋注】**

〔一〕農曆七月十五日爲中元節，道觀作齋醮，僧寺作盂蘭盆齋，以超渡亡魂。作者於康熙二十二年六月及二十三年五月都跟隨康熙帝去古北口避暑，但二十二年的一次在中元節前回京，二十三年的一次在七月下旬回京，故本詞繫於二十三年七月。參見前四七頁浣溪沙詞（楊柳千條送馬蹄）注〔一〕。

〔二〕劉克莊長相思詞：「烟凄凄，草凄凄，野火原頭燒斷碑，不知名姓誰。」

〔三〕韓偓金陵詩：「自古風流皆暗銷，才魄妖魂誰與招。」

〔四〕南朝宋謝莊月賦：「美人邁兮音塵闕，隔千里兮共明月。」

〔五〕見後二八四頁木蘭花慢注〔一四〕。

〔六〕青鸞：即青鳥。指傳送信息的使者。參見前四六頁浣溪沙（記綰長條欲別難）注〔三〕。

〔七〕謂思念亡妻，碧天雲海，音塵斷絕。

## 又　瓶梅〔一〕

重檐澹月渾如水〔二〕，浸寒香一片小窗裏〔三〕。雙魚凍合〔四〕，似曾伴箇人無寐。橫眸處，索笑而今已矣〔五〕。與誰更擁燈前髻〔六〕，乍橫斜疏影疑飛墜〔七〕。銅瓶小注〔八〕，休教近麝爐烟氣〔九〕。酬伊也，幾點夜深清淚。

【校】

〔調〕通本、張本作「海棠月」。

【箋注】

〔一〕此首亦爲悼亡之作，可能作於康熙十七年早春。

〔二〕重檐：禮記：「山節藻棁，復廟重檐，天子之廟飾也。」疏：「就外檐下壁復安板檐，以避風雨之灑壁。」

〔三〕杜牧早春寄岳州李使君……詩：「返照三聲角，寒香一樹梅。」

〔四〕雙魚：即雙魚洗，古代的盥洗器皿，作雙魚形於上，表示吉祥的意思。張元幹夜游宮詞：「半吐寒梅未坼，雙魚洗、冰澌初結。」

〔五〕索笑：求笑。杜甫舍弟觀赴藍田取妻子到江陵喜寄詩：「巡檐索共梅花笑，冷蕊疏枝半不禁。」

〔六〕伶玄飛燕外傳附伶玄自敍：「通德（伶玄妾，曾爲漢成帝宮婢）占袖，顧眎燭影，以手擁髻，淒然泣下，不勝其悲。」王次回予懷詩：「何年却話當年恨，擁髻燈邊侍子于（伶玄字）。」

〔七〕林逋山園小梅二首之一：「疏影横斜水清淺，暗香浮動月黄昏。」

〔八〕小注：盛水器皿，注水之用。

〔九〕王次回寒詞十六首之六：「水沈清妙不生烟，獸焰微烘白玉錢。終是護花心意切，倩郎移過鏡函邊。」自注：「瓶花畏香，故嫌相逼。」

## 一叢花　詠並蒂蓮〔一〕

闌珊玉珮罷霓裳，相對綰紅妝〔二〕。藕絲風送凌波去〔三〕，又低頭、軟語商量〔四〕。一種情深，十分心苦〔五〕，脈脈背斜陽。　色香空盡轉生香〔六〕，明月小銀塘。桃根桃葉終相守〔七〕，伴殷勤、雙宿鴛鴦。菰米漂殘，沉雲乍黑〔八〕，同夢寄瀟湘〔九〕。

【校】

〔題〕詞雅無「詠」字。

〔背斜陽〕詞雅作「背夕陽」。

【箋注】

〔一〕按嚴繩孫一叢花並蒂蓮詞：「晝橈昨夜過橫塘，兩兩見紅妝。絲牽心苦渾閒事，甚亭亭、別是難忘。澹月層城，影娥池館，生小怕淒涼。　而今稽首祝空王，便落也雙雙。露寒烟遠知何處，妥紅衣、忽認餘香。那夜簾櫳，雙紋繡帖，有爾伴鴛鴦。」顧貞觀一叢花並蒂蓮詞：「一莖輕碧衆香浮，月豔淡於秋。雙成本是無雙伴，漢皋佩、知倩誰收。浴罷孤鴛，背花飛去，花外却回頭。　合歡消息並蘭舟，生未識離愁。相憐相妒渾多事，料團扇、不耐颼颼。金粉飄殘，野塘清露，各自悔風流。」與此詞係同時唱和之作。

〔二〕闌珊玉珮：指玉佩聲將停止。霓裳：見後二九八頁雨霖鈴注〔八〕。紅妝：指蓮花。二句謂兩朵連在一起的蓮花不再在風中擺動。

〔三〕宋洪咨夔朝中措詞：「荷花香裏藕絲風。」凌波：見前二一七頁點絳唇（別樣幽芬）注〔三〕。

〔四〕史達祖雙雙燕詞：「又軟語商量不定。」

〔五〕辛棄疾卜算子荷花詞：「根底藕絲長，花裏蓮心苦。」

〔六〕顧貞觀小重山蠟梅花底感舊詞：「色香空盡轉難忘。」

〔七〕桃葉、桃根：姐妹兩人均爲晉王獻之侍妾。李商隱燕臺四首之四：「當時歡向掌中銷，桃葉桃根雙姊妹。」

〔八〕菰米：茭白心。杜甫秋興八首其七：「波漂菰米沉雲黑，露冷蓮房墜粉紅。」

〔九〕瀟湘：泛指水域。以上三句謂漂在水中的菰米像黑色的沉雲，與蓮花十分親密，同做着水國之夢。

## 金人捧露盤　净業寺觀蓮有懷蓀友〔一〕

藕風輕，蓮露冷，斷虹收。正紅窗初上簾鉤。田田翠蓋〔二〕，趁斜陽魚浪香浮〔三〕。

此時畫閣垂楊岸，睡起梳頭。　舊遊踪，招提路〔四〕，重到處，滿離憂。想芙蓉湖上悠悠〔五〕。紅衣狼藉〔六〕，卧看少妾盪蘭舟〔七〕。午風吹斷江南夢，夢裏菱謳〔八〕。

【校】

〔卧看句〕通本、張本作「卧看桃葉送蘭舟」。

【箋注】

〔一〕淨業寺：在北京市區西北部，其南爲積水潭，亦稱淨業湖，多植蓮花。蓀友：嚴繩孫。作者與嚴相識在康熙十二年春（據嚴繩孫進士納蘭君哀詞：「始余以文字交於容若時，容若方舉禮部爲應時之文。」）十五年初夏嚴第一次南歸（見前六一頁浣溪沙寄嚴蓀友注〔一〕）。則此詞當作於康熙十五或十六年夏。

〔二〕田田：葉浮水上貌。宋書三古辭江南可採蓮：「江南可採蓮，蓮葉何田田。」

〔三〕姜夔惜紅衣詞：「虹梁水陌，魚浪吹香，紅衣半狼藉。」

〔四〕招提：梵語拓鬬提奢，義爲四方，後省作拓提，誤爲招提。四方之僧稱招提僧，四方僧之住處稱招提僧房。後以招提爲寺院的别稱。

〔五〕芙蓉湖：大清一統志常州府：「在陽湖縣東，無錫縣西北，江陰縣南。一名上湖，又曰射貴湖。」

〔六〕紅衣：指蓮花的花瓣。參見注〔三〕。

〔七〕蘭舟：木蘭舟的省稱。任昉述異記下：「木蘭洲在潯陽江中，多木蘭樹。昔吳王闔閭植木蘭於此，用構宮殿也。七里洲中，有魯般刻木蘭爲舟，舟至今在洲。詩家云木蘭舟，出於此。」後常用爲船的美稱。以上三句想像蓀友此時在芙蓉湖上情景。

〔八〕菱謳：採菱歌謠。

## 洞仙歌　詠黃葵〔一〕

鉛華不御〔二〕，看道家妝就〔三〕。問取旁人入時否〔四〕。爲孤情澹韻，判不宜春〔五〕，矜標格、開向晚秋時候。

無端輕薄雨〔六〕，滴損檀心〔七〕，小疊宮羅鎮長皺〔八〕。何必訴淒清，爲愛秋光，被幾日西風吹瘦。便零落蜂黃也休嫌〔九〕，且對倚斜陽，勝偎紅袖。

**【校】**

〔勝〕原校：一作「倦」。

**【箋注】**

〔一〕黃葵：即秋葵，一年生草本植物，花黃色。

〔二〕曹植洛神賦：「芳澤無加，鉛華弗御。」

〔三〕道家冠服尚黄，故云。晏殊菩薩蠻詞：「秋花最是黄葵好，天然嫩態迎秋早。染得道家衣，淡妝梳洗時。」

〔四〕唐朱慶餘近試上張籍水部詩：「妝罷低聲問夫婿，畫眉深淺入時無？」

〔五〕判：見前二五頁生查子（惆悵彩雲飛）注〔七〕。

〔六〕輕薄雨：指細雨。晏幾道生查子詞：「無端輕薄雲，暗作廉纖雨。」

〔七〕檀心：淺紅色的花心。蘇軾黄葵詩：「檀心自成暈，翠葉森有芒。」

〔八〕小疊宫羅：謂花瓣像褶疊的羅緞。天彭牡丹譜：「疊羅者，中間瑣碎如疊羅紋。」唐彦謙秋葵詩：「月瓣團欒翦赭羅。」鎮長，詩詞曲語辭匯釋卷二：「鎮，猶常也；長也；儘也。……韓愈杏花詩：『浮花浪蕊鎮長有，纔開還落瘴霧中。』此與長字義同而聯用爲重言。」

〔九〕蜂黄：蜜蜂身上的黄色粉末。

## 翦湘雲　送友

按此調爲顧梁汾自度曲。

險韻慵拈〔一〕，新聲醉倚〔二〕。儘歷徧情場〔三〕，懊惱曾記。不道當時腸斷事，還較而今得意。向西風約略數年華，舊心情灰矣。　正是冷雨秋槐，鬢絲憔悴，又領略愁中送客滋味。密約重逢知甚日，看取青衫和淚。夢天涯繞偏儘由人〔四〕，只樽前迢遞。

【校】

〔按語〕通本、張本、古今無。

〔當時〕古今作「當年」。

〔灰〕原校：一作「休」。

【箋注】

〔一〕晏幾道六幺令詞：「昨夜詩有回文，韻險還慵押。」

〔二〕新聲醉倚：謂醉中按新的曲調填詞。朱彝尊解珮令詞：「不師秦七，不師黃九，倚新聲玉田差近。」

〔三〕王次回即事詩：「歷遍情場灩瀩灘，近來心性耐波瀾。」

〔四〕顧敻虞美人詞：「玉郎還是不還家，教人魂夢逐楊花，繞天涯。」

## 東風齊著力

電急流光〔一〕，天生薄命，有淚如潮。勉爲歡謔，到底總無聊。欲譜頻年離恨，言已盡、恨未曾消，憑誰把、一天愁緒，按出瓊簫。　往事水迢迢。窗前月，幾番空照魂銷。舊歡新夢〔二〕，雁齒小紅橋〔三〕。最是燒燈時候〔四〕，宜春髻、酒暖蒲萄〔五〕。凄涼煞、五枝青玉〔六〕，風雨飄飄。

【箋注】

〔一〕南朝陳江總置酒高樓上詩：「盛時不再得，光景馳如電。」

〔二〕張泌浣溪沙詞：「天上人間何處去，舊歡新夢覺來時。」

〔三〕雁齒：雁行排列有序，比喻橋的臺階。白居易新春江次詩：「鴨頭新緑水，雁齒小紅橋。」

〔四〕燒燈：燃燈。舊唐書玄宗紀：「開元二十八年春正月……以望日御勤政樓讌羣臣，連夜燒燈。會大雪而罷。」

〔五〕宜春髻：髮髻的名稱。見前二三九頁青玉案（東風七日蠶芽軟）注〔五〕。

〔六〕五枝青玉：指一幹五枝的花燈。西京雜記：「高祖初入咸陽宫，周行庫府，金玉珍寶，不可稱言。其尤驚異者，有青玉五枝燈，高七尺五寸，作蟠螭，以口銜燈。燈燃，鱗甲皆動。」

## 滿江紅　茅屋新成却賦〔一〕

問我何心，卻構此、三楹茅屋。可學得、海鷗無事，閒飛閒宿？百感都隨流水去，一身還被浮名束。誤東風遲日杏花天〔二〕，紅牙曲〔三〕。塵土夢，蕉中鹿〔四〕。翻覆手，看棋局〔五〕。且耽閒殢酒〔六〕，消他薄福。雪後誰遮簷角翠，雨餘好種牆陰綠。有些些欲説向寒宵，西窗燭。

【校】

〔題〕瑶華集無「却賦」二字。

〔遲日〕瑶華集作「殘月」，古今作「殘日」。

【箋注】

〔一〕作者另有寄梁汾並葺茅屋以招之詩，詩中有「三年此離別，作客滯何方。……聚首羡麋鹿，爲君構草堂」之句。梁汾離京在康熙十七年初，則構草堂當在十九年末或二十年初。

〔二〕遲日：春日。詩豳風七月：「春日遲遲。」唐杜審言渡湘江詩：「遲日園林悲昔遊，今春花鳥作邊愁。」李商隱評事翁寄賜餳粥走筆爲答詩：「粥香餳白杏花天，省對流鶯坐綺筵。」

〔三〕紅牙：指檀木做的拍板，色紅，故名紅牙板或紅牙拍，省稱紅牙。紅牙曲，謂隨着紅牙板的節拍唱曲。

〔四〕列子周穆王：「鄭人有薪於野者，遇駭鹿，御而擊之，斃之。恐人見之也，遽而藏諸隍中，覆之以蕉，不勝其喜。俄而遺其所藏之處，遂以爲夢焉。」

〔五〕杜甫貧交行詩：「翻手作雲覆手雨，紛紛輕薄何須數。」又秋興八首詩之四：「聞道長安似奕棋，百年世事不勝悲。」以上四句謂人生不過一場春夢，而世事翻覆多變，猶如下棋一般。

〔六〕殢酒：沉湎於酒。秦觀夢揚州詞：「殢酒困花，十載因誰淹留。」

## 又

代北燕南〔一〕，應不隔、月明千里〔二〕。誰相念、臙脂山下〔三〕，悲哉秋氣〔四〕。小立乍驚清露濕，孤眠最惜濃香膩。況夜烏啼絶四更頭，邊聲起。　消不盡，悲歌意；匀不盡，相思淚。想故園今夜，玉闌誰倚？青海不來如意夢〔五〕，紅箋暫寫違心字。道别來渾是不關心，東堂桂〔六〕。

【箋注】

〔一〕代：山西，燕，河北。此詞有「悲哉秋氣」之語，當作於康熙二十二年九月扈駕去山西五臺山時。

〔二〕見前二四二頁月上海棠（原頭野火燒殘碣）注〔四〕。

〔三〕臙脂山：亦作燕支山，在今甘肅省。杜審言贈蘇綰書記詩：「知君書記本翩翩，爲許從戎赴朔邊。紅粉樓中應計日，燕支山下莫經年。」

〔四〕宋玉九辯：「悲哉，秋之爲氣也。」

〔五〕青海：泛指邊地。

〔六〕唐李頻贈桂林友人詩：「君家桂林住，日伐桂枝炊。何事東堂樹，年年待一枝。」東堂桂：是以家中的某一具體事物作爲代表，以概其餘。此三句謂寫給家中的信上，只能違心地寫，由於公務繁忙，無暇思家之語。

## 又

爲問封姨〔一〕，何事却、排空卷地。又不是、江南春好，妒花天氣〔二〕。葉盡歸鴉棲未得，帶垂驚燕飄還起〔三〕。甚天公不肯惜愁人，添憔悴。　攬一霎，燈前睡；聽半晌，心如醉〔四〕。倩碧紗遮斷，畫屏深翠〔五〕。隻影淒清殘燭下，離魂縹緲秋空裏。總隨他泊粉與飄香〔六〕，真無謂。

【箋注】

〔一〕封姨：傳説中的風神。唐鄭還古博異記記崔玄微春夜遇諸女共飲，席間有封家十八姨。諸女爲花之精，封家十八姨爲風神。

〔二〕妒花天氣：謂春天天氣突然變壞，是由于妒忌花之故。朱淑真惜春詩：「連理枝頭花正開，妒花風雨便相催。」

〔三〕驚燕：畫軸裝裱後附上的兩個紙條，狀若垂帶，隨風飄動，以便驚走飛燕，免得污損字畫，故名。

〔四〕詩黍離：「行邁靡靡，中心如醉。」

〔五〕碧紗：碧紗窗。二句謂用畫着山水的屏風遮住碧紗窗，不讓風吹進來。

〔六〕泊粉、飄香：都指飄零的落花。宋盧祖皋江城子詞：「墜粉飄香，日日喚愁生。」

## 滿庭芳〔一〕

堠雪翻鴉〔二〕，河冰躍馬，驚風吹度龍堆〔三〕。陰燐夜泣〔四〕，此景總堪悲。待向中宵起舞，無人處、那有村雞〔五〕。只應是、金笳暗拍，一樣淚沾衣〔六〕。　須知今古事，棋枰勝負，翻覆如斯〔七〕。歎紛紛蠻觸〔八〕，回首成非。賸得幾行青史，斜陽下、斷碣殘碑。年華共、混同江水〔九〕，流去幾時回。

【校】

〔村雞〕詞雅作「荒雞」。

【箋注】

〔一〕詞中提到混同江，描寫的又是冬天景色，當作於康熙二十一年八月至十二月赴梭龍時。

〔二〕堠：古代瞭望敵情的土堡。

〔三〕龍堆：見前一五九頁南歌子（古戍飢烏集）注〔五〕。此泛指沙漠或邊地。

〔四〕陰燐：謂鬼火。元稹代曲江老人百韻詩：「破船沉古渡，戰鬼聚陰燐。」

〔五〕中宵起舞：見前二四頁生查子（短焰剔殘花）注〔四〕。

〔六〕宋洪皓江梅引詞：「更聽胡笳，哀怨淚沾衣。」暗拍：黑夜裏河水的拍擊聲。謂笳聲和水聲同樣使人悽然下淚。

〔七〕杜甫秋興八首其四：「聞道長安似奕棋，百年世事不勝悲。」

〔八〕莊子則陽：「有國於蝸之左角者，曰觸氏。有國於蝸之右角者，曰蠻氏。時相與爭地而戰，伏尸數萬。」後稱因小事而引起的爭端爲蠻觸之爭。

〔九〕大清一統志吉林一：「混同江，在吉林城東，今名松花江。源出長白山，北流會嫩江、黑龍江等江入海，即古粟末水也。」按滿族在明代分爲三大部族：建州女真、海西女真、野人女真。納蘭氏屬於海西女真的葉赫部。各部族之間經常互相殘殺。後建州女真的努爾哈赤翦平各部族，作者的高祖金台什戰敗，自焚而死。葉赫部世居混同江畔，因此這首詞不是一般的懷古；還包含着對自己的祖先在部族戰爭中被殘殺的隱痛。參考黃天驥納蘭性德和他的詞。

## 又　題元人蘆洲聚雁圖〔一〕

似有猿啼，更無漁唱，依稀落盡丹楓。濕雲影裏，點點宿賓鴻〔二〕。占斷沙洲寂寞〔三〕，寒潮上、一抹烟籠〔四〕。全不似、半江瑟瑟，相映半江紅〔五〕。楚天秋欲盡，荻花吹處，竟日冥濛。近黄陵祠廟〔六〕，莫采芙蓉〔七〕。我欲行吟去也，應難問、騷客遺蹤〔八〕。湘靈杳、一樽遥酹，還欲認青峯〔九〕。

【箋注】

〔一〕蘆洲：長着蘆葦的水中陸地。

〔二〕賓鴻：指暮秋仍未飛走的鴻雁。禮月令：「季秋之月……鴻雁來賓。」注：「言其客止未去也。」

〔三〕詩詞曲語辭匯釋卷三：「占斷，猶云占盡或占住。……僧仲殊念奴嬌詞詠荷花：『綷縩嬌春，鉛華掩晝，占斷鴛鴦浦。』」

〔四〕杜牧泊秦淮詩：「烟籠寒水月籠沙，夜泊秦淮近酒家。」

〔五〕瑟瑟：碧緑貌。白居易暮江吟：「一道殘陽鋪水中，半江瑟瑟半江紅。」

〔六〕黄陵廟：在湖南湘陰縣北。水經注三八湘水：「湖水西流逕二妃廟南，世謂之黄陵廟也。言大舜之陟方也，二妃從征，溺于湘江。……故民爲立祠于水側焉。」

〔七〕芙蓉：荷花的别名。古詩十九首之六：「涉江采芙蓉，蘭澤多芳草。」

〔八〕騷客：指屈原。屈原漁父：「屈原既放，遊於江潭，行吟澤畔，顔色憔悴。」

〔九〕湘靈：湘水之神。屈原遠遊：「使湘靈鼓瑟兮，令海若舞馮夷。」唐錢起湘靈鼓瑟詩：「曲終人不見，江上數峯青。」此三句謂湘水之神杳不可見，只能以杯酒遥祭。忽然想起錢起的湘靈鼓瑟詩來，所以又向畫上認看。

# 納蘭詞箋注卷四

## 水調歌頭 題西山秋爽圖〔一〕

空山梵唄静〔二〕，水月影俱沈。悠然一境人外，都不許塵侵。歲晚憶曾遊處，猶記半竿斜照，一抹映疎林。絶頂茅庵裏，老衲正孤吟。　雲中錫〔三〕，溪頭釣〔四〕，澗邊琴〔五〕。此生著幾兩屐〔六〕，誰識卧遊心〔七〕。準擬乘風歸去〔八〕，錯向槐安回首〔九〕，何日得投簪〔一〇〕。布襪青鞵約〔一一〕，但向畫圖尋。

【校】

〔映〕通本作「界」。

【箋注】

〔一〕西山：在北京西郊。

〔二〕梵唄：佛教作法事時的讚歎歌詠之聲。慧皎高僧傳十三經師論：「然天竺方俗，凡是歌詠法言，皆稱爲唄。至於此土，詠經則稱爲轉讀，歌讚則號爲梵唄。」

〔三〕錫：錫杖，亦稱禪杖，僧人所用。唐楊炯送旻上人詩序：「雲中振錫，有如鴻鵠之飛；水上乘杯，更似神仙之別。」

〔四〕水經注：「渭水之右，磻溪水注之。……水流次平石釣處，即太公垂釣之所也。」

〔五〕宋書隱逸傳：「衡陽王義季鎮京口，長史張邵與（戴）顒姻通，迎來，止黄鵠山。山北有竹林精舍，林澗甚美。顒憩於此澗，義季亟從之遊。顒服其野服，不改常度。爲義季鼓琴，並新聲變曲，其三調遊絃、廣陵、止息之流，皆與世異。」

〔六〕晉書阮孚傳：「初，祖約性好財，孚性好屐，同是累而未判其得失。有詣約，見正料財物，客至，屏當不盡，餘兩小簏，以著背後，傾身障之，意未能平。或有詣阮，正見自蠟屐，因自歎曰：『未知一生當著幾量屐！』神色甚閑暢。於是勝負始分。」

〔七〕卧遊：謂欣賞山水畫以代替遊覽。宋書隱逸傳：「（宗炳）有疾還江陵，歎曰：『老疾俱至，名山恐難偏覩，唯當澄懷觀道，卧以遊之。』凡所遊履，皆圖之於室。」

〔八〕乘風歸去：謂脱離宦海塵世。蘇軾水調歌頭詞：「我欲乘風歸去，又恐瓊樓玉宇，高處不勝寒。」

〔九〕槐安：唐李公佐南柯太守傳敍述淳于棼夢至槐安國，尚公主，任南柯太守，榮華富貴。後率師出征戰敗，公主亦死，遭國王疑忌，被遣歸。夢醒後，在庭前槐樹下尋得蟻穴，即夢中的槐安國。此句謂眼前富貴，只是一夢，回想起來都是錯的。

〔一〇〕投簪：丢掉固冠用的簪子，比喻棄官。南朝齊孔稚珪北山移文：「昔聞投簪逸海岸，今見解蘭縛塵纓。」

〔一一〕布襪青鞵：表示山野人的裝束。鞵，同鞋。杜甫奉先劉少府新畫山水障歌：「若耶溪，雲門寺，吾獨胡爲在泥滓？青鞋布襪從此始。」

## 又 題岳陽樓圖〔一〕

落日與湖水〔二〕，終古岳陽城。登臨半是遷客〔三〕，歷歷數題名。欲問遺蹤何處，但見微波木葉〔四〕，幾簇打魚罾〔五〕。多少別離恨，哀雁下前汀〔六〕。忽宜雨，旋宜月，更宜晴〔七〕。人間無數金碧〔八〕，未許著空明〔九〕。澹墨生綃譜就〔一〇〕，待倩橫拖一筆，帶出九疑青〔一一〕。彷彿瀟湘夜，鼓瑟舊精靈〔一二〕。

**【箋注】**

〔一〕岳陽樓：在湖南岳陽縣城西門上，始建於唐代，下瞰洞庭湖，爲著名風景地。

〔二〕湖水：指洞庭湖。

〔三〕遷客：貶謫在外省的人。范仲淹岳陽樓記：「遷客騷人，多會於此。」

〔四〕屈原九歌湘夫人：「嫋嫋兮秋風，洞庭波兮木葉下。」
〔五〕罾：魚網。
〔六〕汀：水中小洲。五代孟貫宿故人江居詩：「漁舟歸舊浦，鷗鳥宿前汀。」
〔七〕宋陳與義菩薩蠻詞：「南軒面對芙蓉浦，宜風宜月還宜雨。」
〔八〕金碧：見前三二頁浣溪沙（淚浥紅箋第幾行）注〔三〕。
〔九〕空明：明净透徹的湖水或天空。蘇軾海市詩：「東方雲海空復空，羣仙出没空明中。」此二句謂世間的金碧山水都無法表達這種明净透徹的景象。
〔一〇〕生綃：没有漂煮過的絲織品，可以作畫。王安石題惠崇畫詩：「方諸承水調幻藥，灑落生綃變寒暑。」譜，編排記録。釋名：「譜，布也，布列見其事也。」此處作繪畫解。
〔一一〕九疑：山名，在湖南寧遠縣南。水經注三八湘水：「蟠基蒼梧之野，峯秀數郡之間，羅巖九舉，各導一溪，岫壑負阻，異嶺同勢，遊者疑焉，故曰九疑山。」此二句謂還要請畫家横拖一筆，附帶畫出遠處的九疑山。
〔一二〕見前二五七頁滿庭芳（似有猿啼）注〔九〕。此二句謂這樣就可以彷彿表現出錢起湘靈鼓瑟詩中「曲終人不見，江上數峯青」的意境。

## 鳳凰臺上憶吹簫　除夕得梁汾閩中信因賦〔一〕

荔粉初裝〔二〕，桃符欲换〔三〕，懷人擬賦然脂〔四〕。喜螺江雙鯉〔五〕，忽展新詞。稠疊頻年離恨，匆匆裏、一紙難題。分明見、臨緘重發〔六〕，欲寄遲遲。心知。梅花佳句〔七〕，待粉郎香令〔八〕，再結相思〔九〕。記畫屏今夕，曾共題詩。獨客料應無睡，慈恩夢、那值微之〔一〇〕。重來日，梧桐夜雨，卻話秋池〔一一〕。

【校】

〔題〕瑤華集作「辛酉除夕得顧五閩中消息」。

〔荔粉三句〕瑤華集作「神燕慵圖，朱泥罷印，新詩待擬燃脂」。

〔忽展句〕瑤華集作「忽送相思」。

〔稠疊〕瑤華集作「惆悵」。

〔分明見二句〕瑤華集作「料應是、行人臨發，封又遲遲」。

〔心知〕瑤華集作「誰知」。

〔待〕瑤華集作「與」。

〔再結句〕瑤華集作「一樣淒迷」。

〔曾共二句〕瑤華集作「共賦絲雞，剔盡殘燈無焰」。

〔那值句〕瑤華集作「風又東西」。

〔秋池〕瑤華集作「桃谿」。

**【箋注】**

〔一〕顧貞觀（梁汾）於康熙二十年辛酉秋以母喪南歸，據瑶華集所題，當是作者是年除夕得信後所寫。顧五即顧貞觀。

〔二〕荔粉：宋元時洛陽風俗，用粉做荔枝，以迎新年。明瞿祐四時宜忌：「洛陽人家正月元旦造絲雞、蠟燕、粉荔枝。」清吴綺八節長歡戊申元旦詞：「荔粉桃符，餞將殘臘，催送新年。」

〔三〕桃符：畫神荼、鬱壘二神像的桃木板，舊俗於農曆元旦懸於門户，以驅鬼辟邪。荆楚歲時記：「正月一日……帖畫雞户上，懸葦索於其上，插桃符其旁，百鬼畏之。」

〔四〕然脂：點油燈。南朝陳徐陵玉臺新詠序：「於是燃脂冥寫，弄墨晨書。」

〔五〕螺江：一統志：「螺江在福州府西北。」雙鯉：見前一〇六頁采桑子（撥燈書盡紅箋也）注〔五〕。

〔六〕張籍秋思詩：「復恐匆匆説不盡，行人臨發又開封。」

〔七〕梅花佳句：可能指顧貞觀浣溪沙梅詞：「物外幽情世外姿，凍雲深護最高枝。小樓風月獨醒時。一片冷香惟有夢，十分清瘦更無詩。待他移影説相思。」「一片冷香」二句，作者後來在憶江南（新來好）詞中特意引用，見後三五六頁。

〔八〕粉郎：三國志魏志曹爽傳注引魏略，謂何晏喜修飾，粉白不去手。人稱「傅粉何郎」。柳永甘草子詞：「卻傍金籠共鸚鵡，念粉郎言語。」香令：襄陽記：「劉季和性愛香，謂張坦曰：

『荀令君（彧）至人家，坐幕三日香氣不歇。』」瑶華集詞中注云：「粉郎香令，梁汾集中語。」按顧貞觀望海潮詞云：「信書生薄命，自古而然。誰遣剛風，無端吹折到青蓮。品題真負當年。倩淚痕和酒，滴醒長眠。香令還家，粉郎依舊，知他一笑幽泉。慧業定生天。」顧詞可能是在納蘭性德死後寫的，香令、粉郎，是指兩個友人的外號。

〔九〕通本、張本句下注云：「辛稼軒客三山，有梅花相思之句。」按辛棄疾定風波三山送盧國華提刑約上元重來詞：「極目南雲無過雁，君看，梅花也解寄相思。」

〔一〇〕本事詩徵異第五：「元相公（微之）爲御史，鞫獄梓潼，時白尚書（居易）在京，與名輩遊慈恩，小酌花下，爲詩寄元，曰：『花時同醉破春愁，醉折花枝當酒籌。忽憶故人天際去，計程今日到梁州。』時元果及褒城，亦寄夢遊詩曰：『夢君兄弟曲江頭，也到慈恩院裏遊。驛吏喚人排馬去，忽驚身在古梁州。』千里神交，合若符契。友朋之道，不期至歟。」

〔一一〕李商隱夜雨寄北詩：「君問歸期未有期，巴山夜雨漲秋池。何當共翦西窗燭，却話巴山夜雨時。」

## 又　守歲〔一〕

錦瑟何年〔二〕，香屏此夕，東風吹送相思。記巡檐笑罷〔三〕，共撚梅枝。還向燭花影裏，催教看、燕蠟雞絲〔四〕。如今但、一編消夜〔五〕，冷暖誰知？　當時。歡娛見慣，道歲歲瓊筵，玉漏如斯。悵難尋舊約，枉費新詞。次第朱旛剪綵〔六〕，冠兒側、鬭轉蛾兒〔七〕。重驗取，盧郎青鬢，未覺春遲〔八〕。

【校】

〔燭〕原校：一作「燈」。張本、國朝詞綜作「燈」。

〔冠兒側鬭〕原校：一作「重簾畔又」。國朝詞綜作「重簾畔又」。

【箋注】

〔一〕守歲：農曆除夕，家人共坐，終夜不睡，送舊歲，迎新歲。

〔二〕錦瑟：瑟的美稱。李商隱錦瑟詩：「錦瑟無端五十絃，一絃一柱思華年。」後人以「錦瑟華年」喻青春歲月。賀鑄青玉案詞：「凌波不過橫塘路，但目送芳塵去，錦瑟華年誰與度。」錦瑟何年，是說回憶過去的美好時光，已記不得是在哪一年。

〔三〕巡檐：沿着屋檐看。見前二四三頁月上海棠（重檐澹月渾如水）注〔五〕。

〔四〕見前二六四頁鳳凰臺上憶吹簫（荔粉初裝）注〔二〕。

〔五〕一編消夜：用一本書來消磨夜間的時光。王次回燈夕悼感詩：「一編枯坐過三更。」

〔六〕次第：猶言接着，轉眼。程垓鳳棲梧詞：「莫恨年華容易過，人日嬉遊，次第連燈火。」

朱旛：立春日做的紅色或綵色小旗，亦叫春旛，插在頭上，或掛在樹枝上。宋吴自牧夢粱録立春：「街市以花裝欄，坐乘小春牛，及春旛、春勝，各相獻遺與貴家宅舍，示豐稔之兆。」翦綵：翦裁綵帛或綵紙。荆楚歲時記：「立春之日，悉翦綵爲燕戴之。」梅堯臣立春在元日詩：「綴條花翦綵，插户柳生烟。」

〔七〕鬭轉：猶云亂轉。宋康與之瑞鶴仙上元應制詞：「鬧蛾兒滿路，成團打塊，簇着冠兒鬭轉。」蛾兒：即鬧蛾兒，婦女翦綵爲花或蛺蝶草蟲戴在頭上的飾物。辛棄疾青玉案元夕詞：「蛾兒雪柳黄金縷，笑語盈盈暗香去。」此二句謂轉眼之間就到立春和元宵。

〔八〕唐詩紀事卷七十八：盧校書年暮，娶崔氏，結褵之後，爲詩曰：「不怨盧郎年紀大，不怨盧郎官職卑。自恨妾身生較晚，不及盧郎年少時。」此借以自指，謂你會覺得我年紀還不大呢。

## 金菊對芙蓉　上元〔一〕

金鴨消香〔二〕，銀虬瀉水〔三〕，誰家玉笛飛聲〔四〕。正上林雪霽〔五〕，鴛甃晶瑩〔六〕。魚龍舞罷香車杳〔七〕，賸尊前袖擁吴綾〔八〕。狂遊似夢，而今空記，密約燒燈〔九〕。追念往事難憑。歎火樹星橋〔一〇〕，回首飄零。但九逵烟月〔一一〕，依舊朧明。楚天一帶驚烽火〔一二〕，問今宵可照江城〔一三〕。小窗殘酒，闌珊燈灺〔一四〕，别自關情。

【校】

〔玉笛〕通本、張本作「夜笛」。

〔魚龍三句〕瑶華集作「鳳簫聲動魚龍舞，偏天街月影如冰。幽歡疑夢」。

〔袖擁〕通本、張本作「袖掩」。

〔空記〕瑶華集作「猶記」。

〔密約〕瑶華集作「嫩約」。

〔飄零〕瑶華集作「堪驚」。

〔朧明〕通本、張本作「籠明」。

〔楚天二句〕瑶華集作「錦江烽火連三月，與蟾光同照神京」。

〔别自句〕瑶華集作「紅淚偷零」。

【箋注】

〔一〕此詞描寫元宵燈火，而最後敍述對湖南友人的思念。該友人可能是張見陽。張見陽於康熙十八年秋被任爲湖南江華縣縣令，參閲前一五六頁菊花新注〔一〕。故此詞可能作於康熙十九年上元。此時清兵已收復湖南，但三藩之亂尚未完全結束。

〔二〕金鴨：銅製的鴨形香爐。戴叔倫春怨詩：「金鴨香消欲斷魂，梨花春雨掩重門。」

〔三〕銀虬：漏壺上金屬的龍形滴水口。王維送張舍人佐江州同薛據十韻詩：「清晨聽銀虯，薄暮辭金馬。」

〔四〕李白春夜洛城聞笛詩：「誰家玉笛暗飛聲，散入春風滿洛城。」

〔五〕上林：苑名，秦漢時所建，周圍三百里，苑中養禽獸，供皇帝春秋打獵。其地在今陝西長安、盩厔、鄠縣界。東漢的上林苑在今河南洛陽市東。此處指北京的宮苑。

〔六〕甃：井壁。鴛甃是指用鴛瓦砌的井壁。

〔七〕魚龍舞：古代變幻戲術。漢書西域傳贊：「作巴俞都盧、海中碭極、漫衍魚龍、角抵之戲以觀視之。」師古注：「魚龍者，爲舍利之獸。先戲於庭極，畢，乃入殿前激水，化成比目魚，跳躍漱水，作霧障日。畢，化成黄龍八丈，出水敖戲於庭，炫耀日光。」辛棄疾青玉案元夕詞：「鳳簫聲動，玉壺光轉，一夜魚龍舞。」

〔八〕吴綾：吴地産的絲織品名。新唐書地理志五：「明州餘姚郡……土貢吴綾。」明朱有燉宮詞：「内苑秋深天氣冷，越羅襂子换吴綾。」

〔九〕燒燈：參見前二五〇頁東風齊著力注〔四〕。宋朱淑真生查子詞：「去年元夜時，花市燈如晝。月上柳梢頭，人約黄昏後。」

〔一〇〕火樹星橋：形容元宵的燈火。蘇味道正月十五夜詩：「火樹銀花合，星橋鐵鎖開。」

〔一一〕九逵：都城的大路。三輔黄圖一引三輔決録：「長安城面三門，四面十二門，皆通達九逵，以相經緯。」

〔一二〕康熙十七年（一六七八）八月，吴三桂稱帝於衡州，不久病亡，部下又擁立其孫吴世璠爲帝，次年，清兵攻入湖南。作者在送張見陽令江華詩中也提到：「楚國連烽火，深知作吏難。」

〔一三〕江城：指江華縣城，在瀟水邊上。

〔一四〕燈炧：將燒盡的蠟燭。

## 琵琶仙　中秋〔一〕

碧海年年〔二〕，試問取冰輪〔三〕，爲誰圓缺。吹到一片秋香〔四〕，清輝了如雪。愁中看好天良夜〔五〕，争知道盡成悲咽。隻影而今，那堪重對，舊時明月。　花徑裏戲捉迷藏〔六〕，曾惹下蕭蕭井梧葉〔七〕。記否輕紈小扇〔八〕，又幾番涼熱。止落得填膺百感，總茫茫不關離别。一任紫玉無情〔九〕，夜寒吹裂〔一〇〕。

【校】

〔争知道〕原本作「知道」，據草堂嗣響補。

〔止落得〕通本、張本作「祇落得」。

【箋注】

〔一〕此詞有「隻影而今，那堪重對，舊時明月」及「又幾番涼熱」，可能作於作者的妻子盧氏死後兩三年的中秋節。

〔二〕碧海：見前一三一頁畫堂春注〔五〕。

〔三〕冰輪：指明月。朱慶餘十六夜月詩：「昨夜忽已過，冰輪始覺虧。」

〔四〕李賀金銅仙人辭漢歌：「畫欄桂樹懸秋香，三十六宮土花碧。」

〔五〕辛棄疾臨江仙詞：「好天良夜月團團。」

〔六〕元稹雜憶五首之三：「憶得雙文朧月下，小樓前後捉迷藏。」

〔七〕羅隱聽琴詩：「寒雨蕭蕭落井梧，夜深何處怨啼烏。」

〔八〕杜牧秋夕詩：「銀燭秋光冷畫屏，輕羅小扇撲流螢。」

〔九〕紫玉：古人截紫竹爲簫笛，故多以紫玉代稱。唐陳陶題僧院紫竹詩：「羽管吹紫玉。」

〔一〇〕逸史：「李謩者，開元中吹笛爲第一部。至越州。時州客同會鏡湖，邀李生吹之。李生捧笛聲發，座客皆更贊詠。會中有獨孤生者，乃無一言。又作一曲，更加妙絶，無不賞駭。獨孤生但微笑而已。李生曰：『公如是輕薄，爲復是好手。』取一笛拂拭以進。獨孤曰：『此入破必裂，得無悋惜否？』遂吹。聲發入雲，四座震慄。及入破，笛遂敗裂，不復終曲。」

## 御帶花 重九夜

晚秋却勝春天好，情在冷香深處〔一〕。朱樓六扇小屏山〔二〕，寂寞幾分塵土〔三〕。

虯尾烟消〔四〕，人夢覺、碎蟲零杵。便强説歡娱，總是無憀心緒。轉憶當年，消受盡皓腕紅萸〔五〕，嫣然一顧。如今何事，向禪榻茶烟〔六〕，怕歌愁舞〔七〕。玉粟寒生〔八〕，且領略月明清露。歎此際凄涼，何必更滿城風雨〔九〕。

【箋注】

〔一〕冷香：指各種清香的花。此處指菊花。唐王建野菊詩：「晚豔出荒籬，冷香著秋衣。」

〔二〕顧敻玉樓春詞：「拂水雙飛來去燕，曲檻小屏山六扇。」

〔三〕蘇軾水龍吟詞：「春色三分，二分塵土，一分流水。」

〔四〕虯：龍形的香爐。毛滂滿庭芳詞：「翠袖風回畫扇，拂香篆、虯尾斜横。」

〔五〕皓腕：雪白的手。韋莊菩薩蠻詞：「壚邊人似月，皓腕凝雙雪。」紅萸：紅色的茱萸。古代風俗，重陽節佩戴茱萸，以祛邪避災。趙長卿念奴嬌客豫章秋雨懷歸詞：「白酒紅萸，黄花緑橘，莫等閒辜負。」

〔六〕杜牧題禪院詩：「今日鬢絲禪榻畔，茶烟輕颺落花風。」

〔七〕陸游朝中措詞：「怕歌愁舞懶逢迎。」

〔八〕玉粟：謂皮膚因寒冷而生顆粒。蘇軾雪後書北臺壁二首之二：「凍合玉樓寒起粟，光摇銀海眩生花。」

〔九〕宋潘大臨詩句：「滿城風雨近重陽。」

## 念奴嬌

人生能幾〔一〕？總不如休惹、情條恨葉〔二〕。剛是尊前同一笑〔三〕，又到別離時節。燈灺挑殘，爐烟爇盡，無語空凝咽〔四〕。一天涼露，芳魂此夜偷接〔五〕。怕見人去樓空〔六〕，柳枝無恙，猶掃窗間月。無分暗香深處住，悔把蘭襟親結〔七〕。尚暖檀痕〔八〕，猶寒翠影，觸緒添悲切。愁多成病，此愁知向誰説？

【校】

〔調〕通本、張本、袁本作「百字令」，以下幾闋同。

〔總不如句〕原校：一作「才一番好夢、烟雲無迹」。

〔尊前同一笑〕原校：一作「心情凋落後」。

〔暗〕原校：一作「和」。昭代作「和」。張本、袁本、汪本作「香」，疑誤。

【箋注】

〔一〕韋莊菩薩蠻詞：「遇酒且呵呵，人生能幾何？」

〔二〕宋洪瑹水龍吟詞：「念平生多少，情條恨葉，鎮長使、芳心困。」

〔三〕王次回續游十二首之一：「又到尊前一笑同，履綦經月斷過從。」
〔四〕柳永雨霖鈴詞：「執手相看淚眼，竟無語凝咽。」
〔五〕史達祖醉落魄詞：「雨長新寒，今夜夢魂接。」
〔六〕辛棄疾念奴嬌詞：「樓空人去，舊游飛燕能説。」
〔七〕蘭襟，見前一一〇頁采桑子（明月多情應笑我）注〔二〕。
〔八〕檀痕：香粉痕。

## 又〔一〕

綠楊飛絮，歎沈沈院落、春歸何許〔二〕？盡日緇塵吹綺陌，迷却夢遊歸路。世事悠悠，生涯非是，醉眼斜陽暮。傷心怕問，斷魂何處金鼓〔三〕？　夜來月色如銀〔四〕，和衣獨擁〔五〕，花影疎窗度。脈脈此情誰得識〔六〕？又道故人別去。細數落花〔七〕，更闌未睡，別是閒情緒。聞余長歎，西廊唯有鸚鵡〔八〕。

【校】

〔綠楊〕瑶華集、篋中詞作「楊花」。
〔院落〕瑶華集、篋中詞作「庭院」。

〔何許〕瑶華集作「何處」。
〔緇塵吹〕瑶華集作「黄塵飄」，篋中詞作「黄塵飛」。
〔非是〕袁本作「未是」，瑶華集、篋中詞作「泛泛」。
〔斷魂〕瑶華集、篋中詞作「斷腸」。
〔夜來〕瑶華集作「夜丙」，篋中詞作「夜雨」。按「來」字平仄不叶。
〔獨擁〕瑶華集、篋中詞作「高卧」。
〔疎窗度〕瑶華集、篋中詞作「斜街度」。
〔閒情緒〕瑶華集、篋中詞作「愁情緒」。
〔聞余〕瑶華集、篋中詞作「聞人」。

【箋注】

〔一〕此詞有「斷魂何處金鼓」及「又道故人别處」之句，故人可能指張純修。張純修於康熙十八年任湖南江華縣令，時三藩之亂尚未平息。此詞可能作於十九年暮春。

〔二〕何許：猶言何處。李白楊叛兒詩：「何許最關人？烏啼白門柳。」宋黄庭堅清平樂詞：「春歸何處？寂寞無行路。」

〔三〕金鼓：軍中用器。金指金鉦，用以止衆，鼓用以進衆。此借指戰爭。

〔四〕蘇軾行香子詞：「清夜無塵，月色如銀。」

〔五〕秦觀桃源憶故人詞：「羞見枕衾鴛鳳，悶即和衣擁。」

〔六〕辛棄疾摸魚兒詞：「千金縱買相如賦，脈脈此情誰訴？」誰得識，猶言誰能識。

〔七〕王安石北山詩：「細數落花因坐久，緩尋芳草得歸遲。」

〔八〕李商隱無題四首之四：「歸來展轉到五更，梁間燕子聞長歎。」

## 又 廢園有感

片紅飛減〔一〕，甚東風不語、只催漂泊。石上膩脂花上露〔二〕，誰與畫眉商略〔三〕。碧甃瓶沈〔四〕，紫錢釵掩〔五〕，雀踏金鈴索〔六〕。韶華如夢，爲尋好夢擔閣。又是金粉空梁，定巢燕子〔七〕，滿地香泥落〔八〕。欲寫華箋憑寄與，多少心情難托。梅豆圓時〔九〕，柳緜飄處，失記當時約。斜陽冉冉〔一〇〕，斷魂分付殘角〔一一〕。

【校】

〔題〕瑶華集無「有感」二字。

〔甚〕瑶華集作「正」。

〔空梁〕瑶華集作「梁空」。

〔滿地〕通本、張本、袁本、篋中詞作「一口」，瑶華集作「一點」。

〔華箋〕篋中詞作「雲箋」。
〔心情〕瑶華集作「人情」。
〔失記〕原校：一作「空覓」。詞綜作「空覓」。
〔當時約〕通本、張本、篋中詞作「當初約」。

【箋注】

〔一〕杜甫曲江二首之一：「一片花飛減却春，風飄萬點正愁人。」
〔二〕臙脂：指落花。杜甫曲江對雨詩：「林花著雨燕脂濕，水荇牽風翠帶長。」
〔三〕商略：商討。姜夔點絳唇詞：「數峯清苦，商略黄昏雨。」
〔四〕杜甫銅瓶詩：「亂後碧井廢，時清瑶殿深。銅瓶未失水，百丈有哀音。側想美人意，應非寒甃沉。蛟龍半缺落，猶得折黄金。」
〔五〕紫錢：青紫色而形圓的苔蘚。李賀過華清宫詩：「雲生朱絡暗，石斷紫錢斜。」
〔六〕金鈴索：見前一三七頁朝中措注〔六〕。金鈴本用以驚雀。今雀踏鈴索，表示已無人在。
〔七〕周邦彦瑞龍吟詞：「愔愔坊陌人家，定巢燕子，歸來舊處。」
〔八〕隋薛道衡昔昔鹽詩：「暗牖懸蛛網，空梁落燕泥。」
〔九〕梅豆：指梅子。歐陽修漁家傲詞：「葉間梅子青如豆。」元馬臻詩：「午睡醒來春事晚，枝頭梅豆已生仁。」

〔一〇〕周邦彥蘭陵王詞：「漸别浦縈迴，津堠岑寂，斜陽冉冉春無極。」

〔一一〕毛滂惜分飛詞：「今夜山深處，斷魂分付潮回去。」

## 又　宿漢兒村〔一〕

無情野火，趁西風燒徧、天涯芳草。榆塞重來冰雪裏〔二〕，冷入鬢絲吹老。牧馬長嘶，征笳互動〔三〕，併入愁懷抱。定知今夕，庾郎瘦損多少〔四〕。　便是腦滿腸肥〔五〕，尚難消受，此荒烟落照。何況文園憔悴後〔六〕，非復酒壚風調〔七〕。回樂峯寒〔八〕，受降城遠〔九〕，夢向家山繞。茫茫百感，憑高唯有清嘯。

【校】

〔互動〕通本、張本、昭代作「亂動」。

【箋注】

〔一〕按詞中描寫的是秋冬景色，且曰「榆塞重來」，可知是指作者於康熙二十一年八月至十二月隨副都統郎談赴梭龍時第二次至山海關，故應繫於該年八、九月份。漢兒村，今爲河北省遷西縣漢兒莊鄉。

〔二〕榆塞：指榆關，即山海關。大清一統志永平府二山海關：「按明統志云，榆關在撫寧縣東二十里，徐達移於東界，改名山海。」在今河北省秦皇島市。

〔三〕漢李陵答蘇武書：「胡笳互動，牧馬悲鳴。」

〔四〕庾郎：指庾信。參見前二八頁點絳唇對月注〔三〕。

〔五〕腦滿腸肥：言生活舒適而無所用心。北齊書琅玡王儼傳：「（斛律光）執其手，强引以前，請帝曰：『琅玡王年少，腸肥腦滿，輕爲舉措。長大自不復然，願寬其罪。』」

〔六〕文園：指司馬相如。見前二一三頁臨江仙（緑葉成陰春盡也）注〔六〕。

〔七〕史記司馬相如列傳：「相如與（文君）俱之臨邛，盡賣其車騎，買一酒舍酤酒，而令文君當鑪。相如身自著犢鼻褌，與保庸雜作，滌器於市中。」

〔八〕回樂峯：在回樂縣境内。回樂縣唐屬靈州，在今寧夏靈武西南。

〔九〕受降城：舊唐書張仁愿傳：「（神龍三年）時突厥默啜盡衆西擊突騎施娑葛，仁愿請乘虚奪取漢南之地，於河北築三受降城，首尾相應，以絶其南寇之路。……以拂雲祠爲中城，與東西兩城相去各四百餘里。」按中受降城在今内蒙古包頭市西，東受降城在今托克托南，西受降城在今杭錦後旗烏加河北岸。唐李益夜上受降城聞笛詩：「回樂峯前沙似雪，受降城外月如霜。」此處泛指邊塞。

## 東風第一枝　桃花

薄劣東風〔一〕，淒其夜雨〔二〕，曉來依舊庭院〔三〕。多情前度崔郎，應歎去年人面〔四〕。湘簾乍捲，早迷了、畫梁棲燕。最嬌人清曉鶯啼，飛去一枝猶顫。背山郭、黄昏開徧。想孤影、夕陽一片〔五〕。是誰移向亭皋〔六〕，伴取暈眉青眼〔七〕。五更風雨，算減却、春光一綫〔八〕。傍荔牆牽惹游絲〔九〕，昨夜絳樓難辨〔一〇〕。

【校】

〔算減却〕瑶華集作「莫減却」。

【箋注】

〔一〕薄劣：情愛少，猶言無情。張元幹踏莎行詞：「薄劣東風，夭斜落絮，明朝重覓吹笙路。」

〔二〕淒其：寒涼。詩緑衣：「絺兮綌兮，淒其以風。」

〔三〕晏幾道碧牡丹詞：「月痕依舊庭院。」

〔四〕前度崔郎：博陵崔護，清明日獨遊都城南，得居人莊，叩門求飲。有女子以盂水至，開門設牀命坐。獨倚小桃斜柯佇立，而意屬殊厚。……崔辭去，送至門，如不勝情而入。崔亦睠盼而歸，自後絶不復至。及來歲清明日，忽思之，情不可抑。逕往尋之，門牆如故，而已鎖扃之。因題詩於左扉曰：「去年今日此門中，人面桃花相映紅。人面衹今何處去，桃花依舊笑春風。」見唐孟棨本事詩。

〔五〕明馮小青詩：「夕陽一片桃花影，知是亭亭倩女魂。」

〔六〕亭皐：水邊平地。王安石移桃花示俞秀老詩：「枝柯蔫綿花爛熳，美錦千兩敷亭皐。」

〔七〕暈眉：模糊的淡眉，喻柳葉。韋莊女冠子詞：「依舊桃花面，頻低柳葉眉。」青眼，初生柳葉細長如眼，因稱柳眼。宋葛長庚蝶戀花詞：「管領風光誰是伴，一堤楊柳開青眼。」

〔八〕王建宫詞：「樹頭樹底覓殘紅，一片西飛一片東。自是桃花貪結子，錯教人恨五更風。」

〔九〕荔牆：謂攀附着薜荔的牆。

〔一〇〕絳樓：紅樓。此句謂夜間紅色的桃花和紅色的樓臺連成一片，幾乎分辨不清。

## 秋水　聽雨

按此調譜律不載，疑亦自度曲。

誰道破愁須仗酒〔一〕，酒醒後，心翻醉。正香消翠被〔二〕，隔簾驚聽，那又是點點絲絲和淚。憶翦燭幽窗小憩〔三〕。嬌夢垂成，頻喚覺一眶秋水。　依舊亂蛩聲裏，短檠明滅〔四〕，怎教人睡。想幾年蹤跡，過頭風浪，只消受一段橫波花底〔五〕。向擁髻燈前提起〔六〕。甚日還來，同領略夜雨空階滋味〔七〕。

【校】

〔按語〕通本、張本無，汪本「疑亦」作「或亦」。

〔仗〕原校：一作「是」。

【箋注】

〔一〕趙長卿南鄉子詞：「誰道破愁須仗酒，君看。酒到愁多破亦難。」

〔二〕李清照念奴嬌詞：「被冷香消新夢覺，不許愁人不起。」

〔三〕翦燭：見前二四一頁青玉案（東風捲地飄榆莢）注〔五〕。

〔四〕檠：燈架。韓愈短燈檠歌：「長檠八尺空自長，短檠二尺便且光。」借指燈。范仲淹御街行詞：「殘燈明滅枕頭攲，諳盡孤眠滋味。」

〔五〕此句謂幾年來勞苦所得的補償，僅是妻子在花下的眼波一顧。

〔六〕擁髻：見前二四二頁月上海棠（重檐澹月渾如水）注〔六〕。

〔七〕南朝梁何遜從鎮江州與遊故別詩：「夜雨滴空階，曉燈離暗室。」

## 木蘭花慢 立秋夜雨，送梁汾南行〔一〕

盼銀河迢遞〔二〕，驚入夜，轉清商〔三〕。乍西園蝴蝶〔四〕，輕翻麝粉〔五〕，暗惹蜂黄〔六〕。炎涼。等閒瞥眼〔七〕，甚絲絲點點攪柔腸。應是登臨送客〔八〕，别離滋味重嘗。疑將。水墨罨疏窗〔九〕。孤影澹瀟湘〔一〇〕。倩一葉高梧〔一一〕，半條殘燭〔一二〕，做盡商量。荷裳〔一三〕。被風暗翦，問今宵誰與蓋鴛鴦〔一四〕。從此羈愁萬疊〔一五〕，夢回分付啼螿〔一六〕。

**【校】**

〔罨〕原校：一作「畫」。通本、張本、袁本作「畫」。

〔做盡〕詞雅作「作盡」。

**【箋注】**

〔一〕梁汾：顧貞觀號。康熙二十年秋，顧以母喪南歸。本詞當作於此時。作者另有送梁汾詩：「西窗涼雨過，一燈乍明滅。……秋風吹蓼花，清淚忽成血。」亦作於同時。

〔二〕迢遞：高遠貌。曾覿瑞鶴仙詞：「銀河迢遞，種玉羣仙，共驂鸞鶴。」

〔三〕清商：按古代陰陽五行之説，商、秋均屬金，故詩詞中常以商代秋。清商即清秋。此處指秋風或秋雨。晉潘岳悼亡詩：「清商應秋至，溽暑隨節闌。」

〔四〕李白長干行詩：「八月蝴蝶黄，雙飛西園草。」

〔五〕麝粉：指蝴蝶翅膀上的粉。麝，謂帶有香氣。

〔六〕蜂黄：見前二四八頁洞仙歌注〔九〕。

〔七〕瞥眼：猶轉眼，比喻時間飛逝。杜甫解憂詩：「呀坑瞥眼過，飛櫓本無蒂。」

〔八〕登臨：登山臨水。宋玉九辯：「憭慄兮若在遠行，登山臨水兮送將歸。」

〔九〕罨：覆蓋。

〔一〇〕謂窗上雨痕：如一般屏風上所畫的瀟湘景色。賀鑄減字浣溪沙詞：「一屏烟景畫瀟湘。」元黄溍水仙圖詩：「歲晏高堂空四壁，一簾烟雨夢瀟湘。」

〔一一〕李白贈别舍人弟臺卿之江南詩：「梧桐落金井，一葉飛銀牀。」

〔一二〕五代尹鶚臨江仙詞：「紅燭半條殘焰短，依稀暗背銀屏。枕前何事最傷情？梧桐葉上，點點露珠零。」

〔一三〕荷裳：指荷葉。唐韓翃送客歸江州詩：「風吹山帶遥知雨，露濕荷裳已報秋。」

〔一四〕鄭谷蓮葉詩：「多謝浣溪人不折，雨中留得蓋鴛鴦。」

〔一五〕金趙秉文詩：「一溪春水關何事，皺作風前萬疊愁。」

〔一六〕啼螿：悲鳴的寒蟬。唐貫休經棲白舊院二首之一：「殘花飄暮雨，枯葉蓋啼螿。」

## 水龍吟　題文姬圖〔一〕

須知名士傾城〔二〕，一般易到傷心處。柯亭響絶〔三〕，四絃才斷〔四〕，惡風吹去〔五〕。

萬里他鄉，非生非死〔六〕，此身良苦。對黃沙白草〔七〕，嗚嗚卷葉〔八〕，平生恨，從頭譜〔九〕。　應是瑶臺伴侶〔一〇〕。只多了、氈裘夫婦〔一一〕。嚴寒觱篥〔一二〕，幾行鄉淚，應聲如雨。尺幅重披〔一三〕，玉顔千載，依然無主〔一四〕。怪人間厚福，天公儘付，癡兒騃女〔一五〕。

【箋注】

〔一〕文姬：後漢書列女傳：「陳留董祀妻者，同郡蔡邕之女也，名琰，字文姬。博學有才辯，又妙於音律。適河東衛仲道。夫亡無子，歸寧于家。興平中，天下喪亂，文姬爲胡騎所獲，没於南匈奴左賢王，在胡十二年，生二子。曹操素與邕善，痛其無嗣，乃遣使者以金璧贖之，而重嫁於祀。……後感傷亂離，追懷悲憤，作詩二章。」琴曲歌辭胡笳十八拍相傳亦爲琰所作。後世多有以此内容作畫者。

〔二〕名士：有才名的讀書人。傾城：指美女。

〔三〕柯亭：在浙江會稽。後漢書蔡邕列傳：「（邕）乃亡命江海，遠跡吴會。」注：張騭文士傳曰：「邕告吴人曰：『吾昔嘗經會稽高遷亭，見屋椽竹東間第十六可以爲笛。』取用，果有異聲。」伏滔長笛賦序云：「柯亭之觀，以竹爲椽，邕取爲笛，奇聲獨絶。」柯亭響絶，表示蔡邕已去世。

〔四〕四絃才：指蔡文姬精于音律。後漢書列女傳引劉昭幼童傳：「邕夜鼓琴，絃絶。琰曰：『第二絃。』邕曰：『偶得之耳。』故斷一絃問之，琰曰：『第四絃。』並不差謬。」

〔五〕此句指文姬在戰亂中被擄。

〔六〕蔡琰悲憤詩：「欲死不能得，欲生無一可。」吴偉業悲歌贈吴季子詩：「山非山兮水非水，生非生兮死非死。」

〔七〕唐李嘉祐送崔夷甫員外和蕃詩：「經春逢白草，盡日度黄沙。」

〔八〕卷葉：笳又名葭，原爲古代西北少數民族所用吹奏樂器。起初卷蘆葉爲之，後改用蘆管、竹管製成。白居易楊柳枝詞：「剥條盤作銀杯樣，卷葉吹爲玉笛聲。」

〔九〕指蔡琰作胡笳十八拍。

〔一〇〕瑶臺：神仙所居之地。晉王嘉拾遺記：「崑崙山……傍有瑶臺十二，各廣千步，皆五色玉爲臺基。」

〔一一〕胡笳十八拍：「氈裘爲裳兮骨肉震驚，羯羶爲味兮枉遏我情。」二句謂文姬本該成爲漢家貴族的配偶，不料却爲胡人所得，徒然增加了一對身穿氈裘的夫妻。

〔一二〕觱篥：古樂器，狀似胡笳。

〔一三〕尺幅：指畫卷。披：翻開，翻閲。此句謂重看此畫。

〔一四〕胡笳十八拍：「天災國亂兮人無主，唯我薄命兮没戎虜。」

〔一五〕癡兒騃女：無知的少男少女。宋宋自遜賀新郎七夕詞：「巧拙豈關今夕事，奈癡兒騃女流傳謬。」

## 又　再送蓀友南還〔一〕

人生南北真如夢，但卧金山高處〔二〕。白波東逝，鳥啼花落〔三〕，任他日暮。別酒盈觴，一聲將息〔四〕，送君歸去。便烟波萬頃，半帆殘月，幾回首，相思否。可憶柴門深閉，玉繩低〔五〕、翦燈夜語〔六〕。浮生如此，別多會少〔七〕，不如莫遇。愁對西軒，荔牆葉暗，黄昏風雨。更那堪幾處，金戈鐵馬〔八〕，把凄凉助。

【箋注】

〔一〕此詞語多酸楚，與嚴所作進士納蘭君哀詞「歲四月，余以將歸，入辭容若，時坐無餘人，相與敍生平聚散，究人事之終始。語有所及，愴然傷懷」，及作者送蓀友、暮春別嚴四蓀友二詩内容一致，當作於康熙二十四年四月嚴第二次南歸時。前已作二詩，故曰「再送」。參見前六一頁浣溪沙（藕蕩橋邊理釣筩）注〔一〕。

〔二〕金山：大清一統志鎮江府一：「金山，在丹徒縣西北七里大江中。周必大雜誌：『此山大江環繞，每風四起，勢欲飛動，故南朝謂之浮玉。』」

〔三〕宋吕渭老滿路花詞：「鳥啼花落，春信倩誰傳？」

〔四〕將息：見前一五三頁荷葉盃（簾捲落花如雪）注〔五〕。

〔五〕玉繩：星名。春秋元命苞：「玉衡北兩星爲玉繩。」李商隱寄令狐學士詩：「曉飲豈知金掌迥，夜吟應訝玉繩低。」

〔六〕史達祖綺羅香詠春雨詞：「記當日、門掩梨花，翦燈深夜語。」

〔七〕宋葛立方滿庭芳詞：「須念離多會少，難輕負、百榼霞漿。」

〔八〕康熙二十四年一月至四月，因俄人騷擾北邊，派都統公彭春、都統郎談與俄軍在黑龍江上遊雅克薩城交戰。

## 齊天樂　上元

闌珊火樹魚龍舞〔一〕，望中寶釵樓遠〔二〕。韎鞨餘紅，琉璃賸碧〔三〕，待屬花歸緩緩〔四〕。寒輕漏淺。正乍斂烟霏，隕星如箭〔五〕。舊事驚心，一雙蓮影藕絲斷〔六〕。莫恨流年似水〔七〕，恨消殘蝶粉〔八〕，韶光忒賤〔九〕。細語吹香〔一〇〕，暗塵籠鬢〔一一〕，都逐曉風零亂〔一二〕。闌干敲徧〔一三〕。問簾底纖纖，甚時重見〔一四〕？不解相思，月華今夜滿〔一五〕。

【校】

〔調〕通本、張本、袁本作「臺城路」，下二闋同。

〔似〕原校：一作「逝」。通本、張本、袁本、昭代作「逝」。

【箋注】

〔一〕火樹：比喻輝煌的燈火。晉傅玄朝會賦：「華燈若乎火樹，熾百枝之煌煌。」蘇味道正月十五夜詩：「火樹銀花合，星橋鐵鎖開。」魚龍舞：見前二六九頁金菊對芙蓉注〔七〕。

〔二〕寶釵樓：漢武帝時建造，故址在今陝西咸陽市。此處泛指酒樓。

〔三〕靺鞨、琉璃：均爲寶石名。舊唐書卷十肅宗紀：「楚州刺史崔侁獻定國寶玉十三枚：……七曰紅靺鞨，大如巨栗，赤如櫻桃。」琉璃，本名璧流璃，又稱作流離。漢書西域傳注：「孟康曰：『流離青色如玉。』」此二句形容燈火漸稀。

〔四〕蘇軾陌上花引：「游九仙山，聞里中兒歌陌上花。父老云：吴越王妃每歲春必歸臨安，王以書遺妃曰：『陌上花開，可緩緩歸矣。』吴人用其語爲歌，含思宛轉，聽之淒然。」此句謂游人慢慢地歸家。

〔五〕隕星：此處指烟火。辛棄疾青玉案元夕詞：「東風夜放花千樹。更吹落，星如雨。」

〔六〕一雙蓮影：指女子纖足，即下文簾底纖纖也。藕絲斷：指所約女子不再來也。

〔七〕湯顯祖牡丹亭驚夢：「則爲你如花美眷，似水流年。」

〔八〕蝶粉：蝴蝶翅上的粉。消殘蝶粉，指春色易逝。

〔九〕湯顯祖牡丹亭遊園：「錦屏人忒看得韶光賤。」

〔一〇〕吹香：指女子説話時口中發出的香氣。東漢郭憲洞冥記卷四：「（漢武）帝所幸宫人名麗娟，年十四，玉膚柔軟，吹氣勝蘭。」

〔一一〕暗塵：夜間看不清的塵霧。蘇味道正月十五夜詩：「暗塵隨馬去，明月逐人來。」

〔一二〕宋盧炳冉冉雲詞：「拚對花、滿把流霞頻勸，怕逐東風零亂。」此句謂當年情事僅剩零星回憶。

〔一三〕周邦彦感皇恩詞：「綺窗依舊，敲遍闌干誰應？斷腸明月下，梅摇影。」

〔一四〕簾底纖纖：指簾下露出的女子纖足。辛棄疾念奴嬌詞：「聞道綺陌東頭，行人曾見，簾底纖纖月。」作者與該女於上元時嘗有約會，鵲橋仙（夢來雙倚）詞云：「前期總約上元時，怕難認飄零人物。」可參閲。

〔一五〕周邦彦水調歌頭詞：「今夕月華滿，銀漢瀉秋寒。」

## 又　洗妝臺懷古〔一〕

六宫佳麗誰曾見〔二〕，層臺尚臨芳渚。露脚斜飛〔三〕，虹腰欲斷〔四〕，荷葉未收殘雨。添妝何處，試問取雕籠，雪衣分付〔五〕。一鏡空濛，鴛鴦拂破白蘋去。相傳內家結束〔六〕，有帊裝孤穩，韡縫女古〔七〕。冷豔全消，蒼苔玉匣，翻出十眉遺譜〔八〕。人間朝暮。看臙粉亭西〔九〕，幾堆塵土。只有花鈴，綰風深夜語。

**【校】**

〔調〕詞雅作「臺城路」。

〔題〕詞雅作「遼后洗妝臺」。

**【箋注】**

〔一〕北京北海公園的瓊華島，相傳爲遼后洗妝臺故址。大清一統志京師二：「瓊華島，在西苑太液池上。……蔣一葵堯山堂外紀：『金章宗爲李宸妃建梳妝臺於都城東北隅，今瓊華島即其故蹟。目爲遼后梳妝臺，誤。』」此題材當時作者甚多，有朱彝尊臺城路遼后洗妝臺、曹貞吉臺城路遼后洗妝樓、嚴繩孫臺城路蕭后妝樓、顧貞觀臺城路梳妝臺懷古、陳維崧齊天樂遼后妝臺，唯高士奇臺城路苑西梳妝樓懷古下有「和成容若」語，可能是性德首唱，其餘諸人先後和作。

〔二〕白居易長恨歌：「回眸一笑百媚生，六宮粉黛無顏色。」又：「後宮佳麗三千人，三千寵愛在一身。」

〔三〕露脚：謂殘露。李賀李憑箜篌引：「吴質不眠倚桂樹，露脚斜飛溼寒兔。」

〔四〕虹腰：虹的中部。楊奐通濟橋詩：「月魄半輪沉水底，虹腰千尺駕雲間。」

〔五〕雪衣：指白鸚鵡。見前一六頁相見歡（落花如夢淒迷）注〔四〕。

〔六〕内家：封建時代皇宫稱大内，故也稱内家。王建宫詞：「盡送春毬出内家，記巡傳把一枝花。」亦指宫女。

〔七〕王鼎焚椒録：「清寧元年十二月戊子册爲皇后，……宫中爲語曰：『孤穩壓帕女古鞢，菩薩唤作耨斡麽。』蓋言以玉飾首，以金飾足，以觀音作皇后也。」

〔八〕玉匣：玉製之匣，以貯藏珍物。十眉：見前三二頁浣溪沙（淚浥紅箋第幾行）注〔四〕。

〔九〕清高士奇金鰲退食筆記：「臙粉亭，在荷葉殿稍西，后妃添妝之所也。」

【附】

## 臺城路　苑西梳妝樓懷古和成容若

高士奇

雕闌幾曲層臺上，舊是廣寒宫宇。綺綴迎風，珠錢漏月，想見玉虹金露舊有玉虹金露亭及荷葉殿。穠華無據。但錦石生苔，秋花點土。豔粉香脂，珮環聲作疏疏雨。堆雲橋外徙倚，尚澄湖一片，晚霞孤鶩。雁柱調絃，鸞箋寫怨，無限當年情緒。長安砧杵。共蟋蟀悲吟，惹人詞賦。繫馬垂楊，依稀聽梵語。

## 又　塞外七夕〔一〕

白狼河北秋偏早〔二〕，星橋又迎河鼓〔三〕。清漏頻移，微雲欲濕，正是金風玉露〔四〕。兩眉愁聚。待歸踏榆花，那時才訴〔五〕。只恐重逢，明明相視更無語。人間別離無數。向瓜果筵前〔六〕，碧天凝竚。連理千花，相思一葉〔七〕，畢竟隨風何處。羈棲良苦。算未抵空房，冷香啼曙〔八〕。今夜天孫〔九〕，笑人愁似許〔一〇〕。

**【校】**

〔瓜果筵前〕原校：一作「堆筵瓜果」。袁本、篋中詞作「堆筵瓜果」。

**【箋注】**

〔一〕據清實録，康熙二十二年六月，「丁亥，上出古北口」避暑，至七月中旬，「甲午，上奉太皇太后回京」。又二十三年五月，「丁亥，上出古北口駐蹕」，至七月下旬，「戊申，上回宮」。兩次都在塞外度過七夕。又據徐乾學所作作者墓誌銘，康熙兩次出行，納蘭均扈從在側。此詞作於二十二年還是二十三年，未能確定。作者又有浣溪沙（已慣天涯莫浪愁）詞，詞中有「笑人寂寂有牽牛」之語，當亦作於此二年中之七夕。

〔二〕白狼河：見前九六頁卜算子（塞草晚才青）注〔六〕。按作者七月份未去過遼寧，故此句

「白狼河北」只是泛指邊地。

〔三〕星橋：銀河之橋，即神話中的鵲橋。李商隱七夕詩：「鸞扇斜分鳳幄開，星橋横過鵲飛迴。」河鼓：又名黄姑，天鼓，俗稱牛郎星。爾雅：「河鼓謂之牽牛。」

〔四〕李商隱辛未七夕詩：「由來碧落銀河畔，可要金風玉露時。清漏漸移相望久，微雲未接過來遲。」

〔五〕曹唐織女懷牽牛詩：「欲將心向仙郎説，借問榆花早晚秋。」

〔六〕見前一九八頁鵲橋仙（乞巧樓空）注〔二〕。

〔七〕見後三一五頁金縷曲（酒涴青衫卷）注〔六〕。

〔八〕三句謂自己羈留塞外雖然很苦，還抵不上妻子獨守空房，在已冷却的香烟中流淚到天明之苦。

〔九〕天孫：即織女星。史記天官書：「河鼓大星……其北織女。織女，天女孫也。」索隱：「織女，天孫也。」

〔一〇〕陳伏知道爲王寬與婦義安主書：「當令照影雙來，一鸞羞鏡；弗使窺窗獨坐，嫦娥笑人。」今夜天孫得與牛郎相會，而人反離别，當爲天孫所笑。

【輯評】

篋中詞：逼真北宋慢詞。

# 瑞鶴仙　丙辰生日自壽。起用彈指詞句，並呈見陽〔一〕

馬齒加長矣〔二〕。枉碌碌乾坤，問汝何事。浮名總如水。判尊前杯酒，一生長醉〔三〕。殘陽影裏，問歸鴻、歸來也未。且隨緣、去住無心，冷眼華亭鶴唳〔四〕。無寐。宿酲猶在。小玉來言〔五〕，日高花睡。明月闌干，曾說與、應須記。是蛾眉便自、供人嫉妒〔六〕，風雨飄殘花蕊。歎光陰老我無能，長歌而已。

【箋注】

〔一〕作者生於順治十一年十二月十二日（據高士奇摸魚兒臘月十二日成容若生日索賦。公曆爲一六五五年一月十九日）。丙辰爲康熙十五年（一六七六），作者二十二歲。彈指詞：顧貞觀的詞集名。顧貞觀金縷曲丙午生日自壽詞：「馬齒加長矣。向天公、投箋試問，生余何意。」見陽：張純修，見前一五六頁菊花新注〔一〕。

〔二〕馬齒加長：馬齒隨年而增，以喻人的年齡增大。穀梁傳僖二年：「荀息牽馬操璧而前曰：『璧則猶是也，而馬齒加長矣！』」

〔三〕李白將進酒詩：「鐘鼓饌玉不足貴，但願長醉不復醒。」

〔四〕世說新語尤悔：「陸平原（機）河橋敗，爲盧志所讒，被誅。臨刑歎曰：『欲聞華亭鶴唳，可復得乎！』」注：「華亭，吳由拳縣郊外墅也。有清泉茂林。吳平後，陸機兄弟共遊於此十餘年。」按：由拳即今浙江嘉興。一說華亭在今上海松江，原爲三國吳陸遜封邑。

〔五〕小玉：唐詩中多用作侍女名字。白居易長恨歌：「金闕西厢叩玉扃，轉教小玉報雙成。」

〔六〕屈原離騷：「衆女嫉余之蛾眉兮，謡諑謂余兮善淫。」

## 雨霖鈴　種柳

横塘如練。日遲簾幕〔一〕，烟絲斜卷。却從何處移得，章臺仿佛〔二〕，乍舒嬌眼〔三〕。恰帶一痕殘照〔四〕，鎖黄昏庭院〔五〕。斷腸處又惹相思，碧霧濛濛度雙燕。回闌恰就輕陰轉。背風花、不解春深淺〔六〕。託根幸自天上〔七〕，曾試把霓裳舞徧〔八〕。百尺垂垂，早是酒醒鶯語如翦〔九〕。只休隔夢裏紅樓，望箇人兒見。

【校】

〔上片十句〕瑶華集作「横塘如練。日長人静，蝦鬚低捲。知他春色何許，章臺望罷，困酣嬌眼。落照淒迷，又暗鎖隔水庭院。斷腸處絮亂絲繁，薄霧溶溶度雙燕」。

〔回闌句〕瑶華集作「茅齋盡日牆陰轉」。袁本、汪本「轉」作「軟」。

〔不解〕瑶華集作「不辨」。
〔託根〕瑶華集作「移根」。
〔休隔〕瑶華集作「休遮」。

【箋注】

〔一〕日遲：謂陽光和舒。詩豳風七月：「春日遲遲，采蘩祁祁。」

〔二〕古今詩話：「漢張敞爲京兆尹，走馬章臺街，街有柳，終唐世曰章臺柳。」

〔三〕嬌眼：形容初生柳葉細長如人睡眼初展。蘇軾水龍吟次韻章質夫楊花詞：「縈損柔腸，困酣嬌眼，欲開還閉。」

〔四〕周邦彦氐州第一詞：「官柳蕭疏，甚尚掛、微微殘照。」

〔五〕馮延巳鵲踏枝詞：「庭院深深深幾許？楊柳堆烟，簾幕無重數。……雨横風狂三月暮。門掩黄昏，無計留春住。」

〔六〕風花：起風前出現的烟霧。陸游自開歲略無三日晴戲作長句：「雨脚稍收初見日，風花忽起又遮山。」自注：「風欲作則大霧充塞，謂之風花。」又春晴詩：「不須苦問春深淺，陌上吹簫已賣餳。」

〔七〕唐孟棨本事詩事感第二：「白尚書姬人樊素善歌，妓人小蠻善舞。嘗爲詩曰：『櫻桃樊素口，楊柳小蠻腰。』年既高邁，而小蠻方豐豔，因爲楊柳枝詞以託意，曰：『一樹春風萬萬枝，嫩於金色軟於絲。永豐坊裏東南角，盡日無人屬阿誰？』及宣宗朝，國樂唱是詞。上問誰詞，永豐在何處。左右具以對之。遂因東使，命取永豐柳兩枝，植於禁中。白感上知其名，且好尚風雅，又爲詩一章，其末句云：『定知此後天文裏，柳宿光中添兩星。』」

〔八〕霓裳：霓裳羽衣曲的省稱。本傳自西涼，名婆羅門，唐開元中河西節度使楊敬述獻，經玄宗潤色，改爲霓裳羽衣曲。小説家附會謂玄宗與方士遊月宫，見仙娥十餘人，皆素練寬衣，舞於廣庭桂樹下，因記其聲調，召伶官譜之，是爲霓裳羽衣曲。宋盧炳滿江紅詞：「依翠蓋、臨風一曲，霓裳舞偏。」

〔九〕李白侍從宜春苑奉詔賦龍池柳色初青聽新鶯百囀歌：「池南柳色半青青，縈烟裊娜拂綺城。垂絲百尺挂雕楹，上有好鳥相和鳴。」盧祖皐清平樂詞：「柳邊深院，燕語明如翦。」

## 疏影　芭蕉

湘簾捲處，甚離披翠影〔一〕，繞檐遮住。小立吹裙，常伴春慵，掩映繡妝金縷〔二〕。芳心一束渾難展〔三〕，清淚裹、隔年愁聚〔四〕。更夜深細聽，空階雨滴，夢回無據〔五〕。　正是秋來寂寞，偏聲聲點點，助人離緒〔六〕。纈被初寒〔七〕，宿酒全醒，攪碎亂蛩雙杵〔八〕。西風落盡梧桐葉，還賸得、緑陰如許。想玉人、和露折來，曾寫斷腸詩句〔九〕。

【校】

〔裙〕原校：一作「裾」。通本、張本、袁本、今詞、瑶華集、古今作「裾」。

〔常伴〕今詞、瑶華集、古今作「曾伴」。

〔繡妝〕袁本、汪本、今詞、瑶華集、古今作「繡牀」。

〔裏〕原校：一作「裏」。昭代作「裏」。

〔更〕瑶華集、古今作「到」。

〔初寒〕今詞、瑶華集、古今作「寒生」。

〔全醒〕今詞、瑶華集、古今作「全消」。

〔梧桐〕原校：一作「庭梧」。通本、張本、袁本作「庭梧」。

〔露〕原校：一作「淚」。

【箋注】

〔一〕離披：散亂貌。宋玉九辯：「白露既下降百草兮，奄離披此梧楸。」

〔二〕繡妝：刺繡的服飾。金縷：金縷衣的省稱。

〔三〕李商隱代贈二首之一：「芭蕉不展丁香結，同向春風各自愁。」

〔四〕清淚：喻芭蕉葉上的露珠。

〔五〕柳永尾犯詞：「夜雨滴空階，孤館夢回，情緒蕭索。」

〔六〕朱淑真悶懷二首之二：「秋雨沈沈滴夜長，夢難成處轉淒涼。芭蕉葉上梧桐裏，點點聲聲有斷腸。」

〔七〕纈被：印花綢布的被子。

〔八〕杜甫夜詩：「踈燈自照孤帆宿，新月猶戀雙杵鳴。」仇兆鰲注：「楊慎曰：『字林：直舂曰搗。』古人搗衣，兩女子對立，執一杵，如舂米然。……嘗見六朝人畫搗衣圖，其製如此。」按楊慎語見其所著丹鉛總録。

〔九〕古人常在芭蕉葉上寫字。皮日休臨頓爲吴中偏勝之地……詩：「空將緑蕉葉，來往寄閒詩。」

## 瀟湘雨　送西溟歸慈溪〔一〕

按此調譜律不載，疑亦自度曲。

長安一夜雨〔二〕，便添了幾分秋色。奈此際蕭條，無端又聽、渭城風笛〔三〕。咫尺層城留不住，久相忘、到此偏相憶〔四〕。依依白露丹楓，漸行漸遠，天涯南北。　悽寂。黔婁當日事〔五〕，總名士如何消得〔六〕。只皁帽蹇驢〔七〕，西風殘照〔八〕，倦遊蹤跡〔九〕。廿載江南猶落拓，歎一人知己終難覓。君須愛酒能詩，鑑湖無恙〔一〇〕，一蓑一笠〔一一〕。

【校】

〔按語〕通本、張本無。

【箋注】

〔一〕此詞作於康熙十八年。西溟：即姜宸英。參見後三二三頁金縷曲詞（誰復留君住）注〔一〕。

〔二〕長安：此處指北京。

〔三〕渭城：王維送元二使安西詩：「渭城朝雨浥輕塵，客舍青青柳色新。勸君更盡一杯酒，西出陽關無故人。」後譜入樂府，爲送別之曲。白居易南園試小樂詩：「高調管色吹銀字，慢拽歌聲唱渭城。」渭城故址在今陝西長安縣西。

〔四〕層城：淮南子地形：「崑崙山有層城九重。」水經注河水：「崑崙之山三級：下曰樊桐，一名板桐；中曰玄圃，一名閬風；上曰層城，一名天庭，是爲太帝仙居。」借指京城。莊子天運：「老聃曰：『……泉涸，魚相與處於陸，相呴以溼，相濡以沫，不若相忘於江湖。』」三句謂在北京留不住西溟，但兩人長久相處，十分投合，以後就只能互相憶念了。

〔五〕黔婁：戰國齊隱士，家貧，不求仕進。齊魯之君聘賜，俱不受。後以喻貧士。

〔六〕詩詞曲語辭匯釋卷一：「緫，猶縱也。」消得：禁當，受得了。

〔七〕皁帽：黑色的帽子。蹇驢：駑鈍的驢子。劉過水調歌頭詞：「達則牙旗金甲，窮則蹇驢破帽，莫作兩般看。」

〔八〕李白憶秦娥詞：「西風殘照，漢家陵闕。」

〔九〕倦遊：史記司馬相如列傳：「長卿故倦游。」集解郭璞曰：「厭游宦也。」

〔一〇〕鑑湖：即鏡湖，已湮廢。故址在浙江紹興市。唐詩人賀知章，官光禄大夫兼秘書監。天寶初請爲道士，勅賜鑑湖一曲。此處以賀知章喻姜西溟。

〔一一〕宋王質浣溪沙詞：「眼共雲山昏慘慘，心隨烟水去悠悠。一蓑一笠任孤舟。」

## 風流子　秋郊射獵

平原草枯矣，重陽後，黄葉樹騷騷〔一〕。記玉勒青絲〔二〕，落花時節，曾逢拾翠，忽憶吹簫。今來是，燒痕殘碧盡〔三〕，霜影亂紅凋。秋水映空，寒烟如織〔四〕，皁鵰飛處，天慘雲高。　人生須行樂〔五〕，君知否，容易兩鬢蕭蕭〔六〕。自與東風作别，剗地無聊〔七〕。算功名何似，等閒博得，短衣射虎〔八〕，沽酒西郊。便向夕陽影裏，倚馬揮毫〔九〕。

【校】

〔題〕通本、張本、袁本作「秋郊即事」，今詞、古今作「秋盡友人邀獵」。

〔憶〕原校：一作「聽」。通本、張本、袁本、今詞、古今、昭代作「聽」。

〔風〕原校：一作「君」。通本、張本、袁本作「君」。

〔似〕原校：一作「許」。通本、張本、袁本、今詞作「許」。

〔等閒〕原校：一作「此身」。通本、張本、袁本、今詞、古今作「此身」。

【箋注】

〔一〕騷騷：形容風聲。唐徐凝莫愁曲：「碧紗窗外葉騷騷。」

〔二〕玉勒：玉製的馬銜。歐陽修蝶戀花詞：「玉勒雕鞍遊冶處，樓高不見章臺路。」青絲：青色絲繩做的馬繮。杜甫高都護驄馬行：「青絲絡頭爲君老，何由却出橫門道。」

〔三〕燒痕：見前八〇頁菩薩蠻（驚飈掠地冬將半）注〔四〕。

〔四〕李白菩薩蠻詞：「平林漠漠烟如織，寒山一帶傷心碧。」

〔五〕漢楊惲報孫會宗書：「人生行樂耳，須富貴何時。」

〔六〕蕭蕭：髮稀短貌。蘇軾次韻韶守狄大夫見贈詩：「華髮蕭蕭老遂良，一身萍挂海中央。」

〔七〕剗地：依舊。

〔八〕史記李將軍列傳：「廣出獵，見草中石，以爲虎而射之，中石没鏃。視之，石也。因復更射之，終不能復入石矣。廣所居郡聞有虎，嘗自射之。及居右北平，射虎，虎騰傷廣，廣亦竟射殺之。」杜甫曲江三章章五句其三：「短衣匹馬隨李廣，看射猛虎終殘年。」

〔九〕世説新語文學：「桓宣武（温）北征，袁宏時從，被責免官。會須露布文，唤袁倚馬前令作，手不輟筆，俄得七紙，殊可觀。」此二句意謂縱然能在夕陽影裏倚馬揮毫，也算不了什麽。

【輯評】

況周頤蕙風詞話：其慢詞如風流子秋郊即事云（略）。意境雖不甚深，風骨漸能騫舉，視短調爲有進。更進庶幾沈著矣。歇拍「便向夕陽」云云，嫌平易無遠致。

## 沁園春〔一〕

試望陰山，黯然銷魂〔二〕，無言徘徊。見青峯幾簇，去天才尺〔三〕；黄沙一片，匝地無埃〔四〕。碎葉城荒〔五〕，拂雲堆遠〔六〕，雕外寒烟慘不開。踟躕久，忽冰崖轉石，萬壑驚雷〔七〕。　窮邊自足愁懷。又何必平生多恨哉？只淒涼絶塞，蛾眉遺塚〔八〕；銷沈腐草，駿骨空臺〔九〕。北轉河流，南横斗柄〔一〇〕，略點微霜鬢早衰〔一一〕。君不信，向西風回首〔三〕，百事堪哀。

【校】

〔愁懷〕通本、張本作「秋懷」。

【箋注】

〔一〕詞中提到陰山，可能作于康熙二十二年九月扈駕至五臺山時。

〔二〕江淹別賦：「黯然銷魂者，唯別而已矣！」

〔三〕李白蜀道難詩：「連峯去天不盈尺，枯松倒挂倚絶壁。」

〔四〕匝地：遍地。孔平仲送登州太守出城馬上作詩：「青嶂倚空先有雪，黄沙匝地半和雲。」

〔五〕碎葉城：唐代西部邊防重鎮，以城臨碎葉水，故名。故址在今吉爾吉斯斯坦共和國托克馬克城附近。

〔六〕拂雲堆：唐時朔方軍北接突厥，以河爲界。河北岸有拂雲堆神祠，突厥如有行軍之事，必先往祠祭酹求福。張仁愿既定漠北，於河北築三受降城，以拂雲堆築中受降城。地在今内蒙古五原縣。

〔七〕李白蜀道難詩：「飛湍瀑流争喧豗，砯崖轉石萬壑雷。」

〔八〕蛾眉遺塚：指昭君墓。在内蒙古呼和浩特市南。杜牧青塚詩：「青塚前頭隴水流，燕支山下暮雲秋。蛾眉一墜窮泉路，夜夜孤魂月下愁。」

〔九〕據戰國策燕策：燕昭王即位，卑身厚幣，以招賢者。郭隗先生曰：「臣聞古之君人，有以千金求千里馬者，三年不能得。涓人請求之，三月得千里馬，馬已死，以五百金買其首，反以報君。君怒曰：『所求者生馬，安事死馬？』涓人曰：『死馬且買之五百金，況生馬乎？馬自至矣！』不期年，千里馬之至者三。今王誠欲致士，先自隗始。隗且見用，況賢於隗者乎？」於是昭王築宫而師事之。未言買骨築臺。文選孔融論盛孝章書：「燕君市駿馬之骨。」又：「昭王築臺以尊郭隗。」

〔一〇〕斗柄：北斗七星，四星象斗，三星象柄。

〔一一〕李賀還自會稽歌：「吴霜點歸鬢，身與蒲塘晚。」

〔一二〕李珣巫山一段雲詞：「西風回首不勝悲，暮雨灑空祠。」

## 又

丁巳重陽前三日〔一〕，夢亡婦澹妝素服，執手哽咽，語多不復能記。但臨別有云：「銜恨願爲天上月，年年猶得向郎圓。」婦素未工詩，不知何以得此也。覺後感賦長調

瞬息浮生，薄命如斯，低徊怎忘。自那番摧折，無衫不淚；幾年恩愛，有夢何妨。

最苦啼鵑，頻催別鵠〔二〕，贏得更闌哭一場。遺容在，只靈飈一轉〔三〕，未許端詳。重尋碧落茫茫。料短髮朝來定有霜。信人間天上，塵緣未斷；春花秋月〔四〕，觸緒堪傷。欲結綢繆〔五〕，翻驚漂泊，兩處鴛鴦各自涼。真無奈，把聲聲檐雨，譜入愁鄉。

【校】

〔題〕通本、張本、袁本無「長調」二字。

〔自那番二句〕原校：一作「記繡牀倚偏，並吹紅雨」。袁本作「記繡牀倚偏，並吹紅雨」。通本、張本作「記繡榻閒時，並吹紅雨」。

〔幾年二句〕原校：一作「雕闌曲處，同送斜陽」。袁本作「雕闌曲處，同送斜陽」。通本、張本作「雕闌曲處，同倚斜陽」。

〔最苦二句〕原校：一作「夢好難留，詩殘莫續」。通本、張本、袁本作「夢好難留，詩殘莫續」。

〔闌〕原校：一作「深」。通本、張本、袁本作「深」。

〔信〕原校：一作「便」。通本、張本、袁本作「便」。

〔秋月〕通本、張本、袁本作「秋葉」。

〔堪〕原校：一作「還」。通本、張本、袁本作「還」。

〔漂泊〕原校：一作「搖落」。通本、張本、袁本作「搖落」。

〔兩處句〕原校：一作「減盡荀衣昨日香」。通本、張本、袁本作「減盡荀衣昨日香」。

〔把〕通本、張本、袁本作「倩」。

〔檐雨〕原校：一作「鄰笛」。通本、張本、袁本作「鄰笛」。

〔入愁鄉〕原校：一作「出回腸」。通本、張本、袁本作「出回腸」。

【箋注】

〔一〕丁巳：康熙十六年（一六七七），作者二十三歲。盧氏死於該年五月三十日。

〔二〕別鵠：此處比喻離別的夫妻。吴融水鳥詩：「爲謝離鸞兼別鵠，如何禁得向天涯。」

〔三〕靈飈：靈風，神風。宋史樂志祀汾陰樂章：「后祇格思，靈飈肅然。」

〔四〕李煜虞美人詞：「春花秋月何時了，往事知多少。」

〔五〕綢繆：指情意殷勤。李陵與蘇武詩：「獨有盈觴酒，與子結綢繆。」

## 又〔一〕

夢冷蘅蕪〔二〕，却望姍姍，是耶非耶〔三〕？悵蘭膏漬粉，尚留犀合〔四〕；金泥蹙繡〔五〕，空掩蟬紗〔六〕。影弱難持，緣深暫隔，只當離愁滯海涯。歸來也，趁星前月底，魂在梨花〔七〕。

鸞膠縱續琵琶〔八〕。問可及當年萼緑華〔九〕？但無端摧折，惡經風浪〔一〇〕；不如零落，判委塵沙。最憶相看，嬌訛道字〔一一〕，手翦銀燈自潑茶〔一二〕。今已矣，便帳中重見，那似伊家〔一三〕。

【校】

通本、張本調下題「代悼亡」。

【箋注】

〔一〕此詞可能作於康熙十六年妻子盧氏死後不久。

〔二〕蘅蕪：香草名。王嘉拾遺記卷五：「（漢武）帝息於延凉室，卧夢李夫人授帝蘅蕪之香。帝驚起，而香氣猶著衣枕，歷月不歇。」

〔三〕漢書外戚傳孝武李夫人：「及（李）夫人卒，上以后禮葬焉。……上思念李夫人不已。方士齊人少翁言能致其神。乃夜張燈燭，設帷帳，陳酒肉，而令上居他帳。遥望見好女如李夫人之貌，還幄坐而步，而又不得就視。上愈益相思悲感，爲作詩曰：『是耶非耶？立而望之，偏何姍姍其來遲。』」

〔四〕漬粉：濕潤的，膏狀的脂粉。犀合，犀牛角製的妝盒。

〔五〕金泥：以金粉飾物。孟浩然宴張記室宅詩：「玉指調箏柱，金泥飾舞羅。」蹙繡，用金絲銀線刺繡成縐紋狀織品。

〔六〕蟬紗：薄如蟬翼的紗綢。海物異名記：「泉女所織綃，細薄如蟬翼，名蟬紗。」

〔七〕周邦彦水龍吟梨花詞：「别有風前月底，布繁英、滿園歌吹。」

〔八〕鸞膠：傳説海上有鳳麟洲，多仙人，以鳳喙麟角合煎作膏，能續弓弩斷弦，名續弦膠，也叫鸞膠。陶穀風光好詞：「琵琶撥盡相思調，知音少。待得鸞膠續斷弦，是何年？」

〔九〕萼緑華：傳説中的女仙。真誥運象：「萼緑華者，自云是南山人，不知是何山也。女子，年可二十上下，青衣，顔色絶整。以升平三年十一月十日夜降於羊權家，自此往來，一月輒六過其家……與權尸解藥，亦隱景化形而去。」

〔一〇〕惡：猶甚。惡經風浪，謂經歷很大的風浪。

〔一一〕嬌訛道字：形容青年婦女讀字不準。蘇軾浣溪沙詞：「道字嬌訛語未成，未應春閣夢多情。」

〔一二〕潑茶：參見前三四頁浣溪沙（誰念西風獨自涼）詞注〔三〕。

〔一三〕伊家：即伊，伊人。家，自稱或他稱的語尾助辭，無義。

## 金縷曲　贈梁汾〔一〕

德也狂生耳。偶然間、緇塵京國，烏衣門第〔二〕。有酒惟澆趙州土〔三〕，誰會成生此意〔四〕。不信道、竟逢知己〔五〕。青眼高歌俱未老〔六〕，向尊前、拭盡英雄淚〔七〕。君不見，月如水。　共君此夜須沈醉。且由他、蛾眉謡諑〔八〕，古今同忌。身世悠悠何足問，冷笑置之而已。尋思起、從頭翻悔〔九〕。一日心期千劫在〔一〇〕，後身緣、恐結他生裏〔一一〕。然諾重，君須記。

【校】

〔調〕今詞、古今作「賀新郎」。

〔題〕今詞作「贈顧梁汾題杵香小影」，古今作「贈顧梁汾」。

〔竟逢〕原校：一作「遂成」。通本、張本、今詞、古今、昭代作「遂成」。

〔青眼高〕原校：一作「痛飲狂」。

〔共〕原校：一作「與」。

〔身〕原校：一作「生」。昭代作「生」。

【箋注】

〔一〕顧貞觀（梁汾）在和韻詞中附注：「歲丙辰，容若二十有二，乃一見即恨識余之晚。閱數日，填此曲爲余題照。」可證此詞作於丙辰，即康熙十五年。

〔二〕晉朝王謝兩望族住在南京的烏衣巷，故以烏衣門第指貴族門第。

〔三〕李賀浩歌：「買絲繡作平原君，有酒唯澆趙州土。」王琦注：「古之平原君虚己下士，深可敬慕。今日既無其人，惟當買絲繡其形而奉之，取酒澆其墓而弔之已矣。深嘆舉世無有能得士者。」

〔四〕作者又名成容若，故自稱成生。在致張純修手簡中曰：「暇日當制小詞奉寄，煩呼三閭弟子，爲成生薦一瓣香，甚幸。」

〔五〕不信道：道，語助詞，相當於「得」。白居易和高僕射詩：「鞍轡鬧裝光滿馬，何人信道是書生？」

〔六〕青眼：表示敬重。晉書阮籍傳：「籍又能爲青白眼，見禮俗之士，以白眼對之。」杜甫短歌行贈王郎司直詩：「青眼高歌望吾子，眼中之人吾老矣。」

〔七〕宋張榘賀新涼詞：「髀肉未消儀舌在，向尊前、莫灑英雄淚。」

〔八〕屈原離騷：「衆女嫉余之蛾眉兮，謡諑謂余以善淫。」顧貞觀曾因受人誹謗落職，他在性德的祭文中説：「洎讒口之見攻，雖毛裏之戚，未免致疑於投杼，而吾哥必陰爲調護。」

〔九〕辛棄疾臨江仙詞：「六十三年無限事，從頭悔恨難追。」

〔一〇〕心期：謂兩相期許。劫：佛經言天地的形成到毀滅謂之一劫。此句謂一日之心期雖經千劫而長存。

〔一一〕孟棨本事詩情感第一：「開元中，頒賜邊軍纊衣，製於宮中。有兵士於短袍中得詩，曰：『沙場征戍客，寒苦若爲眠。戰袍經手作，知落阿誰邊。蓄意多添線，含情更著綿。今生已過也，重結後身緣。』兵士以詩白於帥。帥進之。玄宗命以詩偏示六宮，曰：『有作者勿隱，吾不罪汝。』有一宮人自言萬死。玄宗深憫之，遂以嫁得詩人，仍謂之曰：『我與汝結今生緣。』邊人皆感泣。」

【附】

## 金縷曲　酬容若見贈次原韻

顧貞觀

且住爲佳耳。任相猜、馳箋紫閣，曳裾朱第。不是世人皆欲殺，争顯憐才真意。容易得、一人知己。慚愧王孫圖報薄，只千金、當灑平生淚。曾不直，一杯水。　歌殘擊筑心逾醉。憶當年、侯生垂老，始逢無忌。親在許身猶未得，俠烈今生已已。但結記、來生休悔。俄頃重投膠在漆，似舊曾、相識屠沽裏。名預籍，石函記。

【輯評】

徐釚詞苑叢談：金粟顧梁汾舍人風神俊朗，大似過江人物。無錫嚴蓀友詩：「曈曈曉日鳳城開，才是仙郎下直回。絳蠟未銷封詔罷，滿身清露落宫槐。」其標格如許。畫側帽投壺圖，長白成容若題賀新涼一闋於上云（即本詞，略）。詞旨嶔嵜磊落，不啻坡老稼軒。都下競相傳寫，於是教坊歌曲間無不知有側帽詞者。

## 又 再贈梁汾，用秋水軒舊韻〔一〕

酒涴青衫卷〔二〕。儘從前、風流京兆〔三〕，閒情未遣。江左知名今廿載，枯樹淚痕休泫〔四〕。搖落盡、玉蛾金繭〔五〕。多少殷勤紅葉句，御溝深、不似天河淺〔六〕。空省識，畫圖展〔七〕。

高才自古難通顯。枉教他、堵牆落筆〔八〕，凌雲書扁〔九〕。入洛遊梁重到處〔一〇〕，駭看村莊吠犬。獨憔悴、斯人不免〔一一〕。衮衮門前題鳳客〔一二〕，竟居然、潤色朝家典〔一三〕。憑觸忌，舌難翦〔一四〕。

【箋注】

〔一〕秋水軒：清周在浚書齋名。周在浚，字雪客，著有雲烟過眼録、秋水軒集。據龔鼎孳賀新郎（按即金縷曲）小序：「青藜將南行，招同檗子、方虎、維則、石潭、穀梁集雪客秋水軒，即席和顧菴韻。」可知上述諸人在秋水軒聚會爲青藜送行，首先由顧菴（曹爾堪）作賀新郎詞，然後龔等諸人步韻倡和，一律用「卷遣泫繭淺展顯扁犬免典翦」押韻。後來曹貞吉、徐釚、顧貞觀等以這些字押韻作詞的人很多，就稱之爲「秋水軒倡和韻」或「秋水軒舊韻」。題曰「再贈梁汾」，可能作於金縷曲贈梁汾（德也狂生耳）後不久，即康熙十五年。

〔二〕吴文英戀繡衾詞：「少年嬌馬西風冷，舊青衫、猶涴酒痕。」

〔三〕風流京兆：漢書張敞傳：「爲京兆……又爲婦畫眉，長安中傳張京兆眉憮。」張孝祥醜奴兒詞：「畫眉京兆風流甚，應賦蚺蝛。」此句謂梁汾如張敞一樣，名士風流。

〔四〕庾信枯樹賦：「桓大司馬聞而歎曰：『昔年種柳，依依漢南，今看摇落，悽愴江潭，樹猶如此，人何以堪。』」按世説新語言語：「桓公（温）北征經金城，見前爲琅邪時種柳皆已十圍，慨然曰：『木猶如此，人何以堪。』攀枝執條，泫然流淚。」

〔五〕玉蛾金繭：指楊花、柳絮及其蒴果。清吴綺柳含烟咏柳詞：「江南路，柳絲垂。多少齊梁舊事。玉蛾金繭只霏霏。掛斜暉。」

〔六〕孟棨本事詩情感第一：「顧況在洛，乘間與三詩友遊於苑中，坐流水上，得大梧葉，題詩上曰：『一入深宫裏，年年不見春。聊題一片葉，寄與有情人。』況明日於上游亦題葉上，放於波中。詩曰：『花落深宫鶯亦悲，上陽宫女斷腸時。帝城不禁東流水，葉上題詩欲寄誰？』後十餘日，有人於苑中尋春，又於葉上得詩，以示況。詩曰：『一葉題詩出禁城，誰人酬和獨含情。自嗟不及波中葉，蕩漾乘春取次行。』」

〔七〕杜甫詠懷古迹之三：「畫圖省識春風面，環佩空歸夜月魂。」以上四句有關宫女，事實不詳。

〔八〕堵牆：牆壁。比喻人多密集。杜甫莫相疑行詩：「集賢學士如堵牆，觀我落筆中書堂。」

〔九〕凌雲書扁：用三國魏韋誕事。魏明帝起凌雲殿，扁未題而工匠誤先釘好，乃使韋誕升梯就扁題之。事見世説新語巧藝、晉書王獻之傳等書。凌雲殿又名凌雲閣、凌雲臺，在洛陽。

〔一〇〕入洛：比喻到京都。晉書陸機傳：「至太康末，與弟雲俱入洛，造太常張華。華素重其名，如舊相識。」遊梁，謂與名士交遊。漢書卷五十七司馬相如傳：「是時梁孝王來朝，從游説之士齊人鄒陽、淮陰枚乘、吴嚴忌夫子之徒，相如見而説之，因病免，客游梁，得與諸侯游士居。」

〔一一〕唐杜甫夢李白二首之二：「冠蓋滿京華，斯人獨憔悴。」

〔一二〕題鳳客：謂凡庸之人。世説新語簡傲：「嵇康與吕安善，每一相思，千里命駕。安後來，直康不在，喜（康之兄）出户延之。不入，題門上作鳳字而去。喜不覺，猶以爲欣。故作鳳字，凡鳥也。」

〔一三〕朝家典：謂朝廷典籍。二句謂那些才疏學淺的袞袞諸公，居然也進入翰林院，修撰朝廷典籍。

〔一四〕翦舌：鸜鵒（即八哥）之舌經修翦可説人語。禽經：「鸜鵒翦其舌而語。」二句謂顧貞觀縱然説話觸忌犯諱，仍不願修翦舌頭投人所好。

## 又

生怕芳尊滿〔一〕。到更深、迷離醉影，殘燈相伴。依舊回廊新月在，不定竹聲撩亂。問愁與、春宵長短。燕子樓空絃索冷〔二〕，任梨花、落盡無人管〔三〕。誰領略，真真喚〔四〕。此情擬倩東風浣。奈吹來、餘香病酒，旋添一半〔五〕。惜別江淹消瘦了〔六〕，怎耐輕寒輕暖〔七〕。憶絮語、縱横茗盌。滴滴西窗紅蠟淚，那時腸、早爲而今斷。任角枕，欹孤館。

【校】

〔迷離〕，詞匯作「瞢騰」。

〔愁〕原校：一作「誰」。

〔燕子句〕原校：一作「人比疏花還寂寞」。通本、張本、詞雅作「人比疏花還寂寞」。

〔梨花〕原校：一作「紅蕤」。通本、張本、袁本、詞雅作「紅蕤」。

〔無人〕原校：一作「應難」。通本、張本、袁本、詞雅作「應難」。

〔誰領略真真〕原校：一作「向夢裏聞低」。通本、張本、袁本作「向夢裏聞低」，詞雅作「向夢裏閒低」。

〔旋添〕今詞、古今作「還添」。

〔淹消瘦了〕原校：一作「郎渾易瘦」。通本、張本、袁本、詞雅作「郎渾易瘦」。

〔怎耐〕原校：一作「更著」。通本、張本、袁本、詞雅作「更著」。

【箋注】

〔一〕唐駱賓王別李嶠得勝字詩：「芳尊徒自滿，別恨轉難勝。」

〔二〕見前一二〇頁清平樂（淒淒切切）注〔四〕。

〔三〕姜夔淡黃柳詞：「怕梨花落盡成秋色。」

〔四〕真真：見前一八八頁虞美人（春情只到梨花薄）注〔四〕。

〔五〕金蔡松年尉遲杯詞：「覺情隨、曉馬東風，病酒餘香相伴。」此三句謂此情欲請東風來消除，然而東風吹來，聞到情人留下的餘香，徒然增加酒困。

〔六〕江淹：南朝梁文學家，別賦爲其代表作之一。此句只説明情人已離去，可見非悼亡之作。

〔七〕元黃庚宴客東園詩：「酒當半醉半醒處，春在輕寒輕暖中。」

## 又　簡梁汾，時方爲吴漢槎作歸計〔一〕

灑盡無端淚。莫因他、瓊樓寂寞〔二〕，誤來人世。信道癡兒多厚福，誰遣偏生明慧。就更著、浮名相累。仕宦何妨如斷梗，只那將、聲影供羣吠〔三〕。天欲問，且休矣。

情深我自拚憔悴。轉丁甯、香憐易爇，玉憐輕碎。羡煞軟紅塵裏客〔四〕，一味醉生夢死。歌與哭、任猜何意。絶塞生還吴季子〔五〕，算眼前、此外皆閒事。知我者，梁汾耳〔六〕。

【校】

〔題〕通本、張本、昭代作「簡梁汾」。

〔偏〕原校：一作「天」。昭代作「天」。

〔就〕原校：一作「誰」。袁本作「孰」，通本、張本、昭代作「莫」。

【箋注】

〔一〕清史列傳卷七十吴兆騫傳：吴兆騫，字漢槎，江蘇吴江人。少有雋才，及長，才名動一世。順治十四年，舉於鄉，以科場事逮繫，遣戍寧古塔，居塞上二十三年。後其友顧貞觀商於納蘭性德、徐乾學爲納鍰。康熙二十年蒙恩赦還。踰三年卒，年五十四。著秋笳集。顧貞觀作金縷曲二首寄吴兆騫，其序云作于丙辰（一六七六）冬。納蘭性德讀之大爲感動，遂挺身相助。本詞當作於此時或稍後。

〔二〕瓊樓：指仙界樓臺或月中宫殿。蘇軾水調歌頭詞：「我欲乘風歸去，又恐瓊樓玉宇，高處不勝寒。」

〔三〕東漢王符潛夫論：「諺曰：『一犬吠形，百犬吠聲。』世之疾此，固久矣哉。」此二句謂官職本無足道，可以視同斷梗殘枝，但以莫須有的罪名被人論罪，實在冤枉。

〔四〕軟紅塵：指都市繁華。蘇軾次韻蔣穎叔錢穆父從駕景靈宫二首之一：「半白不羞垂領髮，軟紅猶戀屬車塵。」自注：「前輩戲語，有西湖風月，不如東華軟紅香土。」

〔五〕吴季子：春秋時吴王壽夢少子，封於延陵，故稱延陵季子。此處借指吴漢槎。

〔六〕辛棄疾賀新郎詞：「不恨古人吾不見，恨古人不見吾狂耳。知我者，二三子。」

【紀事】

清謝章鋌賭棋山莊詞話：漢槎，梁汾友耳。容若感梁汾詞，謀贖漢槎歸，曰：「三千六百日中，吾必有以報梁汾。」厥後卒能不食其言，遂有「絶塞生還吴季子，算眼前此外皆閒事」句。

清袁枚隨園詩話：康熙初，吴漢槎兆騫謫戍寧古塔。其友顧貞觀華峯館於納蘭太傅家，寄吴金縷曲云云。太傅之子成容若見之，泣曰：「河梁生别之詩，山陽死友之傳，得此而三。此事三千六百日中，我當以身任之。」華峯曰：「人壽幾何，公子乃以十載爲期耶？」太傅聞之，竟爲道地，而漢槎生入玉門關矣。

## 又　慰西溟〔一〕

何事添悽咽。但由他、天公簸弄〔二〕，莫教磨涅〔三〕。失意每多如意少，終古幾人稱屈。須知道、福因才折。獨卧藜牀看北斗，背高城、玉笛吹成血。聽譙鼓，二更徹。

丈夫未肯因人熱〔四〕。且乘閒、五湖料理，扁舟一葉〔五〕。淚似秋霖揮不盡，灑向野田黃蜨〔六〕。須不羨、承明班列〔七〕。馬跡車塵忙未了〔八〕，任西風、吹冷長安月。又蕭寺，花如雪〔九〕。

【箋注】

〔一〕西溟：即姜宸英，參見下闋金縷曲（誰復留君住）注〔一〕。西溟在祭納蘭性德的祭文中說：「分袂南還，旋復合并於午未間。我蹶而窮，百憂萃止。是時歸兄，館我蕭寺。」而此詞結尾曰：「又蕭寺，花如雪。」午未爲康熙十七年（戊午）和十八年（己未），此詞當作於十八年初秋，葉方藹、韓菼欲推薦姜參加博學鴻儒科，未果，故性德作此詞，表示慰問。

〔二〕簸弄：猶播弄，玩弄。

〔三〕磨涅：磨礪浸染，喻所經受考驗或外界影響。論語陽貨：「不曰堅乎？磨而不磷。不曰白乎？涅而不緇。」此句謂不要因命途多舛而受影響。

〔四〕東觀漢記十八梁鴻傳：「比舍先炊，已，呼鴻及熱釜炊。鴻曰：『童子鴻不因人熱者也。』滅竈更燃之。」

〔五〕五湖：指太湖。傳説范蠡協助勾踐滅吴國後，隱居太湖。史記卷一百二十九貨殖列傳：「范蠡既雪會稽之耻……乃乘扁舟浮於江湖。」

〔六〕黃蜨：黃蝶。蜨是蝶之本字。

〔七〕承明：承明廬，爲漢代侍臣值宿的住所。後因以入承明廬爲入朝或在朝爲官的典故。漢書卷六十四嚴助傳：「君厭承明之廬，勞侍從之事，懷故土，出爲郡吏。」班列，指朝臣按品級排列。

〔八〕元好問玉漏遲詞：「擾擾馬足車塵，被歲月無情，暗消年少。」

〔九〕宋之問寒食還陸渾別業詩：「洛陽城裏花如雪，陸渾山中今始發。」二句謂所居寺院中繁花如雪，還不如賞花行樂爲是。

【附】

## 金縷曲　贈西溟，次容若韻

嚴繩孫

晝角三聲咽。倩星前、梵鐘敲破，三生慧業。身後虛名當日酒，未敎消磨才傑。君莫歎、蘭摧玉折。多少青蠅相弔罷，鮑家詩、碧濺秋墳血。聽鬼唱，幾時徹。　更誰炙手真堪熱。只些兒、翻雲覆雨，移根換葉。我是漆園工隱几，也任人猜蝴蝶。憑寄語、四明狂客。爛醉緑槐雙影畔，照傷心、一片琳宫月。歸夢冷，逐迴雪。

## 又　西溟言別，賦此贈之〔一〕

誰復留君住。歎人生、幾番離合，便成遲暮。最憶西窗同翦燭，却話家山夜雨。

不道只、暫時相聚〔二〕。衮衮長江蕭蕭木〔三〕，送遥天、白雁哀鳴去。黄葉下，秋如許。曰歸因甚添愁緒〔四〕？料强似、冷烟寒月，棲遲梵宇〔五〕。一事傷心君落魄，兩鬢飄蕭未遇〔六〕。有解憶、長安兒女〔七〕。裘敝入門空太息〔八〕，信古來才命真相負〔九〕。身世恨，共誰語？

【校】

〔題〕袁本有「姜」字。

〔强似〕古今作「强如」。

〔落魄〕汪本作「落拓」。

【箋注】

〔一〕清史列傳卷七十一姜宸英傳：姜宸英，字西溟，浙江慈溪人。連蹇不得志。康熙三十六年成進士，授翰林院編修，年已七十矣。病卒，年七十二。著有湛園集八卷、葦間集詩十卷。按姜宸英於康熙十二年離京，參加徐乾學主持的一統志編撰（據清史列傳徐乾學傳，徐與蔡啓僔主持康熙十一年順天鄉試，受人彈劾，「尚書徐乾學罷官，即家領一統志事，設局於洞庭東山，疏請宸英偕行。……明年二月，陛辭。」），十七年回京。據嚴繩孫金縷曲送西溟奔母喪南歸次韻及陳維崧賀新郎送西溟南歸和容若韻時西溟丁内艱（賀新郎即金縷曲），則此次離京，實因母喪。又據朱彝尊孝潔姜先生墓志銘，西溟之父孝潔「卒於草坪旅舍，時康熙十一年五月日也……先生歿後七年，孫孺人亦卒」，則西溟之母死於康熙十八年。此詞當作於十八年秋。此首寫西溟告別，後作者又作瀟湘雨詞送別。

〔二〕西溟於十七年來京，與作者相聚僅一年。

〔三〕杜甫登高詩：「無邊落木蕭蕭下，不盡長江滾滾來。」

〔四〕曰歸：曰，語助詞。詩東山：「我東曰歸，我心西悲。」

〔五〕時納蘭性德將西溟安頓於什刹海之龍華寺。參見前三〇頁點絳唇（小院新涼）詞注〔四〕。

〔六〕飄蕭：飄動貌。杜甫義鶻行詩：「飄蕭覺素髮，凛欲衝儒冠。」

〔七〕杜甫月夜詩：「遥憐小兒女，未解憶長安。」

〔八〕戰國策秦策：「蘇秦始將連横説秦王，書十上而説不行，黑貂之裘敝，黄金百斤盡。」

〔九〕李商隱有感詩：「中路因循我所長，古來才命兩相妨。」

【附】

**賀新郎** 送西溟南歸，和容若韻。時西溟丁内艱　陳維崧

三載徐園住。記纏綿、春衫雪屐，幾曾離阻。又作昭王臺畔客，日日旗亭畫句。最難得、他鄉

歡聚。眼底獨憐君落拓，又何堪、鵑鳥啼紅去。都不信，竟如許。　千絲漫理無頭緒。問愁悰、原非只爲，渭城朝雨。如此人還如此別，説甚凌雲遭遇。笑多少、癡兒騃女。本擬三冬長翦燭，悵今番、舊約成孤負。和殘菊，隔籬語。

## 金縷曲　送西溟奔母喪南歸次韻

嚴繩孫

此恨何當住。也須知、王和生死，總成離阻。真使通都聞慟哭，廢盡蓼莪詩句。算母子、尋常歡聚。杭稻登場春韭緑，便休論、萬里封侯去。須富貴，竟何許。　片帆觸處成悲緒。問從今，檣烏娭燕，幾番風雨。不爾置君天禄閣，未算人生奇遇。甚一種、世間兒女。畫荻教成羞半豹，早高堂、鸞誥偏無負。天可告，儻相語。

## 又　寄梁汾〔一〕

木落吴江矣〔二〕。正蕭條、西風南雁，碧雲千里〔三〕。落魄江湖還載酒〔四〕，一種悲涼滋味。重回首、莫彈酸淚。不是天公教棄置，是才華、誤却方城尉〔五〕。飄泊處，誰相慰。　別來我亦傷孤寄。更那堪、冰霜摧折，壯懷都廢。天遠難窮勞望眼，欲上高樓還已〔六〕。君莫恨、埋愁無地〔七〕。秋雨秋花關塞冷，且殷勤、好作加餐計〔八〕。人豈得，長無謂〔九〕。

【校】

〔落魄〕汪本作「落拓」。

〔才華〕通本、張本、昭代作「南華」。

〔摧折〕昭代作「摧挫」。

【箋注】

〔一〕顧貞觀（梁汾）於康熙二十年秋因母喪南歸，二十二年春，作者有菩薩蠻寄梁汾苕中，苕中與本詞中的「吴江」近在咫尺。本詞有「秋雨秋花關塞冷」之句，因此可能作於二十二年九至十月扈駕至五臺山時。

〔二〕吴江：縣名，在江蘇省南部。唐崔信明詩句：「楓落吴江冷。」

〔三〕江淹雜體詩三十首休上人怨别詩：「日暮碧雲合，佳人殊未來。」後常以碧雲表示對友人的思念。唐許渾和劉三復送僧南歸詩：「碧雲千里暮愁合，白雪一聲春思長。」

〔四〕杜牧遣懷詩：「落魄江湖載酒行，楚腰纖細掌中輕。」

〔五〕方城：縣名，屬河南省。唐詩人温庭筠曾被貶爲方城尉。唐詩紀事卷五十四：「令狐綯曾以舊事訪於庭筠，對曰：『事出南華，非僻書也。或冀相公燮理之暇，時宜覽古。』綯益怒，奏庭筠有才無行，卒不登第。庭筠有詩曰：『因知此恨人多積，悔讀南華第二篇。』」南華經即莊子。

〔六〕辛棄疾滿江紅詞：「天遠難窮休久望，樓高欲下還重倚。」

〔七〕元好問雜著九首之六：「埋愁不著重泉底，儘向人間種白頭。」

〔八〕古詩十九首之一：「棄捐勿復道，努力加餐飯。」

〔九〕李商隱無題詩：「人生豈得長無謂，懷古思鄉共白頭。」

## 又 亡婦忌日有感〔一〕

此恨何時已。滴空階、寒更雨歇，葬花天氣。三載悠悠魂夢杳，是夢久應醒矣。料也覺、人間無味。不及夜臺塵土隔〔二〕，冷清清、一片埋愁地。釵鈿約〔三〕，竟拋棄。　重泉若有雙魚寄〔四〕。好知他、年來苦樂，與誰相倚。我自終宵成轉側，忍聽湘絃重理〔五〕？待結箇、他生知己。還怕兩人都薄命，再緣慳、剩月零風裏。清淚盡，紙灰起。

【校】

〔竟〕原校：一作「定」。袁本作「定」。

〔都〕原校：一作「俱」。通本、張本、袁本作「俱」。

【箋注】

〔一〕作者妻子盧氏死於康熙十六年五月三十日，此詞有「三載悠悠魂夢杳」之句，當作於十九年五月三十日。

〔二〕夜臺：墳墓。晉陸機挽歌：「按轡遵長薄，送子長夜臺。」李周翰注：「墳墓一閉，無復見明，故云長夜臺。」

〔三〕見前五五頁浣溪沙（鳳髻抛殘秋草生）注〔三〕。

〔四〕重泉：猶黄泉，九泉。江淹雜體詩三十首潘黄門述哀：「美人歸重泉，悽愴無終畢。」

〔五〕忍：何忍，豈忍。此句表示不想續娶。

## 又

未得長無謂〔一〕。竟須將、銀河親挽，普天一洗〔二〕。麟閣才教留粉本〔三〕，大笑拂衣歸矣〔四〕。如斯者、古今能幾。有限好春無限恨，没來由、短盡英雄氣〔五〕。暫覓箇，柔鄉避〔六〕。

東君輕薄知何意〔七〕。儘年年、愁紅慘緑，添人憔悴〔八〕。兩鬢飄蕭容易白，錯把韶華虚費。便決計、疏狂休悔。但有玉人常照眼〔九〕，向名花美酒拚沈醉〔一〇〕。天下事，公等在。

【箋注】

〔一〕無謂：没有意義。李商隱無題詩：「人生豈得長無謂，懷古思鄉共白頭。」

〔二〕杜甫洗兵馬詩：「安得壯士挽天河，净洗甲兵長不用。」

〔三〕麟閣：麒麟閣，在未央宫内。漢書卷五十四蘇武：「上思股肱之美，乃圖畫其人於麒麟閣。」注：「張晏曰：『武帝獲麒麟時作此閣，圖畫其像於閣，遂以爲名。』師古曰：『漢宫閣疏名云蕭何造。』」粉本：謂畫稿。古人作畫，於墨稿上加描粉筆，用時撲入縑素，依粉痕落墨，故曰粉本。

〔四〕拂衣：表示歸隱。南朝宋謝靈運述祖德詩：「高揖七州外，拂衣五湖裏。」

〔五〕蔡伸點絳脣詞：「一點情鍾，銷盡英雄氣。」

〔六〕柔鄉：温柔鄉。伶玄飛燕外傳：「是夜進合德，帝大悦，以輔屬體，無所不靡，謂爲温柔鄉。」

〔七〕東君：司春之神。辛棄疾滿江紅暮春詞：「可恨東君，把春去春來無迹。」

〔八〕宋楊無咎陽春詞：「儘憔悴、過了清明候，愁紅慘緑。」

〔九〕照眼：映入眼中。王次回夢遊十二首之八：「但有玉人長照眼，更無塵務暫經心。」

〔一〇〕性德致嚴繩孫書札：「弟比來從事鞍馬間，益覺疲頓。……從前壯志，都已隳盡。昔人言，身後名不如生前一杯酒。此言大是。弟是以甚慕魏公子之飲醇酒近婦人也。」

## 摸魚兒　午日雨眺〔一〕

漲痕添、半篙柔緑〔二〕，蒲稍荇葉無數。空濛臺榭烟絲暗，白鳥銜魚欲舞〔三〕。橋外路。正一派、畫船簫鼓中流住〔四〕。嘔啞柔櫓〔五〕，又早拂新荷，沿隄忽轉，衝破翠錢雨〔六〕。

蒹葭渚〔七〕，不減瀟湘深處。霏霏漠漠如霧〔八〕。滴成一片鮫人淚〔九〕，也似汨羅投賦〔一〇〕。愁難譜。只綵綫、香菰脈脈成千古〔一一〕。傷心莫語。記那日旗亭〔一二〕，水嬉散盡〔一三〕，中酒阻風去〔一四〕。

【校】

〔空濛句〕通本、張本作「臺榭空濛烟柳暗」。

〔橋外〕原校：一作「紅橋」。通本、張本作「紅橋」。

【箋注】

〔一〕午日：農曆五月初五端午節。

〔二〕漲痕：水漲後留下的痕迹。元張翥摸魚兒詞：「漲西湖，半篙新緑。」

〔三〕詩振鷺：「振鷺于飛。」漢毛亨傳：「鷺，白鳥也。」

〔四〕漢武帝秋風辭：「汎樓船兮濟汾河，横中流兮揚素波，簫鼓鳴兮發棹歌。」

〔五〕唐胡宿趙宗道歸輦下詩：「江浦嘔啞風送櫓，河橋勃窣柳垂隄。」

〔六〕翠錢：即荷錢，荷葉初長時，形小如錢，故名。

〔七〕蒹葭：蘆葦。

〔八〕吴融春雨詩：「霏霏漠漠暗和春，羃翠凝紅色更新。」

〔九〕鮫人淚：形容雨滴如珠。晉張華博物志：「南海水有鮫人，水居如魚，不廢織績，其眼能泣珠。」

〔一〇〕屈原作離騷，後投汨羅江而死。漢書揚雄傳：「又怪屈原文過相如，至不容，作離騷，自投江而死。悲其文，讀之未嘗不流涕也。以爲君子得時則大行，不得時則龍蛇，遇不遇命也，何必湛身哉。乃作書，往往摭離騷文而反之，自岷山投諸江流，以弔屈原，名曰反離騷。」

〔一一〕續齊諧記：「屈原五月五日投汨羅水，楚人哀之。至此日，以竹筒子貯米投水以祭之。漢建武中，長沙區曲忽見一士人，自云三閭大夫，謂曲曰：『聞君當見祭，甚善。常年爲蛟龍所竊。今若有惠，當以楝葉塞其上，以彩絲纏之，此二物蛟龍所憚。』曲依其言。今五月五日作粽，并帶楝葉五花絲，皆汨羅之遺風也。」唐徐堅等初學記卷四：「周處風土記曰：『仲夏端午，烹鶩角黍。』注云：端，始也，謂五月五日。……以菰葉裹黏米。」

〔一二〕旗亭：酒樓。宋范成大攬轡録：「過相州市，有秦樓、翠樓、康樂樓、月白風清樓，皆旗亭也。」

〔一三〕水嬉：水上遊樂，如賽舟之類。

〔一四〕中酒：醉酒。阻風：船泊因大風而停止航行。韋莊宿蓬船詩：「却憶紫微情調逸，阻風中酒過年年。」後四句回憶舊事，記得那年端五日，酒後漫步，遊人散盡，忽然見一屬意女子，至今心中還感到惆悵。參見前九三頁減字木蘭花（花叢冷眼）注〔二〕。

## 又

### 送別德清蔡夫子〔一〕

問人生、頭白京國，算來何事消得〔二〕。不如罨畫清溪上〔三〕，蓑笠扁舟一隻。人不識。且笑煮、鱸魚，趁著蓴絲碧〔四〕。無端酸鼻。向歧路銷魂，征輪驛騎，斷雁西風急〔五〕。

英雄輩，事業東西南北〔六〕。臨風因甚成泣〔七〕。酬知有願頻揮手，零雨淒其此日〔八〕。休太息。須信道、諸公袞袞皆虛擲。年來蹤跡。有多少雄心，幾番惡夢，淚點霜華織。

【校】

〔題〕通本作「送座主德清蔡先生」，張本無「別」字。

【箋注】

〔一〕蔡夫子：蔡啓僔。作者於康熙十一年中順天鄉試舉人，蔡爲主試官，故稱之爲夫子。

徐倬蔡崑暘先生傳：蔡崑暘先生，諱啓僔，字石公，浙江德清人也。庚戌捷南宫，天子親擢第一。壬子主順天鄉試，與崑山徐健菴先生同事。然以小過掛吏議歸里。丙辰，服闋赴京。丁巳，以病歸。癸亥，遂得末疾以終，蓋年六十有五也。按蔡於十一年主持鄉試，爲人彈劾，去職回鄉。十五年回京復職，十六年因病辭官。此詞多牢騷不平之語，當作於十一年秋蔡離京時。

〔二〕消得：猶云值得。

〔三〕罨畫：溪名，在浙江省長興縣。德清與長興古時均屬烏程。

〔四〕世説新語識鑒：「張季鷹辟齊王東曹掾，在洛見秋風起，因思吴中菰菜蓴羹、鱸魚膾，曰：『人生貴適意爾，何能羈宦數千里以要名爵。』遂命駕便歸。」

〔五〕斷雁：失羣之雁。歐陽修漁家傲詞：「風急雁行吹字斷。」

〔六〕禮記檀弓：「今丘也，東西南北之人也。」此句謂辭官後可以著述爲事業。

〔七〕蘇軾次韻劉貢父省上詩：「不用臨風苦揮淚，君家自與竹林齊。」

〔八〕零雨：斷續不止的雨。詩東山：「我來自東，零雨其濛。」淒其：寒涼。詩緑衣：「絺兮綌兮，淒其以風。」

## 青衫濕　悼亡

按此調譜律不載，疑亦自度曲。

青衫濕偏〔一〕，憑伊慰我，忍便相忘。半月前頭扶病〔二〕，翦刀聲、猶共銀釭〔三〕。憶生來小膽怯空房。到而今獨伴梨花影，冷冥冥、儘意凄涼〔四〕。願指魂兮識路，教尋夢也回廊。　咫尺玉鈎斜路〔五〕，一般消受，蔓草斜陽。判把長眠滴醒，和清淚、攪入椒漿〔六〕。怕幽泉還爲我神傷。道書生薄命宜將息，再休耽、怨粉愁香〔七〕。料得重圓密誓，難禁寸裂柔腸〔八〕。

【校】

〔調〕通本、張本作「青衫濕遍」。

〔按語〕通本、張本無。汪本作「按此調爲自度曲。一本作青衫濕遍」。

〔共〕原校：一作「在」。通本、張本作「在」。

【箋注】

〔一〕白居易琵琶行詩：「座中泣下誰最多，江州司馬青衫濕。」

〔二〕據葉舒崇皇清納臘室盧氏墓誌銘，盧氏生産後，「乃膺沉痼，彌月告凶」，于康熙十六年五月三十日卒。

〔三〕指盧氏在燈下猶扶病爲新生嬰兒裁剪。

〔四〕唐常理古別離詩：「小膽空房怯，長眉滿鏡愁。」性德沁園春（夢冷蘅蕪）詞曰：「歸來也，趁星前月底，魂在梨花。」可知「小膽怯空房」，「獨伴梨花影」均指盧氏而言。

〔五〕玉鈎斜：在江蘇省揚州西，相傳爲隋煬帝葬宫人之處。此處借指盧氏厝柩之地。盧氏卒後，可能暫厝於什刹海的龍華寺，與性德家近在咫尺，故曰：「一般消受，蔓草斜陽。」

〔六〕椒漿：以椒浸製的酒漿，古代多用以祭祀。屈原九歌東皇太乙：「蕙肴蒸兮蘭藉，奠桂酒兮椒漿。」王逸注：「椒漿，以椒置漿中也」。

〔七〕宋王沂孫金盞子詞：「厭厭地、終日爲伊，香愁粉怨。」

〔八〕世説新語黜免：「桓公入蜀，至三峽中，部伍中有得猨子者，其母緣岸哀號，行百餘里不去。遂跳上船，至便即絶。破視其腹中，腸皆寸寸斷。」

## 憶桃源慢

斜倚熏籠〔一〕，隔簾寒徹，徹夜寒如水。離魂何處，一片月明千里〔二〕。兩地凄涼，多少恨，分付藥鑪烟細〔三〕。近來情緒，非關病酒〔四〕，如何擁鼻長如醉〔五〕。轉尋思不如睡也，看道夜深怎睡〔六〕。

幾年消息浮沈〔七〕，把朱顔頓成憔悴。紙窗淅瀝，寒到箇人衾被〔八〕。篆字香消燈灺冷，不算凄涼滋味〔九〕。加餐千萬，寄聲珍重，而今始會當時意。早催人一更更漏，殘雪月華滿地。

【校】

〔徹夜句〕原校：一作「聽盡哀鴻唳」。袁本作「聽盡哀鴻唳」，通本作「徹夜寒於水」。

〔千里〕原校：一作「如水」。袁本作「如水」。

〔涼〕原校：一作「清」。袁本作「清」。

〔淅瀝〕原校：一作「風裂」。通本、張本、袁本作「風裂」。

〔不算句〕通本、張本作「忽聽塞鴻嘹唳」。

【箋注】

〔一〕白居易後宮詞：「紅顔未老恩先斷，斜倚熏籠坐到明。」

〔二〕月明千里：見前二四二頁月上海棠（原頭野火燒殘碣）注〔四〕。

〔三〕詩詞曲語辭匯釋卷四：「分付，有交付義，有委託義；……毛滂更漏子詞：『那些愁，推不去，分付一簷寒雨。』此爲委託義。寒雨爲愁悶之徵，委託寒雨，意言寒雨連綿，能代其擔承愁悶之情也。」

〔四〕李清照鳳凰臺上憶吹簫詞：「新來瘦，非干病酒，不是悲秋。」

〔五〕擁鼻：世説新語雅量「方作洛生詠諷」注引宋明帝文章志：「（謝）安能作洛下書生詠，而少有鼻疾，語音濁。後名流多學其詠弗能及，手掩鼻而吟焉。」後指用雅音曼聲吟詠爲擁鼻吟。以上描寫自己的淒涼景況。

〔六〕看道：估量之辭，猶料想。

〔七〕消息浮沈：指没有音訊。見前九頁如夢令（木葉紛紛歸路）注〔二〕。

〔八〕箇人：見一五頁相見歡（微雲一抹遥峯）詞注〔三〕。

〔九〕以上想象情人在這寒夜的淒涼景況。

## 湘靈鼓瑟

按此調譜律不載，疑亦自度曲。一本作翦梧桐。

新睡覺，聽漏盡烏啼欲曉。屏側墜釵扶不起，淚浥餘香悄悄。任百種思量都來，擁枕薄衾顛倒。土木形骸，自甘憔悴，只平白占伊懷抱〔一〕。看蕭蕭一翦梧桐，此日秋光應到。若不是憂能傷人〔二〕，怎青鏡朱顔便老。慧業重來偏命薄〔三〕，悔不夢中過了。憶少日清狂，花間馬上，軟風斜照。端的而今，誤因疏起〔四〕，却懊惱誤人年少。料應他此際閒眠，一樣百愁難掃。

【校】

〔調〕通本、張本作「翦梧桐」。下注：「自度曲。」

〔按語〕通本、張本無。汪本作「按此調亦自度曲」，下同。
〔聽漏盡〕通本、張本作「正漏盡」。
〔屏側二句〕通本、張本無。
〔自甘憔悴〕通本、張本作「分甘抛擲」。
〔平白〕汪本作「平日」，疑刻誤。
〔看蕭蕭〕通本作「聽蕭蕭」。
〔秋光應到〕通本、張本作「秋聲重到」。
〔朱顏便老〕通本、張本作「朱顏易老」。
〔慧業二句〕通本、張本無。
〔誤人〕通本、張本作「殢人」。
〔百愁〕通本、張本作「積愁」。

**【箋注】**

〔一〕土木形骸：形體像土木一樣自然，比喻人的本來面目，不加修飾。世説新語容止：「嵇康身長七尺八寸，風姿特秀。」注：「康別傳曰：康長七尺八寸，偉容色，土木形骸，不加飾厲，而龍章鳳姿，天質自然。」以上三句謂像我這樣落拓不羈的人，本該自甘於憔悴，却白白地博得她的愛憐。

〔二〕漢孔融論盛孝章書：「若使憂能傷人，此子不得永年矣。」

〔三〕慧業：佛教指生來賦有智慧的業緣。維摩詰經上菩薩品四：「知一切法，不取不捨，入一相門，起於慧業。」

〔四〕宋蔣捷滿江紅：「萬誤曾因疏處起，一閒且向貧中覓。」

## 大酺　寄梁汾〔一〕

怎一爐烟，一窗月，斷送朱顏如許。韶華猶在眼，怪無端吹上，幾分塵土〔二〕。手撚殘枝，沈吟往事，渾似前生無據。鱗鴻憑誰寄〔三〕，想天涯隻影，淒風苦雨〔四〕。便硏損吴綾〔五〕，啼沾蜀紙〔六〕，有誰同賦。　當時不是錯，好花月、合受天公妒。只索倩、春歸燕子，説與從頭，争教他、會人言語〔七〕。萬一離魂遇，偏夢被、冷香縈住〔八〕。剛聽得、城頭鼓〔九〕。相思何益〔一〇〕，待把來生祝取。慧業相同一處〔一一〕。

【校】

〔怎〕原校：一作「只」。通本、張本、袁本、詞雅作「只」。

〔華〕原校：一作「光」。通本、張本、袁本、詞雅作「光」。

〔只索〕原校：一作「準擬」。通本、張本、袁本、詞雅作「準擬」。

〔剛聽得〕今詞作「剛聽着」。

**【箋注】**

〔一〕康熙十六年春顧貞觀南歸，此詞可能作於十七年。

〔二〕蘇軾水龍吟詞：「春色三分，二分塵土，一分流水。」

〔三〕鱗鴻：魚雁，書信的代稱。

〔四〕淒風苦雨：寒風久雨。左傳昭公四年：「春無淒風，秋無苦雨。」

〔五〕砑損吴綾：砑，用石碾磨布帛，使之密實光澤，可用以寫字。吴綾，吴地出産的薄綢。方千里醉桃源詞：「良宵相對一燈青，相思寫砑綾。」

〔六〕蜀紙：四川産的箋紙。唐代蜀地有薛濤箋、十色箋等，均甚著名。

〔七〕宋趙佶燕山亭詞：「憑寄離恨重重，這雙燕，何曾會人言語。」

〔八〕二句謂也許夢魂能够偶爾相遇，但夢魂又往往要被冷香縈繞住。

〔九〕此句謂偏偏又聽到城頭的鼓聲，夢又醒了。

〔一〇〕李商隱無題二首之二：「直道相思了無益，未妨惆悵是清狂。」

〔一一〕宋書謝靈運傳：「太守孟顗事佛精懇，而爲靈運所輕，嘗謂顗曰：『得道應須慧業文人，生天當在靈運前，成佛必在靈運後。』」王次回龍友尊慈七十壽歌：「故應不羡生天福，慧業文人聚一家。」二句謂只能祈求上天，來生讓我們兩個慧業文人在一起生活。

# 納蘭詞箋注卷五

## 憶王孫

暗憐雙緤鬱金香。欲夢天涯思轉長〔一〕。幾夜東風昨夜霜。減容光〔二〕。莫爲繁花又斷腸〔三〕。

【箋注】

〔一〕緤：拴，縛。鬱金香：花名。二句謂見到兩束或兩枝拴在一起的鬱金香而愈加思念遠在天涯的心上人。

〔二〕唐崔鶯鶯寄詩：「自從消瘦減容光，萬轉千迴懶下床。」二句謂幾夜風霜之後，花減却了鮮豔的顏色，暗示自己亦容光瘦損。

〔三〕繁花：即指上文的鬱金香。

## 又

刺桐花下是兒家〔一〕。已拆秋千未采茶〔二〕。睡起重尋好夢賒。憶交加〔三〕。倚著閒窗數落花〔四〕。

【校】

〔花下〕通本、張本作「花底」。

【箋注】

〔一〕刺桐：一名海桐、山芙蓉，落葉喬木。兒：古代年輕女子自稱。張先更漏子詞：「耳畔向人輕道：柳陰曲，是兒家。門前紅杏花。」

〔二〕二月以後農事漸忙，故拆去秋千。晏幾道浣溪沙詞：「已拆秋千不奈閒，却隨蝴蝶到花間，旋尋雙葉插雲鬟。」

〔三〕交加：指男女偎依，親密無間。韓偓春閨詩之一：「願結交加夢，因傾瀲灩尊。」

〔四〕王安石北山詩：「細數落花因坐久，緩尋芳草得歸遲。」

# 調笑令

明月，明月。曾照箇人離別〔一〕。玉壺紅淚相偎。還似當年夜來〔二〕。來夜，來夜。肯把清輝重借？

【校】

〔調〕通本、張本作「轉應曲」。

【箋注】

〔一〕馮延巳三臺令詞：「明月，明月。照得離人愁絶。」

〔二〕晉王嘉拾遺記卷七：「魏文帝（曹丕）所愛美人，姓薛，名靈芸，常山人也。……乃以獻文帝，靈芸聞別父母，歔欷累日，淚下霑衣。至升車就路之時，以玉唾壺承淚，壺即紅色。既發常山，及至京師，壺中淚凝如血矣。」又：「靈芸未至京師十里，帝乘雕玉之輦以望車徒之盛，嗟曰：『昔者言朝爲行雲，暮爲行雨，今非雲非雨，非朝非暮。』改靈芸之名曰夜來。」

# 憶江南〔一〕

江南好〔二〕，建業舊長安〔三〕。紫蓋忽臨雙鷁渡〔四〕，翠華争擁六龍看〔五〕。雄麗却高寒。

【校】

〔調〕通本、張本作「夢江南」。以下幾闋同。

【箋注】

〔一〕此首詞及以下九首：均爲康熙二十三年九月至十一月作者扈駕南巡（清實録稱東巡）時所作。參閱前七九頁菩薩蠻詞（驚颷掠地冬將半）注〔一〕。

〔二〕白居易有憶江南詞三首，其第一首起句曰：「江南好。」後人多仿效之。

〔三〕建業：今江蘇省南京市，漢爲秣陵縣，三國吴改爲建業。東晉及南朝宋齊梁陳建都於此。李白金陵三首之一：「晉家南渡日，此地舊長安。」

〔四〕紫蓋：指雲氣，古人附會爲象徵王者之氣。三國志吴志孫權傳裴松之注引吴書：「（陳化）爲郎中，令使魏，魏文帝因酒酣，嘲問曰：『吴魏峙立，誰將平一海内者乎？』化對曰：『易稱帝出乎震，加聞先哲知命，舊説紫蓋黄旗，運在東南。』」鷁：水鳥，能厭水神，以此古人畫鷁首於船頭。唐趙彦昭奉和幸安樂公主山莊應制詩：「六龍齊軫御朝曦，雙鷁維舟下渌池。」

〔五〕翠華：用翠羽裝飾在旗竿頂上的旗，爲帝王的儀仗。司馬相如上林賦：「建翠華之旗，樹靈鼉之鼓。」顏師古注：「翠華之旗，以翠羽爲旗上葆也。」六龍：皇帝車駕爲六匹馬，馬八尺稱龍，因名六龍。漢劉歆述志賦：「總六龍於駟房兮，春華蓋於帝側。」

## 又

江南好，城闕尚嵯峨。故物陵前惟石馬〔一〕，遺蹤陌上有銅駝〔二〕。玉樹夜深歌〔三〕。

**【箋注】**

〔一〕陵：指明孝陵。杜甫玉華宮詩：「當時侍金輿，故物獨石馬。」

〔二〕晉書索靖傳：「靖有先識遠量，知天下將亂，指洛陽宮門銅駝，歎曰：『會見汝在荆棘中耳！』」太平寰宇記引陸機洛陽記：「漢鑄銅駝二枚，在宮之南四會道，夾路相對。俗語曰：「金馬門外聚羣賢，銅駝陌上集少年。」」言人物之盛也。

〔三〕玉樹：陳書後主張貴妃：「後主每引賓客對貴妃等遊宴，則使諸貴人及女學士與狎客共賦新詩，互相贈答。採其尤豔麗者，以爲曲調，被以新聲。選宮女有容色者以千百數，令習而歌之。分部迭進，持以相樂。其曲有玉樹後庭花、臨春樂等，大抵所歸，皆美張貴妃、孔貴嬪之容色也。」此句即杜牧泊秦淮詩「商女不知亡國恨，隔江猶唱後庭花」之意。

## 又

江南好，懷古意誰傳？燕子磯頭紅蓼月〔一〕，烏衣巷口緑楊烟〔二〕。風景憶當年。

【箋注】

〔一〕燕子磯：在南京市東北郊。磯頭屹立長江邊，三面懸絶，宛如飛燕，故名。蓼：又名水蓼，一年生草本植物，花淡緑色或淡紅色。

〔二〕烏衣巷：在今南京市東南。三國吴時在此置烏衣營，以兵士服烏衣而名。東晉時王謝諸望族居此。

## 又

江南好，虎阜晚秋天〔一〕。山水總歸詩格秀〔二〕，笙簫恰稱語音圓，誰在木蘭船。

【箋注】

〔一〕虎阜：即虎丘山，在江蘇蘇州市西北閶門外。相傳春秋時吴王闔閭葬於此，三日，有虎踞其上，故名。

〔二〕此句謂所以能寫出俊逸的詩句，實由於山水秀麗。

【輯評】

況周頤蕙風詞話卷二：羅子遠清平樂「兩槳能吴語」五字甚新。楊柳渡頭，荷花蕩口，暖風十里，翦水咿啞，聲愈柔而景愈深。嘗讀飲水詞望江南云：「江南好，虎阜晚秋天。山水總歸詩格秀，笙簫恰稱語音圓，人在木蘭船。」笙簫句與此兩槳句同一妙於領會。

## 又

江南好，真箇到梁溪〔一〕。一幅雲林高士畫〔二〕，數行泉石故人題〔三〕。還似夢遊非？

【箋注】

〔一〕大清一統志常州府一：「梁溪，在無錫縣西門外，源出惠山。相傳古溪極隘，梁大同中重浚，故名。或以梁鴻居此而名。」這裏泛指無錫。無錫爲作者好友嚴繩孫和顧貞觀的故鄉，作者過去常夢想去遊歷，（臨江仙寄嚴蓀友詞：「生小不知江上路，分明却到梁溪。匆匆剛欲話分攜。香消夢冷，窗白一聲雞。」）現在夢想果然實現，故曰真箇。

〔二〕雲林：元代畫家倪瓚，號雲林，江蘇無錫人。善畫山水，以幽遠簡淡爲宗。隱居不仕，人稱倪高士。

〔三〕故人：指作者友人嚴繩孫。清史列傳卷七十嚴繩孫傳：「兼工書畫，梁溪人争以倪雲林目之。」

## 又

江南好，水是二泉清〔一〕。味永出山那得濁〔二〕，名高有錫更誰争〔三〕，何必讓中泠〔四〕。

【箋注】

〔一〕二泉：惠山泉，在江蘇無錫縣惠山下，水清味醇，唐陸羽評爲天下第二泉，簡稱二泉。

〔二〕杜甫佳人詩：「在山泉水清，出山泉水濁。」

〔三〕大清一統志常州府一：「錫山，在無錫縣西五里，惠山之支麓也。唐陸羽惠山記：東峯當周秦間大産鉛錫，故名錫山。漢興，錫方殫，故創無錫縣。王莽時錫復出，改縣名曰有錫。……自光武至孝順之世，錫果竭，順帝更爲無錫縣。」

〔四〕中泠泉：在江蘇鎮江市西北石山簰東。唐劉伯芻評爲天下第一泉。

## 又

江南好，佳麗數維揚〔一〕。自是瓊花偏得月〔二〕，那應金粉不兼香〔三〕。誰與話清涼〔四〕。

【箋注】

〔一〕謝朓入朝曲：「江南佳麗地，金陵帝王州。」書禹貢：「淮海惟揚州。」毛詩中惟字均作維。後人遂以「維揚」作爲揚州的别稱。

〔二〕瓊花：葉柔而瑩澤，花色微黄而有香。舊揚州后土祠有瓊花一株，相傳爲唐人所植，爲稀有珍異植物。偏得月：謂揚州得月最多，故云。唐徐凝憶揚州詩：「天下三分明月夜，二分無賴是揚州。」

〔三〕金粉：金指花鈿，粉指鉛粉，皆爲婦女梳妝用品。

〔四〕清涼：晉陶潛和郭主簿詩二首之二：「和澤同三春，清涼素秋節。」

## 又

江南好，鐵甕古南徐〔一〕。立馬江山千里目〔二〕，射蛟風雨百靈趨〔三〕。北顧更躊躇〔四〕。

【箋注】

〔一〕鐵甕：江蘇鎮江縣子城，相傳爲吴大帝孫權所建，内外皆甃以甓。以其堅固如金城，號鐵甕城。或謂其狀深狹似甕而得名。南徐，東晉南渡，僑置徐州於京口，即今江蘇鎮江市。南朝宋以江南晉陵地爲南徐州，仍治京口。故鎮江又稱南徐。

〔二〕王之涣登鸛雀樓詩：「欲窮千里目，更上一層樓。」

〔三〕射蛟：漢書武帝紀：「（元封）五年冬，行南巡狩……自尋陽浮江，親射蛟江中，獲之。」百靈：百神。柳宗元賀雨表：「聖謨廣運，驅百靈以從風。」此句謂江水翻騰，如蛟龍在興風作浪，而風雨晦冥，則又如百靈趨從。

〔四〕宋書索虜傳：「（元嘉八年）上以滑臺戰守彌時，遂至陷没，乃作詩曰：『逆虜亂疆埸，邊將嬰寇仇。……惆悵懼遷逝，北顧涕交流。』」辛棄疾永遇樂京口北固亭懷古詞：「元嘉草草，封狼居胥，贏得倉皇北顧。」

## 又

江南好，一片妙高雲〔一〕。硯北峯巒米外史〔二〕，屏間樓閣李將軍，金碧矗斜曛〔三〕。

【箋注】

〔一〕大清一統志鎮江府一：「金山，在丹徒縣西北七里大江中。……其最高處曰金鼇峯、妙高峯。」

〔二〕硯北：吴景旭歷代詩話：「漢上題襟集段成式書云：『杯宴之餘，常居硯北。』又云：『長疏硯北，天機素少。』又云：『筆下詞文，硯北諸生。』蓋言几案面南，人坐硯之北也。」米外史：米芾字元章，號鹿門居士，又稱海嶽外史。宋太原人。善書畫。書法得王獻之筆意，超妙入神。山水遠宗王洽，近師董源，别出新意，自成一派。此句謂妙高峯烟雲縹緲，宛如米外史畫中之峰巒。

〔三〕李將軍：李思訓，唐宗室，開元初官武衛大將軍。善畫山水樹石，筆致遒勁，金碧輝映，後人稱爲金碧山水。其子昭道也以山水著名。思訓以官稱大李將軍，昭道又因父而稱小李將軍。二句謂山上佛寺矗立於斜陽中，金碧輝煌，又似畫屏上李將軍所畫之亭臺樓閣。

## 又

江南好，何處異京華？香散翠簾多在水〔一〕，緑殘紅葉勝於花〔二〕。無事避風沙〔三〕。

【箋注】

〔一〕謂樓臺臨水，簾影多倒映在水中。

〔二〕杜牧山行詩：「停車坐愛楓林晚，霜葉紅於二月花。」

〔三〕無事：不必去做（某事）。謂江南不像北京，没有風沙。

## 又

新來好〔一〕，唱得虎頭詞〔二〕。一片冷香惟有夢，十分清瘦更無詩〔三〕。標格早梅知〔四〕。

【箋注】

〔一〕新來：近來。李清照鳳凰臺上憶吹簫詞：「新來瘦，非干病酒，不是悲秋。」

〔二〕虎頭：晉顧愷之，字長康，小字虎頭。此處借指作者的友人顧貞觀。

〔三〕二句爲顧貞觀浣溪沙梅詞句。

〔四〕謂從梅花可知顧貞觀彈指詞之風格。

## 點絳唇　寄南海梁藥亭〔一〕

一帽征塵，留君不住從君去〔二〕。片帆何處？南浦沈香雨〔三〕。回首風流〔四〕，紫竹村邊住〔五〕。孤鴻語。三生定許，可是梁鴻侶〔六〕。

**【箋注】**

〔一〕南海：指廣東省。秦始皇三十三年置南海郡，治所在番禺（今廣州市）。清史列傳卷七十一梁佩蘭傳：梁佩蘭，字芝五，號藥亭，廣東南海人。順治十四年鄉試第一，屢上公車，不得志。康熙二十七年成進士，年六十矣。改翰林院庶吉士，不一年遽乞假歸。四十七年卒，年七十七。著有六瑩堂前後集十六卷。據梁祭納蘭性德的祭文：「嗚呼，我離京師，距今四年。此來見公，歡倍於前。」祭文作於康熙二十四年，可知梁離京當在二十年。詞中有「片帆何處」之語，當作於梁去後不久。

〔二〕蔡伸踏莎行詞：「百計留君，留君不住。留君不住君須去。」

〔三〕南浦：泛指南邊的水濱。屈原九歌河伯：「子交手兮東行，送美人兮南浦。」沈香：沈香浦，在廣州西二十里江濱。相傳晉廣州刺史吳隱之以清廉聞名，於任滿歸途中見妻劉氏藏有沈香一斤，取而投之於浦，因名（見讀史方輿紀要一〇一南海縣琵琶洲注）。

〔四〕回首風流：指當年在京時的交往。

〔五〕紫竹村：可能是當時北京西郊紫竹院附近的一個村莊。

〔六〕三生：指前生，今生，來生。梁鴻：字伯鸞。東漢扶風平陵人。家貧好學，不求仕進。娶同縣孟光爲妻，夫婦同入霸陵山中，以耕織爲業。見後漢書梁鴻傳。二句謂如果人真有三生的話，那末梁佩蘭前生一定是梁鴻一流人物。

## 浣溪沙

十里湖光載酒遊，青簾低映白蘋洲〔一〕。西風聽徹采菱謳。沙岸有時雙袖擁〔二〕，畫船何處一竿收。歸來無語晚妝樓。

【箋注】

〔一〕白蘋洲：泛指長滿白色蘋花的沙洲。

〔二〕雙袖擁：用衣袖裹住雙手。

## 又〔一〕

脂粉塘空偏緑苔〔二〕，掠泥營壘燕相催。妒他飛去却飛回。一騎近從梅里過〔三〕，片帆遥自藕溪來〔四〕。博山香燼未全灰。

【箋注】

〔一〕此詞作於康熙二十三年十月扈駕南巡時。

〔二〕脂粉塘：溪名。南朝梁任昉述異記卷上：「吴故宫亦有香水溪，俗云西施浴處，人呼爲脂粉塘。」

〔三〕梅里：在今江蘇省無錫縣東南，又名泰伯城，春秋吴太伯居於此。

〔四〕藕溪：在無錫西北三十里。

## 又 大覺寺〔一〕

燕壘空梁畫壁寒〔二〕，諸天花雨散幽關〔三〕。篆香清梵有無間〔四〕。蛺蝶乍從簾影度，櫻桃半是鳥銜殘〔五〕。此時相對一忘言〔六〕。

【箋注】

〔一〕大清一統志保定府四：「大覺寺，在滿城縣北，明洪武初因舊址重建。」據清實録，康熙帝於二十二年二月及九月兩次去五臺山時，均「駐蹕滿城縣」，但與此詞時令不符。唯十八年三月，「丁酉……上幸保定縣一路行圍」，時令最爲接近。又據徐乾學所作作者墓誌銘，「上之幸海子、沙河，及西山、湯泉，及畿輔、五臺……未嘗不從」，保定行圍，作者當亦隨行。故此詞當作於該年。又據北京名勝古迹辭典，海淀區北安河鄉西南暘臺山麓亦有大覺寺，創建於遼代，但明末寺内建築已圮毁，至康熙五十九年始重修。

〔二〕薛道衡昔昔鹽：「暗牖懸蛛網，空梁落燕泥。」

〔三〕諸天：佛書言，三界共有三十二天，自四天王天至非有想非無想天，總謂之諸天。長阿含經：「使彼諸天，增益五福。」花雨：佛教傳説：佛祖説法，感動天神，諸天雨各色香花。李華鶴林寺碑：「十里花雨，四天香雲。」幽關，深邃的關隘。唐韓琮潁亭詩：「潁上新亭瞰一川，幾重舊址敞幽關。」

〔四〕清梵：謂寺僧誦經之聲。

〔五〕王維勅賜百官櫻桃詩：「總是寢園春薦後，非關御苑鳥銜殘。」

〔六〕忘言：莊子外物：「言者所以在意，得意而忘言。」

## 又〔一〕

抛却無端恨轉長，慈雲稽首返生香〔二〕。妙蓮花説試推詳〔三〕。　但是有情皆滿願〔四〕，更從何處著思量。篆烟殘燭並回腸。

**【箋注】**

〔一〕詞中有「慈雲稽首返生香」之語，可能作於康熙十六年妻子死後不久，故有望其返生的想法。

〔二〕慈雲：佛家稱佛以慈悲爲懷，如大雲之覆蓋世界，故曰慈雲。唐太宗三藏聖教序：「引慈雲於西極，注法雨於東陲。」返生香：據東方朔海内十洲記，聚窟洲有神鳥山，山上有返魂樹，伐其木根心，於玉釜中煮成汁，煎成丸，名曰驚精香，或名震靈丸、返生香、却死香。死者在地，聞香氣即活。此句謂求佛保佑使亡妻返生。

〔三〕妙蓮花：妙法蓮花經，爲佛教主要經典之一。

〔四〕妙法蓮花經：「此經能大饒益，一切衆生，充滿其願。」王次回和于氏諸子秋詞：「但是有情皆滿願，妙蓮花説不荒唐。」但是：凡是。

## 又　小兀喇〔一〕

樺屋魚衣柳作城〔二〕，蛟龍鱗動浪花腥。飛揚應逐海東青〔三〕。　猶記當年軍壘跡，不知何處梵鐘聲。莫將興廢話分明〔四〕。

**【箋注】**

〔一〕兀喇：又名烏喇，烏拉。大清一統志吉林二：「打牲烏拉城，在吉林城北七十里混同江東。……内有小城，周二里，東西二門。」小兀喇可能即指該小城。據清實録，康熙帝於二十一年三月去東北祭祀祖先陵墓，「庚申，上巡行烏喇地方……癸酉，上至吉林烏喇地方」。此詞即作於該年。

〔二〕樺屋魚衣：以樺木建屋，以魚皮爲衣履。赫哲族人本女真一族，祖居混同江畔，多著此衣飾。柳作城，清順治、康熙年間修築柳條邊，又名柳城、柳牆，禁止邊内人民越過籬笆打獵、採人參、放牧。老邊南起遼寧鳳城至山海關，新邊自開原東北至吉林市北。

〔三〕海東青：鷙鳥名，雕的一種。本草綱目禽部：「雕出遼東，最俊者謂之海東青。」

〔四〕參見前二五五頁滿庭芳（堠雪翻鴉）詞注〔九〕。

## 又　姜女祠〔一〕

海色殘陽影斷霓，寒濤日夜女郎祠。翠鈿塵網上蛛絲。　澄海樓高空極目〔二〕，望夫石在且留題。六王如夢祖龍非〔三〕。

【箋注】

〔一〕大清一統志永平府二：「姜女祠在臨榆縣東南並海里許，祠前土丘爲姜女墳，傍有望夫石。俗傳姜女爲杞梁妻，始皇時因哭其夫而崩長城。」按臨榆即山海關。作者曾兩次途經山海關，第一次是在康熙帝於二十一年三月出山海關至盛京祭祀祖先陵墓時，第二次是在該年八月下旬隨郎談去梭龍時。此詞語句低沉暗淡，且有「寒濤」之語，作於深秋之可能性爲大。三月赴盛京，正當平定三藩之亂不久，「海宇蕩平」，「躬詣盛京祭告三陵」（清實録），康熙帝得意非凡之時，作者隨侍帝側，而作詞曰「六王如夢祖龍非」，恐没有這樣大膽。故繫於二十一年。

〔二〕大清一統志永平府二：「澄海樓，在臨榆縣南寧海城上，前臨大海。明兵部主事王致中建。」

〔三〕六王：指燕、趙、韓、魏、齊、楚六國之王。杜牧阿房宮賦：「六王畢，四海一。」祖龍：秦始皇，見前一一五頁一絡索（野火拂雲微緑）注〔五〕。

## 菩薩蠻　回文

客中愁損催寒夕，夕寒催損愁中客。門掩月黄昏，昏黄月掩門。　翠衾孤擁醉，醉擁孤衾翠。醒莫更多情，情多更莫醒。

## 又　回文

砑箋銀粉殘煤畫〔一〕，畫煤殘粉銀箋砑〔二〕。清夜一燈明，明燈一夜清。　片花驚宿燕，燕宿驚花片。親自夢歸人，人歸夢自親。

【箋注】

〔一〕研箋：壓印有圖紋的箋紙。殘煤：殘墨。

〔二〕銀箋：用銀粉、銀屑塗飾的箋紙。

## 又〔一〕

飄蓬只逐驚飈轉，行人過盡烟光遠。立馬認河流，茂陵風雨秋〔二〕。　寂寥行殿鎖〔三〕，梵唄琉璃火。塞雁與宮鴉〔四〕，山深日易斜。

【箋注】

〔一〕此詞有「茂陵風雨秋」之句，可能去十三陵時所作，參見前一一二頁好事近（馬首望青山）注〔一〕。

〔二〕茂陵：一是漢武帝陵墓，在今陝西興平縣東北。另一是明憲宗陵墓，在今北京市昌平縣北天壽山。考作者經歷，似未到過陝西，因此這裏當是指昌平的茂陵。

〔三〕行殿：本指行宮中的殿，這裏指陵内的寢殿。李商隱舊頓詩：「猶鎖平時舊行殿，盡無宮户有宮鴉。」

〔四〕韓偓故都詩：「塞雁已侵池籞宿，宮鴉猶戀女牆啼。」

## 采桑子

那能寂寞芳菲節〔一〕，欲話生平。夜已三更，一闋悲歌淚暗零。　須知秋葉春花促〔二〕，點鬢星星〔三〕。遇酒須傾，莫問千秋萬歲名〔四〕。

【箋注】

〔一〕芳菲節：指春天。五代毛熙震後庭花詞：「鶯啼燕語芳菲節，瑞庭花發。」

〔二〕南朝梁昭明太子有所思詩：「别前秋葉落，别後春花芳。」

〔三〕何遜秋夕歎白髮詩：「唯見星星鬢，獨與衆中殊。」李賀還自會稽歌：「吴霜點歸鬢，身與塘蒲晚。」

〔四〕李白行路難：「且樂生前一杯酒，何須身後千載名。」

## 又　九日〔一〕

深秋絶塞誰相憶？木葉蕭蕭。鄉路迢迢〔二〕，六曲屏山和夢遥〔三〕。　佳時倍惜風光别，不爲登高〔四〕。只覺魂銷，南雁歸時更寂寥。

【箋注】

〔一〕九日：指農曆九月初九重陽節。作者於九月份在塞外有兩次，一次是康熙二十一年八月至十二月去梭龍偵察，一次是二十二年扈駕去五臺山。去五臺山時已在九月中旬，故此詞當作於二十一年九月。

〔二〕王次回歸途自歎詩：「縱使到家仍是客，迢迢鄉路爲誰歸？」

〔三〕李賀屏風曲：「團迴六曲抱膏蘭。」王琦注：「六曲，十二扇也，以十二扇疊作六曲。」

〔四〕登高：重陽的風俗。據南朝梁吴均續齊諧記，汝南桓景從費長房遊學，累年，長房謂之曰：「九月九日汝家當有災，宜急去，令家人各作絳囊，盛茱萸以繫臂，登高飲菊花酒，此禍可除。」景於是日齊家登山，夕還，雞犬牛羊一時暴死。後來重九登高就成爲習俗。

## 又

海天誰放冰輪滿〔一〕？惆悵離情。莫説離情，但值涼宵總淚零。　祇應碧落重相見，那是今生。可奈今生，剛作愁時又憶卿〔二〕。

【箋注】

〔一〕冰輪：指明月。蘇軾宿九仙山詩：「夜半老僧呼客起，雲峯缺處湧冰輪。」誰，爲何。

〔二〕剛：猶偏。白居易惜花詩：「可憐夭豔正當時，剛被狂風一夜吹。」此詞亦爲悼亡而作。

## 又

白衣裳憑朱闌立〔一〕，涼月趖西〔二〕。點鬢霜微〔三〕，歲晏知君歸不歸？　殘更目斷傳書雁〔四〕，尺素還稀。一味相思，準擬相看似舊時〔五〕。

【箋注】

〔一〕王次回寒詞十六首之一：「從來國色玉光寒，晝視常疑月下看。況復此宵兼雪月，白衣裳憑赤欄干。」

〔二〕趖西：向西斜。趖，走。

〔三〕見前三〇六頁沁園春（試望陰山）詞注〔一一〕。

〔四〕傳書雁：據漢書蘇武傳，漢武帝時蘇武出使匈奴，被拘不屈，徙居北海上牧羊。後匈奴與漢和親，漢求武等回國，匈奴詭言武已死。蘇武屬吏常惠夜見漢使，教漢使謂單于言漢帝射獵於上林苑中，射得一雁，雁足有繫帛書，言武等在某澤中。使者責問單于，單于謝罪，放蘇武回國。唐鄭渥塞上詩：「帳前影落傳書雁，日下聲交失馬翁。」

〔五〕晏幾道采桑子詞：「秋來更覺銷魂苦，小字還稀。坐想行思，怎得相看似舊時。」

# 清平樂

麝烟深漾，人擁緱笙氅〔一〕。新恨暗隨新月長，不辨眉尖心上〔二〕。　六花斜撲疏簾〔三〕，地衣紅錦輕霑〔四〕。記取暖香如夢。耐他一晌寒嚴〔五〕。

【箋注】

〔一〕緱笙氅：鶴氅。列仙傳卷上：「王子喬者，周靈王太子晉也。好吹笙，作鳳凰鳴，遊伊洛之間，道士浮丘公接以上嵩高山。……見栢良曰：『告我家，七月七日待我於緱氏山巔。』至時，果乘白鶴，駐山頭，望之不得到，舉手謝時人，數日而去。」因而稱鶴氅爲緱笙氅。

〔二〕范仲淹御街行詞：「都來此事，眉尖心上，無計相迴避。」

〔三〕六花：雪花的結晶成六角形，因稱之爲六出之花，或六花。李商隱對雪二首之二：「旋撲珠簾過粉牆，輕於柳絮重於霜。」

〔四〕地衣：地毯。李煜浣溪沙詞：「紅錦地衣隨步皺。」

〔五〕暖香：指春天的花香。杜牧洛中二首之二：「風吹柳帶摇晴緑，蝶遶花枝戀暖香。」二句謂只需忍耐些時，即將冬去春來。

# 眼兒媚

林下閨房世罕儔〔一〕，偕隱足風流〔二〕。今來忍見，鶴孤華表〔三〕，人遠羅浮〔四〕。

中年定不禁哀樂〔五〕，其奈憶曾遊。浣花微雨〔六〕，采菱斜日〔七〕，欲去還留〔八〕。

**【箋注】**

〔一〕世説新語賢媛：「謝遏絶重其姊，張玄常稱其妹，欲以敵之。有濟尼者，並遊張謝二家，人問其優劣，答曰：『王夫人（按指謝遏之姊謝道藴）神情散朗，故有林下風氣；顧家婦（按指張玄之妹）清心玉映，自是閨房之秀。』」

〔二〕此句謂如能與該女結爲夫婦，一起隱居，亦是風流韻事。

〔三〕華表：古代立于宫殿、城垣或陵墓前的石柱。據搜神後記，遼東人丁令威在靈虚山學道成仙，後化鶴歸來，落城門華表柱上。有少年欲射之，鶴乃飛鳴作人言：「有鳥有鳥丁令威，去家千年今始歸。城郭如故人民非，何不學仙塚纍纍。」此句謂今舊地重來，而該女已死。

〔四〕羅浮：山名，在廣東省。據龍城録，隋開皇中，趙師雄遷羅浮，日暮，於松林酒肆旁見一美人淡妝素服出迎，與語，芳香襲人，因與扣酒家共飲。師雄醉寢，比醒，起視乃在梅花樹下。

〔五〕見前一二九頁憶秦娥（長飄泊）注〔二〕。

〔六〕浣花：古時蜀地風俗，以每年四月十九日爲浣花日。陸游老學庵筆記：「四月十九日，成都謂之浣花日，遨頭宴於杜子美草堂滄浪亭，傾城皆出，錦繡夾道。……蜀人云：『雖戴白之老，未嘗見浣花日雨也』。」

〔七〕南朝梁費昶採菱曲：「妾家五湖口，采菱五湖側。……日斜天欲暮，風生浪未息。」

〔八〕宋黄公度浣溪沙詞：「欲去還留無限思，輕勻淡抹不成妝。」

## 又　詠紅姑娘〔一〕

騷屑西風弄晚寒〔二〕，翠袖倚闌干〔三〕。霞綃裹處〔四〕，櫻脣微綻〔五〕，靺鞨紅殷〔六〕。

故宫事往憑誰問〔七〕？無恙是朱顏〔八〕。玉墀争采，玉釵争插，至正年間〔九〕。

【校】

〔騷屑句〕，張本作「西風騷屑弄輕寒」。

【箋注】

〔一〕紅姑娘：酸漿的别名，多年生或一年生草本，夏秋間開花，花冠乳白色。漿果包藏在鮮豔的囊狀花萼内，成熟時呈橘紅色或深紅色。

〔二〕騷屑：形容風聲。漢劉向九歎：「風騷屑以摇木兮，雲吸吸以湫戾。」

〔三〕蘇軾江城子詞：「知道故人相念否，攜翠袖，倚朱闌。」這裏用美人來比喻紅姑娘。

〔四〕霞綃：雲霞般的輕紗，形容花萼。

〔五〕櫻唇：形容漿果。

〔六〕靺鞨：見前二八九頁齊天樂（闌珊火樹魚龍舞）注〔三〕。

〔七〕嚴繩孫眼兒媚詠紅姑娘詞：「生生長共，故宮衰草，同對斜陽。」自注：「元故宮遺録：金殿前有此果。」

〔八〕指紅姑娘至今還保持着鮮紅的顏色。

〔九〕至正：元順帝年號。

## 又　中元夜有感〔一〕

手寫香臺金字經〔二〕，惟願結來生。蓮花漏轉，楊枝露滴，相鑒微誠。　欲知奉倩神傷極〔三〕，憑訴與秋檠〔四〕。西風不管，一池萍水，幾點荷燈。

**【校】**

〔手寫句〕張本作「香臺手自寫金經」。「檠」通本作「擎」，非是。

【箋注】

〔一〕作者妻子盧氏死於康熙十六年五月，此詞可能就作於該年七月十五日中元夜。按舊俗於七月十五中元節延僧尼結盂蘭盆會，夜裏在水邊放河燈，又稱放荷花燈，誦經施食，超度亡魂。

〔二〕香臺：香木作的臺，指佛殿。維摩詰經：有國名衆香，悉以香作亭臺樓榭。金字經：用金泥書寫的經文。

〔三〕奉倩神傷：三國志魏志卷十荀惲裴松之注引晉陽秋：「（荀）粲，字奉倩。……婦病亡，未殯。傅嘏往唁粲，粲不哭而神傷。」

〔四〕檠：燈架。秋檠，即秋燈。

## 滿宮花

盼天涯，芳訊絶〔一〕。莫是故情全歇。朦朧寒月影微黄，情更薄于寒月。麝烟銷，蘭燼滅〔二〕。多少怨眉愁睫。芙蓉蓮子待分明〔三〕，莫向暗中磨折。

【箋注】

〔一〕史達祖雙雙燕詞：「應是棲香正穩，便忘了天涯芳信。」

〔二〕蘭燼：燭之餘燼，因狀似蘭心，故稱。唐皇甫松夢江南詞：「蘭燼落，屏上暗紅蕉。」

〔三〕子夜歌：「霧露隱芙蓉，見蓮不分明。」又：「乘風採芙蓉，夜夜得蓮子。」芙蓉謂夫容，蓮子謂憐子，見蓮謂見憐。

## 少年遊

算來好景只如斯。惟許有情知。尋常風月，等閒談笑，稱意即相宜。　十年青鳥音塵斷〔一〕，往事不勝思。一鉤殘照，半簾飛絮〔二〕，總是惱人時。

【箋注】

〔一〕青鳥：見前四六頁浣溪沙（記綰長條欲别難）注〔三〕。

〔二〕周邦彦瑞龍吟詞：「斷腸院落，一簾飛絮。」

## 浪淘沙　望海〔一〕

蜃闕半模糊〔二〕。踏浪驚呼〔三〕。任將蠡測笑江湖〔四〕。沐日光華還浴月，我欲乘桴〔五〕。　釣得六鼇無〔六〕？竿拂珊瑚〔七〕。桑田清淺問麻姑〔八〕。水氣浮天天接水，那是蓬壺〔九〕？

【箋注】

〔一〕此詞可能作于康熙二十一年三月扈駕至山海關時。參見前一四頁長相思注〔一〕。

〔二〕蜃闕：海市蜃樓。史記天官書：「海旁蜃氣象樓臺，廣野氣成宮闕然。」

〔三〕薩都剌黯淡灘歌：「歡呼踏浪棹歌去，晴雪灑面風吹衣。」

〔四〕蠡測：漢書東方朔傳答客難：「語曰：以筦闚天，以蠡測海。」莊子秋水：「秋水時至，百川灌河，涇流之大，兩涘渚崖之間不辨牛馬。於是焉河伯欣然自喜，以天下之美爲盡在己。順流而東行，至於北海。東面而視，不見水端。於是焉河伯始旋其面目，望洋向若而歎曰：『野語有之曰「聞道百，以爲莫己若者」，我之謂也。……吾長見笑於大方之家。』」

〔五〕論語：「子曰：道不行，乘桴浮於海。」

〔六〕列子湯問：「渤海之東，有大壑焉，其中有山，常隨波潮上下。帝恐流於西極，失羣聖之居，使巨鰲十五舉首而戴之。龍伯之國，有大人……一釣而連六鰲。」後以釣鰲比喻遠大的抱負或豪邁的舉止。唐李中送王道士遊東海詩：「必若思三島，應須釣六鰲。」

〔七〕杜甫送孔巢父謝病歸遊江東兼呈李白詩：「詩卷長留天地間，釣竿欲拂珊瑚樹。」

〔八〕神仙傳：王遠，字方平，過蔡經家，召麻姑。既至，是好女子，年可十八九許，頂上作髻，餘髮散垂至腰，手爪似鳥，衣有文采，又非錦繡。自說云：「接侍以來，已見東海三爲桑田。向到蓬萊，水又淺於往者會時略半也，豈將復還爲陵陸乎？」方平笑曰：「聖人皆言，海中行復揚塵也。」

〔九〕蓬壺：即蓬萊，海上仙山。王嘉拾遺記卷一：「三壺則海中三山也。一曰方壺，則方丈也；二曰蓬壺，則蓬萊也；三曰瀛壺，則瀛洲也，形如壺器。」

## 又

雙燕又飛還，好景闌珊。東風那惜小眉彎〔一〕。芳草綠波吹不盡，只隔遥山。

花雨憶前番〔二〕，粉淚偷彈〔三〕。倚樓誰與話春閒？數到今朝三月二〔四〕，夢見猶難。

【箋注】

〔一〕謂東風並不憐惜傷春的女子。

〔二〕花雨：落花如雨。也可以理解爲花間的雨。

〔三〕宋劉過沁園春詞：「時將粉淚偷彈。」

〔四〕古代上巳節一般定在農曆三月三日，亦有定在三月二日的。宋王嵎夜行船詞：「曲水濺裙三月二。馬如龍、鈿車如水。」

## 鷓鴣天

誰道陰山行路難〔一〕？風毛雨血萬人歡〔二〕。松梢露點霑鷹紲〔三〕，蘆葉溪深没馬鞍。依樹歇，映林看。黄羊高宴簇金盤〔四〕。蕭蕭一夕霜風緊，却擁貂裘怨早寒。

【校】

〔調〕通本、張本作「於中好」。下闋同。

〔鷹紲〕汪本作「鷹細」，疑刻誤。

【箋注】

〔一〕此詞可能作于康熙二十二年九月扈駕至五臺山時。參見前四九頁浣溪沙（萬里陰山萬里沙）注〔一〕〔二〕。李白上皇西巡南京歌：「誰道君王行路難，六龍西幸萬人歡。」

〔二〕風毛雨血：指大規模的射獵。漢班固兩都賦：「風毛雨血，灑野蔽天。」

〔三〕辛棄疾念奴嬌詞：「露冷松梢，風高桂子，醉了還醒却。」鷹紲：拴鷹的繩索。

〔四〕黄羊：亦稱蒙古羚。簇：裝滿。金盤：金製餐具。漢辛延年羽林郎詩：「就我求珍肴，金盤膾鯉魚。」

## 又〔一〕

小構園林寂不譁，疏籬曲徑倣山家。晝長吟罷風流子〔二〕，忽聽楸枰響碧紗〔三〕。

添竹石，伴烟霞〔四〕。擬憑尊酒慰年華。休嗟髀裏今生肉〔五〕，努力春來自種花。

【校】

〔晝長〕瑶華集作「春窗」。

〔忽聽句〕瑶華集作「一鳥聲中日上紗」。

〔休嗟二句〕瑶華集作「休言筋肉俱駑緩，嘗向東風自種花」。

【箋注】

〔一〕此詞可能作於康熙十九年或稍後。參見前二五一頁滿江紅（問我何心）注〔一〕。

〔二〕風流子：詞牌名。孫光憲風流子詞：「茅屋槿籬溪曲，雞犬自南自北。菰葉長，水葓開，門外春波漲緑。聽織聲促，軋軋鳴梭穿屋。」

〔三〕楸枰：指棋盤。碧紗：指碧紗窗。白居易隣女詩：「何處閒教鸚鵡語，碧紗窗下繡床前。」

〔四〕烟霞：泛指山水、山林。

〔五〕三國志蜀先主傳注：「九州春秋曰：（劉）備住荆州數年，嘗於（劉）表坐起至厠，見髀裏肉生，慨然流涕。還坐，表怪問備，備曰：『吾常身不離鞍，髀肉皆消。今不復騎，髀裏肉生。日月若馳，老將至矣，而功業不建，是以悲耳。』」

## 南鄉子

何處淬吴鉤〔一〕？一片城荒枕碧流〔二〕。曾是當年龍戰地〔三〕，颼颼。塞草霜風滿地秋。

霸業等閒休。躍馬横戈總白頭〔四〕。莫把韶華輕换了，封侯。多少英雄只廢丘。

【箋注】

〔一〕吴鉤：一種似劍而曲的兵器。吴越春秋闔閭内傳：「吴王既得莫耶劍，復命國中作金鉤，能爲善鉤者賞之百金。有人貪王重賞，殺其二子，以血釁金，遂成二鉤，獻于吴王。吴王佩之不離身。」後以吴鉤泛指寶劍。

〔二〕李珣巫山一段雲詞：「古廟依青嶂，行宫枕碧流。」

〔三〕龍戰：羣雄割據的争戰。班固答賓戲：「於是七雄虓闞，分裂諸夏，龍戰而虎争。」

〔四〕左思蜀都賦：「公孫躍馬而稱帝。」注：「范曄後漢書曰：『公孫述，字子陽，扶風人也。王莽時爲導江卒正。更始立，述恃其地險衆附，遂自立爲天子。』」李白送羽林陶將軍詩：「萬里横戈探虎穴，三杯拔劍舞龍泉。」

# 鵲橋仙

月華如水，波紋似練，幾簇澹烟衰柳。塞鴻一夜盡南飛，誰與問倚樓人瘦〔一〕。韻拈風絮〔二〕，録成金石〔三〕，不是舞裙歌袖〔四〕。從前負盡掃眉才〔五〕，又擔閣鏡囊重繡〔六〕。

**【校】**

〔調〕通本作「踏莎行」，誤。

**【箋注】**

〔一〕辛棄疾滿江紅詞：「人去後，吹簫聲斷，倚樓人獨。」

〔二〕見前一頁憶江南注〔二〕。

〔三〕金石：宋趙明誠撰金石録。三十卷，著録所藏金石拓片，上起三代，下及隋唐五代，共二千種，考據精慎。紹興中，其妻李清照表上於朝。

〔四〕宋羅椿酹江月詞：「不用翠倚紅圍，舞裙歌袖，共理稱觴曲。」三句謂該女子有才學，不是以歌舞娛人的。

〔五〕掃眉才：稱女子有文學才能。唐胡曾贈薛濤詩：「掃眉才子知多少，管領春風總不如。」

〔六〕唐王建鏡聽詞：「可中三日得相見，重繡鏡囊磨鏡面。」按鏡聽爲古代的一種占卜法，胸前懷着鏡子，出門去聽别人講話，以聽到的話卜吉凶休咎。

## 虞美人〔一〕

緑陰簾外梧桐影，玉虎牽金井〔二〕。怕聽啼鴂出簾遲〔三〕，恰到年年今日兩相思。淒涼滿地紅心草〔四〕，此恨誰知道。待將幽憶寄新詞，分付芭蕉風定月斜時。

【箋注】

〔一〕句中有「兩相思」、「寄新詞」之語，可知爲離别的戀人而作。

〔二〕海録碎事：「玉虎，轆轤也。」李商隱無題四首之二：「金蟾齧鎖燒香入，玉虎牽絲汲井迴。」

〔三〕宋張炎高陽臺詞：「莫開簾，怕見飛花，怕聽啼鵑。」

〔四〕異聞録：王生夢侍吴王，聞葬西施，生應教爲詩曰：「滿地紅心草，三層碧玉堦。春風無處所，悽恨不勝懷。」

## 茶瓶兒

楊花糝徑櫻桃落〔一〕。緑陰下晴波燕掠。好景成擔閣。秋千背倚，風態宛如昨。可惜春來總蕭索。人瘦損紙鳶風惡〔二〕。多少芳箋約，青鸞去也〔三〕，誰與勸孤酌。

【箋注】

〔一〕糝：濺落。杜甫絶句漫興九首其七：「糝徑楊花鋪白氈，點溪荷葉疊青錢。」李煜臨江仙詞：「櫻桃落盡春歸去，蝶翻輕粉雙飛。」

〔二〕顧貞觀浣溪沙詞：「清脆鈴聲簷鴿夜，悠颺燈影紙鳶風。」惡：甚，强烈。陸游釵頭鳳詞：「東風惡，歡情薄。」

〔三〕青鸞：指車。陸游書懷絶句之五：「未駕青鸞返帝鄉，三江七澤路茫茫。」亦指女子。宋柳永木蘭花詞：「坐中年少暗消魂，争問青鸞家遠近。」

## 臨江仙

點滴芭蕉心欲碎〔一〕，聲聲催憶當初。欲眠還展舊時書〔二〕。鴛鴦小字，猶記手生疏〔三〕。　倦眼乍低緗帙亂，重看一半模糊。幽窗冷雨一燈孤〔四〕。料應情盡，還道有情無？

【箋注】

〔一〕杜牧芭蕉詩：「芭蕉爲雨移，故向窗前種。憐渠點滴聲，留得歸鄉夢。」

〔二〕蔡伸生查子詞：「看盡舊時書，洒盡今生淚。」

〔三〕王次回湘靈詩：「戲仿曹娥把筆初，描花手法未生疏。沈吟欲作鴛鴦字，羞被郎窺不肯書。」

〔四〕湯顯祖牡丹亭悼觴：「冷雨幽窗燈不紅。」

## 蝶戀花　散花樓送客〔一〕

城上清笳城下杵。秋盡離人，此際心偏苦。刀尺又催天又暮〔二〕，一聲吹冷蒹葭浦〔三〕。　把酒留君君不住。莫被寒雲，遮斷君行處。行宿黄茅山店路，夕陽村社迎神鼓。

【校】

〔題〕張本作「送見陽南行」。

【箋注】

〔一〕據一統志，散花樓在成都府城東北隅。李白上皇西巡南京歌：「北地雖誇上林苑，南京還有散花樓。」但作者似未到過成都，因此這散花樓可能是當時北京的一家酒樓。又據張本，此詞爲送見陽（張純修）南行而作，當是康熙十八年秋見陽去任江華令時。參閱前一五六頁菊花新（愁絶行人天易暮）注〔一〕。

〔二〕杜甫秋興八首之一：「寒衣處處催刀尺，白帝城高急暮砧。」

〔三〕蒹葭浦：有蘆葦的水灣。柳永過澗歇近詞：「數幅輕帆旋落，艤棹蒹葭浦。」

## 金縷曲　再用秋水軒舊韻〔一〕

疏影臨書卷。帶霜華、高高下下，粉脂都遣〔二〕。别是幽情嫌嫵媚，紅燭啼痕休泫。趁皓月、光浮冰繭〔三〕。恰與花神供寫照，任潑來、澹墨無深淺。持素障，夜中展〔四〕。

殘釭掩過看逾顯。相對處、芙蓉玉綻，鶴翎銀扁〔五〕。但得白衣時慰藉，一任浮雲蒼犬。塵土隔、軟紅偷免〔六〕。簾幕西風人不寐，恁清光、肯惜鷫裘典〔七〕。休便把，落英翦〔八〕。

【箋注】

〔一〕見前三一四頁金縷曲（酒涴青衫卷）注〔一〕。此首詠白菊花。

〔二〕謂白菊花無脂粉氣。

〔三〕冰繭，拾遺記卷十：「員嶠山……有冰蠶，長七寸，黑色，有角，有鱗；以霜雪覆之，然後作繭，長一尺，其色五彩。織爲文錦，入水不濡，以之投火，經宿不燎。」此處指用繭絲製作的紙。唐常袞晚秋集賢院即事寄徐薛二侍郎詩：「墨潤冰文繭，香銷蠹字魚。」

〔四〕素障：白色生絹做的屏障。二句謂夜間菊影映在白色屏障上像是一幅潑墨寫生畫。

〔五〕以上三句謂如果把殘燈遮起來，花影就更加明顯，看上去像玉雕的芙蓉和銀白色的鶴的翎毛。王建于主簿廳看花詩：「小葉稠枝粉壓摧，暖風吹動鶴翎開。」

〔六〕白衣：據檀道鸞續晉陽秋，陶潛九日無酒，出籬邊悵望久之，見白衣人至，乃王弘送酒使也。即便就酌，醉而後歸。浮雲蒼犬：杜甫可歎詩：「天上浮雲如白衣，斯須改變如蒼狗。」軟紅：見前三一九頁金縷曲（灑盡無端淚）注〔四〕。以上三句謂只要時常有白衣人送酒來，就任憑世事變化無常，悄悄地與繁華的紅塵隔絕了。

〔七〕肯：猶豈肯。鷫裘：以鷫鸘羽毛所製的長袍。西京雜記：「司馬相如初與卓文君還成都，居貧愁懣，以所著鷫鸘裘就市人陽昌貰酒，與文君爲懽。」

〔八〕落英：初生的花。屈原離騷：「朝飲木蘭之墜露兮，夕餐秋菊之落英。」

# 納蘭詞箋注補遺一

## 望江南　詠弦月

初八月，半鏡上青霄〔一〕。斜倚畫闌嬌不語，暗移梅影過紅橋〔二〕。裙帶北風飄〔三〕。

【箋注】

〔一〕半鏡：梁簡文帝大同哀辭：「月半鏡而開河，雲羅柱而下岫。」

〔二〕宋高觀國憶秦娥詞：「澹移梅影，冷印疏櫺。」

〔三〕唐李端拜新月詩：「開簾見新月，便即下階拜。細語人不聞，北風吹裙帶。」

## 鷓鴣天　離恨

背立盈盈故作羞〔一〕。手挼梅蕊打肩頭〔二〕。欲將離恨尋郎說，待得郎來恨却休。

雲澹澹，水悠悠。一聲横笛鎖空樓〔三〕。何時共泛春溪月，斷岸垂楊一葉舟〔四〕。

【箋注】

〔一〕盈盈：美好貌。古詩十九首之二：「盈盈樓上女，皎皎當窗牖。」

〔二〕晏幾道玉樓春詞：「手挼梅蕊尋香徑，正是佳期期未定。」

〔三〕唐趙嘏長安晚秋詩：「殘星幾點雁横塞，長笛一聲人倚樓。」

〔四〕斷岸：江岸斷絶處。辛棄疾小重山詞：「垂楊影、斷岸西東。」

## 明月棹孤舟　海淀〔一〕

一片亭亭空凝佇〔二〕。趁西風霓裳偏舞〔三〕。白鳥驚飛，菰蒲葉亂〔四〕，斷續浣紗人語。　丹碧駁殘秋夜雨〔五〕。風吹去採菱越女。轆轤聲斷，昏鴉欲起，多少博山情緒〔六〕？

【箋注】

〔一〕海淀：在北京西郊。

〔二〕此句謂池中荷葉亭亭玉立，徒然令人凝望。

〔三〕霓裳：見前二九八頁雨霖鈴注〔八〕。

〔四〕菰蒲：水生植物。菰，俗稱茭白；蒲，菖蒲。

〔五〕丹碧：指荷花荷葉的顏色。

〔六〕古樂府楊叛兒：「暫出白門前，楊柳可藏烏。歡作沉水香，儂作博山鑪。」李白楊叛兒：「烏啼隱楊花，君醉留妾家。博山爐中沉香火，雙烟一氣淩紫霞。」此處的博山情緒隱指男女之間的情愛。

## 臨江仙

昨夜箇人曾有約〔一〕。嚴城玉漏三更〔二〕。一鉤新月幾疏星。夜闌猶未寢，人靜鼠窺燈〔三〕。　原是瞿唐風間阻〔四〕，錯教人恨無情〔五〕。小闌干外寂無聲。幾回腸斷處，風動護花鈴〔六〕。

【箋注】

〔一〕箇人：見前一五頁相見歡（微雲一抹遥峯）注〔三〕。

〔二〕嚴城：戒備森嚴的城。唐宗楚客奉和幸安樂公主山莊應制詩：「玉樓銀牓枕嚴城，翠蓋紅旂列禁營。」周邦彦少年游詞：「低聲問、向誰行宿，城上已三更。」

〔三〕秦觀如夢令詞：「夢破鼠窺燈，霜送曉寒侵被。」

〔四〕瞿唐：峽名，在重慶奉節縣東，爲長江三峽之首。兩岸峻峭對峙，中貫一江，灩澦堆正當其口，於江心突兀而出，地當全蜀江路之門户。此句謂情人不來赴約是爲事所阻。

〔五〕王建宫詞：「自是桃花貪結子，錯教人恨五更風。」

〔六〕護花鈴：見前一三七頁朝中措注〔六〕。

## 望海潮 寶珠洞〔一〕

漢陵風雨〔二〕，寒烟衰草〔三〕，江山滿目興亡。白日空山，夜深清唄，算來别是凄涼。往事最堪傷。想銅駝巷陌〔四〕，金谷風光〔五〕。幾處離宫，至今童子牧牛羊。荒沙一片茫茫。有桑乾一綫〔六〕，雪冷鵰翔。一道炊烟，三分夢雨〔七〕，忍看林表斜陽〔八〕。歸雁兩三行。見亂雲低水，鐵騎荒岡。僧飯黄昏，松門涼月拂衣裳〔九〕。

【箋注】

〔一〕寶珠洞：在北京西山八大處。北京名勝古迹辭典：「寶珠洞雄踞於平坡山頂……有殿堂兩座。寺之正殿爲觀音大士殿，兩厢有配殿。殿後有一巖洞。深廣約四米。洞内礫石奇特，如同黑白相間的珠子凝結而成，似蚌珠晶瑩，故得名寶珠。」性德於康熙十二年寫成的渌水亭雜識中，已有考證西山地名的記載，可見他此前曾到過西山。此詞可能作於當時。

〔二〕漢陵：借指十三陵。

〔三〕王安石桂枝香詞：「六朝舊事隨流水，但寒烟衰草凝緑。」

〔四〕銅駝：見前三四五頁憶江南（江南好，城闕尚嵯峨）注〔二〕。

〔五〕金谷：古地名，在今河南洛陽市東北。晉石崇築園於此，世稱金谷園。

〔六〕桑乾：河名。據大清一統志順天府二，源出山西馬邑縣桑乾山，東入河北及北京市郊外，下流入大清河（即今永定河）。

〔七〕夢雨：迷濛細雨。李商隱重過聖女祠詩：「一春夢雨常飄瓦，盡日靈風不滿旗。」

〔八〕林表：猶言林外。周邦彦浣溪沙詞：「忍聽林表杜鵑啼。」

〔九〕松門：指廟宇之門。唐王勃遊梵宇三覺寺詩：「蘿幌棲禪影，松門聽梵音。」

## 憶江南〔一〕

江南憶，鸞輅此經過〔二〕。一匊臙脂沈碧甃〔三〕，四圍亭壁幛紅羅〔四〕。消息暑風多〔五〕。

【箋注】

〔一〕此詞寫回憶康熙二十三年十一月扈駕南巡時經過南京的情況，詞中又有「暑風」之語，因此可能作於二十四年四、五月。

〔二〕鸞輅：天子之車。逸周書月令：「天子居青陽左个，乘鸞輅，駕蒼龍。」

〔三〕匊：滿握。詩小雅采緑：「終朝采緑，不盈一匊。」南畿志：「景陽井在臺城内，陳後主與張麗華、孔貴嬪投其中以避隋兵。舊傳闌有石脈，以帛拭之，作胭脂痕，名胭脂井。」大清一統志江寧府一：「景陽井，在上元縣北。建康志：『一名胭脂井，又名辱井，在臺城内。』」

〔四〕徐釚詞苑叢談卷六潘佑小詞：「(李)後主於宫中作紅羅亭，四面栽紅梅，作豔曲歌之。」

〔五〕暑風：熱風。此句謂夏天南風吹來，帶來了許多南京的消息。

## 又

春去也〔一〕，人在畫樓東。芳草緑黏天一角，落花紅沁水三弓〔二〕。好景共誰同？

【箋注】

〔一〕劉禹錫憶江南詞：「春去也，多謝洛城人。」

〔二〕弓：舊時丈量地畝的工具和計算單位，五尺爲一弓，即一步。三百六十弓爲一里，二百四十方弓爲一畝。

## 赤棗子

風淅淅，雨纖纖。難怪春愁細細添。記不分明疑是夢，夢來還隔一重簾。

## 玉連環影

才睡。愁壓衾花碎〔一〕。細數更籌〔二〕，眼看銀蟲墜〔三〕。夢難憑，訊難真。只是賺伊終日兩眉顰。

【箋注】

〔一〕衾花：被子上繡的花。

〔二〕更籌：古代夜間報更的籌牌。南朝梁庾肩吾奉和春夜應令詩：「燒香知夜漏，刻燭驗更籌。」

〔三〕銀蟲：指燈花。

## 如夢令〔一〕

萬帳穹廬人醉〔二〕。星影摇摇欲墜。歸夢隔狼河〔三〕，又被河聲攪碎。還睡，還睡。解道醒來無味。

【箋注】

〔一〕詞中有「歸夢隔狼河」之語，可能作於康熙二十一年三至四月扈駕東出山海關祭祀長白山時。

〔二〕穹廬：氈帳。漢書匈奴傳下：「匈奴父子同穹廬卧。」顔師古注：「穹廬，旃帳也。其形穹隆，故曰穹廬。」

〔三〕狼河：即白狼河。見前九六頁卜算子（塞草晚才青）注〔六〕。

## 天仙子

月落城烏啼未了〔一〕，起來翻爲無眠早。薄霜庭院怯生衣〔二〕，心悄悄〔三〕，紅闌繞，此情待共誰人曉？

【箋注】

〔一〕見前一二頁天仙子（水浴涼蟾風入袂）詞注〔四〕。

〔二〕生衣：絹製的夏衣。王建秋日後詩：「立秋日後無多熱，漸覺生衣不著身。」

〔三〕悄悄：憂愁貌。詩邶風柏舟：「憂心悄悄，愠於羣小。」

## 浣溪沙

錦樣年華水樣流，鮫珠迸落更難收〔一〕。病餘常是怯梳頭〔二〕。　一徑緑雲修竹怨〔三〕，半窗紅日落花愁。愔愔只是下簾鉤。

【箋注】

〔一〕鮫珠：謂淚珠。張華博物志：「南海水有鮫人，水居如魚，不廢織績，其眼能泣珠。」

〔二〕病餘：病後。

〔三〕緑雲：喻樹葉茂盛。白居易雲居寺孤桐詩：「一株青玉立，千葉緑雲委。」此處指竹葉。

## 又

肯把離情容易看，要從容易見艱難。難拋往事一般般。　今夜燈前形共影，枕函虛置翠衾單。更無人與共春寒。

## 又〔一〕

已慣天涯莫浪愁，寒雲衰草漸成秋。漫因睡起又登樓。　伴我蕭蕭惟代馬〔二〕，笑人寂寂有牽牛〔三〕。勞人只合一生休〔四〕。

【箋注】

〔一〕詞中有「笑人寂寂有牽牛」之語，可知必作於七夕。寫作時間見前二九三頁齊天樂（白狼河北秋偏早）注〔一〕。

〔二〕蕭蕭：馬鳴聲。詩小雅車攻：「蕭蕭馬鳴，悠悠旆旌。」代馬：古代漠北産的駿馬。曹植朔風詩：「願騁代馬，倏忽北徂。」劉良注：「代馬，胡馬也。」

〔三〕牽牛：星名，即河鼓。俗稱牛郎星。隔銀河與織女星相對。七夕牛女相會，而人不能夫妻團聚，反被牽牛所笑。

〔四〕勞人：憂傷的人。詩小雅巷伯：「驕人好好，勞人草草。」

## 采桑子　居庸關〔一〕

巂周聲裏嚴關峙〔二〕，匹馬登登〔三〕。亂踏黃塵，聽報郵籤第幾程〔四〕。　行人莫話前朝事，風雨諸陵。寂寞魚燈〔五〕，天壽山頭冷月橫〔六〕。

**【箋注】**

〔一〕大清一統志順天府四：「居庸關，在昌平州西北，去延慶州五十里，關門南北相去四十里，兩山夾峙，巨澗中流，懸崖峭壁，稱爲險地。」

〔二〕巂周：杜鵑鳥。爾雅釋鳥「巂周」注：「子巂鳥，出蜀中。」疏：「蜀王望帝化爲子巂，今謂之子規是也。」

〔三〕登登：形容馬蹄聲。

〔四〕郵籤：驛館夜間報時的器具。杜甫宿青草湖詩：「宿槳依農事，郵籤報水程。」注：「漏籌謂之郵籤。」

〔五〕魚燈：墳冢中的燈。史記秦始皇本紀：「始皇初即位，穿治酈山……以人魚膏爲燭，度不滅者久之。」古人燈燭常混用。高啓吴女墳詩：「魚燈照髑魄，夜冷珠衣薄。」

〔六〕大清一統志順天府二：「天壽山，在昌平州北十八里，本名黃土山，即軍都諸山之岡皋。……明永樂七年卜建山陵，因改今名。諸帝陵寢皆在焉。」

## 清平樂 發漢兒村題壁〔一〕

參橫月落〔二〕，客緒從誰託。望裏家山雲漠漠〔三〕，似有紅樓一角〔四〕。不如意事年年，消磨絶塞風烟。輸與五陵公子〔五〕，此時夢繞花前。

**【箋注】**

〔一〕漢兒村：見前二七八頁念奴嬌（無情野火）注〔一〕。此詞有「此時夢繞花前」之句，當是作於春天，故繫於康熙二十一年三月至四月扈駕至盛京時。

〔二〕參：參宿，即獵户座的七顆亮星。參横，參星已落，形容夜深。曹植善哉行：「月没參横，北斗闌干。」

〔三〕唐劉肅大唐新語卷六：「（狄）仁傑赴任於并州，登太行，南望白雲孤飛，謂左右曰：『吾親所居，近此雲下！』悲泣佇立久之，候雲移乃行。」

〔四〕明陳子龍臨江仙詞：「斜陽一角紅樓。」

〔五〕五陵：指漢代五個皇帝的陵墓，即長陵、安陵、陽陵、茂陵、平陵。漢朝皇帝每建陵墓，常把四方富家豪族和外戚遷至陵墓附近居住，因此後來詩文中常以五陵爲豪門貴族聚居之地。

## 又

角聲哀咽，襆被馱殘月〔一〕。過去華年如電掣，禁得番番離別。一鞭衝破黄埃，亂山影裏徘徊。蓦憶去年今日，十三陵下歸來。

【箋注】

〔一〕襆被：鋪蓋卷。唐李洞鶖鱸詩：「三尺焦桐背殘月，一條藜杖卓寒烟。」

## 又

晝屏無睡〔一〕，雨點驚風碎〔二〕。貪話零星蘭焰墜〔三〕，閒了半床紅被。生來柳絮飄零。便教呪也無靈〔四〕。待問歸期還未，已看雙睫盈盈〔五〕。

【箋注】

〔一〕温庭筠池塘七夕詩：「銀燭有光妨宿燕，畫屏無睡待牽牛。」

〔二〕宋張輯疏簾淡月詞：「梧桐雨細，漸滴作秋聲，被風驚碎。」

〔三〕蘭焰：用蘭膏點的燈焰。

〔四〕呪：祈禱。

〔五〕盈盈：形容淚珠晶瑩。張先臨江仙詞：「況與佳人分鳳侶，盈盈粉淚難收。」

## 秋千索

錦帷初卷蟬雲繞〔一〕，卻待要起來還早。不成薄睡倚香篝，一縷縷殘烟裊。

緑陰滿地紅闌悄，更添與催歸啼鳥〔二〕。可憐春去又經時，只莫被人知了。

【箋注】

〔一〕蟬雲：蟬鬢。蟬雲繞，謂頭髮蓬亂。

〔二〕催歸：即杜鵑，子規。韓愈贈同遊詩：「喚起窗全曙，催歸日未西。」

## 浪淘沙　秋思

霜訊下銀塘〔一〕，併作新涼。奈他青女忒輕狂〔二〕。端正一枝荷葉蓋，護了鴛鴦〔三〕。

燕子要還鄉，惜別雕梁。更無人處倚斜陽。還是薄情還是恨，仔細思量。

【箋注】

〔一〕霜訊：同霜信，降霜的信息。銀塘：池塘的美稱。

〔二〕青女：神話中的霜雪之神。淮南子天文：「至秋三月……青女乃出，以降霜雪。」注：「青女，天神，青霄玉女，主霜雪也。」

〔三〕護了鴛鴦：見前二八四頁木蘭花慢注〔一四〕。二句謂幸而還有一枝挺直的荷葉，使鴛鴦得到庇護，免受風霜侵襲。

## 虞美人 秋夕信步

愁痕滿地無人省，露濕琅玕影〔一〕。閒階小立倍荒涼，還賸舊時月色在瀟湘〔二〕。

薄情轉是多情累，曲曲柔腸碎。紅箋向壁字模糊，憶共燈前呵手爲伊書。

【箋注】

〔一〕琅玕：指竹。宋蘇過從范信中覓竹詩：「十畝琅玕寒照坐，一谿羅帶恰通船。」爲露水淋溼的竹影，即上句的滿地愁痕。

〔二〕姜夔暗香詞：「舊時月色，算幾番照我，梅邊吹笛。」瀟湘：借指竹叢。

# 納蘭詞箋注補遺二

## 漁父

收却綸竿落照紅。秋風寧爲翦芙蓉〔一〕。人淡淡，水濛濛。吹入蘆花短笛中。

【箋注】

〔一〕寧：竟，乃。芙蓉：荷花的别名。

## 菩薩蠻 過張見陽山居賦贈〔一〕

車塵馬跡紛如織，羨君築處真幽僻。柿葉一林紅，蕭蕭四面風。功名應看鏡〔二〕，明月秋河影。安得此山間，與君高卧閒。

【箋注】

〔一〕張見陽：見前一五六頁菊花新注〔一〕。

〔二〕杜甫江上詩：「勳業頻看鏡，行藏獨倚樓。」仇兆鰲注引黄生注：「勳業老尚無成，故頻看鏡。」

## 南鄉子　秋莫村居〔一〕

紅葉滿寒溪，一路空山萬木齊。試上小樓極目望，高低，一片烟籠十里陂〔二〕。吠犬雜鳴雞，燈火熒熒歸路迷。乍逐横山時近遠，東西〔三〕，家在寒林獨掩扉。

【箋注】

〔一〕莫：同暮。

〔二〕韋莊臺城詩：「無情最是臺城柳，依舊烟籠十里堤。」

〔三〕此二句謂隨着曲折的山徑而行，面前的山嶺時東時西，忽近忽遠。

## 雨中花

樓上疏烟樓下路，正招余、緑楊深處〔一〕。奈卷地西風，驚回殘夢，幾點打窗雨。夜深雁掠東檐去。赤憎是、斷魂碪杵〔二〕。算酌酒忘憂，夢闌酒醒，愁思知何許〔三〕！

【箋注】

〔一〕二句寫夢境。

〔二〕赤憎：猶言可惡，討厭。杜甫風雨看舟前落花戲爲新句詩：「赤憎輕薄遮入懷，珍重分明不來接。」

〔三〕詩詞曲語辭匯釋卷三：「又有何許一語，與作何處解者不同，蓋猶云如何或怎樣也。陸游桃源憶故人詞：『試問歲華何許？芳草連天暮。』意云歲華如何也。」

## 滿江紅　爲曹子清題其先人所構楝亭，亭在金陵署中〔一〕

籍甚平陽〔二〕，羨奕葉、流傳芳譽〔三〕。君不見、山龍補袞〔四〕，昔時蘭署〔五〕。飲罷石頭城下水〔六〕，移來燕子磯邊樹〔七〕。倩一莖黄楝作三槐〔八〕，趨庭處〔九〕。延夕月，承晨露。看手澤〔一〇〕，深餘慕。更鳳毛才思〔一一〕，登高能賦〔一二〕。入夢憑將圖繪寫，留題合遺紗籠護〔一三〕。正緑陰青子盼烏衣，來非暮〔一四〕。

【箋注】

〔一〕曹寅（一六五八—一七一二）：字子清，號楝亭，曹雪芹之祖父。曹寅自其祖父曹振彦起爲滿洲貴族的包衣（奴僕），隸屬于正白旗。自其父親曹璽起連續三代任江寧織造。按曹寅之父曹璽死於康熙二十三年六月，同年十一月，康熙帝南巡至金陵，曾至曹府撫慰。納蘭性德扈駕隨行，其入金陵曹府，僅此一次，隨即北返。曹寅次年五月返京，納蘭性德死於該年五月三十日，觀詞中有「正緑陰青子」句，似非是冬日口氣，當作於康熙二十四年五月間。同時有顧貞觀所作和詞。見楝亭圖卷一。

〔二〕籍甚：盛大。漢書陸賈傳：「賈以此游漢廷公卿間，名聲籍甚。」平陽：漢曹參因助劉邦有功，受封平陽侯，傳至曾孫時（或作壽），尚武帝姊陽信長公主，見史記、漢書本傳。喻曹子清爲貴族出身，又切合曹姓。

〔三〕奕葉：猶言累世。

〔四〕山龍：古人袞服和旌旗上的山形與龍形圖紋。書益稷：「予欲觀古人之象，日月星辰，山龍華蟲，作會宗彝。」補袞：補帝王所穿的袞龍之衣，喻補救、規諫帝王的過失。詩大雅烝民：「袞職有闕，維仲山甫補之。」傳：「有袞冕者，君之上服也。仲山甫補之，善補過也。」

〔五〕蘭署：即蘭臺，指秘書省。此處僅是美稱，指曹氏金陵官署。

〔六〕石頭城：古城名。故址在今江蘇南京市清涼山，後遂稱南京爲石頭城。

〔七〕燕子磯：見前三四六頁憶江南（江南好，懷古意誰傳）注〔一〕。

〔八〕三槐：相傳周代宫廷外種有三棵槐樹，朝見天子時，三公面向三槐而立。周禮秋官：

「面三槐，三公位焉。」宋王旦之父祐在庭中手植槐樹三棵，曰：「吾之後世，必有爲三公者。」

〔九〕趨庭：論語季氏：「（孔子）嘗獨立，（孔）鯉趨而過庭。曰：『學詩乎？』」孔鯉是孔子的兒子，後因謂子承父教曰趨庭。楝亭圖卷一載納蘭性德曹司空手植楝樹記：「子清爲余言：其先人司空公當日奉命督江寧織造，清操惠政，……衙齋蕭寂，攜子清兄弟以從，方佩觿佩韘之年，温經課業，靡間寒暑。其書室外，司空親栽楝樹一株，今尚在無恙。」

〔一〇〕手澤：禮記玉藻：「父没而不能讀父之書，手澤存焉爾。」本指手汗，後通指先人或前輩的遺墨或遺物。

〔一一〕鳳毛：謂先人遺下的風采。南齊書卷三十六謝超宗傳：「王母殷淑儀卒，超宗作誄奏之。帝大嗟賞，曰：『超宗殊有鳳毛，恐靈運復出。』」按謝超宗是謝靈運的孫子。

〔一二〕韓詩外傳：孔子遊於景山之上，子路、子貢、顔淵從。孔子曰：「君子登高必賦，小子願者何？」漢書藝文志：傳曰：「不歌而頌謂之賦，登高能賦可以爲大夫。」

〔一三〕紗籠護：據王定保唐摭言，王播少孤貧，客居揚州惠昭寺木蘭院，隨僧齋食，爲諸僧所不禮。後播貴，重遊舊地，見昔日在寺壁上所題詩句，已爲僧用碧紗蓋護。因題曰：「二十年來塵撲面，如今始得碧紗籠。」

〔一四〕青子：指尚未成熟的梅子、杏子等。文天祥杏花詩：「春老緑陰青子近，東風來往一吹嘘。」烏衣：見前三四六頁憶江南（江南好，懷古意誰傳）注〔二〕。據後漢書廉范傳，廉范調任蜀郡太守。舊制爲防止火災，禁止百姓夜間點火做工。范到任撤消禁令，命百姓儲水嚴防。百姓稱便，作歌稱頌，曰：「廉叔度（范），來何暮？不禁火，民安作。平生無襦今五袴。」後以來暮爲稱頌地方官吏的典故。此二句謂南京人盼望曹子清很快能重返南京。

【附】

## 顧貞觀和詞

繡虎才華，曾不減、司空清譽。還記得、當年繞膝，雁行冰署。依約階前雙玉筍，分明海上三珠樹。憶一枝新蔭小書窗，親栽處。　柯葉改，霜和露。雲舍杳，空追慕。擬乘軺即日，舊游重賦。暫却緇塵求獨賞，層脩碧檻須加護。蚤催教結實引鵷雛，相朝暮。

## 浣溪沙　郊游聯句[一]

出郭尋春春已闌（陳維崧），東風吹面不成寒（秦松齡）。青村幾曲到西山（嚴繩孫）。　立馬未須愁路遠（姜宸英），看花且莫放盃閑（朱彝尊）。人生別易會常難（納蘭成德）。

【箋注】

〔一〕康熙十八年開博學鴻儒科，陳、秦、嚴、姜、朱諸人皆聚集於北京。此聯句當作於該年暮春同遊西山之時。

# 附録一

## 清史稿卷四百八十四

性德，納喇氏，初名成德，以避皇太子允礽嫌名改，字容若，滿洲正黄旗人，明珠子也。性德事親孝，侍疾衣不解帶，顔色黧黑，疾愈乃復。數歲即習騎射，稍長工文翰。康熙十四年成進士，年十六。聖祖以其世家子，授三等侍衛，再遷至一等。令賦乾清門應制詩，譯御制松賦，皆稱旨。俄疾作，上將出塞避暑，遣中官將御醫視疾，命以疾增減告。遽卒，年止三十一。嘗奉使塞外有所宣撫，卒後，受撫諸部款塞。上自行在遣中官祭告，其眷睞如是。

性德鄉試出徐乾學門，與從研討學術。嘗裒刻宋、元人説經諸書，書爲之序，以自撰禮記陳氏集説補正附焉，合爲通志堂經解。性德善詩，尤長倚聲。遍涉南唐、北宋諸家，窮極要眇。所著飲水、側帽二集，清新秀雋，自然超逸。嘗讀趙松雪自寫照詩有感，即繪小像，仿其衣冠。坐客期許過當，弗應也。乾學謂之曰：「爾何似王逸少！」則大喜。好賓禮士大夫，與嚴繩孫、顧貞觀、陳維崧、姜宸英諸人遊。貞觀友吴江吴兆騫坐科場獄戍寧古塔，賦金縷曲二篇寄焉。性德讀之嘆曰：「山陽思舊，都尉河梁，并此而三矣！」貞觀因力請爲兆騫謀，得釋還，士尤稱之。

## 清史列傳卷七十一

性德，原名成德，字容若，納蘭氏，滿洲正黄旗人。康熙十五年進士，授乾清門侍衛。少從姜宸英遊，喜爲古文辭。鄉試出徐乾學之門，遂授業焉。善詩，其詩飄忽要眇，絶句近韓偓。尤工於詞，所作飲水、側帽詞，當時傳寫，遍於村校郵壁。生平淡於榮利，書史外無他好。愛才喜客，所與遊皆一時名士。晚更篤意經史，囑友人秦松齡、朱彝尊購求宋元諸家經解。後啓於乾學，得鈔本一百四十種，曉夜窮研，學益進。嘗延友人陸元輔合訂删補大易集議萃言八十卷、陳氏禮記集説補正三十八卷。又刻通志堂九經解一千八百餘卷，皆有功後學。精鑒藏。書學褚河南，見稱於時。嘗奉使覘梭龍諸羌。二十四年卒，年三十一。殁後旬日，適諸羌輸款，上時避暑關外，遣中使拊其几筵哭而告之，以其嘗有勞於是役也。著有通志堂詩集五卷、詞四卷、文五卷、渌水亭雜識四卷，又有全唐詩選、詞韻正略。

## 通議大夫一等侍衛進士納蘭君墓志銘

徐乾學

嗚呼，始容若之喪，而余哭之慟也！今其棄余也數月矣。余每一念至，未嘗不悲來填膺也。

嗚呼，豈直師友之情乎哉！余閲世將老矣，從我遊者亦衆矣，如容若之天姿之純粹，識見之高明，學問之淹通，才力之强敏，殆未有過之者也。天不假之年，余固抱喪予之痛，而聞其喪者，識與不識，皆哀而出涕也。又何以得此於人哉！太傅公失其愛子，至今每退朝，望子舍必哭。哭已，皇皇焉如冀其復者，亦豈尋常父子之情也。至尊每爲太傅勸節哀，太傅愈益悲不自勝。余間過相慰，則執余手而泣曰：惟君知我子，惠邀君言，以掩諸幽，使我子雖死猶生也。余奚忍以不文爲辭。顧余之知容若，自壬子秋榜後始，迄今十三四年耳。後容若入侍中，禁廷嚴密，其言論梗概，有非外臣所得而知者。太傅屬痛悼，未能殫述，則是余之所得而言者，其於容若之生平，又不過什之二三而已。嗚呼，是重可悲也！容若姓納蘭氏，初名成德，後避東宫嫌名，改曰性德。年十七，補諸生，貢入太學。余弟立齋爲祭酒，深器重之。謂余曰：司馬公賢子，非常人也。明年，舉順天鄉試。余忝主司，宴於京兆府，偕諸舉人青袍拜堂下，舉止閒雅。越三日，謁余邸舍，談經史源委及文體正變，老師宿儒有所不及。明年會試中式，將廷對，患寒疾。太傅曰：吾子年少，其少俟之。於是益肆力經濟之學，熟讀通鑑及古人文辭。三年而學大成。歲丙辰，應殿試，條對剴切，書法遒逸，讀卷執士各官咸歎異焉。名在二甲，賜進士出身。閉門掃軌，蕭然若寒素，客或詣者，輒避匿。擁書數千卷，彈琴詠詩，自娱悦而已。未幾，太傅入秉鈞。容若選授三等侍衛，出入扈從，服勞惟謹。上眷注異於他侍衛。久之，晉二等，尋晉一等。上之幸海子、沙河，及西山、湯泉，及畿輔、五臺、口外、盛京、烏剌，及登東岳，幸闕里，省江南，未嘗不從。先後賜金牌、綵緞、上尊、御饌、袍帽、鞍馬、弧矢、字帖、佩刀、香扇之屬甚夥。是歲萬壽節，上親書唐賈至早朝七言律賜之。月餘，令賦乾清門應制詩，譯御制松賦，皆稱旨。於是外庭僉言上知其有文武才，非久且遷擢矣。嗚呼，孰意其七日不汗死也。容若既得疾，上使中官侍衛及御醫日數輩絡繹至第診治。於是上將出關避暑，命以疾增減報，日再三。疾亟，親處方藥賜之。未及進而歿。上爲之震悼。中使賜奠，卹典有加焉。容若嘗奉使覘梭龍諸羌，其歿後旬日，適諸羌輸款，上於行在遣宮使拊其几筵哭而告之，以其嘗有勞於是役也。於此亦足以知上所以屬任之者非一日矣。嗚呼，容若之當官任職，其事可得而紀者，止於是矣。余滋以其孝友忠順之性，殷勤固結，書所不能盡之言，言所不能傳之意，雖若可髣髴其一二，而終莫能而悉也，爲可惜也。容若性至孝。太傅嘗偶恙，日侍左右，衣不解帶，顔色黝黑。及愈乃復初。太傅及夫人加餐，輒色喜，以告所親。友愛幼弟，弟或出，必遣親近傔僕護之。反必往視，以爲常。其在上前，進反曲折有常度。性耐勞苦，嚴寒執熱，直廬頓次，不敢乞休沐自逸，類非綺襦紈袴者所能堪也。自幼聰敏，讀書一再過即不忘。善爲詩，在童子已句出驚人。久之益工，得開元、大曆間丰格。尤喜爲詞，自唐、五代以來諸名家詞皆有選本，以洪武韻改并聯屬，名詞韻正略。所著側帽集，後更名飲水集者，皆詞也。好觀北宋之作，不喜南渡諸家，而清新秀儁，自然超逸，海内名爲詞者皆歸之。他論著尚多。其書法摹褚河南臨本禊帖，間出入於黃庭内景經。當入對殿廷，數千言立就，點畫落紙，無一筆非古人者。薦紳以不得上第入詞館爲容若歎息；及被恩命，引而置之珥貂之行，而後知上之所以造就之者，別有在也。容若數歲即善騎射，自在環衛，益便習，發無不中。其扈蹕時，琱弓書卷，錯雜左右。日則校獵，夜必讀書，書聲與他人鼾聲相和。間以意製器，多巧倕所不能。於書畫評鑒最精。其料事屢中。不肯輕爲人謀，謀必竭其肺腑。嘗讀趙松雪自寫照詩有感，即繪小像，倣其衣冠。坐客或期許過當，弗應也。余謂之曰：爾何酷類王逸少！容若心獨喜。所論古時人物，嘗言王茂弘闌闍闌闍，心術難問；婁師德唾面自乾，大無廉恥。其識見多此類。間嘗與之言往聖昔賢修身立行，及於民物之大端，前代興亡理亂所在，未嘗不慨然以思。讀書至古今家國之故，憂危明盛，持盈守謙，格人先正之遺戒，有動於中，未嘗不形於色也。嗚呼，豈非大雅之所謂亦世克生者耶，而竟止於斯也。夫豈徒吾黨之不幸哉！君之先世，有葉赫之地。自明初内附中國，諱星懇達爾漢，君始祖也。六傳至諱養汲弩，君高祖考也。有子三人，第三子諱金台什，君曾祖考也。女弟爲太祖高皇帝后，生太宗文皇帝。太祖高皇帝舉大事，而葉赫爲明外捍，數遣使諭，不聽，因加兵克葉赫，金台什死焉。卒以舊恩，存其世祀。其次子即今太傅公之考，諱倪迓韓，君祖考也。君太傅之長子，母覺羅氏，一品夫人。淵源令緒，本崇積厚，發聞滋大，若不可圉。配盧氏，兩廣總督兵部尚書都察院右副都御史興祖之女，贈淑人，先君卒。繼室官氏，某官某之女，封淑人。男子子二人，福哥，女子子一人，皆幼。君生於順治十一年十二月，卒於康熙二十四年五月己丑，年三十有一。君所交遊，皆一時儁異，於世所稱落落難合者，若無錫嚴繩孫、顧貞觀、秦松齡，宜興陳維崧，慈谿姜宸英，尤所契厚。吴江吴兆騫久徙絶塞，君聞其才名，贖而還之。坎軻失職之士走京師，生館死殯，於貲財無所計惜。以故，君之喪，哭之者皆出涕，爲哀輓之詞者數十百人，有生平未識面者。其於余綢繆篤摯，數年之中，殆日以余之休戚爲休戚也，故余之痛尤深。既爲詩以哭之，應太傅之命而又爲之銘。其葬蓋未有日也。銘曰：

天實生才，藴崇胚胎，將象賢而奕世也，而靳與之年，謂之何哉！使功緒不顯於旂常，德澤不究於黎庶，豈其有物焉爲之災。惟其所樹立，亦足以不死矣，而亦又奚哀。

# 通議大夫一等侍衛進士納蘭君神道碑文

徐乾學

侍衛納蘭君容若之既葬，太傅公復泣而謂余曰：吾子之喪，君既銘而掩諸幽矣，余猶懼吾子之名傳之弗遠也，揭而表諸道，庶其不磨。然非君無與屬者。余固辭，不可。在昔蔡中郎爲人作志銘，復爲之廟碑者，不一而足。韓退之於王常侍弘中厚也，既志其墓，又爲其隧道之碑，情至無已也。況余於容若，師弟誼尤篤，是於法爲碑，於古爲無戾，乃更撰次其辭，以復於太傅。惟納蘭氏舊著姓，爲金三十一姓之一，望載圖史，代産英雋。君始祖諱星懇達爾漢，據有葉赫之地二百餘年，中國所謂北關者也。數傳至高祖考諱養汲弩，曾祖考諱金台什，女弟作嬪太祖高皇帝，實生太宗文皇帝。而葉赫世附中國，當國家之興，東事方殷，甘與俱燼，太宗憫焉。乃厚植我宗，俾續其世祀，以及其次子諱倪迓韓者，則太傅之父，而君之祖考也。太傅娶覺羅氏，一品夫人，生君於京師，鍾靈儲祉，既豐且固。君自髫齔，性異恒兒，背諷經史，常若夙習。十七補諸生，貢太學有聲；十八登賢書；十九舉禮部試。越三年廷對，敷事析理，諳熟出老宿儒上。結字端勁合古法。諸公嗟歎，天子用嘉，成二甲進士。未幾，授以三等侍衛之職。蓋欲置諸左右，成就其器而用之。而上所巡幸，南北數千里外，登岱幸魯，君常佩刀鞬隨從，虔恭祇栗。每導行，在上騎前，却視恒不失尺寸。遇事勞苦，必以身先，不避艱險退縮。上心憐之，其前後賚予重疊，視他侍衛特過渥。已，進一等侍衛。值萬壽節，上親御筆書唐賈至早朝詩賜之。後月餘，令賦詩獻，又令譯御製松賦，皆稱善久之。然君自以蒙恩侍從，無所展效，輒欲得一官自試。會上亦有意，將大用之。人皆爲君喜，忽以去年五月晦得寒疾卒。卒之日，人皆哀君，而又以才不竟用死爲君深惜云。君自少無子弟過，天性孝友。黎明起，趨太傅夫人所問安否。朝退復然。友愛二幼弟，與之嬉遊，同其嗜好，怡怡庭闈間，日以至夜。暇則掃地讀書，執友四五人考訂經史，談説古今，吟詠繼作。精工樂府，時謂遠軼秦柳。所刻飲水、側帽詞，傳寫遍於村校郵壁。海内文士，競所摹倣。然君不以爲意。客來上謁，非其願交，屏不肯一覿面。尤不喜接軟熱人。所相知心，款款吐心腑，倒困囊，與爲酬酢不厭。或問以世事，則不答，間雜以他語。人謂其慎密，不知其襟懷雅曠，固如是也。當君始得疾，上命醫數輩來。及卒，上在行宫，聞之震悼。後梭龍諸羌降，命宫使就几筵哭告之，以君前年奉使功故。君有文武才，每從獵，射鳥獸必命中。卒有成功於西方，亦不爲無所表見。殁時年僅三十有一。余既序，而又繫之以辭曰：

綿綿祚氏，著於上京。巍巍封國，葉赫是營。惟葉赫之祀，施於孫子。既絶復完，天子之恩。篤生相國，補衮是職。蓄久而豐，發爲文章。宜其黼黻，爲帝衣裳。帝謂汝才，爰寘左右。出入陪從，刀鞬筆弭。匪朝伊夕，自天子所。亦文亦武，惟天子是。使生於膏腴，不有厥家；被服儒士，古也吾徒。何才之盛，而德之静。我勒其封，誰曰不永。

## 通議大夫一等侍衛進士納蘭君神道碑銘

韓　菼

維天篤我勳相之臣，神靈和氣，萃於厥家。常開哲嗣，趾美前人。自厥初才子，罔不世濟。若伊之有陟，巫之有賢。媲於功宗，登於策書。後之名公卿子，發聞能益人家國者，亦往往間出。其或年之有永有不永，斯造物者之不齊。雖休光美實，顯有令聞，足以自壽無窮，而存亡之繫，在於有邦有家，則當吾世而尤痛我納蘭君。君氏納蘭，諱成德，後改性德，字容若。惟君世遠有代序，常據有葉赫之地。明初内附，爲君始祖星懇達爾漢。六傳至君高祖諱養汲弩，女爲高皇后，生太宗文皇帝。曾祖諱金台什。祖諱倪迓韓。父今大學士太傅公也。母覺羅氏，封一品夫人。太傅公勳高望鉅，爲時柱石，而庭訓以義方。君胚胎前光，重休襲嘉，自少小已傑然見頭角。喜讀書，有堂構志。人皆曰太傅有子。年十八九，聯舉京兆禮部試。又三年而當丙辰廷對，勁直切劘，累累數千言，一時驚歎。今上知君材，欲引以自近，以二甲久次，選授三等侍衛，再遷至一等。蓋上方厲精思治，大正於羣僕侍御之臣，欲罔非正人，以旦夕承弼。其惟君吉士，以重此選也。君日侍上所，所巡幸，無近遠必從，從久不懈，益謹。上馬馳獵，拓弓作霹靂聲，無不中。或據鞍占詩，應詔立就。白金、文綺、中衣、佩刀、名馬、香扇、上尊、御饌之賜相屬也。康熙二十一年秋，奉使覘梭龍羌。道險遠，君間行疾抵其界，勞苦萬狀，卒得其要領還報。後梭龍輸款，而君已歿，上時出關，遣宫使拊其几筵哭而告之，重憫其勞也。君既以敬慎勤密當上意，而上益稔其有文武才。且久更明習，可屬任。嘗親書唐賈至早朝詩賜之，又令賦乾清門應制詩，譯御製松賦。上皆稱善。中外咸謂君將不久於宿衛，行付以政事，以展其中之所欲施。君亦自感厲，思竭所以報者，而不幸遽病。病七日，遂不起。時上日遣中官侍衛及御醫問所苦，命以其狀日再三報，親處方藥賜之，未及進而絶。上震悼，遣使賜奠，恩卹有加，屢慰諭太傅公毋過悲。然上彌思之弗置也。嗚呼，君其竟死矣，而君之志未一竟也。君性至孝，未闓明入直，必之太傅夫人所問安否。歸晚亦如之。燠寒之節，寢膳之宜，日候視以爲常。而其志尤在於守身不辱，保家亢宗，不僅以承顔色娱口體爲孝也。侍禁闥數年，進止有常度，不失尺寸。盛寒暑必自彊，不敢輒乞澣沐。其從行於南海子、西苑、沙河、西山、湯泉尤數。嘗西登五臺，北陟醫無閭山，出關臨烏喇，東南上泰岱，過闕里，度江淮，至姑蘇，攬取其山川風物，以自寛廣，資博聞。而上有指揮，未嘗不在側，無幾微毫髮過。性周防，不與外庭一事，而於往古治亂，政事沿革興壞，民情苦樂，吏治清濁，人才風俗盛衰消長之際，能指數其所以然，而亦不敢易言之。窺其志，豈無意當世者，惟其惓惓忠愛之忱，蘊蓄其不言之積，以俟異日之見庸，爲我有邦於萬斯年之計，而家亦與其福也。君雖履盛處豐，抑然不自多。於世無所芬華，若戚戚於富貴，而以貧賤爲可安者。身在高門廣廈，常有山澤魚鳥之思。達官貴人相接如平常，而結分義，輸情愫，率單寒羈孤侘傺困鬱守志不肯悦俗之士。其翕熱趨和者，輒謝弗爲通。或未一造門，而聞聲相思，必致之乃已。以故海内風雅知名之士，樂得君爲歸，藉君以起者甚衆。而吴江吴孝廉兆騫以雋才久戍絶塞，君力贖以還而館之，愛重如遼海之得幼安與根矩也。讀書機速過人，輒能舉其要。著詩若干卷，有開天丰格。頗好爲詞，愛作長短句，跌宕流連，以寫其所難言。嘗輯全唐詩選，詞韻正略。而君有集名側帽、飲水者，皆詞也。工書，妙得撥鐙法，臨摹飛動。晚乃篤意於經史，且欲窺尋性命之學，將盡裒輯宋元以來諸儒説經之書以行世。其志蓋日進而未止也。嗟夫，君於地則親臣，即他日之世臣也。使假之年而充斯志也，以竟其用，譬若登高順風，不疾聲速，與夫疏逖新進之臣較其難易，夫豈可同日而語。昊天不弔，百年之喬木，其壞也忽諸。斯海内之知與不知者，無不摧傷，而余獨尤爲邦家致惜者也。君卒於康熙乙丑夏五月，距其生年三十有一。娶盧氏，贈淑人，兩廣總督尚書興祖之女。繼官氏，封淑人，某官某之女。子二，長曰福哥，次曰某，女二，俱幼。始君與余同出學士東海先生之門。君之學皆從指授。先生亟歎其才佳，其器識之遠。殁而哭之慟，既爲文以誌其藏，而顧舍人貞觀、姜徵君宸英雅善君，復狀而表之矣。太傅公以君之常道余不置也，屬以文其隧上之碑。余方悼斯世之失君，而非徒哭吾私，其敢以荒落辭？輒論次君志之大者如此，而繫之以銘。銘曰：

鳳觜麟角絶世稀，渥洼籥雲種權奇，家之令器邦之基。弱年文史貫珠璣，胸羅星斗翼天垂。拜獻昌言白玉墀。致身端不藉門資。雀弁峨峨吉士宜，帝簡厥良汝予爲。周廬陛楯中矩規，郎曹竊視足不移。手挽繁弱仰月支，錯雜帳帟書與詩。奉使絶徼窮羌氏，冰雪皸瘃不宿馳，山川阸塞抵掌知，卒降其王若鞭笞。帝方用嘉足指麾，將試以政工允釐。歲星執戟亦暫期，阿鴻摩天竟長辭，正人元氣身不訾。平生菀結何所思，要扶羲和浴咸池，明良長見唐虞時。千秋萬世此志賫，埋玉黄泉當語誰。泰山毫芒一見之，琳琅金薤散爲詞，我今特書表其微。荒郊白烟冢離離，獨君不朽徵君碑。

# 附録二

## 總　評

馮金伯輯詞苑萃編：顧梁汾曰：容若詞，一種悽惋處，令人不能卒讀。人言愁我始欲愁。

陳其年曰：飲水詞哀感頑豔，得南唐二主之遺。

陳廷焯白雨齋詞話：容若飲水詞，在國初亦推作手，較東白堂詞（佟世南撰）似更閒雅。然意境不厚，措詞亦淺顯。余所賞者，惟臨江仙寒柳第一闋及天仙子淥水亭秋夜、酒泉子（謝却荼蘼一篇）三篇耳，餘俱平衍。又菩薩蠻云：「楊柳乍如絲，故園春盡時。」亦悽惋，亦閒麗，頗似飛卿語。惜通篇不稱。又太常引云：「夢也不分明，又何必催教夢醒。」亦頗淒警。然意境已落第二乘。

又：容若飲水詞，才力不足，合者得五代人淒婉之意。余最愛其臨江仙寒柳云：「疏疏一樹五更寒，愛他明月好，憔悴也相關。」言中有物，幾令人感激涕零。容若詞亦以此篇爲壓卷。

李佳左庵詞話：八旗詞家，向推納蘭容若飲水、側帽二詞，清微淡遠。

謝章鋌賭棋山莊詞話：納蘭容若深於情者也。固不必刻劃花間，俎豆蘭畹，而一聲河滿，輒令人悵惘欲涕。

譚獻復堂詞話：有明以來，詞家斷推湘真第一，飲水次之。其年、竹垞、樊榭、頻伽，尚非上乘。

又：以成容若之貴，項蓮生之富，而填詞皆幽豔哀斷，異曲同工，所謂別有懷抱者也。

又：周稚圭有言：成容若歐、晏之流，未足以當李重光。

又：周稚圭云：或言納蘭容若，南唐李重光後身也。予謂重光天籟也，恐非人力所及。容若長調多不協律，小令則格高韻遠，極纏綿婉約之致，能使殘唐墜緒，絶而復續。第其品格，殆叔原、方回之亞乎。

胡薇元歲寒居詞話：倚聲之學，國朝爲盛。竹垞、其年、容若鼎足詞壇。……容若飲水一卷，側帽數章，爲詞家正聲。散壁零璣，字字可寶。楊蓉裳稱其騷情古調，俠腸俊骨，隱隱奕奕，流露於毫楮間。

李慈銘越縵堂日記：容若爲納蘭太傅明珠之子，少年侍衛禁廷，好學能文，與國初諸名士相角逐，著有通志堂集二十卷，多説經之書，而詞特傳。華峯顧貞觀首刻之，其後楊蓉裳又爲續刊，所謂飲水側帽。□□□恒不得見，所見者昭代詞選及詞綜所載數闋耳，幽情側豔，心焉繫之。去年秋季昵自禾中歸，以全帙示余，蓋婁東汪氏所刻本，共三百二十三闋，殆搜輯無遺矣。

今摘其尤者於此。余嘗論作詞之道，固另有一種婉麗軟媚之致，必性情近者始足語此，然亦須書卷富才力厚，草堂骫骳，元明淺陋，豈彼之人皆性情拙歟！國朝譚詞推朱、陳兩家。伽陵病在熟，竹垞病在陳，顧伽陵勝於竹垞者，筆意靈也。餘子不足數。求與伽陵鼎峙者，其容若及金風亭長乎。余於詞非當家，所作者真詩餘耳，然於此中頗有微悟。蓋必若近若遠，忽去忽來，如蛺蝶穿花，深深款款。又須於無情無緒中，令人十步九回，如佛言食蜜中邊皆甜。古來得此旨者，南唐二主、六一、安陸、淮海、小山及李易安漱玉詞耳。屯田近俗，稼軒近霸，而兩家佳處，均契淵微。本朝董文友小令最佳，惜不見其集。次則厲樊榭，真宋人嫡髓，而太近白石、草窗，蘭荃遺韻，敻乎邈矣！納蘭詞在當日爲伽□□□□□徐菊莊、吴薗次輩皆推許之，今則鮮有舉其姓氏者。其詞弦弦掩抑，令人不歡，洵有如顧梁汾所謂非文人不能多情，非才子不能善怨者。然根柢太淺，每露底蘊，長調猶時若不醇，此不讀書之故。徐健庵、韓慕廬作容若墓誌，言其所作多於扈蹕侍獵時得之，容或然也。余嘗見其所著渌水亭雜識，固不見佳，而詞獨哀怨騷屑。以承平貴公子，而憔悴憂傷，常若不可終日，雖性情有獨至，亦年命不永之徵也。

大約詞與詩之别，詩必意餘於言，詞則言餘於意，往往申衍□□□□□以盛氣包舉之，詞則不得游移一字，故異曲同工。詞之小令，猶詩中五絶七絶，須天機湊泊，不著一字；以字句新雋見奇者，次也。或以小令爲易工，是猶作七絶者，但觀摹晚唐、南宋諸家，而不知有龍標、太白也。長調須流宕而不剽，雄厚而不競。清真未免剽，稼軒未免競，東坡則或上類於詩，或下流於曲，故足以鼓吹騷雅者尠已。伽陵詞如絲竹迭奏廣場，繁響中時作淵淵金石聲，納蘭詞如寡婦夜哭，纏綿幽咽，不能終聽。近來汴人周譽芬東漚詞則如兒女子花前月下，喁喁私語，温麗聞薌澤，故雖未能盡兩家之長，而實爲兩家所未有也。余詞非叔子所服，顧嘗自謂如松竹間語，清婉無響，不肯一語同東漚，而心實喜之。或有譏其不醇者，雖未必知言，然能再加洗伐，則五代、兩宋無人矣。因論容若詞及之。咸豐乙卯（一八五五）九月初十日。

又：終日無事，去年定子太史以成容若納蘭詞屬評點，久庋不還，今日既暇，因爲加墨一過。容若詞，天分殊勝而學力甚歉。予於乙卯秋曾選其佳者録之，時於此事猶未深入，故別擇尚疏。其詞長調殊鮮合作，小令、中令多得鍾隱、淮海之悟。如「寄語釀花風日好，緑窗來與上琴弦」、「記得別伊時，桃花柳萬絲」、「妝罷只思眠，江南四月天」、「剛與病相宜，瑣窗薰繡衣」、「没個音書，盡日東風上緑除」、「風也蕭蕭，雨也蕭蕭，瘦盡燈花又一宵」、「月上桃花，雨歇春寒燕子家」、「被酒莫驚春睡重，賭書消得潑茶香。當時只道是尋常」、「烟絲欲裊，露光凝泫，春在桃花」、「滿地梨花似去年，却多了廉纖雨」、「五月江南麥已稀，黄梅時節雨霏微，閑看燕子教雛飛」、「一般心事，兩樣愁情，猶記碧桃影裏誓三生」、「畫船人似月，細雨落楊花」、「簾影誰摇，燕蹴風絲上柳條」、「甚日還來，同領略夜雨空階滋味」、「一鈎殘照，半簾微絮，總是惱人時」，皆清靈婉約，誦之使人之意也消。故所作不及伽陵、竹垞之半，才力亦相去遠甚，而訖今談藝家與朱、陳併稱，繇其獨契性靈，冥臻上乘，亦非二家所能及也。此本爲道光丁酉歲鎮洋汪元治所刻，合飲水、側帽二集，又搜其遺剩，共得三百二十三闋，所作大約已備。惜校讎不精，又指其琵琶仙、秋水等調爲自度曲，蓋全不知此事者矣。咸豐辛酉（一八六一）二月十八日。

丁紹儀聽秋聲館詞話：國朝詞人輩出，然工爲南唐五季語者，無若納蘭相國明珠子容若侍衛。所著飲水詞於伽陵小長蘆二家外，別立一幟。其古今體詩亦温雅。

張德瀛詞徵：成容若填詞詩云：「往往歡娛工，不如憂患作……」愚按：容若詞與顧梁汾唱和最多。「往往歡娛工，不如憂患作」兩語，則容若自道甘苦之言。然容若詞幽怨淒黯，其年詞高闊雄健，猶之晉侯不能乘鄭馬，趙將能用楚兵。兩家詣力，固判然若別也。

王國維人間詞話：納蘭容若以自然之眼觀物，以自然之舌言情，此由初入中原，未染漢人風氣，故能真切如此。北宋以來，一人而已。

又：譚復堂篋中詞選謂蔣鹿潭水雲樓詞與成容若、項蓮生三百年間分鼎三足。然水雲樓詞小令頗有境界，長調惟存氣格，憶雲詞精實有餘，超逸不足，皆不足與容若比。

況周頤蕙風詞話：寒酸語不可作，即愁苦之音，亦以華貴出之，飲水詞人所以爲重光後身也。

又：容若與顧梁汾交誼甚深，詞亦齊名，而梁汾稍不逮容若。論者曰失之脆。

又：納蘭容若爲國初第一詞人，其飲水詩填詞古體云（略）。容若承平少年，烏衣公子，天分絶高。適承元明詞敝，甚欲推尊斯道，一洗雕蟲篆刻之譏。獨惜享年不永，力量未充，未能勝起衰之任。其所爲詞純任性靈，纖塵不染，甘受和，白受采，進於沈著渾至何難矣。

蔡嵩雲柯亭論詞：納蘭小令，丰神迥絶，學後主未能至，清麗芊綿似易安而已。悼亡諸作，膾炙人口。尤工寫塞外荒寒之景，殆扈從時所身歷，故言之親切如此。其慢詞則凡近拖沓，遠不如其小令，豈詞才所限歟？

吴梅詞學通論：容若小令，悽惋不可卒讀。顧梁汾、陳其年皆低首交稱之。究其所詣，洵足追美南唐二主。清初小令之工，無有過於容若者矣。同時佟世南有東白堂詞，較容若略遜。而意境之深厚，措詞之顯豁，亦可與容若相埒。然如臨江仙寒柳、天仙子渌水亭秋夜、酒泉子荼蘼謝後作，非容若不能作也。又菩薩蠻云：「楊柳又如絲，故園春盡時。」悽惋閒麗，較驛橋春雨更進一層。或謂容若是李煜轉生，殆專論其詞也。承平宿衛，又得通儒爲師，蒐輯舊籍，刊布藝林，其志向自足千古，豈獨琢詞之工已哉。

# 附録三

## 吳序

一編側帽，旗亭競拜雙鬟；千里交襟，樂部唯推隻手。吟哦送日，已教刻徧琅玕；把玩忘年，行且裝之珖琩矣。邇因梁汾顧子，高懷遠詢停雲；再得容若成君，新製仍名飲水。披函書讀，吐異氣於龍賓；和墨晨書，綴靈葩於虎僕。香非蘭茝，經三日而難名；色似蒲桃，雜五紋而奚辨。漢宮金粉，不增飛燕之妍；洛水烟波，難寫驚鴻之麗。蓋進而益密，冷暖衹在自知；而聞者咸歎，哀樂渾忘所主。誰能爲是，輒喚奈何。則以成子姿本神仙，雖無妨於富貴；而身遊廊廟，恒自託於江湖。故語必超超，言皆奕奕。水非可盡，得字成瀾；花本無言，聞聲若笑。時時夜月，鏡照眼而益以照心；處處斜陽，簾隔形而不能隔影。才由骨俊，疑前身或是青蓮；思自胎深，想竟體俱成紅豆也。嗟乎，非慧男子不能善愁，唯古詩人乃云可怨。公言性我獨言情，多讀書必先讀曲。江南腸斷之句，解唱者唯賀方回；堂東彈淚之詩，能言者必李商隱耳。薗次吳綺序於林蕙堂。

# 顧序

非文人不能多情，非才子不能善怨。騷雅之作，怨而能善，惟其情之所鍾爲獨多也。容若天資超逸，翛然塵外。所爲樂府小令，婉麗淒清，使讀者哀樂不知所主，如聽中宵梵唄，先悽惋而後喜悦。定其前身，此豈尋常文人所得到者。昔汾水秋雁之篇，三郎擊節，謂巨山爲才子。紅豆相思，豈必生南國哉？蓀友謂余，盍取其詞盡付剞劂。因與吴君薗次共爲訂定，俾流傳於世云。同學顧貞觀識。時康熙戊午又三月上巳，書於吴趨客舍。

# 張序

余既哀容若詩詞付之梓人，刻既成，謹泚筆而爲之序曰：嗟乎！謂造物者而有意於容若也，不應奪之如此其速。謂造物者而無意於容若也，不應畀之如此其厚。豈一人之身故有可解不可解者耶？容若與余爲異姓昆弟，其生平有死生之友曰顧梁汾。梁汾嘗言：人生百年，一彈指頃，富貴草頭露耳。容若當思所以不朽，吾亦甚思所以不朽容若者。夫立德非旦暮間事，立功又未可預必，無已，試立言乎。而言之僅僅以詩詞見者，非容若意也，並非梁汾意也。語云：非窮愁不能著書。古之人欲成一家之言，網羅編葺，動需歲月。今容若之才得於天者非不最優，而有章服以束其體，有職守以勞其生，復不少假之年，俾得殫其力以從事於儒生之所爲。噫嘻！豈真以畀之者奪之，而其所不可解者即其所可解者耶？梁汾從京師南來，每與余酒闌燈炧，追數往事，輒相顧太息，或泣下不可止。憶容若素矜慎，不輕爲文章，極留意經學，而所爲經解諸序，從未出以相示。此卷得之梁汾手授，其詩之超逸，詞之雋婉，世共知之。而其所以爲詩詞者，依然容若自言，如魚飲水，冷暖自知而已。區區痛惜之私，欲不言不忍，姑述其大略如是云。時康熙辛未仲秋，古燕張純修書於廣陵署之語石軒。

## 張序

國朝詩别裁集載容若遼陽人，康熙癸丑進士，丙辰殿試，官侍衛，著有通志堂集。其詩登五首，而全集罕見。是集飲水詩詞，錫山顧貞觀閲定，古燕張純修序而行之。蓋兩公與容若交最深，故思所以不朽容若者。考别裁所登擬盧子諒時興、山海關、柳枝詞俱是集所未録；則知是集亦選存之本。余在桂林，側聞大中丞稚圭先生緒論及詞學，推容若爲南唐後主真派，令曲勝於慢序。出是集，云得之京師廠肆，惜其後闕頁。余亟請刊布，以廣其傳。先生頷之。竊思容若爲大學士明公之子，天姿慧悟，清澈靈府，年少通籍，不永其年。所作善言情，又好言愁。其纏綿悱惻之概，時動簡外。謂非得風人之旨而爲騷雅之遺哉。道光乙巳夏五月既望，華亭張祥河。

# 楊序

倚聲之學，唯國朝爲盛。文人才子，磊落間起。詞壇月旦，咸推朱陳二家爲最。同時能與之角立者，其惟成容若先生乎。陳詞天才豔發，辭鋒横溢，蓋出入北宋歐蘇諸大家。朱詞高秀超詣，綺密精嚴，則又與南宋白石諸家爲近。而先生之詞，則真花間也。今所傳湖海樓詞多至千八百闋，曝書亭詞亦不下六百餘闋。先生所著飲水詞，僅百餘闋耳。然花間逸格，原以少許勝人多許。握蘭一卷，陽春數章，散翠零璣，均可寶也。先生貂珥朱輪，生長華膴，其詞則哀怨騷屑，類憔悴失職者之所爲。蓋其三生慧業，不耐浮塵，寄思無端，抑鬱不釋。韻澹疑仙，思幽近鬼，年之不永，即兆於斯。嘗謂桃葉、團扇，豔而不悲，防露、桑間，悲而不雅，詞殆兼之，洵極詣矣。或者謂高門貴冑，未必真嗜風雅，或當時貢諛者代爲操觚耳。今其詞具在，騷情古調，俠腸儁骨，隱隱奕奕，流露於毫楮間，斯豈他人所能摹擬乎？且先生所與交遊，皆詞場名宿，刻羽調商，人人有集，亦正少此一種筆墨也。嗟乎，蛾眉謠諑，没世猶然，真賞難逢，爲可累息。余向欲以朱陳二家詞合先生所著爲三家詞選，顧力有未暇。先手鈔此本，藏之篋笥。淒風暗雨，涼月三星，曼聲長吟，輒復魂銷心死。聲音感人，一至此乎。先生有知，其以余爲隔世之知己否也。時嘉慶丁巳夏五，梁溪楊芳燦蓉裳氏序。

# 趙序

詩之爲道，非具湛深通博之學，雄駿絶特之才，不足以神明其事。詞則不然。發乎性情，合乎騷雅，刻畫乎律吕分寸，一毫矜才使氣不得。故有詩才凌轢一代，而詞則瞠乎莫陟藩籬者。山谷、放翁且貽口實，況其下此者乎？國朝詩人而兼擅倚聲者，首推竹垞、迦陵，後此則樊榭而已。然讀三家之詞，終覺才情横溢，般演太多，與黄叔暘質實清空之論，往往不洽。蓋其胸中積軸，未盡陶鎔，借詞發揮，唯恐不極其致。可以爲詞家大觀，其實非詞家正軌也。納蘭成容若以承平貴胄，與國初諸老角逐詞場。所傳通志堂集二十卷，其板久毁，不可得見。而詞則卓然冠乎諸公之上，非其學勝也，其天趣勝也。向所見者，唯側帽詞刊本並與顧梁汾合刻本。既在京師，見鈔本飲水、側帽兩種，共三百餘闋。惜亢次不及借鈔。吾友袁蘭邨近有刊本二百餘闋，亦非其全。婁東汪君珊漁精於倚聲，落筆輒似納蘭氏，不獨肖其口吻，抑且得其性情。以所輯容若詞二百七十餘闋示余，可謂蒐録無遺矣。珊漁擬付重刊，且屬鄙人爲之序。余以未得納蘭氏碑板事實，遲遲報命。聞吴門彭桐橋家藏有通志堂集，亟往借觀。桐橋告余曰：唏，是書藏余家數十載，無有顧而問者。昨婁東友人寓書來索是集，今吾子又借觀，豈此書將復顯於是耶？

因出其書，流覽一過。余心知珊漁之先購是書，欣幸無極，故向桐橋争購之，而桐橋以有成約，堅靳弗與。一噱而罷。按集中所刻詞四卷，共三百四闋，首尾完善。蓋至是始得全豹焉。其所著詩賦經解雜識，皆可觀。然不逮詞遠甚。因寓書珊漁，校勘原本全刻之。納蘭氏生前得梁汾輩爲之羽翼，身後得珊漁輩爲之表章，斯人一生幽怨芳芬之致，可以不泯人間矣。余嘗登惠山之陰，有貫華閣者，在羣松亂石間，遠絶塵軌。容若扈從南來時，嘗與迦陵、梁汾、蓀友信宿其處，舊藏容若繪像及所書貫華閣額，近燬於火，爲可惜也。因序其詞，並記於此，以爲異日詞家掌故云。道光壬辰長夏，震澤趙函序於娜如山館。

## 周序

汪子珊漁輯納蘭氏詞竟，問序於余。余受而讀之，曰：異哉，汪子之用心也。納蘭詞其必傳於後無疑，不待言。竊怪諸君子先後所刊，無彙其全者，何也？嘗論文章一道，其可致不朽者，求諸己而已，而亦不能無待於後賢。古人著述，散佚多矣。不得有心人愛護之，則等諸飄風過耳，草木華落已爾。即有愛護之者，出之鼠嚙叢殘，存什一於千百，取太山一石，酌海水一杯，而曰太山與海之奇觀在是，吾不信也。幸矣搜羅勤矣，或聞見有限，未竟厥美，讀者猶有遺憾。宋人樂府如石帚、玉田，最爲卓卓，得陶南村手録本而所作始備。我不知南村得善本而録之耶，抑亦搜羅之不遺餘力始編此集耶。今珊漁於飲水、側帽諸刊外，彙諸家所録，分體編輯，美矣備矣，讀者無遺憾矣。珊漁方偕其兄子泉輯婁東詞派，斷章殘簡，靡不兼收，以繼静厓宫庶詩派之選，蓋好古而篤，且以顯微闡幽爲己任。異哉，汪子之用心也。如謂珊漁詞騷情雅骨，悱惻芬芳，髣髴納蘭氏，以似己者而好之，則又淺之乎言珊漁矣。是爲序。道光壬辰三月下澣，同里周僖書於吴門寓齋。

## 汪跋

余自束髮，稍解四聲，即好倚聲之學。小令好南唐主，慢詞好玉田生，以能移我情，不知其一往而深也。國初才人輩出，秀水以高逸勝，陽羨以豪宕勝，均出入南北兩宋間。同時納蘭容若先生則獨爲南唐主、玉田生嗣響。徐韓兩尚書碑誌，稱先生有文武才，所著恒於射飛逐走之暇得之。四庫全書收有合訂删補大易集成粹言八十卷，陳氏禮記集説補正三十八卷。詩餘特餘事耳，已超入古作者之室如此。顧易禮二編，未見刊本。即詩、古文亦流傳者少。所共知者詞，而又罕覩其全，讀者恨之。余弟仲安從王丈少仙假得先生側帽詞，好之篤，故其筆墨間有近之者。曾質之趙丈艮甫，丈賞爲納蘭再世，仲安未敢當也。余因謂之曰：古人於所好，得似者而喜矣，况其真乎。納蘭詞之散見於他選者，誠搜而輯之，以子之好，公之海内，吾知海内必争先覩爲快。仲安乃因顧梁汾原輯本，及楊蓉裳抄本、袁蘭邨刊本、昭代詞選、名家詞鈔、詞匯、詞綜、詞雅、草堂嗣響、亦園詞選等書，彙鈔得二百七十餘闋。其前後之次，則按體編之。字句異同，悉加注明。並采詞評、詞話，録於卷首。夫納蘭氏異時必有全集彙刊，並朱陳二集以傳。玆特嘉仲安搜羅之勤，付諸剞劂，以公同好，且望海内得見其全者補所未備焉。道光壬辰夏六月上澣，汪元浩跋於夢雲館。

## 汪後跋

元治輯納蘭詞四卷，伯兄跋之詳矣。剞劂告竣，將次印刷，復於吴門彭丈桐橋處得通志堂全集，共二十卷。内詞四卷，計三百四闋。參互詳考，所遺有四十六闋。爰即補刊於後編，爲五卷。而元治所輯，亦有一十九闋爲全集所未載，殆當時失傳故耳。今匯得三百二十三闋，可稱大備，無遺憾矣。復跋數語，以致深幸云。道光壬辰秋七月既望，汪元治書於結鐵網齋。

## 選刻飲水詞序

曩在京師與友人論詞，或言納蘭容若南唐李重光後身也。余謂重光天籟也，恐非人力所及。然填詞家自南宋以來，專工慢詞，不復措意令曲。其作令曲，仍與慢詞音節無異。蓋花間遺響，久成廣陵散矣。容若長調多不協律。小調則格高韻遠，極纏綿婉約之致，能使南唐墜緒絶而復續。第其品格，殆叔原、方回之亞乎。原集刻版久失。余購諸廠肆，凡詩二卷、詞三卷，藏篋中三十餘年。張詩舲方伯見而好之，爲重刊以廣其傳。余惟容若詩不如詞，慢不如令。因復精擇百餘闋，乞陳桂舫孝廉寫而鋟諸木。其音律舛誤，詞近淺率者，概弗登。庶飲水一編，無瑕可摘，且俾後之學者不惑於歧趨。寄正詩舲，或當即可。道光丙午初，金梁外史識。

## 重刻納蘭詞序

庚辰之夏，還自京師，將客武昌，許丈邁孫方有納蘭詞之刻，授簡命序。預時弭櫂在門，辦嚴星旦，蓋卒卒未有以應也。既而擥衣黄鵠之渚，鼓枻鸚鵡之洲，山高川悠，巖豁波逝，愾焉思古，愀焉興懷，緣感綴文，請弁簡首。夫祥金沈照，騰英於赤土；古瑟希御，絙響於朱弦。幽賞代緜，靈契攸賴。容若先生以銀牓金章之裔，抱烟高風逸之姿。綺芬縟情，纓絻塵視。故其頡眆文囿，馳驅武校。入衛俠陛，然樺宣室之對；出扈霄甸，負羽帷宮之趨。顧問則誼舒之儔，禁中則頗牧之選，而獨颾頷軫臆，纏緜抒情，沈幽騷屑之思，婉麗淒清之體，工愁善怨，均感頑豔。蓋夫灑蛻塵滓，別存懷抱，菌華雖淹，蘭響自綴，此其詞之所由傳也。若乃漢槎塞外，攜側帽之編；梁汾吴中，創飲水之刻。梁溪後起，乃瘁手鈔；婁東私淑，益殫采葺。良以先生通侻好友，嶔崎嗜才，故能謨觴斟酌，走勝流於並時；皃簡廋疏，役名雋於隔世。微特旗亭壁畫，解唱黃河；蠻徼弓衣，都織春雪而已。今許丈刻頻伽詞既成，乃仍婁東納蘭詞舊本，踵爲斯刻。笙磬迭奏，絶傑池之音；璣翠並羅，粲雕鏤之色。靈因古懽，締會匪偶。儻亦先生贈梁汾詞中所云後身之緣，他生重結者歟。嗟乎！夫世有孤羈顛頷之士，趢趗宙合之內，無納蘭之憑藉，有頻伽之沈晦。彈豪仰屋，覆瓿什九。盛意如吾丈者，又安得綈錦齊飾，珉瑜並鑴？俾夫椒蘭之芳，委灰而不滅；牛斗之氣，埋劍而終明。此則預所爲溯江流之滔滔，悲心日夜；弔作者之落落，棖感烟霜者也。光緒庚辰六月下澣，錢唐張預序於武昌節署之運甓齋。

# 附録四

## 納蘭性德早年戀情探索

納蘭性德(一六五五—一六八五)是清代最傑出的詞人之一。三百多年來,他的作品爲衆多學者、詞人、評論家和讀者所推崇,在詞學界有很大的影響。近年來,研究納蘭詞的工作也有較大的發展,已經出版了多種版本的納蘭詞(或名通志堂詞,飲水詞),納蘭性德年譜、納蘭性德傳,還在各種刊物、學報上發表了大量研究論文。然而由於有關納蘭性德的直接的原始資料不多,所以對納蘭性德的生平事迹,我們所知道的仍是一個籠統的、大致的輪廓。尤其是性德早年的戀愛事迹,還很少有人作深入的研究。本文的目的,是根據納蘭性德本人在詩詞中透露出來的一鱗半爪的綫索,對他早年的戀情作一些探測,勾畫出一個大致的情況。「姑妄言之姑聽之」,也許對理解性德早年的一些愛情詞不是完全没有作用的。

據清人筆記,性德早年與其表妹相愛。後來表妹被選入宫,性德僞裝成喇嘛僧,入宫與她相見云云〔二〕。小説家之言，多有杜撰誇大之處，不可信以爲真。但也不能斷言完全屬於子虚烏有。從性德的詞作中仔細查考，也可以發現一些蛛絲馬跡。性德有一首鳳凰臺上憶吹簫守歲詞：

錦瑟何年，香屏此夕，東風吹送相思。記巡檐笑罷，共捻梅枝。還向燭花影裏，催教看燕蠟雞絲。如今但、一編宵夜，冷暖誰知？　當時。歡娱見慣，道歲歲瓊筵，玉漏如斯。悵難尋舊約，枉費新詞。次第朱幡剪彩，冠兒側、鬥轉蛾兒。重驗取、盧郎青鬢，未覺春遲。

一般女子，即使是普通親友家的女子，是不可能到别人家中去守歲的。因此，詞中所寫的到性德家中去守歲的，最可能的是他姑舅家的女兒，也就是他的表妹。而且從「歡娱見慣」、「歲歲瓊筵，玉漏如斯」可以想像出他與表妹經常在一起。青梅竹馬，兩小無猜。後來所以「難尋舊約」，正是由於表妹被選爲宫女之故。不過，宫女過一定年歲，尚有放歸的可能。所以性德没有絶望。而且自己年紀尚輕。他等待着，盼望表妹放歸後能與他結爲夫婦。故曰：「重驗取、盧郎青鬢，未覺春遲。」

表妹入宫後，偶爾還有書信給性德。不過這是難得有機會的。所以性德在采桑子詞中寫道：

〔二〕李雷納蘭性德（臺灣雲龍出版社一九九九年出版）對此有較詳細的描寫。

彤雲久絶飛瓊字，人在誰邊？人在誰邊？今夜玉清眠不眠？　香銷被冷殘燈滅，静數秋天，静數秋天，又誤心期到下弦。

以玉清仙境喻皇宫，以仙女許飛瓊喻宫女，是最貼切不過的了。

康熙十五年，性德二十二歲，考中進士，被授予三等侍衛之職。後又晉昇爲一等侍衛，成爲康熙帝的貼身心腹。他經常出入宫中，終於有機會看見身爲宫女的表妹。他在減字木蘭花詞中描寫了他們初次在宫中重逢的情景：

相逢不語，一朵芙蓉着秋雨。小暈紅潮，斜溜鬟心隻鳳翹。　待將低喚，直爲凝情恐人見。欲訴幽懷，轉過回闌叩玉釵。

這時性德雖已結婚，而且夫婦之間感情甚篤，但與表妹初戀之情畢竟未能忘懷。然而他連低低地叫唤一聲都不敢。表妹也只是在轉過回闌以後用玉釵敲敲闌干，以表示她的情意。這樣擔驚受怕，怕被人看見，用一般封建禮教的束縛來解釋是不够的。只能説是由於宫禁森嚴，怕被人發現後傳到皇帝耳中，會發生不測之禍。這才比較合乎情理。

這次在回廊中的相遇，在性德的腦海裏刻下了極其深刻的印象，時常形諸夢寐。也許表妹的職務是侍奉康熙帝膳食的，傍晚時她常端着酒菜經過回廊。所以性德經常在回廊近處等待着，偷偷地看她從回廊裏走過去。有一次他久等不見，心裏很不安，因此寫了一首浪淘沙詞：

紅影濕幽窗，瘦盡春光。雨餘花外却斜陽。誰見薄衫低髻子，還惹思量。　莫道不淒涼，早近持觴。暗思何事斷人腸。曾是向他春夢裏，瞥遇回廊。

回廊成了性德憶念舊情的地方。有一次他在回廊附近的花徑中拾到一隻翠翹，認得是表妹遺落之物，又寫了一首虞美人詞：

銀床淅瀝青梧老，屧粉秋蛩掃。采香行處蹙連錢，拾得翠翹何恨不能言。　回廊一寸相思地，落月成孤倚。背燈和月就花陰，已是十年踪跡十年心。

就這樣，從與表妹守歲相戀起過了十年。表妹看到出宮的希望很渺茫，而且性德已經娶妻，憂傷憔悴，一病不起，過了一年就去世了。性德到表妹家中去吊喪，回首前塵，不勝慨歎，寫了一首采桑子詞：

謝家庭院殘更立，燕宿雕梁，月度銀牆，不辨花叢那辨香。　此情已是成追憶，零落鴛鴦。雨歇微涼，十一年前夢一場。

與表妹的戀情，就這樣結束了。

表妹入宮以後，性德還曾與一少女相愛。從性德回憶該女而寫的幾首詞來看，該少女是性德親友家中的一個樂妓。古代富貴人家多蓄有聲妓，以備在宴會時彈唱或舞蹈娛客。性德的詞如下：

收取閒心冷處濃，舞裙猶憶柘枝紅，誰家刻燭待春風。……風流端合倚天公。（浣溪沙）

舞餘鏡匣開頻掩，檀粉慵調。朝淚如潮，昨夜香衾覺夢遥。（采桑子）

箜篌別後誰能鼓，腸斷天涯。暗損韶華，一縷茶烟透碧紗。（采桑子）

該少女頗通文墨，讀過性德所作的幾首詩，因憐才而産生愛慕之情。而性德在表妹入宫之後，深感孤單落寞，對該女亦有「風波狹路倍憐卿」之感。兩人一見鍾情。性德在浣溪沙詞中描寫道：

五字詩中目乍成，儘教残福折書生，手挼裙帶那時情。　未接語言猶悵望，才通商略已瞢騰，只嫌今夜月偏明。

又在一首回憶兩人當初相好的詞中寫道：

枕函香，花徑漏。依約相逢，絮語黄昏後。時節薄寒人病酒。剗地梨花，徹夜東風瘦。掩銀屏，垂翠袖。何處吹簫，脈脈微情逗。腸斷月明紅豆蔻。月似當時，人似當時否？（蘇

幕遮）

兩人相好後，該女常在夜裏溜出來到性德的住處幽會。性德在浣溪沙詞中曾寫道：

十二紅簾窣地深，才移剗襪又沈吟，晚晴天氣惜輕陰。

描寫的是該女在赴約前猶豫不決的心態，正如李後主菩薩蠻詞「剗襪步香階，手提金縷鞋。……奴爲出來難，教君恣意憐」中的小周后。而

風鬟雨鬢，偏是來無準。（清平樂）

倦收緗帙，悄垂羅幕，盼煞一燈紅小。……是伊緣薄，是儂情淺，難道多磨更好。（鵲橋仙）

昨夜箇人曾有約，嚴城玉漏三更。……原是瞿唐風間阻，錯教人恨無情。（臨江仙）

是寫該女因無法脱身，不能前來赴約，或不能準時赴約，而自己徹夜等待的煩悶。

重見星娥碧海槎，忍笑却盤鴉。尋常多少，月明風細，今夜偏佳。（眼兒媚）

昨夜濃香分外宜，天將妍暖護雙棲。樺燭影微紅玉軟，燕釵垂。（攤破浣溪沙）

則是描寫盼到該女前來赴約時的喜悦心情。

然而這段戀情的時間並不長久。原因是該女的遠別。性德在浣溪沙詞中寫過：「風流端

合倚天公。」一個聲妓的命運是不能自主的。不知由於什麼緣故，她被迫離開這個富家。當她把即將離別的消息告訴性德時，性德心如刀割。他寫了一首臨江仙詞：

點滴芭蕉心欲碎，聲聲催憶當初。欲眠還展舊時書。鴛鴦小字，猶記手生疏。　倦眼乍低緗帙亂，重看一半模糊。幽窗冷雨一燈孤。料應情盡，還道有情無？

在送別之時，又寫了一首菩薩蠻詞：

催花未歇花奴鼓，酒醒已見殘紅舞。不忍覆餘觴，臨風淚數行。　粉香看欲別，空賸當時月。月也異當時，淒清照鬢絲。

分別是在暮春時節。性德後來在回憶時經常提及：

記得別伊時，桃花柳萬絲。（菩薩蠻）

簾影碧桃人已去，屧痕蒼蘚逕空留。（浣溪沙）

分別後的第二年立春日還寫了一首浣溪沙詞，表達了對她的思念：

記綰長條欲別難。盈盈自此隔銀灣。便無風雪也摧殘。　青雀幾時裁錦字，玉蟲連夜剪春旛。不禁辛苦況相關。

「風波狹路倍憐卿」，「不禁辛苦況相關」，説明性德對該女是多麽的憐惜和關懷。

除了上述兩段戀情以外，性德還有過幾次不成功的戀愛。一次是與一女子相約在上元夜相會，結果該女爽約未來，害得他空等了一夜。性德在齊天樂上元詞中叙述了這件事：

闌珊火樹魚龍舞，望中寶釵樓遠。靺鞨餘紅，琉璃賸碧，待屬花歸緩緩。寒輕漏淺。正乍斂烟霏，隕星如箭。舊事驚心，一雙蓮影藕絲斷。莫恨流年似水，恨消殘蝶粉，韶光忒賤。細語吹香，暗塵籠鬢，都逐曉風零亂。闌干敲遍。問簾底纖纖，甚時重見？不解相思，月華今夜滿。

他甚至在十年後還思念這個女子，在鵲橋仙詞中寫道：

夢來雙倚，醒時獨擁，窗外一眉新月。尋思常自悔分明，無奈却照人清切。　一宵燈下，連朝鏡裏，瘦盡十年花骨。前期總約上元時，怕難認飄零人物。

他還對一個偶爾遇見的女子產生過愛慕之情：

傷心莫語，記那日旗亭，水嬉散盡，中酒阻風去。（摸魚兒）

花叢冷眼，自惜尋春來較晚。知道今生，知道今生那見卿！　天然絶代，不信相思

渾不解。若解相思，定與韓憑共一枝。（減字木蘭花）

這顯然與杜牧遇見湖州女子的故事相類似。然而該女子已婚，所以他在畫堂春詞中說：

一生一代一雙人，争教兩處銷魂。相思相望不相親，天爲誰春？ 漿向藍橋易乞，藥成碧海難奔。若容相訪飲牛津，相對忘貧。

「漿向」句指自己有求婚之意；「藥成」句謂彼女終不能棄其夫。末二句謂甘願與她結成一對貧賤夫妻。攤破浣溪沙詞：

林下荒苔道藴家，生憐玉骨委塵沙。愁向風前無處説，數歸鴉。 半世浮萍隨逝水，一宵冷雨葬名花。魂是柳綿吹欲碎，繞天涯。

眼兒媚詞：

林下閨房世罕儔，偕隱足風流。今來忍見，鶴孤華表，人遠羅浮。 中年定不禁哀樂，其奈昔曾遊。浣花微雨，采菱斜日，欲去還留。

二詞所寫的是一個已經去世的女子，而稱其有「林下之風」，爲「閨房之秀」，可見不是一般平庸的女子，與上面提到的「天然絶代」，「一生一代一雙人」的評價相同。「偕隱足風流」與「相對忘貧」的想法也一致，所以可能所指的是同一個人。

傅庚生先生在中國文學欣賞舉隅中說：「人世之因緣際會，忽然邂逅，忽然寂滅，多情之人，輒寄深慨。『仰視浮雲馳，奄忽互相踰，風波一失所，各在天一隅』；『日午畫船橋下過，衣香人影太匆匆』。」匆匆一瞥，有所屬意，因而生情，然而無緣再見，只留下一絲惆悵。這當然算不得戀愛，亦無事迹可言。性德是一個多愁善感的多情種子，這樣的機遇頗多，發爲文字，也留下不少佳詞。可以在這裏順便提一下。如：

脈脈逗菱絲，嫩水吴姬眼。（生查子）

正是轆轤金井，滿砌落花紅冷。驀地一相逢，心事眼波難定。誰省？誰省？從此簟紋燈影。（如夢令）

有個盈盈騎馬過，薄妝淺黛亦風流，見人羞澀却回頭。（浣溪沙）

酒醒香銷愁不勝，如何更向落花行？去年高摘鬬輕盈。　夜雨幾番銷瘦了，繁華如夢總無憑。人間何處問多情？（浣溪沙）

夕陽誰喚下樓梯，一握香荑。回頭忍笑階前立，總無語也相宜。　相思直恁無憑據，休説相思。勸伊好向紅窗醉，須莫及落花時。（落花時）

以上是我對納蘭性德現存的愛情詞所作的大致歸納，從而對其事實背景作了一番探索，其中臆測、附會的成份很大，如果能在欣賞、理解這些詞方面對讀者起一點作用，我的工作也算不白費了。反正，「姑妄言之姑聽之」吧。